Das Buch

Cujo Matthews hat gelernt, bescheiden zu sein. Mit seinen Einnahmen als Tätowierer kommt er gut über die Runden, ein paar nette Kumpels hat er auch. Doch eine feste Beziehung kann er nicht eingehen – was ist es, das ihn davon abhält? Eines Tages trifft er die schöne Drea Caron. Zusammen sollen die beiden die Verlobungsfeier ihrer gemeinsamen besten Freunde Harper und Trent organisieren – und gehen sich dabei gehörig auf die Nerven. Bis Drea die Entführung einer Frau beobachtet und dabei selbst in große Gefahr gerät. In diesem Moment erkennt Cujo, wie wichtig ihm Drea wirklich ist. Eine leidenschaftliche Zuneigung zwischen den beiden entfacht. Sie werden immer mehr in den Fall verwickelt – können sie ihr gemeinsames Glück retten, oder muss einer von ihnen selbst mit dem Leben bezahlen?

Die Autorin

Scarlett Cole ist in England geboren und war beruflich wie privat in der ganzen Welt unterwegs, bevor sie schließlich in Kanada ihren ganz persönlichen Helden kennenlernte. Sie ist kanadische und englische Staatsbürgerin, ihr Zuhause ist dort, wo ihr Ehemann und ihre beiden Kinder sind. Wenn Scarlett nicht schreibt, trainiert sie gegen ihren legendären Süßigkeitenkonsum an oder ist auf der Suche nach dem perfekten Paar Schuhe.

Von Scarlett Cole ist in unserem Hause bereits erschienen:
Under Your Skin – Halt mich fest

Scarlett Cole

Under Your Skin
Bleib bei mir

Roman

Aus dem Amerikanischen
von Alexandra Hölscher

Ullstein

Besuchen Sie uns im Internet:
www.ullstein-taschenbuch.de

Deutsche Erstausgabe im Ullstein Taschenbuch
1. Auflage Februar 2017
© der Originalausgabe 2016 by Scarlett Cole
Published by Arrangement with Karen Lord
© für die deutschsprachige Ausgabe
Ullstein Buchverlage GmbH, Berlin 2017
Die Originalausgabe erschien 2016 unter dem Titel *The Fractured Heart: A Second Circle Tattoos Novel* bei St. Martin's Press.
Umschlaggestaltung: zero-media.net, München
Titelabbildung: © Felix Wirth/Corbis (Pärchen);
© FinePic®, München (Illustration)
Satz: LVD GmbH, Berlin
Gesetzt aus der Dolly
Druck und Bindearbeiten: CPI books GmbH, Leck, Germany
ISBN 978-3-548-28859-8

Für alle Bloggerinnen und Leserinnen,
die mich unermüdlich darin bestärkt haben,
eine Fortsetzung über das Second Circle Tattoo-
Studio zu schreiben. Ich liebe euch alle!!!

Kapitel 1

Was zum Teufel war das für ein Geräusch?

Es hörte sich an, als wäre der Blumenkübel die Verandastufen heruntergefallen.

Es war stockduster, und Drea Caron tastete ihren wackeligen Rattan-Nachttisch ab, bis sie die glatte Oberfläche ihres Handys spürte. Sie zwang sich, ein Auge zu öffnen, und warf einen Blick auf das Handy, um herauszufinden, wie spät es war. Vier Uhr morgens. Wer auch immer diesen Krach gemacht und sie damit aus ihrem sowieso schon leichten Schlaf gerissen hatte, sie wünschte ihm den Tod. Einen langsamen, qualvollen Tod – in einem Fass voll heißem, flüssigem Teer.

Es sei denn, es versuchte gerade jemand einzubrechen. In dem Fall wäre es schlau, schnell 911 zu wählen, bevor sie sich im Badezimmer verbarrikadierte.

Gedämpftes Fluchen drang zusammen mit der schwülen Miami-Herbstluft durch das geöffnete Schlafzimmerfenster. Beides mit erdrückender Wirkung.

Die aufkeimende Panik wich der Erkenntnis, zu wem die verärgerte Stimme gehörte.

Drea rieb sich mit der Hand über Stirn und Augen, blinzelte einige Male und schlug ihre Decke zurück. Dann schlüpfte sie in ein Paar Flipflops und schlurfte die Treppe hinunter, wobei sie potentielle Stolperfallen in Form von Teppich, der sich ablöste, routiniert umging.

Das Wohnzimmer, in dem sich ein Bett und ein ganzes Aufgebot an medizinischen Geräten befanden, war leer. Die Sauerstoffpumpe machte unbeständige Geräusche. Kurze statische Explosionen wechselten sich mit langgezogenen Zischgeräuschen ab, was überhaupt nicht dem sonst regelmäßigen Rhythmus der Pumpe entsprach. Die Sauerstoffmaske lag auf dem Bett, und die Kabel waren ein einziges Durcheinander auf dem Boden.

Verflucht. Sie konnten es sich nicht leisten, das Ding reparieren zu lassen oder womöglich ein neues kaufen zu müssen.

Drea gähnte. Durch die weit geöffnete Haustür drang Zigarettenrauch herein.

»Mom«, rief sie und rannte auf die Veranda, »was machst du da?« Drea rümpfte die Nase, als sie den beißenden Zigarettenrauch einatmete.

Rosa Caron wedelte wütend mit einer Hand in der Luft herum und versuchte wenig erfolgreich, den verräterischen Qualm zu beseitigen.

»Mom, ich kann den Rauch sehen. Du weißt doch, was die Ärzte gesagt haben. Wo hast du die Zigaretten her?«

»Das geht dich nichts an.« Rosa nahm einen langen Zug von ihrer Zigarette. »Außerdem brauchte ich die jetzt ganz dringend.«

»Nein, die brauchst du nicht.« Drea riss ihr die Zigarette aus der Hand. Sie warf sie auf den grauen Betonboden und trat sie aus. »Deine Lunge kommt damit nicht zurecht. Du hast den Jungs auf der Straße wieder Geld gegeben.« Sie schüttelte verärgert den Kopf. »Wo hattest du das Geld her?«

»Ich habe ihnen Mimas Anhänger gegeben.«

»¿*Por qué, Mamá*? Warum?« Drea bemühte sich, nicht laut zu werden. »Wie konntest du nur?« Wenn sie ihre Mutter anschrie, würde sie alles nur noch schlimmer machen – das hatte sie schon vor langer Zeit gelernt –, aber der Anhänger war das Einzige, was ihr von der wundervollen Frau geblieben war, die starb, als Drea neun Jahre alt war.

»Wozu brauchst du ihn schon? Egal, du freust dich sowieso, wenn ich früher sterbe«, keuchte Rosa, »dann bin ich dir wenigstens keine Last mehr.« Sie wendete ihren Rollstuhl und fuhr wieder ins Haus.

Drea berührte die Stelle an ihrem Hals, wo die Kette sonst hing. Wie herzlos von Rosa, die Kette zu verhökern. Sie ärgerte sich, dass sie es nicht hatte kommen sehen. Das war typisch Rosa. Drea sah Mima vor sich, die an ihrer Kette herumspielte, während sie ihr Geschichten vorlas. Die Erinnerung schnürte ihr die Kehle zu, und angesichts des verlorenen Familienerbstücks fehlten ihr schlichtweg die Worte. Sie ballte ihre Hände zu Fäusten. Es war geschehen, und in ihrem Herzen trauerte sie um die Halskette, auch wenn sie wusste, dass sie keine andere Wahl hatte, als den Verlust zu akzeptieren.

Die Stufen zur Veranda waren übersät mit den Bruchstücken des Terracottakübels, der neben der Eingangstür gestanden hatte. Ihre Mutter hatte ihn bestimmt mit dem Rollstuhl umgefahren. Die Pflanze lag auf dem rissigen Teer der Einfahrt, ein vertrocknetes Büschel, und Drea versuchte sich zu merken, dass sie den schmalen Grünstreifen am Haus gießen musste, nächstes Mal, wenn sie Zeit hatte. *Zeit.* Sie lachte bitter, schloss die Augen und ließ sich von der warmen Brise umschmeicheln. Wenn es eines gab, was sie nicht hatte, dann war das Zeit. Sie hatte jetzt vier Stunden Schlaf hinter sich und war hellwach.

Drea lief die Stufen hinunter, um die Scherben aufzusammeln, und machte einen großen Schritt über die dritte, kaputte Stufe. Die Überreste des zerbrochenen Kübels landeten laut scheppernd in der Mülltonne.

Ihr frisch durchgestuftes Haar wehte ihr ins Gesicht und kitzelte sie an der Nase. Sie hatte sich die Haare von einem Lehrling in der Kosmetikschule schneiden lassen anstatt in ihrem Lieblingsfrisörsalon, was einem neuen Tiefpunkt in ihrem Leben gleichkam, aber der Haarschnitt hatte nichts gekostet. Zwar waren die Strähnchen nicht Teil ihres Plans gewesen, und die karamellfarbenen Nuancen in ihrem Haar würden sie in Zukunft daran erinnern, dass sie unbedingt das Kleingedruckte lesen musste, bevor sie etwas unterschrieb. Aber nachdem sie den Schock überwunden hatte, nicht länger eine vollwertige Brünette zu sein, gefiel es ihr sogar.

Drea ging wieder hinein, und sie wurde sofort von der kalten Luft erschlagen. Sie wartete sehnsüchtig auf den Tag, an dem sie das energiefressende Fensterklimagerät abmontieren und zurück in die Garage räumen konnte, um zumindest diese Kosten zu sparen.

Sie half ihrer Mutter aus dem Rollstuhl ins Bett. Rosas Luftschnappen bestätigte ihren letzten BODE-Index. Das war ihre Welt, dachte Drea, als sie die Sauerstoffpumpe ausmachte, eine Welt, die sich um Akronyme aus vier Buchstaben drehte: COPD – Chronic Obstructive Pulmonary Disorder, chronisch obstruktive Lungenerkrankung, hochtrabende Wörter, die einfach nur »Raucherlunge« bedeuteten. Dann gab es noch die anderen vier deprimierenden Buchstaben B-O-D-E, die indizierten, dass ihre Mutter noch maximal vier Jahre zu leben hatte. So wie ihre Mutter gerade röchelte, gab es daran keinen Zweifel. Alle Ärzte, mit denen sie gesprochen hatte, waren sich darin einig. Es war nur eine Frage der Zeit.

Sie friemelte an dem Gerät herum, eines der Röhrchen gab nach, glitt zurück auf das Verbindungsstück, und Drea machte die Pumpe an. Jetzt waren die gewohnten Zischlaute wieder zu hören, der beruhigende Takt des Metronoms für Schwerkranke.

»Keiner interessiert sich für mich. Ich falle euch allen sowieso nur zur Last.« Rosa wehrte sich, als Drea ihr die Sauerstoffmaske aufsetzen wollte. »Celine hat mir gesagt, dass sie mich heute zum Arzt bringt. Warum kannst du das nicht machen? Ich will mit dir hingehen.«

Die manipulative Art ihrer Mutter war nichts Neues für Drea. »Mom, weil ich heute mehr Stunden im Café arbeite. José muss dringend zum Zahnarzt. Ich muss seine Schicht zu Ende machen, und wir brauchen das Geld. Tante Celine bringt dich gern zum Arzt, sei bitte nett zu ihr, wenn sie kommt.«

Rosa rollte mit den Augen und sah aus dem Fenster. »Also, wenn du öfter mal eine Doppelschicht einlegen würdest, müsste ich mich nicht mit diesem Mistding hier rumärgern.« Sie deutete auf die Pumpe.

Drea beeilte sich, ihrer Mutter die Maske aufzusetzen, um sich nicht noch mehr Beleidigungen anhören zu müssen. Seitdem sie siebzehn war, kümmerte sie sich sowohl finanziell als auch in jeder anderen Hinsicht um ihre Mutter. Ein ganzes Jahrzehnt schon. Seit dem letzten Jahr wurde es allerdings immer schwieriger. Sämtliche Rücklagen waren schon lange aufgebraucht, und damit schwand auch ihre Hoffnung, irgendwann aufs College gehen zu können.

Ins Bett brauchte sie jetzt auch nicht mehr zu gehen. Die Küchenuhr zeigte fast fünf Uhr. Dann gab's halt einen frühen Start in den Tag. Vor ihr lag eine anstrengende Doppelschicht, die um zehn begann und spät endete. Aber vor der Arbeit hatte sie eine Verabredung. Mit einem Mann. Eine Verabredung, vor der ihr graute. Wenigstens hatte sie jetzt jede Menge Zeit, sich ausreichend mit schlagenden Frauenpower-Argumenten vorzubereiten.

Er hatte ja keine Ahnung, was ihn erwartete.

*

Habe Dienst auf dem Miami-Flug. Heute eine gute Nacht für eine Zwischenlandung? Becca xoxo

Brody »Cujo« Matthews grinste, als er aus seinem F-150er ausstieg, der sein ganzer Stolz war. Irgendwie gelang es ihm, sein Handy, einen Entwurf für einen Neukunden und einen halb aufgegessenen Burrito mit Rührei und Schwarze-Bohnen-Dipp so zu jonglieren, dass er sich das Handy zwischen die Zähne stecken konnte, um die Tür zu Second Circle Tattoos zu öffnen, das seinem besten Freund Trent Andrews gehörte. Tatsächlich gehörte es zur Hälfte auch ihm, aber sie hatten abgemacht, darüber Stillschweigen zu bewahren.

Er warf alles auf eine Ablage, die voll mit Zubehör stand, und ging zur Ladenseite des Studios, um den Alarm auszuschalten. Während er die Zahlenkombination eingab, warf er einen Blick auf das Foto neben dem Nummernblock, das am Tag der Eröffnung gemacht worden war. Da hatte er noch lange Haare gehabt. Eine Woche, nachdem das Foto entstanden war, hatte er sie sich abgeschnitten. Er fuhr sich mit den Fingern durchs kurze Haar. Seitdem hatte er sich immer eine Glatze rasiert, aber ein herumwirbelnder Winzling von einem Derwisch hatte ihm letztens gesagt, dass er wie ein Schlägertyp aussehe, und aus Gründen, die ihm schleierhaft waren, hatte ihn das unangenehm berührt. Also befand er sich gerade mitten in der grausamen Ich-lasse-meine-Haare-wachsen-Übergangsphase, und er hasste es zutiefst.

Es war still im Tattoo-Studio. Die weißen Wände und der dunkle Dielenboden bildeten einen perfekten Kontrast zu den bunten Kunstwerken, die an den Wänden hingen. Die vier Tätowierliegen standen ordentlich neben den sauberen Tätowierstationen. Es waren weder Farbtöpfe noch Kleckereien, Handschuhe, Folien oder Tücher zu sehen. Ein Anblick, der ihm missfiel. Es fühlte sich fremd an. Er fühlte sich wohler, wenn der Laden voller Leute war, die darauf vertrauten, hier erstklassige Tätowierungen gestochen zu bekommen.

Er setzte eine Kanne Kaffee auf und zog sein Handy hervor.

Zwischenlandung oder Zwischenakt. Ist mir beides recht. Wann?

21 Uhr. Letzte Gelegenheit. Ich habe gekündigt.
Dann sollten wir uns ranhalten.
Freu mich.

Flugbegleiterinnen waren die besten Dates überhaupt. Diese mochte vielleicht für Virgin Alantic Airways arbeiten, aber eine Jungfrau war sie definitiv nicht.

Jemand klopfte an die Eingangstür. Die Türglocke bimmelte, als er hinausging, um zu hören, was die beiden Männer wollten.

»Wir öffnen erst in eineinhalb Stunden«, informierte er sie.

»Wir benötigen keinen Termin«, sagte der Ältere und rückte seine graue Polyesterhose an einer billig aussehenden goldfarbenen Gürtelschnalle zurecht. »Wir sind vom Gesundheitsamt.«

Verdammt. Er hatte vorgehabt, sich in Ruhe auf den anstehenden hektischen Tag vorzubereiten. Patriot Day war einer von zwei Tagen im Jahr, an denen sie umsonst tätowierten, heute waren es die Ersthelfer vom 11. September. Am Veterans Day tätowierten sie Soldaten umsonst. Das war ihre Art, ihre Wertschätzung zu zeigen. Die Leute kamen ohne Termin, und die Sitzungen dauerten maximal zwei Stunden, was bedeutete, dass heute jede Menge los sein würde. Da Trent mit seiner Freundin Harper Urlaub machte, würden alle anderen noch mehr zu tun haben.

Cujo bat die beiden Männer herein, sie stellten sich einander vor, und dann sahen die Männer sich um. Er fragte sich, ob sie die großartigen Kunstwerke seiner Kollegen, die an den Wänden hingen, auch als solche erkannten. Lias lebendiger Stilmix stach besonders hervor und die verrückten

Farbexplosionen in Trents Arbeiten. Oder sahen sie sich einfach nur nach Verstößen gegen den in Florida geltenden Paragrafen 381 um, die Allgemeinen Bestimmungen des Gesundheitswesens?

»Wir haben einen Hinweis erhalten, dass Sie eine Minderjährige tätowiert haben. Die Mutter des Mädchens hat Sie angezeigt, Mr Matthews. Sie gab uns Ihren Namen und eine Kopie von diesem Foto hier, das ein Freund auf einer Social-Media-Seite gepostet hat und auf dem zu sehen ist, wie sie sich tätowieren lässt.«

Die Männer hatten sich zwar vorgestellt, aber er hatte ihre Namen schon wieder vergessen und verspürte das dringende Bedürfnis, sie Ding eins und Ding zwei zu nennen. Was daran liegen konnte, dass er seiner dreijährigen Nichte, die diese Nacht durchgekotzt hatte, morgens um fünf Uhr mehrmals hintereinander Dr. Seuss vorgelesen hatte.

»Das muss ein Missverständnis sein.« Er rieb sich mit der Hand über die Stirn. Ding eins reichte ihm das Foto – auf dem er sie sofort erkannte. Er hatte gute Arbeit geleistet und ihr zwei Schachfiguren tätowiert, einen weißen König, der umgeworfen vor der schwarzen Königin lag.

Glücklicherweise hielt Pixie, die Studioassistentin, alle Unterlagen minutiös in Ordnung.

»Haben Sie ihren Namen und das Datum?«, fragte Cujo und ging zum Aktenschrank hinterm Tresen, den er mit dem Schlüssel an seiner Kette öffnete.

»Hilary Franklin, letzten Freitag war das«, antwortete Ding eins.

Cujo ging die Akten durch, bis er gefunden hatte, was er brauchte. »Soweit ich weiß, besagt Absatz 3b des Paragraphen, dass uns keine Schuld trifft, wenn Minderjährige uns einen gefälschten Ausweis vorlegen. Hier, Hilary Franklin aus Tampa. Laut Ausweis war sie zwanzig Jahre alt.«

Ding eins schaute sich den Beleg sorgfältig an, bevor er ihn an Ding zwei weitergab.

»Können wir davon bitte eine Kopie bekommen?«, fragte Ding eins. Cujo stellte ihn sich mit dem verrückten roten Haar von Dr. Seuss' Figur vor und musste ein Grinsen unterdrücken.

»Da es letzte Woche war, könnte ich Ihnen bestimmt auch die Videoaufzeichnung geben, auf der sie mir ihren Ausweis zeigt.« Er wies auf das schwarze Auge in der Decke. Die Überwachungskamera war neu installiert worden, nachdem Trents Freundin von ihrem wahnsinnigen Ex entführt worden war. Eigentlich hätten sie die Kamera schon zur Eröffnung des Studios haben sollen.

»Damit würden Sie uns sehr weiterhelfen, Mr Matthews.«

Und schon hatte er noch mehr Arbeit. Er warf einen schnellen Blick auf die Uhr und verfluchte Trent, der ihn mit dem Laden allein gelassen hatte, weil er ja unbedingt mit Harper nach Tahiti fliegen musste, um dort herumzuschnorcheln und so.

Er überreichte den Männern eine Kopie der Videoaufzeichnungen und des Altersnachweises und begleitete sie hinaus.

Cujo ging in die Küche und goss sich eine große, dampfende Tasse Kaffee ein. Er schrieb seiner Schwägerin Elisa eine Nachricht, um zu hören, wie es Zeph ging. Sie hatte ihn fix und fertig um 4.30 Uhr morgens angerufen, woraufhin er sich schnell angezogen hatte und die vier Blöcke zu ihnen gejoggt war. Er hatte einen kleinen Menschen noch nie so viel brechen sehen. Und ausgerechnet in der Nacht war sein Bruder nicht zu Hause gewesen.

Wenn Elisa ihm vorhin nicht noch den Burrito in die Hand gedrückt hätte, als er sich ins Auto setzte, um zur Arbeit zu fahren, wäre er jetzt nicht nur völlig übermüdet, sondern auch noch am Verhungern.

Cujo erschrak, als es wieder an der Eingangstür klopfte. Er schaute nach, wer ihn diesmal störte, obwohl der Laden erst in einer Stunde aufmachte.

Drea. *Scheiße.*

Er nahm einen Schluck Kaffee, öffnete das Sicherheitsschloss und ließ das Pulverfass auf zwei Beinen herein. Sie hatten sich verabredet, um gemeinsam Trents und Harpers Verlobungsfeier zu planen. *Verdammt.*

»Guten Morgen, Sonnenschein«, begrüßte er sie, als sie an ihm vorbeirauschte. *Meine Güte, diese Frau war ständig auf einer Mission.* Aber sie roch zweifelsohne nach warmer Zimtschnecke. Sein Magen knurrte noch mehr.

»Hi«, antwortete Drea, sah ihm nur flüchtig in die Augen und kramte in einer überdimensionierten Tasche, um eine Mappe und einen Kuli hervorzuholen. »Na, noch nicht so richtig in die Gänge gekommen heute Morgen, was?«, fügte sie mit einem Blick auf die unordentlichen Papiere auf dem Tresen hinzu.

Ein weiterer Grund, warum er Trents und Harpers Verlobungsfeier eigentlich nicht mit Harpers bester Freundin und Kollegin hatte organisieren wollen.

Er biss sich auf die Zunge, um sich eine Antwort zu verkneifen. Stattdessen fragte er sie: »Möchtest du Kaffee?«

»Nein, danke. Ich bin früh genug aufgestanden und habe schon gefrühstückt. Können wir anfangen? Ich muss bald zur Arbeit. Ich hab eine Liste gemacht«, ratterte sie herunter und tippte mit einem perfekt manikürierten Fingernagel auf die Mappe.

Er stellte sie sich neben einer Dreijährigen vor, die ihren Kotzstrahl zielsicher auf sie richtete, und grinste innerlich. Alles an ihr war so perfekt.

Auch wie dieses Haar ihr Gesicht umrahmte, war perfekt, und es wogte, als käme sie gerade aus einer Shampoo-Werbung. Was hatte sie überhaupt damit gemacht? Es war mal schokoladenbraun und lang gewesen. Jetzt hatte sie Strähnchen in der Farbe von Karamell und in einem Goldton, dessen Nummer im Pantone-Farbsystem ihm nicht einfallen wollte. Er kratzte sich am Schädel, auf dem jetzt ungewohnterweise stoppeliges weißblondes Haar wuchs.

Ein Räuspern durchbrach die Stille, und Cujo schüttelte sich den Kopf wieder frei.

»Die Liste?«, fragte Drea, öffnete die Mappe, und ein tabellarisches Inhaltsverzeichnis kam zum Vorschein.

Er würde sich jetzt schwer zusammenreißen müssen.

*

Verdammt, sie hätte jetzt alles für einen Kaffee getan, aber sie wollte Cujo nicht die Genugtuung geben, ihn um eine Tasse zu bitten. Ihr lief beim nussigen Duft des Kaffees das Wasser im Mund zusammen, und sie musste sich zusammenreißen, Cujo nicht anzustarren, während er die dampfende Tasse an seine Lippen führte. Die Tatsache, dass sie

Harpers Spätschicht übernommen hatte und sich außerdem jeden Morgen damit abmühen musste, ihre Mutter aus dem Bett zu bekommen und sie für den Tag fertigzumachen, forderte ihren Tribut, und sie bekam Kopfschmerzen.

»Lass uns nach hinten gehen«, sagte Cujo und zeigte aufs Büro.

Drea sammelte ihre Sachen ein und lief durch den kurzen Flur. Das Büro gefiel ihr sehr. Das lange graue Sofa sah bequem aus, und die grünen Kissen luden sie förmlich dazu ein, ihren pochenden Kopf darauf zu betten. Wenn sie sich auch nur eine Minute auf dieses Sofa gesetzt hätte, wäre sie schneller eingeschlafen, als man »Gute Nacht« sagen konnte.

Drea zog einen der Stühle unter einem Tisch hervor, der wohl als Leuchttisch fungierte. Der Stuhl war weiß, praktisch und, was am wichtigsten war, hart genug, damit sie wach blieb. Sie legte die Mappe auf die Glasplatte und wartete. Cujo kam ins Büro geschlendert, als hätten sie alle Zeit der Welt. Er hielt zwei Tassen in den Händen und stellte eine davon neben ihre Stifte.

»Ich hab doch gesagt, nein danke«, bemerkte sie und fragte sich gleichzeitig, ob es wohl unhöflich wäre, die Tasse an sich zu reißen und den Inhalt einfach zu inhalieren.

»Na klar, die Sabberspur, über die ich steigen musste, um in die Küche zu gehen, hat dich verraten«, antwortete Cujo, und seine Mundwinkel zuckten. »Ich weiß ja nicht, wie du ihn trinkst, aber ich bin mal von schwarz ausgegangen.«

Drea senkte den Kopf und versuchte, sich hinter ihrem Haar zu verstecken, damit er nicht sah, dass sie seine Bemerkung lustig fand. Sie nahm ein paar Schlucke und genoss den kräftigen Geschmack des Kaffees. »Warum schwarz?«

»Ich hab das irgendwie mit dir assoziiert ... bitter, ohne einen Hauch von Süße.«

Drea hob den Kopf und sah ihn finster an. »Oh. Das ist böse.« Die unbändige Freude über den Kaffee wich enttäuschter Gekränktheit. Sie stellte die Tasse wieder ab und öffnete die Mappe.

»Ich habe ein bisschen herumtelefoniert, und es gibt drei historische Gebäude, die so kurzfristig Termine frei hätten. Ich habe zwei Caterer gefunden, die für das Essen sorgen könnten. Wir müssen ihnen nur sagen, wie viele Personen ...«

»Warte mal«, unterbrach Cujo sie. »Das hört sich aber alles ganz schön provinziell an.«

»Provinziell?« Drea war überrascht. »Das sind aber 'ne Menge Silben für dich, oder?«

»Sehr lustig. Übrigens erstaunlich, was man alles von *Die Schöne und das Biest* lernen kann. Kennst du die Stelle, wo Belle davon singt, dass sie aus ihrer Provinzstadt weg will? Nein?« *Natürlich nicht.*

Drea verneinte kopfschüttelnd. Sie war zwar verwirrt wegen der Richtung, die das Gespräch gerade nahm, aber gleichzeitig auch belustigt, dass er den Film gut genug kannte, um diese Liedstelle zu zitieren.

»Das hört sich an wie eine Martha-Stewart-Hochzeit für Kinder, die von ihren Eltern mit Treuhandfonds ausgestattet wurden«, fuhr er fort. »Das soll ihre Verlobungsfeier werden. Wir brauchen etwas viel Lustigeres und Entspannteres.«

»Du willst doch nur was Entspanntes, weil du dann nicht so viel zu organisieren hast. Du bist einfach faul.« Ihre Freunde verdienten ja wohl die beste Party, die man sich vorstellen konnte, nicht die unaufwendigste.

Warum nur musste sie sich jetzt mit diesem Typen herumschlagen, der das genau anders sah?

Cujo hatte es sich auf dem Sofa gemütlich gemacht, die Beine lang ausgestreckt, und sah sie eindringlich mit seinen stahlblauen Augen an, die sie an die typischen wolkenlosen Sommerhimmel erinnerten, für die Florida so berühmt war. Und er feixte. Drea trommelte ungeduldig mit ihrem Stift auf die Glasplatte.

»Entspann dich, Engelchen.« Cujo zog die Worte extra in die Länge und beugte sich vor, sützte sich mit den Ellbogen auf den Knien ab. Mit beiden Händen umfasste er seine Kaffeetasse. *Du liebe Güte, dieser Bizeps.* Die Ärmel seines weißen Shirts mit V-Ausschnitt spannten sich über seine Muskeln. Kaleidoskopische Tätowierungen bedeckten einen Arm vom Bizeps bis zur Hand. Jeder Zentimeter seiner Haut bestand aus einem dichten Gewirr von Worten, Zahlen und Bildern. Den anderen Arm zierte keine einzige Tätowierung.

»Alles, was ich damit sagen will, ist, dass Harper und Trent schon genug durchgemacht haben. Ich glaube, dass sie mehr Lust auf eine zwanglose Verlobungsparty haben als auf eine Veranstaltung mit Dresscode à la Dreiteiler und Perlenkette, wo wir alle rumstehen und uns total bescheuert vorkommen. Das hat nichts mit der Arbeit zu tun, die wir damit haben. Ich bin mir aber sicher, dass es nicht Trents Ding wäre oder Harpers – zumindest nicht nach all dem, was passiert ist.«

War es wirklich schon drei Monate her, dass Trent sie angerufen und ihr einen Riesenschrecken eingejagt hatte mit den Worten: »Drea, er hat sie gefunden. Nathan hat Harper erwischt. Wir sind auf dem Weg ins Krankenhaus. Kannst du dahin kommen?«

Nathan, Harpers Ex, hatte sie schon vom Gefängnis aus terrorisiert, war vorzeitig aus der Haft entlassen worden und hatte seine Drohung, nach ihr zu suchen, direkt in die Tat umgesetzt. *Das musste ja passieren, wenn ein drogenabhängiger Soziopath frühzeitig aus dem Gefängnis entlassen wird.*

Zum Glück war Trents und Harpers Beziehung dadurch nur noch intensiver geworden, und Trent hatte Harper, kurz bevor sie in den gemeinsamen Urlaub gefahren waren, einen Heiratsantrag gemacht.

Drea musterte Cujo, der auf dem Sofa herumlümmelte. Er ließ sich die Haare wachsen. Noch vor ein paar Monaten, als sie in einem Billardsalon zum ersten Mal aufeinandergetroffen waren, hatte er einen kahl rasierten Schädel gehabt. Jetzt war blondes Haar zu sehen, heller als die Farbe des Sandes am Miami Beach und auch weicher. Er sah weniger militärisch aus und ... tja, und sie wollte lieber nicht darüber nachdenken, wonach er noch aussah. Am liebsten wäre sie im Boden versunken, wenn sie sich daran erinnerte, was für einen tollen ersten Eindruck sie hinterlassen haben musste, als sie ihm gesagt hatte, dass er wie ein Schlägertyp aussehe.

Drea starrte auf ihre Notizen. Die ordentlich tabellarisch gegliederten Ideen und To-Dos halfen ihr dabei, sich wieder zu sammeln. Als sie ihre beste Freundin gefragt hatte, ob sie die Party für sie organisieren dürfe, hatte Harper sofort ja gesagt. Eine Stunde lang hatte sie sich darüber freuen können, bis sie mitbekam, dass Cujo Trent offensichtlich das Gleiche gefragt hatte. Jetzt waren sie gezwungen, sich miteinander zu arrangieren.

»Ich glaube, ich kenne meine beste Freundin besser als du. Sie ist mit Leib und Seele Großstädterin. Und sie liebt High Heels und sexy Kleidchen.«

»Bitte lass uns daraus jetzt keinen Wettkampf machen, wer seinen besten Freund besser kennt«, neckte Cujo sie. »Trent und ich haben uns an unserem ersten Tag im Kindergarten kennengelernt, ich hab dir also ein paar Jahrzehnte voraus, du Zwerg.«

»Anspielungen auf meine Größe kannst du dir sparen, du Arsch. Wir müssen uns schnell auf etwas einigen.« Drea warf einen Blick auf ihre Uhr. *Verdammt. Wie konnte es schon fast neun Uhr sein?* Sie durfte nicht zu spät kommen, José war beim Zahnarzt und Harper immer noch im Urlaub. Worüber sie sich keinesfalls beklagte, denn das Extrageld, das sie als Harpers Vertretung verdiente, konnte sie gut gebrauchen.

Cujo stand auf, und Drea versuchte, ihn nicht anzustarren, während er seine Hosenbeine glatt strich. Es juckte ihr in den Fingern, den Jeansstoff anzufassen, um sich davon zu überzeugen, ob er so weich war, wie er aussah. Cujo stellte seine Kaffeetasse auf den Tisch, griff nach ihrer Hand und zog sie zu sich hoch. Wie ein Stromstoß schoss es ihren Arm entlang, ihr Herz klopfte wild. Ihre Füße standen ganz nah beieinander, ihr Körper nur Millimeter von seinem entfernt, und seine Brustmuskeln befanden sich in unmittelbarer Nähe ihrer Lippen. Ihre Haut kribbelte, als er seinen warmen, festen Körper an ihren drückte. Cujo legte ihr die flache

Hand auf den Kopf und hielt sie sich dann an die Brust, ehe er einen Schritt zurücktrat.

»Siehste«, sagte er schroff, und sein Blick wanderte von ihrem Ausschnitt zu ihrem Gesicht. »Zwerg!«

Drea riss sich aus seinen Armen los.

Er zwinkerte ihr zu. »Nette Aussicht.«

*

»Freak«, zischte sie und schubste ihn weg.

Er hatte ihre Brüste gespürt, und wie weich sie sich angefühlt hatte. Ihre blitzenden haselnussbraunen Augen machten ihn ungemein an. Was wiederum ein gutes Beispiel dafür war, dass Gehirn und Schwanz bei Männern völlig unabhängig voneinander funktionierten, denn sie brachte ihn wirklich zur Verzweiflung.

Der Grund ihres Treffens war kurzzeitig aus seinem Gedächtnis verschwunden und Phantasien gewichen, die sein Schwanz in die Realität umsetzen wollte. Er könnte zum Beispiel die Tätowierliege höherstellen, sie darauflegen, ganz an den Rand ziehen und …

Er hörte ihre Nägel auf der Glasplatte klackern. *Oh ja, zurück zum Thema.*

»Wir sollten es so machen, wie es ihnen gefällt, nicht wie es *dir* gefällt«, sagte Cujo und schüttelte die Bilder ab, die sich ihm aufgedrängt hatten. Das, was ihr vorschwebte, wäre nie und nimmer Trents Ding. Das war sonnenklar. Unter *sich herausputzen* verstand Trent, schwarze Jeans anzuziehen.

»Harper liebt die Art-déco-Architektur hier. Sie hat mir schon unzählige Male gesagt, wie gern sie vom Bus zur Arbeit läuft, weil sie sich in der Zeit Geschichten zu den Häusern ausdenken kann, an denen sie vorbeigeht. Es gibt ein kleineres von diesen Häusern, das man für Partys mieten kann.«

Cujo beugte sich über ihre Schulter und atmete den feinen Duft nach Erdbeere ein, den ihr Haar verströmte und der ihn irgendwie berauschte. Er wollte den Geruch hassen, wieder runterkommen, aber es gelang ihm nicht. Sie verwirrte ihn völlig. Seinen Kopf und seinen Schwanz. Er nahm einen Edding aus dem Stifthalter vom Tisch und malte einen breiten roten Strich quer über ihre Auflistung.

Drea schlug ihm mit ihrem Kugelschreiber auf die Finger. Hart und schmerzhaft. Er zog seine Hand schnell weg.

»Scheiße, Mann«, zischte er, »in dir steckt ja eine lächelnde Mörderin mit Ninja-Kuli-Fähigkeiten.«

»Warum hast du meine Liste durchgestrichen?«

»Wir brauchen etwas Lustigeres und nicht so was Spießiges, Engelchen.«

»Hör. Auf. Mich. Engelchen. Zu. Nennen. Feierlich muss doch nicht spießig sein.«

»Das ist es aber. Warte mal, hier.« Cujo lehnte sich zurück und tat so, als würde er etwas in seinem Handy nachschauen. »Da ist es. Definition von feierlich: Spießig. Bieder. Todlangweilig. Protzig.«

Drea stöhnte, schloss die Augen und atmete langsam ein. »Okay, du Klugscheißer, was ist dein Plan?«

»Irgendwas Albernes. Lustiges. So was wie ein *Luau*, ein hawaiianisches Fest. Oder eine mexikanische Fiesta. Überleg doch mal. Mit Taco-Ständen, wo es den ganzen gesunden Kram gibt, den Harper so liebt. Wir könnten sogar eine Mariachi-Band anheuern.«

»Im Grunde genommen also etwas, was wir das ganze Jahr über zu jeder Gelegenheit veranstalten könnten? Was macht das zu etwas Besonderem?« Drea wandte sich ihm zu, und ihre Gesichter waren so nah beieinander, dass sie seinen Atem auf ihren Lippen spüren konnte.

»Du.«

In dem Moment, wo er es ausgesprochen hatte, wünschte er sich, er könnte es rückgängig machen. So meinte er das nicht. Oder vielleicht doch. Aber nur im Stummfilm-Modus. Wenn sie nicht redete und ihre ganze beschissene Attitüde schön für sich behielt.

»Was meinst du mit *du*?« Drea musterte ihn durch ihre sexy langen Wimpern.

»Du. Du wirst sicherlich Ideen haben, um aus etwas Alltäglichem etwas Besonderes zu machen. Du pimpst alles mit Pinterest auf, und dann heftest du es schön ordentlich in deiner Mappe ab.«

Er nahm die Mappe vom Tisch, schnappte sich wieder einen Edding und begann, etwas auf die Vorderseite zu zeichnen. Drea rutschte auf ihrem Stuhl herum, um zu sehen, was er da skizzierte. Er drehte sich mit der Mappe von ihr weg und lachte, als sie ärgerlich schnaubte. »Du wirst was richtig Geiles aus dem Abend machen. Ich vertrau dir da voll und ganz.« Er beglückwünschte sich innerlich zu seinem großartigen Einfall in letzter Sekunde.

Drea sah ihn mit hochgezogenen Augenbrauen an. Vielleicht war es doch nicht so großartig, was er da gesagt hatte.

»Und da wären wir wieder beim Thema, wie faul du bist. Du hast eine Idee und erwartest von mir, dass ich die ganze Arbeit mache.«

»Ich helfe doch bei allem mit! Ich finde die richtige Location und kümmere mich um die Getränke.«

»Ich weiß nicht, Cujo. Eine Hawaii-Party, wirklich?« Drea seufzte. »Das hört sich für mich eher nach 'ner Studentenverbindungsfeier an als nach einer Verlobungsparty. Wir sollten nicht vergessen, dass ihre Eltern und Verwandten auch da sein werden. Ich glaube, wir sollten …«

Die Tür wurde aufgerissen. Pixie, die junge Studioassistentin, platzte mit wehendem pinkfarbenem Haar herein und trällerte ein bekanntes Liedchen aus einer Broadwayshow. Wie vom Donner gerührt blieb sie stehen, als sie die beiden sah.

»Oh, hallo ihr zwei. Ich wusste nicht, dass ihr da seid.« Sie deutete auf die Lautsprecher. »Die Musik ist aus.«

»Ja, es ging ein bisschen wild zu heute Morgen«, antwortete Cujo mit einem umwerfenden Lächeln und legte seinen Arm um Drea. »Diese Raubkatze hier steht darauf, es auf einem Tresen zu machen, auf dem sich stapelweise Papierkram türmt.«

Drea sträubte sich gegen seine Umarmung, aber Pixie lachte laut auf.

»Darum sieht der Tresen so aus. Ich wollte schon mit Lia meckern, dass sie nicht aufgeräumt hat, bevor sie den Laden zugemacht hat. Muss ich ihn desinfizieren?«

»Das ist 'ne lange Geschichte«, erklärte Cujo grinsend. »Ich klär dich später auf.«

Pixie nahm einen Umschlag vom Schreibtisch und ging wieder hinaus. Cujo ließ Drea los.

»Ich muss jetzt gehen.« Sie packte den Kuli in ihre Tasche und streckte die Hand nach ihrer Mappe aus. Er reichte sie ihr und hoffte, dass ihr seine Zeichnung gefallen würde.

Sie hatte rote Wangen, und tatsächlich stand ihr das sehr gut. Es milderte ihre schroffe Art etwas ab, und er fragte sich, wie sie wohl aussähe, wenn sie sich ihm hingeben würde. Er verbannte diesen Gedanken wieder, als er ihr beim Hinausgehen hinterhersah, denn diese Art von Vorstellung konnte zu nichts anderem führen als zu Problemen.

*

Noch zwanzig Minuten, bis das Café schloss, und Drea war mehr als bereit für den Feierabend. Das José's war leer, donnerstagabends war es immer ruhig. Drea begann, die Tische abzuwischen, und wollte nur noch schnell nach Hause. Ihre Mutter war nicht ans Telefon gegangen, als Drea während der Pause angerufen hatte. Das sah ihr gar nicht ähnlich, und seitdem fragte sich Drea, ob etwas passiert sein könnte.

Und Cujo beschäftigte sie auch. Sie gab es zwar ungern zu, aber nachdem sie eine Weile über seine Vorschläge nachgedacht hatte, war sie zu dem Schluss gekommen, dass er recht haben könnte. Harper liebte die Art-déco-Architektur in Miami, aber das musste ja nicht heißen, dass sie auf den Spaßfaktor verzichten wollte, nur um in so einem Haus zu feiern. Trent kannte sie zu wenig, um ihn einschätzen zu können. Vielleicht hätte sie nicht so abweisend auf Cujos Vorschläge reagieren sollen. Trent und Harper wünschten sich die perfekte Party, nicht den perfekten Veranstaltungsort.

Sie beobachtete Marco, der sich abmühte, Zucker in

einen Streuer zu füllen, und musste sich ein Grinsen verkneifen, als der Zucker an den Seiten überlief.

»Ich mach das schon«, sagte sie und nahm ihm den Zucker ab. »Du kannst schon nach Hause gehen oder besser noch, geh aus. Zumindest einer von uns sollte Spaß haben.«

»Ernsthaft? Das wär ja der Hammer«, antwortete Marco. »Ich stell dir noch den Wischer hin.«

Er verschwand nach hinten, als eine Frau in Jeans und pinkfarbenem Pulli zur Tür hereinkam. Drea schätzte sie auf um die fünfzig. Sie war perfekt dezent geschminkt und hatte sich das blonde Haar zu einem professionell aussehenden Pferdeschwanz zusammengebunden. In ihren Ohren steckten kleine Perlenohrringe.

»Hallo, habt ihr noch auf, oder bin ich zu spät dran, um noch eine Tasse Kaffee zu bekommen?«, fragte sie fröhlich.

»Noch zwanzig Minuten«, antwortete Drea lächelnd. »Was hätten Sie denn gern?«

»Bitte einen entkoffeinierten Latte macchiato zum Mitnehmen. Wenn ich um diese Uhrzeit noch Koffein zu mir nehme, tue ich die ganze Nacht kein Auge zu.«

Marco trug jetzt anstelle seiner Arbeitskleidung Cargo-Shorts und ein schwarzes T-Shirt. Er stellte Wischmopp und Eimer neben einen leeren Tisch und verabschiedete sich von Drea.

»Hab einen schönen Abend, Marco«, rief sie ihm über die Schulter hinterher.

Drea füllte den Siebträger mit entkoffeiniertem Schweizer Kaffeepulver und stellte die Espressomaschine an.

»Haben Sie in der Gegend zu tun?« Nach all den Jahren im Café war sie die Königin sinnfreien Small Talks geworden.

»Nein, abgesehen vom Kaffeekaufen«, antwortete die Frau lachend. »Ich habe gerade noch einen Dokumentarfilm geguckt, als mir einfiel, dass ihr bald zumacht, also habe ich mich aufgerappelt und bin hergeeilt.«

»Ich kann Ihren Akzent schwer zuordnen«, merkte Drea an, während sie darauf wartete, dass die Milch zum Aufschäumen warm wurde.

»Ja, das hör ich oft. Ich bin in den letzten zwanzig Jahren aus unterschiedlichsten Gründen viel im Land herumgereist.«

Drea stellte den Kaffee auf den Tresen. »Ich würde so gern studieren oder reisen«, sagte sie wehmütig, aber in ihrem hohen Alter von siebenundzwanzig schien das nicht mehr so realistisch zu sein. Die Pflege ihrer Mutter in den letzten Jahren hatte ihr einen Strich durch die Rechnung gemacht. Wenn es so weiterging, würde sie bald genauso viele Schulden haben wie eine College-Absolventin, ohne jedoch etwas gelernt zu haben, was sie aus ihrem perspektivlosen Job hätte herausholen können.

»Nun«, sagte die Frau und legte einen Zwanzig-Dollar-Schein auf den Tresen, »ich kann Sie nur dazu ermutigen. Behalten Sie den Rest.«

Die Frau ging in die hintere Ecke des Cafés und setzte sich hin.

Drea warf einen Blick auf die Uhr – noch fünfzehn Minuten, bis sie zumachte. Sie hätte Marco bitten sollen, ein paar Minuten länger zu bleiben, dann hätte sie ihre Mutter noch mal anrufen können. Hoffentlich war sie nur vorm Fernseher eingeschlafen, während sie sich eine Serienfolge nach der anderen ansah. Aber was, wenn nicht?

Die Frau war ganz in ihr Handy vertieft, der Kaffee stand unangetastet auf dem Tisch. José hatte feste Grundsätze. Es war in Ordnung, die Tür abzuschließen, damit keine neuen Kunden mehr hereinkommen konnten. Es war nicht in Ordnung, Kunden hinauszubitten, wenn sie noch nicht ausgetrunken hatten. Wenn die Frau noch eine Weile hier saß, musste Drea ihre Mutter anrufen.

Sie trommelte mit einem Fingernagel auf den Tresen und erwog, ihr Handy zu holen. Die Frau sah harmlos aus.

»Entschuldigen Sie bitte«, sagte sie und näherte sich dem Tisch. »Ich muss kurz nach hinten gehen und mein Handy holen. Ich bin sofort wieder da, falls Sie noch etwas benötigen.«

»Ich brauche nichts. Haben Sie heute Abend ein heißes Date?«

»Schön wär's«, antwortete Drea seufzend. »Meine Mutter ist sehr krank.«

»Oh, das tut mir leid. Sie sind eine gute Tochter, dass Sie sich Sorgen um Ihre Mutter machen.« Ein langer, schwermütiger Seufzer entfuhr der Frau.

»Haben Sie Kinder?«, fragte Drea, verwundert über den plötzlichen Stimmungswechsel.

Die Frau verneinte kopfschüttelnd. »Wenn ich welche hätte, würde ich mir wünschen, dass sie mich anrufen, wenn ich krank bin.«

Im Pausenraum holte Drea ihr Handy heraus.

Nur fünf Minuten, nahm sie sich fest vor und suchte im Raum nach Empfang. Sie bat José innerlich um Verzeihung, weil sie gegen die Regeln verstieß, und rief ihre Mutter an.

»Hallo?« Erleichtert hörte sie die Stimme ihrer Mutter.
»Hey, Mom. Wie geht's dir?«

»Wann kommst du endlich nach Hause? Ich bin so einsam«, quengelte ihre Mutter.

Seitdem Drea, noch in der Highschool, die schreckliche Diagnose ihrer Mutter erhalten hatte, hatte sie diesen Vorwurf schon unzählige Male zu hören bekommen. Je mehr ihre Mutter ans Haus gefesselt war, desto schlimmer wurde es. Aber in Momenten wie diesem und angesichts ihres sich verschlechternden gesundheitlichen Zustands war Drea erleichtert, ihre Mutter schimpfen zu hören.

Sie sah sich im Pausenraum um, ihr Blick blieb an den ausgeblichenen Zetteln am Anschlagbrett für das Personal hängen. Von der Einserkandidatin zum Vollzeitjob im José's. Drea erinnerte sich daran, wie es gewesen war, wenn ihre Freunde sie eingeladen hatten, um zusammen zu lernen, und sie immer absagen musste, weil sie arbeiten musste. Sie hatte sich damals auch einsam gefühlt. Und hatte verzweifelt versucht, in der wenigen Zeit, die ihr blieb, nachts auf ihrem Zimmer zu lernen, während der Zigarettenrauch von der Veranda zu ihr hochstieg. Nicht mal die Angst vor dem Tod hatte ihre Mutter vom Rauchen abbringen können.

»Ich werde etwas später zu Hause sein, Mom. Ich muss noch putzen und den Laden abschließen.«

»Dann beeil dich. Und bring Schokoladenkuchen mit.«

Drea versprach es ihr und legte auf. Kein *Wie geht's dir, Drea? Wie war dein Tag? Ich weiß zu schätzen, dass du zwölf Stunden arbeiten gehst.* Es wurde direkt losgejammert. O ja. Und der Kuchen. *Vergiss den verdammten Kuchen nicht.*

Sie ließ das Handy in ihre Schürzentasche gleiten und

ging an der Küche vorbei zurück in den Gastraum, als auf einmal das Licht ausging. Die Frau, die vorn gesessen hatte, rannte Richtung Pausenraum an ihr vorbei, gefolgt von einem großen Mann in Lederjacke. Es war zu dunkel, um genau zu erkennen, wie er aussah, und es passierte so schnell, dass Drea sich keine besonderen Merkmale einprägen konnte.

Drea spürte, wie etwas Kaltes und Hartes gegen ihre Schläfe gedrückt wurde, und unterdrückte einen panischen Aufschrei.

»Schätzchen, wir wollen nur mit deiner Freundin hier reden. Du kannst es dir einfach oder schwer machen.«

Der schleppende Akzent deutete darauf hin, dass der Mann irgendwo aus dem Süden kam. An den Worten, die er in ihr Ohr flüsterte, erkannte sie, dass er rechts hinter ihr stand, aber sie riskierte lieber keinen Blick dorthin.

»*Einfach* bedeutet, du vergisst, dass du mich jemals gesehen hast, und das Leben geht weiter.«

Dreas Herz pochte so stark, und sie atmete so heftig, dass ihr schwindelig wurde.

»*Schwer* bedeutet, wenn du dich nicht daran hältst, dann ...« *Klick*. Die Pistole. Drea zuckte zusammen, und der Mann hinter ihr lachte. »Du verstehst, was ich meine. Und um sicherzugehen, dass wir uns wirklich verstehen, gibst du mir jetzt bitte deinen Führerschein.«

Drea ging langsam zum Pausenraum. Die Tür des Hintereingangs stand sperrangelweit offen, weder die Frau noch der andere Eindringling waren zu sehen. Mit zitternden Händen öffnete sie die Tür zum Pausenraum und warf in der Dunkelheit den Wäschekorb um. In der Toilette war ein Licht an, das den Raum schwach erleuchtete. Sie öffnete ihren Spind und sah die Mappe, auf der Cujo eine wunderschöne Zeichnung von ihr als Belle in *Die Schöne und das Biest* gemalt hatte. Sie suchte nach dem Portemonnaie, zog ihren Führerschein hervor und reichte ihn über ihre Schulter.

»Gut. Ich möchte mich vielmals dafür entschuldigen, dass wir heute Abend so hier hereingeplatzt sind, Ms Andrea Caron. War mir ein Vergnügen.«

Als er mit dem Lauf der Pistole über ihren Kiefer glitt, zog sich ihre Haut zusammen.

Die Tür zum Pausenraum schloss sich leise. Drea ließ sich auf die Knie fallen und freute sich trotz des schmerzhaften Aufpralls darüber, die Verbindung zu etwas Festem zu spüren. Es war totenstill im Café. Sie stand wieder auf, schnappte sich ihr Handy und stolperte zum Hinterausgang, um die Tür abzuschließen. Die Schatten vorbeifahrender Autos bescherten ihr fast einen Herzstillstand, und sie drückte wie wild auf dem Lichtschalter herum, vergebens.

Dann rannte sie wieder nach vorn, um den Haupteingang abzuschließen. Als das Café sicher verriegelt war, leuchtete sie mit der Taschenlampe ihres Handys in die hintere Ecke und erwartete irgendwie, dass die Frau immer noch dort saß, aber ihr einsamer Becher war alles, was von ihr geblieben war.

Kapitel 2

»Danke, dass Sie so schnell gekommen sind.« Drea schirmte ihre Augen gegen die blendenden Blau- und Rotlichter der zwei Polizeiautos ab. Zum Teufel mit den Drohungen. Sie fühlte sich sicherer mit der Polizei an ihrer Seite, als wenn sie auf sich allein gestellt blieb.

Und wenn sie sie beobachteten ... Dann war das halt so.

Die Polizeibeamten hatten ihre Waffen gezogen und stellten sich schnell vor.

»Ich bin Officer Fletcher. Ist der Eindringling immer noch da?« Ein junger Polizist kam auf sie zu, die Waffe auf den Boden gerichtet. Auch die anderen Polizisten hielten ihre Waffen Richtung Boden.

Sie verneinte kopfschüttelnd. »Ich habe die Hintertür abgeschlossen, als sie rausgegangen sind. Geflüchtet sind. Was auch immer.«

Officer Fletcher schickte eine zweite Einheit um das Gebäude herum, um den Bereich hinter dem Café zu überprüfen. Er führte Drea vom José's weg.

»Bitte bleiben Sie mit Officer Shelton hier, während wir uns drinnen umsehen.«

»Natürlich«, antwortete sie.

»Kein Strom?«

Drea schüttelte den Kopf.

Fletcher hob die Waffe und leuchtete mit einer kleinen Taschenlampe den Bereich vor sich aus.

Drea blieb im Schutz des Polizeiautos stehen und konnte durch das Fenster mitverfolgen, wie die Beamten den Gästeraum absuchten, bevor sie durch die Schwingtüren nach hinten Richtung Toiletten, Küche, Büro und Personalraum verschwanden.

Kaffee. Vielleicht würden sich die Officers über einen Kaffee freuen? Und Gebäck. Oder war das nur ein Klischee? Moment mal. Es gab keinen Strom. Da half alles nichts, ohne Strom lief die Kaffemaschine nicht, und selbst wenn es gegangen wäre, hätte sie sich beim Kaffeemachen verbrüht, so wie ihre Hände zitterten. *Und dass sie Selbstgespräche führte, als hätte sie den Verstand verloren, machte die Sache auch nicht besser.*

Die Zeit verging nur schleppend. Die Übelkeit, die sie zuvor verspürt hatte, war wieder verschwunden. Sie fragte sich, wie sicher es wohl war, auf der Straße herumzustehen, und trat nervös näher ans Café heran.

»Entwarnung«, meldete Fletcher, als die Polizisten aus dem Café herauskamen. »Das ist Officer Tyler. Wir können jetzt reingehen, wenn Sie möchten.«

Cookies hatte sie im Angebot. Sie ging hinter den Tresen und stand den Silhouetten der beiden Polizisten gegenüber. Josés berühmte, selbstgemachte Chocolate-Chip-Cookies erschienen ihr im Augenblick sebst sehr verlockend, auch wenn sie einen doppelten Jack Daniels noch reizvoller gefunden hätte. Aber so was gab es hier nicht.

Ein weiterer Wagen hielt vor dem Café. »Das ist Detective Carter«, erklärte Tyler ihr.

Fletcher und Tyler gingen hinaus, um dem Detective Bericht zu erstatten, und kamen nach ein paar Minuten wieder zurück. Drea hatte die Zeit genutzt, um etwas zu essen, Servietten und Wasserflaschen bereitzustellen.

»Ms Caron, bitte setzen Sie sich doch.« Fletcher zeigte auf einen Stuhl am Fenster, wo etwas Licht von der Straße hereinschien. »Detective Carter möchte mit Ihnen sprechen.«

»Ich bin Andrea.« Sie sah Detective Carter an. »Bitte nennen Sie mich Drea.« Sie öffnete das Cookie-Glas mit einem Ploppen. »Bitte bedienen Sie sich. Das geht aufs Haus.«

»Es tut mir leid, dass wir uns unter diesen Umständen kennenlernen, Drea«, sagte Carter und schüttelte zur Begrüßung ihre Hand. »Gibt es Überwachungskameras im Café?«

Drea setzte sich. »Ja, aber das Licht ging aus, bevor sie reingekommen sind. Ich nehme an, dass sie den Strom ganz abgeschaltet haben.«

Carter wandte sich einem seiner Kollegen zu. »Tyler?«

»Ich bin dran. Und rufe gleich den Stromkonzern an, damit die uns so schnell wie möglich jemanden schicken.«

»Drea!« José stürmte zur Tür herein, sein Haar stand in alle Richtungen ab, und auch die Kombination aus seinem zerknitterten Pyjama-Oberteil und der Jeanshose bot einen interessanten Anblick. Das Café öffnete um sieben Uhr morgens, und José übernahm gern die frühe Schicht. Er fing um 4.30 Uhr an zu backen und war immer spätestens gegen 20 Uhr im Bett. »Geht's dir gut?«

»Sir. Warten Sie. Sie können hier nicht einfach so reinplatzen.«

»Lassen Sie mich los. Dieses Mädchen ist wie eine Tochter für mich.« José schüttelte den Arm des Officers ab und hastete zu Drea.

Er umarmte sie und trat dann, ohne sie loszulassen, einen Schritt zurück. »Im Ernst, geht's dir gut?«

»Das Geld. Ich hab noch nicht in der Kasse nachgeschaut, José.« Die Kasse stand zwar nicht auf, das bedeutete aber nicht unbedingt, dass das Geld noch drin war. Heute war viel los gewesen, es konnte alo eine Menge Geld gestohlen worden sein. »Was, wenn sie das Geld mitgenommen haben?« Sie wollte sofort in der Kasse nachschauen, aber José hielt sie zurück. Sie nahm seine Hand und kämpfte mit den Tränen, die jetzt erst zeigten, wie viel Angst sie gehabt hatte und ehrlich gesagt immer noch hatte.

»Glaubst du wirklich, mich interessiert die Kohle, Drea? Du bist ja wohl verrückt. Das ist mir völlig egal. Hauptsache dir geht's gut.«

José legte einen Arm um ihre Schultern, und Drea ließ sich von ihm trösten. Er war der einzige Mann in ihrem Leben, auf den sie sich verlassen konnte. Sie liebte ihn wie einen Vater. Wenn er ihr den Job nicht gegeben hätte, würde es um sie und ihre Mutter weitaus schlimmer stehen.

»Sir, sind Sie der Inhaber?«, fragte Carter.

»Ja, dieses Café ist seit Jahrzehnten im Besitz meiner Familie.«

José setzte sich neben Drea.

»Können Sie uns genau erklären, was geschehen ist, Drea?«, fragte Detective Carter.

»Das Café sollte bald schließen, und ich war dabei, alles vorzubereiten. Marco war gerade gegangen, und nur diese Frau und ich waren noch da.«

Drea erklärte den Officers Schritt für Schritt, was passiert war, eine schmerzhafte Angelegenheit.

»Sie haben also eigentlich gar nicht gesehen, dass die Frau entführt wurde?«

»Nein.« Drea ärgerte sich sehr darüber. »Ich habe ihre Silhouette erkannt, als sie an mir vorbeigerannt ist. Eine größere Person, die ich für einen Mann hielt, folgte ihr. Der Hinterausgang befindet sich in einer Linie mit den Schwingtüren, und wir haben eine Leuchtanzeige draußen, ich vermute also, dass sie sehen konnte, wohin sie lief. Es war sehr dunkel.«

»Haben Sie eine dieser Personen danach noch mal gesehen?« Carter kritzelte eine weitere Notiz in sein Büchlein.

Drea verneinte kopfschüttelnd. »Es kam keiner mehr zurück ins Café.«

»In Ordnung. Wir werden jetzt ein paar Leute reinschicken, die sich das Ganze genauer angucken. Den Becher der Frau tüten wir ein. Kann einer von Ihnen bleiben, bis die Leute vom Stromanbieter kommen?«

»Ich bleibe, Drea. Du solltest nach Hause gehen und dich ausruhen.«

Ein Polizist nahm Dreas Kontaktdaten auf und begleitete sie bis zu ihrem Auto.

Sie drehte den Zündschlüssel herum, der Motor stotterte, bevor er wieder ausging. »Komm schon«, redete sie ihrem Auto gut zu und warf dem Officer einen Blick zu, der am Bordstein darauf wartete, dass sie wegfuhr. Sie versuchte es noch einmal. Diesmal sprang der Motor an.

Auch wenn sie ein schäbiges Zuhause hatte, fühlte sie sich dort am sichersten.

*

Cujo stand in der Schlange und beobachtete Drea, die immer wieder Blicke zu dem Tisch in der hinteren Ecke des Cafés warf. Eine junge Familie war gerade dabei, sich haufenweise Leckereien einzuverleiben, und der kleine Junge hatte sich mit Glasur vollgeschmiert. Drea war normalerweise sehr konzentriert bei der Arbeit, und Cujo fragte sich, was sie heute so ablenkte.

Sogar am Abend war das Café gut besucht. Samstags war in Miami immer viel los, weil es jede Menge Wochenend-Touristen gab. Im Second Circle hatte immer noch der Mob getobt, als er gegangen war. Er hatte noch überlegt, länger zu bleiben, aber er hatte den Laden geöffnet und schon gute zehn Stunden Arbeit hinter sich. Als er ganz vorn stand und dran war, erkannte Drea ihn und sah ihn überrascht an.

»Hey, Drea, machst du mir bitte einen Gibraltar?« Er lächelte sie an, als hätte er den normalsten Kaffee der Welt bestellt.

»Einen Gibraltar?«, fragte sie und sah ihn verwirrt an. Ihre dunklen Augenringe machten ihn kurz stutzig.

Niemals hätte er zugegeben, dass er das im Internet recherchiert hatte, um sie aus der Fassung zu bringen. Er hatte seit zwei Tagen nichts mehr von ihr gehört, und sie mussten die Feier fertig durchplanen. Wenn der Berg also nicht zum Propheten kam oder so, oder war es doch der Elefant, der ...? Wie dem auch sei. Er musste sie sehen.

»Bist du sicher? Ich hätte dich eher für einen *Cortado-*

Typen gehalten. Größer als ein Macchiato, aber kleiner als ein Latte. Ein Gibraltar hat nur zwölf Zentiliter, und ich hätte gedacht, dass du zu denjenigen gehörst, für die die Größe zählt. Deswegen war ich von *Cortado* ausgegangen.«
Hinter ihm brach ein Trio von kalkweißen Mädels in Lachen aus. Touché.

»Du bist die Fachfrau. Ich nehme, was du mir empfiehlst«, antwortete er grinsend. Ihre Augen funkelten verschmitzt, und ihre Mundwinkel verzogen sich zu einem Lächeln.

Das überraschte Cujo. Er hatte damit gerechnet, dass sie überheblich die Augenbrauen hochziehen oder mit den Augen rollen würde. Das Lächeln stand ihr gut, und er bewunderte kurz, wie ihre Uniform ihre Figur betonte. Sie war zwar zierlich, aber sie hatte genug Kurven, um das schwarze T-Shirt, auf dem in Kursivschrift *José's* stand, wunderbar auszufüllen. Auch wenn die Abstände zwischen den Lettern etwas unregelmäßig waren und ihn das irgendwie störte.

Sie begann, seinen Kaffee zuzubereiten, und er langte über den Tresen, um sich ein Croissant von der Ablage zu schnappen. Wo der metallene Löffel auf einmal herkam? Er hatte keine Ahnung. Aber als er seine Fingerknöchel traf, zuckte er vor Schmerz zusammen. »Drea, verdammt.« Erst mit dem Kuli, jetzt mit dem Löffel?

Mit einer Hand hielt sie immer noch den Regler des Milchschäumers, mit der anderen ergriff sie seine schmerzenden Finger und küsste sie sanft. »Deine Hände gehören nicht in meinen Kuchen.«

Ihre Lippen waren warm und weich, und wenn er sich

jetzt auch noch seine Hände überall auf ihrem Wahnsinnskörper vorstellte, wurde ihm direkt ganz anders.

Mit einer Zange nahm sie das Gebäck heraus, das er wollte, und legte es auf einen Teller. Dann schenkte sie Kaffee und Milch in ein kleines Glas und reichte ihm alles zusammen.

»Sag mal, Drea, flirtest du etwa mit mir? Das hörte sich nämlich ganz nach einer Anspielung an.« Cujo zog sein Portemonnaie hervor.

»Ganz bestimmt nicht. Ich mach hier keinen auf *Wie du mir, so ich dir*.«

»Soso. Ich wollte dich übrigens fragen, ob du nach der Arbeit 'ne Kleinigkeit mit mir essen gehen würdest, damit wir die Party zu Ende besprechen können.« Er bezahlte für seinen Kaffee und wartete auf das Wechselgeld.

»Das halte ich für keine gute Idee, Cujo.« Sie gab ihm das Geld, und er konnte nicht widerstehen und hielt ihre Finger fest.

»Es ist nur Essen, Drea. Es ist schon spät. Ich muss heute Abend essen, du auch, und wir haben noch eine Party zu organisieren.« Ihre Finger fühlten sich winzig an in seiner Hand, und als sie sie wegzog, spürte er sofort, dass etwas fehlte.

Abwägend sah sie die Warteschlange und dann wieder ihn an. »Also gut, ich komme gleich, 'ne Viertelstunde noch.«

Und schon fing sie wieder damit an. Wie machte sie das nur, dass alles, was sie sagte, wie eine sexuelle Anspielung klang?

»Gut zu wissen, aber wann hast du Feierabend?«

Ihr entfuhr ein Kichern, bevor sie sich die Hand vor den Mund schlug und sich zusammenriss.

Das konnte durchaus seine neue Lieblingsbeschäftigung werden, dieses miteinander Flirten.

»Bald«, antworte sie knapp, aber ihre Augen lachten.

»Ich würde dann gern noch mal auf das ›Ich komme gleich‹-Thema zurückkommen«, bemerkte er augenzwinkernd. Sicherlich würde er sie unter fünf Minuten dazu kriegen.

»Ich habe Kunden, Cujo«, antwortete sie zuckersüß, lehnte sich über den Tresen und bot ihm einen wunderbaren Einblick in ihr fabelhaftes Dekolleté. »Aber«, flüsterte sie jetzt, »falls es jemals so weit ist, dass du mich zum Kommen bringen sollst, plan besser ein paar Stunden ein.«

*

Guacamole war das beste Essen, das jemals erfunden worden war. Zusammen mit Key Lime Pie. Drea nahm sich einen Tortilla-Chip und dippte ihn in die Steingutschüssel voller Seligkeit. Als sie ihn in ihren Mund steckte, seufzte sie genussvoll. Mexikanisch essen zu gehen war Cujos Idee gewesen, aber das war ganz in ihrem Sinne. Sie hatte dann auch das Restaurant ausgesucht. Billig und laut, aber authentisch. Da sie immer knapp bei Kasse war, war sie schon ewig nicht mehr essen gegangen, aber heute hatte sie gutes Trinkgeld bekommen, und wenn sie sich an die Vorspeisen hielt, müsste sie nicht mehr als sechs Dollar ausgeben.

»Danke, dass du gewartet hast, während ich abgeschlossen habe«, sagte sie dankbarer, als sie es ihm gegenüber zugeben wollte. Sie hatte sich fest vorgenommen, weiterzuarbeiten, als wenn nichts passiert wäre, aber während der Spätschichten hatte sie jetzt richtig Angst. Er hatte auf sie gewartet, seinen Kaffee getrunken, und dann waren sie zusammen zum Restaurant gegangen.

»Kein Problem. Ich hab dich vorhin wie einen Rohrspatz fluchen hören. Hätte gar nicht gedacht, dass nette Mädels wie du solch ein Vokabular draufhaben.«

»Sehr lustig. Morgen wird die Dreckwäsche abgeholt, und diese Idioten, die zufällig meine Kollegen sind, wissen nicht, wie man Taschen leert. Ich hab ihnen gesagt, dass, wenn ich es für sie tun muss, ich alles behalte, was ich finde. Diese Woche habe ich vier Haargummis, drei Kulis – übrigens alle drei meine, was bedeutet, dass jemand mir die klaut –, eine Packung Kaugummis und einen USB-Stick ergattert. Joanie flippt vielleicht gerade aus, weil sie glaubt, dass sie eine Hausarbeit verloren hat.« Drea hörte auf zu reden, um sich einen weiteren Tortilla-Chip in den Mund zu stecken.

»Da hast du gute Beute gemacht«, bemerkte Cujo und nahm selbst einen Chip.

Sie sah ihm dabei zu, wie er seine Enchiladas in sich hineinstopfte. Tischmanieren hatte ihm offensichtlich niemand beigebracht, denn er benutzte seine Gabel wie eine Schaufel.

»Ich hab mir noch mal alles durch den Kopf gehen lassen«, sagte er, den Mund voller Bohnenmus. »Mir gefällt die Idee von einem großen Feiertag wie Mardi Gras, Cinco de Mayo oder dem vierten Juli.«

Drea wollte diese Idee hassen. Wirklich. Aber sie war

nach reiflicher Überlegung zu dem Schluss gekommen, dass er recht hatte. Trent und Harper verdienten nichts anderes als eine spaßige Feier. »Aber wie hast du dir das vorgestellt?«, hakte sie nach, um seine Ideen besser nachvollziehen zu können, bevor sie ihre Gedanken einbrachte.

»Was, wenn wir einen Supermix aus Feiertagen machen? Das Essen könnte Cajun sein, Mexikanisch oder beides, als Tapas serviert. Natürlich gibt's ein Feuerwerk. Dann gibt's Glaskugeln als Anreiz für die Mädels, die ihr Oberteil ausziehen wollen.«

Sie hörte auf zu kauen und sah ihn mit hochgezogenen Augenbrauen an.

»Das war ein Witz. Ich wollte nur gucken, ob du mir zuhörst.« Er grinste.

Langsam nahm seine Vision auch in ihrem Kopf Form an. »Wir könnten Margaritas anbieten. Nein. Tequila. Und eine Piñata aufhängen«, fügte sie hinzu.

»Damit du mich ganz aus Versehen mit einem Baseballschläger verprügeln kannst?« Er lachte laut.

»Nein, aber super Idee.«

»Also, was denkst du?« Er sah sie mit großen, funkelnden Augen an, vom Grinsen bekam er Lachfältchen.

»Es gefällt mir.« Sie hatte sich von seiner Begeisterung anstecken lassen.

»Aber?«

»Kein Aber. Es gefällt mir. Daraus können wir 'ne Menge machen.«

»Wo ist die Frau, die der Meinung war, wir müssten uns für ein Gala-Event aufbrezeln?«

»Ich habe darüber nachgedacht, was du gesagt hast. Ich

bin erwachsen genug, um zugeben zu können, dass ich vielleicht etwas übertrieben habe.«

»Hast du gerade etwa zugegeben, dass ich recht hatte?« Cujo griff sich ans Herz und sackte auf seinem Stuhl zusammen.

Drea gab ihm einen Fußtritt unterm Tisch und feixte, als er aufschrie. Sie holte ihr Notizbuch hervor und begann, ihre Ideen aufzuschreiben. So hatte sie sich die Party zwar gar nicht vorgestellt, aber sie würden daraus einen sehr coolen und lustigen Abend machen. Sie würden leckere Hors-d'œuvres servieren, gegrillte Maiskölbchen und verschiedene Arten von Churros. Vielleicht könnten sie sogar Meeresfrüchte im Cajun-Style als Barbecue anbieten? Oh, und natürlich Blutwurst-Buletten. Viele Kerzen und Zinneimer voller bunter Blumen würden das Ganze dekorieren. Und strahlende Laternen.

»Möchtest du noch was trinken?«, erkundigte sich Cujo, als der Kellner an ihren Tisch kam. Sie hatte sich den ganzen Abend an ihrem Glas Wasser festgehalten, damit ihr Anteil an der Rechnung so niedrig wie möglich blieb.

»Ich möchte nichts mehr, danke.«

Cujo bat um die Rechnung. Sie wurde ihnen, garniert mit der Telefonnummer der Kellnerin und zwei Ananas- und Chililollis, auf einem kleinen silbernen Tablett serviert. Cujo schnappte sie sich. »Das geht auf mich, Drea. Ich habe neunzig Prozent unseres Essens verdrückt.«

»Nein.« Sie legte ihre Kreditkarte auf das Tablett. »Das war kein Date«, erklärte sie, auch wenn es ihr einen Stich versetzte, es so direkt auszusprechen. »Jeder sollte für sich zahlen.«

Cujo schnappte sich ihre Karte und sah sie sich an. »Andrea also?«

»Ich hasse diesen Namen. Nur meine Mutter nennt mich so, wenn sie sauer auf mich ist.« Sie nahm seine auch in die Hand. »Brody? Gefällt mir. Warum nennt man dich Cujo?«

»Das erzähl ich dir gern ein andermal.« Er nahm seine Kreditkarte wieder an sich und streifte dabei mit seinen Fingern ihre Hand.

Sie wollte sich nicht eingestehen, dass sie davon eine Gänsehaut bekam. Cujo war absolut nicht ihr Typ, warum brachte er sie also immer wieder so durcheinander?

Die Kellnerin brachte das Kartenzahlungsgerät und rechnete erst Cujos Anteil ab. Als Nächtes zog sie Dreas Karte durch das Gerät.

»Es tut mir leid, Andrea«, sagte die Kellnerin mit einem Blick, der vom genauen Gegenteil zeugte, »aber Ihre Karte wurde nicht akzeptiert.«

Drea wurde übel. Sie hatte die letzten Medikamente ihrer Mutter mit dieser Karte bezahlt, war sich aber nicht bewusst gewesen, wie nah sie schon am Limit war.

»Würden Sie es vielleicht noch mal versuchen?« Sie spürte, wie ihr die Röte in die Wangen stieg, und starrte auf die Tischplatte, zutiefst beschämt, dass Cujo all das mitbekam.

»Tut mir leid. Die Karte wird wieder nicht akzeptiert. Haben Sie Bargeld oder eine andere Kreditkarte, die Sie nehmen könnten?«

Drea öffnete ihr Portemonnaie. *Verdammt.* Sie hatte ihr Trinkgeld im Spind vergessen. Als sie sämtliche Belege und

Rezepte in ihrem Geldfach durchwühlte, legte sich eine Hand auf die ihre.

»Drea.« Sie konnte nicht aufschauen. Sie brauchte weder sein Mitleid noch seine Hilfe. »Drea, sieh mich an.«

Sie hob den Blick. Wenn er nur zwanzig Minuten warten würde, dann könnte sie dieses Problem beheben.

»Es ist doch nur ein billiges mexikanisches Essen unter Freunden. Ich übernehm das.« Er gab der Kellnerin seine Karte und wartete darauf, dass sie den Betrag eingab.

Drea suchte ihre Sachen zusammen und stand eilig auf. »Es tut mir leid. Ich geh schnell zurück ins Café, mein Trinkgeld liegt nämlich noch da. Warte draußen, ich zahl es dir sofort zurück«, erklärte sie und hastete zur Tür.

*

Cujo bezahlte den Rest und ignorierte den unverfrorenen Versuch der Kellnerin, seine Telefonnummer zu bekommen, während sie den Zahlvorgang hinauszögerte.

Drea hatte so niedergeschlagen ausgesehen. Er hatte vorher nie den Eindruck gehabt, sie könnte in finanziellen Schwierigkeiten stecken.

Er versuchte, sie anzurufen, bekam aber nur die Mailbox dran. »Hey, hier ist Drea. Bitte hinterlass eine Nachricht, und wenn du nett bist und ich dich mag, rufe ich dich zurück.«

Cujo legte auf. Aus Prinzip hinterließ er nie Nachrichten auf Anrufbeantwortern. Er hasste das, fühlte sich komisch dabei. Er joggte Richtung Café, um sie vielleicht sogar noch einzuholen. Es ging doch nur um maximal zehn Dollar. Das war wirklich keine große Sache.

Die Tür zum José's stand offen. »Hey, Engelchen. Wo hast du dich versteckt?« Keine Antwort.

Im Café selbst war es dunkel, aber hinten im Pausenraum war Licht. Vielleicht war sie schon wieder auf dem Rückweg zu ihm und hatte in der Eile vergessen, die Tür abzuschließen? Er traute ihr diese Schusseligkeit fast zu, aber wenn es sein Laden gewesen wäre, hätte er sie dafür gefeuert.

Drea kam auf einmal aus dem Pausenraum, gefolgt von einem Typen, der aussah, als wäre er gerade original einem Rockvideo aus den 1980er-Jahren entsprungen. Er hatte langes lockiges Haar, entweder eine grottenschlechte Dauerwelle oder der Typ hatte wirklich Pech in Sachen Naturhaar. Seine zerschlissene Lederjacke hatte schon bessere Tage gesehen, und die abgewetzten Cowboystiefel machten das Outfit komplett. Bestimmt nicht Dreas Typ, und trotzdem hatte er seinen Arm um ihre Schultern gelegt.

»Was ist hier los? Alles okay mit dir?« Cujo musterte Drea, die völlig starr wirkte. Ihre Arme hingen bewegungslos an ihren Seiten herab.

»Alles gut«, sagte sie angespannt. »Danke für das Abendessen … ich geb dir das Geld morgen zurück. Du solltest jetzt besser … gehen.«

Sie sah alles andere als gut aus. Sie hatte noch nie einen Freund erwähnt, was aber nicht bedeutete, dass sie keinen hatte. Der Typ ließ bei Cujo sämtliche Alarmglocken schrillen.

»Also, Typ, willst du mir mal sagen, was hier los ist?« Drea zuckte leicht zusammen, als der Kerl den Arm noch fester um sie schlang. Mehr brauchte er nicht zu sehen. Sie war auf keinen Fall freiwillig in dieser Situation.

»Pass mal auf, Andrea und ich sind schon eine ganze Weile Freunde. Stimmt's, Andrea?«

Drea sah Cujo auf einmal mit angsterfüllten Augen an. Sie war panisch. Er verlagerte sein Gewicht auf die Zehenballen, nahm instinktiv eine Kampfstellung ein. Die Luft war wie elektrisiert. Drea stand bewegungslos da. Dann erinnerte er sich daran, dass sie es hasste, Andrea genannt zu werden.

»Andrea, komm her.« Hier stimmte etwas nicht. Hier stimmte etwas gewaltig nicht.

Drea schüttelte heftig den Kopf. »Bitte, Cujo, glaub mir. Du musst jetzt gehen. Es ist alles gut mit mir.«

»Ihr Vater hat mich darum geben, nach ihr zu schauen, stimmt's, Andrea?«

»Bitte, geh«, wiederholte Drea mit matter Stimme.

Cujo sah sich ein letztes Mal nach einem nützlichen Gegenstand um. Das Einzige, was er hatte, waren seine Fäuste, und die waren zumindest, dank seines MMA-Trainers Frankie, mehr als bereit für das, was er jetzt gleich tun würde. Er wich einen kleinen Schritt zurück Richtung Tür, wollte dem Typen vortäuschen, dass er den Raum verließ, um ihn dann zu überraschen. Drea flehte ihn an zu gehen, auch wenn sein Bauch ihm etwas anderes sagte. Aber er hörte immer auf seinen Bauch. Er sprintete plötzlich auf den Typen zu und war fast auf dessen Höhe, als das Arschloch eine Pistole zog und sie an Dreas Kopf hielt.

Verdammte Scheiße.

»Oh, das war keine gute Idee«, sagte der Typ.

Cujo blieb abrupt stehen.

Kapitel 3

Der enge, dunkle Vorratsschrank hatte sich noch nie so fremd angefühlt. Drea öffnete ihn tausendmal am Tag, um Zucker oder Servietten herauszuholen. Und jetzt würde sie hier drin sterben, ohne Miami überhaupt ein einziges Mal verlassen zu haben. *Oh Gott.* Wer würde sich um ihre Mutter kümmern?

»Wenn Sie mir sagen würden, was Sie suchen, könnte ich vielleicht behilflich sein«, schrie Drea durch die Schranktür. Es kostete sie viel Mühe, so kontrolliert zu klingen, während alles in ihr sich wie Wackelpudding anfühlte. Der Boden war kalt, und sie rückte etwas näher an Cujos Bein heran, wobei sie so tat, als würde sie nur versuchen, sich etwas bequemer zu positionieren.

Der Vorratsschrank war klein. Der Typ hatte ihr befohlen, Cujos Hände mit Kabelbinder zu fesseln. »Alles gut, Engelchen«, hatte Cujo ihr versichert, als sie die Kabelbinder fest zusammengezogen hatte. Die Plastikbinder schnitten in ihre eigenen Handgelenke. Sie versuchte, sie stillzuhalten.

Ihr Angreifer erinnerte sie an den Sänger von Whitesnake, den ihre Mutter so liebte. Snake. Der Name passte perfekt zu ihm.

Cujo trat in der Enge des Schranks von einem Bein auf das andere. Alle Versuche, seine Fesseln zu lockern, misslangen. Sie hörte, wie er versuchte, den Kabelbinder an einem Regalbrett aufzuscheuern. Vergebens. Nutzlos. Wie alles in diesem blöden Schrank.

In der Küche wurden Schubladen aufgerissen und zugeknallt. Sie waren heute schon mehrfach aufgemacht worden, wenn also jemand etwas darin versteckt hätte, so wäre es schon längst entdeckt worden.

Drea hatte ihre Hände über ihre Schienbeine gelegt und drückte sie aneinander. Cujo kauerte sich neben sie.

»Hättest du mich vorhin beim Essen nicht vorwarnen können, dass so etwas in der Art passieren würde?«, flüsterte er.

»Was hätte ich dir denn sagen sollen?«, zischte sie. »Hey, eine Frau ist vor zwei Männern aus dem Café geflüchtet. Ich weiß nicht, wer sie war. Ich weiß nicht, wer die Täter waren, vor denen sie Angst hatte. Woher sollte ich wissen, dass der wiederkommt?«

In Gedanken ging sie jeden einzelnen Gegenstand auf den Regalen im Schrank durch und wünschte sich, sie hätte bei den MacGyver-Wiederholungen, die ihre Mutter immer glotzte, besser aufgepasst. MacGyver wüsste sich mit einem Ketchup-Container, einem 25-Pfund-Sack Zucker und fünftausend Servietten zu befreien.

Es gab nichts, womit man die Schranktür hätte aufbrechen können.

»Hast du gerade Täter gesagt?« Cujo kicherte nervös.

»Täter, Kriminelle, Schurken, Verbrecher. Als Krimi-Guckerin weiß ich Bescheid. Wen interessiert's, wie ich sie nenne?«

Cujo schüttelte den Kopf. »Nur du schaffst es, mich zum Lachen zu bringen, wenn das Einzige, was sich zwischen mir und einer Waffe befindet, ein morsches Stück Sperrholz ist.« Er stellte sich wieder hin und wühlte, auf der Suche nach etwas, was ihnen weiterhelfen könnte, in der Dunkelheit herum.

»Wahrscheinlich ist es Ihnen scheißegal«, schrie Drea auf einmal, »aber meine Mutter benötigt meine Hilfe. Sie wird die Polizei anrufen, wenn ich nicht bald nach Hause komme.«

»Oh ja, ich weiß.«

»Was meinen Sie damit?« Drea stellte sich ebenfalls hin, direkt vor die Schranktür. Cujo zog sie hinter sich und schob sie mit dem Rücken gegen die Rückwand des Vorratsschranks. Er hatte sie dermaßen in die Ecke gedrängt, dass er sie fast erdrückte.

Sie stieß ihn in den Rücken. »Ich krieg keine Luft.«

»Das ist auch nicht mehr nötig, wenn er dir in die Brust schießt.«

»Machst du hier gerade einen auf Held, Cujo?« Sie lehnte die Stirn an seinen Rücken.

»Halt die Klappe, Drea«, antwortete er sanft.

»Setzt euch auf den Boden.« Das Schloss wurde aufgedreht, und die Tür öffnete sich.

Eine Pistole vor ihrem Gesicht zu haben, wurde nicht einfacher für Drea. Cujo positionierte sich zwischen ihr und Snake.

»Bitte, lassen Sie uns gehen«, flehte Drea. »Ich werde niemandem etwas sagen. Versprochen. Aber lassen Sie uns bitte raus hier.«

Snake hockte sich hin, sah sie an und hielt in einer Hand die Pistole, während er mit der anderen über den Lauf streichelte. »Schätzchen, eigentlich hätten wir zwei uns nie wiedersehen sollen.«

Wusste er, dass sie letztes Mal die Polizei gerufen hatte? In dem Fall stand ihr erneutes Aufeinandertreffen unter keinem guten Stern.

»Aber er hier …« Snake deutete mit dem Kinn auf Cujo.

Drea sah Cujo an, der Snake mit einem harten Blick bedachte. Alles an ihm war angespannt vor Wut, aber er saß ganz ruhig da.

»Ich halte dich für ein kluges Mädchen, das seinen Mund halten wird«, sagte er und kam ganz nah an sie heran. Mit der Pistole strich er ihr das Haar aus dem Gesicht.

»Ich habe Frauen kennengelernt, die das nicht getan haben.« Seine Stimme wurde schroffer. »Frauen, die etwas gesagt und etwas anderes gemacht haben.«

Drea kreischte, als er ihren Kopf an den Haaren zur Seite riss und ihr die Pistole an den Kiefer drückte. »Deswegen sichere ich mich gern ab. Wenn du oder dein Freund, wenn ihr auch nur ein Wort über das hier verlieren solltet, hole ich mir Rosa.« Der Ton seiner rauen Stimme passte nicht so ganz zu seinen Worten. Da war so was wie Traurigkeit. Müdigkeit. Irgendwie ergab das keinen Sinn.

»Und wer bezahlt die Rechnungen, wenn dein Gehirn über das süße kleine Haus verteilt ist, das ihr euer Eigen nennt? Ganz zu schweigen davon, was ich mit deinem geliebten kleinen Cousin Milo anstellen könnte.«

Drea sah ihn mit aufgerissenen Augen an. Woher hatte Snake all diese Informationen über sie?

»Und du.« Snake zielte auf Cujo, der den Kerl nach wie vor niederstarrte. Die Bemerkungen, die aus Drea ein unkontrollierbar zitterndes Nervenbündel gemacht hatten, schienen ihn kaum zu beeindrucken. »Ich vermute mal, es gefällt dir, dass ihr hübscher Kopf fest auf ihrem Körper sitzt.«

»Fick dich.«

»Uuhhh, wie wagemutig.« Snake hielt die Pistole an Cujos Schläfe und entsicherte sie mit einem Klicken.

»Also«, sagte er, nun wieder mit freundlicher Stimme, »verstehen wir uns, Andrea?«

Sie bekam kein Wort heraus und nickte nur. Der Eindringling lächelte.

»Das freut mich sehr, Zuckerschnute.« Er packte sie an der Schulter. »Ich würde dein hübsches Gesicht nämlich nur ungern zerstören.«

Drea verfolgte ihn mit den Augen, als er durch den Flur Richtung Hinterausgang verschwand, und wartete darauf, dass die Tür ins Schloss fiel. Dann ließ sie sich gegen Cujo fallen. Er küsste sie auf den Kopf.

»Verdammte Scheiße, Engelchen.«

»Ja. Das kannst du laut sagen.« Ihr Herz hämmerte immer noch.

Cujo stand auf und half auch Drea ungeschickt beim Aufstehen. Sie ging in die Küche. Was wollte sie noch mal holen? Ach ja. Sie nahm eine Schere aus der Schublade und brachte sie Cujo.

»Schaffst du das, ohne meine Pulsadern aufzuschneiden?« Sie blickte auf die Scherenklingen zwischen ihren zitternden Handgelenken.

»Das werden wir in etwa dreißig Sekunden wissen.« Im Gegensatz zu ihren Händen waren seine ruhiger, und es gelang ihm, die Kabelbinder durchzuschneiden.

Das Blut strömte in ihre Hände, und sie schüttelte sie in der Hoffnung, die Durchblutung schneller anzukurbeln. Sie nahm Cujo die Schere aus den Händen. Hoch konzentriert schaffte sie es, den Kabelbinder durchzuschneiden, ohne ihn dabei zu verletzen. Dann legte sie die Schere auf den Tresen und schlang die Arme um sich.

Cujo zog sein Handy hervor und wählte.

»Mach das nicht.« Drea schnappte es ihm weg und beendete die Verbindung.

»Mach was nicht? Ich wollte nur die Polizei anrufen.« Er schaute sie verwirrt an.

»Ich weiß ... aber müssen wir ... ich meine, sollten wir das wirklich tun? Du hast gehört, was er gesagt hat. Und er weiß jetzt all diese Dinge über mich.«

Sanft nahm Cujo ihr das Handy aus der Hand. »Das hab ich gehört, Engelchen. Aber ich rate mal ganz wild drauflos, dass du dich letztes Mal auch schon nicht an seine Anweisungen gehalten hast und dass die Polizei schon nach ihm sucht, oder? Sie werden die Ermittlungen nicht einfach einstellen. Und vielleicht finden sie jetzt auf mehr Fragen eine Antwort.«

Na klar. Er hatte ja recht. Aber die Vorstellung, einfach zu vergessen, dass sie Snake gesehen hatte, wurde immer verlockender. »Er hat uns nichts Neues erzählt. Wir wissen nichts Neues über ihn.«

»Doch, das tun wir. Er glaubt, dass die Frau, die sie verfolgt haben, etwas hiergelassen hat.«

Was sollte sie tun? Sie hatte keine Ahnung. Was, wenn Snake seine Drohung wahr machte und Milo wehtat?

Wenn es nur sie betroffen hätte, dann hätte sie es unter den Tisch kehren und weitermachen können, als wäre nichts gewesen. Aber die Tatsache, dass Snake so viel über ihre Familie wusste, versetzte sie in Angst und Schrecken. Sie konnte doch nicht die ganze Zeit auf alle gleichzeitig aufpassen?

Obwohl alles in ihr danach schrie, die Polizei nicht anzurufen, hatte Cujo recht. Sie konnte nur mit ihrer Hilfe auf ihre Familie aufpassen.

»Na gut«, willigte sie schließlich ein und sah Cujo dabei zu, wie er die Nummer wählte. Während er mit der Polizei sprach, stand sie zitternd neben ihm.

Innerhalb von wenigen Minuten war die Polizei unterwegs.

Cujo lehnte sich an den Tresen und zog Drea in seine Arme. Sie sagten nichts mehr, bis das Blaulicht des Polizeiautos vor dem Café aufleuchtete. Während sie warteten, hielt Cujo Drea fest an sich gedrückt, und sie lauschte seinem langsamen Herzschlag, der eine beruhigende Wirkung auf sie hatte.

*

»Ms Caron«, begrüßte Detective Carter sie, als er das Café mit zwei anderen Officers betrat. »Zwei Anrufe in drei Nächten. Sie wollen Ihre Steuergelder wohl richtig wieder reinholen, was?«

Cujo schloss die Tür hinter den Beamten und verriegelte sie.

Drea kochte Kaffee für alle. Der Geruch ließ ihm das Wasser im Mund zusammenlaufen. Das musste man ihr lassen; sobald der Polizeiwagen vorgefahren war, hatte sie sich aus seinen Armen gelöst und wieder Haltung angenommen. Sein Engelchen riss sich zusammen. Natürlich war ihm ihre Maske bewusst. Sie hatte in seinen Armen gezittert, und er hatte die Tränen in ihren Augen funkeln sehen, bevor sie sie weggewischt hatte. In Anbetracht der Umstände verhielt sie sich bewundernswert.

Er war immer noch vollgepumpt mit Adrenalin und auf Hundertachtzig. Was hätte er dafür gegeben, zwei Minuten mit diesem Arschloch allein zu sein. Er hatte ihn sich genau angeschaut, darauf gewartet, dass der Typ einen Fehler machte. Aber er machte keinen. Es hatte keine Gelegenheit gegeben, ihn zu überwältigen und auf den Boden zu werfen.

Verdammt. Sie waren mit einer Pistole bedroht worden. Drea hatte immer wieder mit dem Typen geredet, um herauszufinden, was genau er suchte. Das Einzige, was er hatte machen können, war, sich zwischen sie und die Waffe zu stellen, um sie zumindest vor körperlichen Verletzungen zu schützen.

»Detective Carter«, stellte sich der Polizist vor und streckte ihm die Hand entgegen. Cujo ertappte sich dabei, wie er etwas härter zugriff als bei einer Begrüßung üblich. Er war nicht nur frustriert und voller Aggression, sondern schlichtweg irritiert, als er sah, wie Carter Dreas Hintern wohlgefällig musterte.

»Brody Matthews.«

»Freut mich, Sie kennenzulernen, Mr Matthews.« Dann richtete Carter seine Aufmerksamkeit wieder auf Drea und schüttelte ihre Hand etwas länger, als Cujo genehm war.

»War's derselbe Typ, Drea?«

»Ja. Ich habe ihn letztes Mal zwar nicht so gut gesehen, aber er hatte die gleiche Stimme und Statur«, antwortete sie mit zittriger Stimme. Cujo nahm ihre Hand und wärmte ihre eiskalten Finger.

»Gibt es Videoaufnahmen?« Carter deutete mit seinem Kugelschreiber auf die Überwachungskameras.

»Nein, gibt es nicht«, sagte Drea. »Seit der Strom letzten Donnerstag gekappt wurde, läuft das System nicht mehr. Haben Sie etwas auf den Aufzeichnungen gefunden?«

»Aufzeichnungen?« Cujo fragte sich, ob er etwas verpasst hatte. Hatte sie nicht gerade gesagt, dass die Überwachungskameras nicht mehr funktionierten?

»Ja, es gibt Aufzeichnungen bis zum Stromausfall vor zwei Tagen. Detective Carter hat eine Kopie davon mitgenommen, um sie untersuchen zu lassen«, klärte Drea ihn auf.

»Und, haben Sie etwas auf den Aufzeichnungen gefunden?«, wiederholte Cujo Dreas Frage.

»Wir haben natürlich die Frau. Wir scannen ihr Bild mit unterschiedlichen Software-Programmen durch, um herauszufinden, wer sie ist. Bis jetzt haben wir keine Treffer. Die zwei Angreifer tauchen gar nicht auf.«

»Verdammt.«

Carter und sein Partner, Officer de Luca, untersuchten alle Räume und nahmen anschließend ihre Aussagen auf.

»Da wir keine Videoaufzeichnungen haben, müssen wir es auf die altmodische Weise machen. Könnten Sie am Montag auf die Wache kommen? Dort haben wir einen Phantombildzeichner, und wir werden Ihnen auch einige Fahndungsfotos zeigen.«

Drea verkrampfte sich. Cujo konnte nachvollziehen, dass sie Angst davor hatte, noch tiefer in die Geschichte hineingezogen zu werden, aber es war zu spät, um jetzt einen Rückzieher zu machen. Allerdings ergab es wenig Sinn, dass sie beide auf die Wache gingen, wenn er doch den Kerl hier und jetzt selbst zeichnen konnte … bevor sie Gelegenheit hatte, ihm und sich die Sache auszureden.

»Engelchen, hättest du vielleicht ein Blatt Papier für mich? Und einen Bleistift, bitte?«

Drea lief nach hinten und kam mit Papier und anderen Utensilien wieder. Sein Blick fiel auf den Radiergummi. »Glaubst du wirklich, dass ich so ein Amateur bin?« *Ein verdammter Radiergummi. Also ehrlich.* Er gluckste.

»Sie können zeichnen?« Carter blickte neugierig auf das Papier. »Sind Sie gut?«

Cujo schloss kurz die Augen und visualisierte den Typen, den Drea Snake getauft hatte. Er strich mit der Hand über das Papier, nahm den Bleistift und prüfte das Gewicht und wie er in der Hand lag.

»Ja, bin ich.«

Er begann mit dem Umriss des Gesichts, mehr rechteckig als oval. Um das leichte Kinngrübchen wiederzugeben, benötigte er etwas mehr Zeit. Die symmetrischen Linien von der Mitte des Kopfes aus waren elementar, um Augen, Ohren und Wangenknochen zu zeichnen. *Die Proportionen*, hatte seine alte Kunstlehrerin Miss Murray immer gesagt, *sind der Schlüssel zum Verständnis jedweden künstlerischen Unterfangens.*

Kaffee schwappte über den Tassenrand, als Drea eine Tasse neben seinem Ellbogen abstellte. Er konnte ihre Nervosität förmlich spüren. Er sah zu ihr auf und zwinkerte ihr zu. Um sie irgendwie zu trösten. Drea legte ihre Hand auf seine Schulter, und er legte seine für einen kurzen Moment darüber.

»Danke.« Der Kaffee schmeckte so gut, wie er roch. Cujo konnte nicht widerstehen und warf Carter einen Blick zu. *Ja, Mann. Ihre Hand ist auf meiner Schulter. Da guckst du wohl gerade in die Röhre.*

Er zeichnete weiter, markierte zunächst einmal die Stellen, an denen sich die Hauptmerkmale befanden, und füllte sie nach und nach aus. In dem Gesicht wurden ausgehöhlte Wangenknochen erkennbar, die dem Kerl weibliche Züge verliehen.

Cujo blickte auf. Drea lehnte auf der anderen Seite des Tresens, ihm genau gegenüber, und beobachtete, wie er seiner Zeichnung Leben einhauchte. Sie stützte sich mit dem Kinn auf eine Hand und kaute auf dem Nagel ihres kleinen Fingers herum. Oder besser gesagt, sie hielt ihn zwischen den Zähnen fest, die von ihren weichen, rosafarbenen Lippen umgeben waren.

Sie blickte hoch, direkt in seine Augen. *Erwischt.*

Er machte mit den Haaren weiter. Wenn er seine Stifte dabeigehabt hätte, hätte er noch etwas Farbe in die Zeichnung gebracht. Miss Murray hatte immer gesagt, dass sein künstlerischer Blick für Farben dem absoluten Gehör in der Musik in nichts nachstehe. Er war so begabt, dass er an der School of Art Institute in Chicago angenommen worden war. Nur hatte er es leider nie bis nach Chicago geschafft.

Er verdrängte den Gedanken schnell wieder. Das war jetzt definitiv nicht der richtige Zeitpunkt dafür. Er verpasste den straßenköterblonden, unregelmäßigen Locken mit dem Kohlestift den letzten Feinschliff.

»Fertig.« Er schob Drea die Zeichnung hin, denn ihre Meinung war ihm wichtig. »Was sagst du?«

Drea zog das Blatt zu sich heran und drehte die Zeichnung richtig herum. Die Überraschung stand ihr förmlich ins Gesicht geschrieben. »Meine Güte, Brody, das ist er.« Sie betrachtete das Bild genauer. »Du bist wirklich gut.«

Carter nahm ihr das Blatt aus der Hand. »Vielen Dank dafür. Damit haben Sie uns eine Menge Arbeit erspart.« Er stellte seine Kaffeetasse mit einem lauten Knall auf den Tresen und lächelte, was irgendwie gezwungen aussah.

Drea zuckte bei dem Geräusch zusammen. Vielleicht konnte er Carter noch wütender machen und gleichzeitig dafür sorgen, dass Dreas spürbare Anspannung von ihr abfiel.

Cujo lachte.

»Was ist so witzig, Mr Matthews?«

»Nichs. Gar nichts, Detective«, sagte er und wandte sich Drea zu. »Ich musste nur daran denken ... die ganze Zeit, die ich mit dir im Schrank war, und ich hab nicht mal deine ...«

»Cujo!« Drea schmiss den Lappen nach ihm, mit dem sie gerade den Tresen abgewischt hatte. Aber sie lachte. Zwar nur kurz, aber nach dem heutigen Abend war es das süßeste Geräusch, das er sich vorstellen konnte.

*

Drea atmete erleichtert auf. Ihre Schicht war zu Ende, die Sonne schien, und sie war endlich draußen. Jedes Mal, wenn sie an diesem verdammten Vorratsschrank vorbeigegangen war, hatte sie an den vergangenen Abend denken müssen, und ihr Puls beschleunigte sich. José hatte ihr früh freigegeben, weil er sie natürlich durchschaut hatte, egal wie normal sie tat. Ihre Kollegen hatten sich überschlagen, um ihr zu helfen und gleichzeitig mehr Einzelheiten über den gestrigen Abend zu erfahren, aber sie war noch nicht bereit, darüber zu reden.

Cujo holte sie zur verabredeten Zeit mit dem Auto ab. Sie öffnete die Beifahrertür und reichte ihm zwei Becher Kaffee, bevor sie hineinkletterte und sich anschnallte.

»Danke für den Kaffee. Wie hast du geschlafen?« Cujo fuhr los.

»Nicht so besonders. Und du?« Drea nahm einen Schluck aus ihrem Becher.

»Ähnlich. Mit einem Baseballschläger einzuschlafen ist eine Sache. Mit einem wach zu werden eine ganz andere«, antwortete er trocken.

»Nicht so der Löffelchen-Typ?«, fragte sie.

»Als er mich am Hals geküsst hat, da wurde mir das alles zu schräg.«

Drea lachte laut auf. »Oh Mann, das Bild werde ich jetzt nicht mehr los.«

»Geht's dir gut? Wir hatten ja nicht mehr so richtig die Gelegenheit, zu reden, als die Cops gekommen sind.«

Drea mochte es nicht, wenn Cujo ernst wurde, denn sie mochte ihn, wenn er ernst war. Ja, eine verquere Logik, aber wenn er so menschlich und nett war und sich nicht wie ein

Arsch aufführte, dann war er ... etwas, was sie lieber verdrängte.

»Bist du zu Hause wirklich sicher? Hast du gute Türschlösser? Eine Waffe? Es hörte sich so an, als wüsste er, wo du wohnst.«

Drea erschauerte bei dem Gedanken an eine Pistole. Nie wieder wollte sie einer Waffe so nah kommen wie gestern Abend. Stattdessen hatte sie alle Schlösser mehrfach überprüft und hielt immer ein Küchenmesser griffbereit.

»Er hat sich meinen Führerschein angesehen. Deswegen wusste er all das über mich. Wahrscheinlich weiß er jetzt auch, welche Schuhgröße ich habe.« Sie kaute auf ihrem Daumennagel herum.

»Drea, ich kann dir helfen, dein Zuhause etwas sicherer zu machen. Oder Trent, wenn er zurückkommt, aber so lange würde ich an deiner Stelle nicht warten.«

Sie hasste Mitleid, auch wenn es unter dem Mantel der Freundschaft geschah.

»Oder«, fuhr er fort, bevor sie Zeit hatte, zu antworten, »ihr könntet zu mir kommen, oder ich bleibe eine Weile bei dir und deiner Mutter. Bis alles wieder einigermaßen im Lot ist.«

»Mir geht's gut, wirklich.« Das stimmte nicht. Innerlich fühlte sie sich, als wäre sie geviertelt und überfahren worden. Aber mehr Sicherheitsmaßnahmen konnte sie sich nicht leisten. Sie hatte sich die eine Seite des Daumennagels blutig gebissen. Seit ihrer Kindheit schon hatte sie die schlechte Angewohnheit, ihre Nägel abzukauen, wenn sie gestresst war.

»Ja, und ich bin der Weihnachtsmann«, antwortete er.

»Nicht antworten zu wollen ist eine Sache. Aber mich anzulügen ist eine andere.«

Cujos Worte schmerzten. Ihr Pokerface hatte ihr dabei geholfen, irgendwie die letzten zehn Jahre zu überstehen. So zu tun, als wäre alles normal, das war ihr in Fleisch und Blut übergegangen.

Die ganze Nacht über waren Snakes Worte in ihrem Kopf widergehallt. Sie hatte von einer Frau geträumt, die durch die dunkle Gasse hinterm Café wegrannte, ein Mann war mit einer Waffe hinter ihr her gewesen, eine Kugel traf sie, und dann verwandelte sie sich in Cujo. In ihrem Gehirn herrschte totales Chaos.

Sie betrachtete Cujos Profil, während er vom nördlichen Highway abfuhr und in die Einfahrt eines Hauses einbog, das in einer exklusiven Wohngegend am Golden Beach lag. Sie fühlte sich schuldig, weil er gestern Abend in diese Geschichte mit hineingezogen worden war, und fand es nicht richtig, ihn noch weiter mit ihren Problemen zu behelligen.

»Ernsthaft, es ist nichts. Es *war* nichts. Mir geht's gut«, sagte sie mit wenig überzeugender Stimme.

Sie musste sich schwer zusammenreißen. Genauso wie heute Morgen bei dem Vorstellungsgespräch mit dem Nachtdienstleiter eines der großen, direkt am Meer gelegenen Hotels, das José für sie organisiert hatte. Sie brauchte das Geld, also hatte sie sich zehn Minuten in der Toilette eingeschlossen, sich selbst gut zugeredet und sich ein Lächeln ins Gesicht geklatscht. Wie sie während des Gesprächs die Haltung hatte wahren können, war ihr nach wie vor ein Rätsel, aber sie hatte jetzt offiziell zwei Jobs.

Cujo parkte vor einem prachtvollen Haus, das direkt am

Meer lag, und machte den Motor aus. Zähes Schweigen breitete sich im Auto aus.

»Dir geht's nicht gut, Drea, verarsch mich nicht.« Cujo sah sie an. »Hör mal, ich weiß, dass wir nicht immer einer Meinung sind, aber du weißt, dass du auf mich zählen kannst, wenn du meine Hilfe brauchst.«

Er meinte es ernst. Wenn sie ihm nur hätte vertrauen können. Überhaupt jemandem hätte vertrauen können. Aber wenn sie ihn von sich stieß, wäre es vielleicht sicherer für ihn. Sie holte tief Luft, richtete sich auf und schaute sich in der Nachbarschaft um.

»Mir geht's gut. Wirklich.« Auf der gegenüberliegenden Seite der Straße glitt ein Eisentor auf, aus der Einfahrt rauschte ein sportliches rotes Kabrio heraus. »Warum sind wir hier, Cujo?«, fragte sie, um das Thema zu wechseln.

Er sah sie mit gerunzelter Stirn an, konzentriert, als würde er versuchen, ein Puzzle zusammenzusetzen. Aber er schwieg, womit alles gesagt war. »Du wolltest eine schicke Location, und ich wollte eine ungezwungene Party. Mit dir ist echt nicht gut Kirschen essen, wenn es nicht so läuft, wie du dir das vorstellst. Darum sind wir hier.«

Während Cujo aus dem Wagen stieg, versuchte Drea, nicht zu sehr auf seine Schultermuskulatur zu achten, die sich unter dem schwarzen, langärmeligen Henley-Shirt abzeichnete. Sie verfluchte sich und öffnete die Tür, vor der Cujo schon bereitstand und auf sie wartete.

»Komm schon, Engelchen. Solange du mir dein Knie nicht zwischen die Beine rammst, lass ich dich auch nicht fallen.«

Drea konnte nicht anders, als zu grinsen. Er nahm ihre

Hand und half ihr aus dem Truck. Überall, wo er sie anfasste, spürte sie ein elektrisiertes Kribbeln wie an dem Tag, als sie zu ihm ins Studio gekommen war.

Warum flirtete er bloß so gut? Sie verfluchte ihn dafür. Gemeinsam gingen sie auf ein großes Tor zu, das zu beiden Seiten von weißen, mit Kreuzreben bewachsenen Mauern umgeben war. Drea fuhr sanft mit ihren Fingern über die fragilen, pinkfarbenen Blüten. Cujo drückte auf einen Knopf an der Gegensprechanlage neben dem Tor.

»Hey, Cujo, Mann, komm rein.«

Dann gab es einen dieser seltenen, perfekten Momente, als die Sonne in derselben Sekunde zwischen den Wolken zum Vorschein kam, wie das Tor aufging, das den Blick auf ein riesiges Anwesen freigab. Cujo schob ihr die Kinnlade wieder hoch, woraufhin sie seine Hand wegschlug. Das Haus war eine Konstruktion aus grauen Betonplatten und Glasscheiben, die allesamt aussahen, als stünden sie in unterschiedlichen Winkeln zueinander. So als hätte jemand die Mauern in die Luft geworfen, um zu gucken, wie sie landeten. Es war schwierig, sich vorzustellen, wie die Zimmer von innen geschnitten waren.

»Deswegen sind wir zu Fuß hier reingelaufen, anstatt mit dem Auto vorzufahren. Die Wirkung ist eine ganz andere.«

»Das sieht abgefahren aus, Cujo, aber was machen wir hier?«

»Das hier, liebe Drea, ist ein Kompromiss.«

»Ich dreh durch! Ist das Moses Jones?«, kreischte sie.

Cujo lachte, als der langjährige Power Forward des Miami-Heat-Basketballteams ihnen die Tür öffnete. Cujo und Mo begrüßten sich auf diese Fäuste-aneinander-aufeinander-abklatsch-Jungsart, die ihr jedes Mal ein Rätsel war.

»Mo, ich möchte dir Drea vorstellen. Drea, das ist …«

»Oh mein Gott!«, quietschte Drea und schämte sich, weil ihre Stimme vor Aufregung wegbrach. »Dreimaliger Verteidiger des Jahres, sechsmaliger All Star und auf Platz sieben der besten Comebacks aller Zeiten!«

Mo lachte und schüttelte zur Begrüßung ihre Hand. »Freut mich, dich kennenzulernen, Drea. Kommt rein.«

Er führte sie durch Eingangsbereich und Wohnzimmer, die offen ineinander übergingen, nach hinten. Cujo nahm ihre Hand. Sie betraten eine Terrasse aus schwarzem Kalkstein, die sich über die gesamte Länge des Hauses erstreckte. Ein Glasdach überdeckte eine Außenküche, die größer war als die Grundfläche ihres gesamten Hauses, und dann gab es noch eine Bar inklusive Zapfanlage, an der locker acht Personen sitzen konnten.

»Seht euch gern um. Ich bereite uns schnell ein paar Drinks vor und bin gleich wieder da.« Mo verschwand im Haus.

Majestätische Palmen begrenzten die Terrasse, die Art von Palmen, die man mit Kränen pflanzen musste. Sie wogten sanft in der schwachen Herbstbrise. Cujo legte eine Hand leicht auf ihren unteren Rücken – sofort brannte die Wärme seiner Hand auf ihrer Haut – und führte sie die Stufen hinunter in den Garten.

Ausgedehnte pinkfarbene Bougainvilleen überdeckten niedrige Mäuerchen hinter den Palmen. Der Pfad, der zum Wasser führte, war von üppigem Grün und viereckigen Solarlichtern gesäumt. Die roten und weißen Sonnenliegen sahen sehr bequem aus, und das funkelnde Wasser des Swimmingpools lud zum sofortigen Abtauchen ein. Und diese Aussicht. Tief atmete sie die Meeresluft ein und lächelte. Der Atlantische Ozean hieß sie in all seiner Erhabenheit willkommen. Der gepflegte grüne Rasen ging da, wo der Strand anfing, in etwas spärlichere Grasbüschel über, und nur ein paar Meter weiter war das Wasser.

»Ich fass es nicht, dass ich hier bin. Auf Mighty Mos Anwesen.«

In ihren wildesten Träumen hätte Drea es nicht für möglich gehalten, jemals in eines dieser Anwesen eingeladen zu werden. Golden Beach war den Schwerreichen vorbehalten. Sie wandte sich Cujo zu und bemerkte erstaunt, dass seine Augen die gleiche Farbe wie das Wasser hatten.

»An so einem schönen Ort war ich in meinem ganzen Leben noch nicht.«

*

Er musste ein paar Schritte zurückgehen, weil er kurz davor war, in ihre Haare zu greifen und sie zu küssen. Ihr sorgenvoller Gesichtsausdruck, als er sie vom Café abgeholt hatte, war einem bezaubernden Lächeln gewichen.

Wenn sie für einen kurzen Augenblick damit aufhörte, auf ihn und die Welt im Allgemeinen wütend zu sein, wenn sie es zuließ, verwundbar zu sein, dann fiel es ihm besonders schwer, sich von ihr fernzuhalten. Etwas an ihr zog ihn an wie einen Magneten. Wenn sie sich nicht sahen, dachte er an sie. Machte sich darüber Gedanken, wie schön es sein könnte. Aber von Beziehungen musste er sich fernhalten, egal wie verlockend die Aussicht war, er konnte es nicht ändern.

Sie boxte ihn auf den Arm. Ein *Du-kannst-mich-mal* zu seinen Gedanken.

»Wer als Erster am Strand ist!«, rief sie über ihre Schulter und war schon in Richtung Tor losgesprintet. Kurz bevor sie den Sand erreichte, entledigte sie sich schwungvoll ihrer Flipflops.

Er lachte und blieb hinter ihr, um ihren 1-A-Hintern bewundern zu können, einen echten Knackarsch, der nach vielen Trainingseinheiten aussah.

»Was hältst du davon, die Party hier auszurichten?«

Sie sah ihn mit funkelnden Augen an und grinste breit. »Willst du mich verarschen? Ernsthaft?«

»Ich bin mit Mos jüngstem Bruder zur Schule gegangen. Wir haben früher in derselben Straße gewohnt. Ich hätte ihn sowieso zur Verlobungsfeier eingeladen, und als er davon erfahren hat, meinte er direkt, wir könnten die Feier doch bei ihm veranstalten.«

Drea warf sich lachend in seine Arme, er fing sie mit Leichtigkeit auf, fasste sie um die Taille und wirbelte sie herum.

»Es ist perfekt hier.« Drea küsste ihn auf die Wange. »Danke.« Ihre Begeisterung wich auf einmal einem bestürzten Gesichtsausdruck.

»Entschuldige«, sagte sie und versuchte, sich von ihm zu befreien. Aber so schnell würde er sie nicht loslassen. Es war ihr sehr unangenehm, dass sie kurzzeitig ihre Zurückhaltung vergessen hatte, doch Cujo spielte da nicht mit.

Er setzte sie auf dem Sand ab und ließ ihre Taille dabei nicht los. Nur zu deutlich spürte er ihre Brüste an seinem Körper, und mit der Hand streichelte er über ihren unteren

Rücken, der in diesen perfekten Hintern überging. Verdammt, sein Schwanz wurde langsam hart.

»Wofür entschuldigst du dich denn? Ich freue mich, dass es dir gefällt. Und dass du aufgeregt bist. Und dass du durch den Sand gerannt bist wie eine Vierjährige unter Zuckerschock.«

»Ich gehe nicht oft an den Strand. Ich gehe nicht mal oft aus, verdammt.«

»Drea«, sagte er und wusste dann erst mal nicht weiter.

»Und, wie gefällt's euch?«, rief Mo ihnen aus dem Garten zu und kam mit einem Tablett in den Händen in ihr Blickfeld.

Drea sah Cujo mit einem verführerischen Grinsen an und drückte ihn sanft weg. »Jetzt lass mich mal los, ich hab schließlich nicht jeden Tag die Möglichkeit, Eistee mit einem legendären Basketballstar in einem Reiche-Leute-Haus zu trinken, auch wenn ich dich dabei ertragen muss.«

Cujo sah ihr hinterher, als sie Mo entgegenlief. Sie setzte sich zu ihm und nahm das Glas, das er ihr reichte. Ihr schien nicht einen Deut bewusst zu sein, dass sie so aussah, als gehörte sie hierher.

Sie beredeten die groben Eckdaten für die Party und genossen dann den Sonnenuntergang überm Atlantik. Drea war witzig und charmant mit Mo, und Cujo fragte sich, ob er ihr mit seiner Art vielleicht einfach nur auf die Nerven ging, ohne es zu wollen.

Als sie sich auf den Nachhauseweg machten, half er ihr wieder in den Truck, um sie noch mal spüren zu können – trotz ihrer Einwände und weil er offenbar ein Masochist war. Cujo öffnete ein wenig das Fenster, und sie fuhren auf dem

Highway Richtung Stadt. Der Herbst nahm der Luft die Schwüle, und sie wehte kühl und klar durchs Auto. Wenn der Herbst ihm nur auch seinen wachsenden Frust genommen hätte.

»Wo steht dein Auto? Ich will sicher sein, dass es angeht, bevor ich weiterfahre.«

»Du bist wohl einer dieser Jungs, die von ihrer Mutter anständig erzogen wurden, was?«

»Nein, das war mein Vater. Meine Mutter beschloss vier Tage vor meinem achten Geburtstag, dass sie keine Mutter mehr sein wollte. Ich glaube also nicht, dass sie sich darüber Gedanken macht, ob sie einen anständigen Jungen hat.«

»Cujo…?« Ihre Stimme war auf einmal voller Mitgefühl, und es schnürte ihm die Kehle zu. Er beugte sich vor und drehte das Radio auf. Kreischende Stimmen und wahnsinnige E-Gitarren-Riffs wurden von den treibenden Beats eines Schlagzeugs begleitet. Heavy Metal war immer seine Rettung gewesen, er fand jederzeit Zuflucht darin.

Er ignorierte Dreas Frage und ließ sie einfach in der Luft hängen. Sie streichelte sanft über sein Bein, und er spürte die Hitze ihrer Finger bis ins Knochenmark. Ihre langsam streichelnde Hand fühlte sich ein bisschen zu gut an. Sie sah winzig aus auf seinem Bein. Er nahm sie kurz in die seine und drückte sie, bevor er seine Hand wieder aufs Steuer legte.

Drea redete leise, und weil die Musik so laut war, konnte er nicht verstehen, was sie sagte. Er kam sich wie ein Arsch vor und drehte die Musik runter. »Hey, das hab ich nicht verstanden. Was hast du gesagt?«

»Mein Auto ist heute Morgen nicht angesprungen. Ich musste den Bus nehmen.«

Jetzt kam er sich wirklich vor wie ein Arsch. Vielleicht konnte er sich den Wagen ja angucken, wenn er sie zu Hause absetzte. »Wo wohnst du? Ich bring dich nach Hause.«

Drea seufzte. »Okay«, antwortete sie zögernd, »ich wohne ...«

Sein Handy in der Halterung am Armaturenbrett klingelte, und der Bildschirm leuchtete auf. *Heidi. British Airways.* Cujo wand sich innerlich, als ihm bewusst wurde, dass Drea das sehen konnte. Sie zog ihre Hand von seinem Bein weg, und obwohl er sie zurückhalten wollte, ließ er es geschehen. Er hatte es für eine gute Idee gehalten, den Mädels als Zusatz die Namen der jeweiligen Airlines zu verpassen. Jetzt kam es ihm pubertär vor. »Ignorier das bitte«, bat er Drea und schielte zu ihr rüber.

»Weißt du was? Du brauchst mich nicht nach Hause zu bringen. Ich muss noch ein paar Sachen aus dem José's holen.« Es war auf einmal gefühlte zehn Grad kälter im Auto.

»Nein, ich lasse dich nicht mit dem Bus nach Hause fahren, das Thema hatten wir gestern schon. Willst du, dass ich Harper in Tahiti anrufe und wer weiß was für heiße Sexspielchen mit Trent unterbreche, um herauszufinden, wo du wohnst?«

Das Handy klingelte wieder. *Heidi. Verfluchte Scheiße.* Konnte man denn nicht *ein* Mal seine Ruhe haben?

»Sie scheint ganz schön verzweifelt zu sein. Du solltest sie zurückrufen.«

Kritik. Oder war es Eifersucht? Es war nicht so einfach aus ihrer Stimme herauszuhören. Eins von beiden fand er wesentlich schlimmer als das andere. »Wenn ich dich abgesetzt habe, mache ich das. Wohin fahre ich dich?«

Drea zögerte lange, bevor sie ihm endlich antwortete.

Auf Dreas Straße lümmelten Jugendliche an den Häuserecken herum, und dieser gekünstelte Begrüßungshandschlag, den er gerade gesehen hatte, war definitiv ein Drogendeal gewesen. Meine Güte, und sie lebte mittendrin in diesem Schlamassel. Ganze Familien saßen auf ihren Veranden auf alten Sofas und runtergerockten Sesseln.

Er parkte vor einem heruntergekommenen Terrassenhaus. Ein verblichenes Senfgelb zierte die Außenwände, die Regenrinne baumelte lose vom Dach herunter. Im Zaun waren Löcher. Eine hagere ältere Frau saß in einem Rollstuhl auf der Veranda und hing an einer Sauerstoffflasche. Er hatte ja keine Ahnung gehabt, dass ihre Mutter so krank war.

Drea schwieg. Der Unterschied zwischen diesem Haus und dem Haus, in dem sie gerade zu Besuch gewesen waren, war überwältigend. Er wollte Drea nicht hier zurücklassen. Alles in ihm schrie danach, sie mit zu sich nach Hause zu nehmen. Schließlich seufzte sie traurig.

»Gute Nacht, Cujo.«

»Warte.« Er sprang aus dem Truck und schaute sich erst mal prüfend um.

»Ich habe mein ganzes Leben hier verbracht, Cujo. Ich bin hier weniger in Gefahr als du.«

»*¿Dónde estabas?* Wo warst du?« Die schroffe, raue Stimme kam von der Veranda.

Obwohl sie vom Alter und der Krankheit gezeichnet war, sah sie genau so aus wie Drea.

»Es tut mir leid, dass ich Ihre Tochter so lange entführt habe, Ma'am. Ich bin Brody.«

»Hört sich komisch an, wenn du das sagst«, flüsterte Drea ihm zu.

»Fühlt sich komisch an, es zu sagen«, antwortete er.

»*¿Porqué llegaste ... tan tarde?* Warum bist du ... so spät?« Die Frage kam nur röchelnd heraus. Cujo sah, wie Drea die Schultern hängen ließ.

»Brody ist der beste Freund von Trent, Harpers Verlobtem. Wir haben ihre Verlobungsparty geplant.«

»Du kannst es dir also leisten auszugehen, aber die einzige Unterhaltung, die ich bekomme, ist der Basis-Kabeltarif?«

»*Mamá.*« Drea war zusammengezuckt. Sie musterte den Boden vor ihren Füßen, als würde sie sich wünschen, dass er sich auftäte und sie verschlänge.

»Darf ich dir meine Mutter Rosa vorstellen?«, murmelte sie.

Rosa wandte sich an Cujo. »Oder haben Sie sie etwa eingeladen? Seien Sie vorsichtig. Ich weiß, dass sie versucht, einen reichen Idioten zu finden, den sie heiraten kann. Damit sie mich endlich los ist.«

»*Mamá*, bitte geh rein«, flehte Drea sie an, und auch Cujo wünschte sich nichts sehnlicher. Wie konnte eine Mutter ihrer eigenen Tochter so etwas Bösartiges unterstellen?

»Ich will eine Antwort, Drea, warum warst du nicht arbeiten? Gestern bist du auch spät nach Hause gekommen. War er der Grund dafür?«, wollte Rosa wissen.

»Ich musste Inventur machen, das habe ich dir doch gesagt. Und heute bin ich wieder früh zur Arbeit, um vor meiner Schicht damit fertig zu werden. Jetzt lass es gut sein.«

Also hatte Drea ihrer Mutter nichts von Snake erzählt.

Ein Teil von ihm wollte sofort mit der Wahrheit herausplatzen. Das alles fühlte sich von Grund auf verkehrt an. Die Person, mit der er sich jedes Mal stritt, wenn sie aufeinandertrafen, war nicht die Frau, die just in diesem Moment auf ihre hübschen, orange lackierten Fußnägel starrte.

»Wie dem auch sei, für so etwas hast du keine Zeit.« Rosa sah die beiden mit einem herrischen Blick an.

Cujo legte einen Arm um Drea. Wer, bitte, sprach so mit seiner erwachsenen Tochter? Er hatte schon so einige Frauen kennengelernt, die auf Geld aus gewesen waren, zum Beispiel Trents Ex, Yasmin. Aber Drea gehörte sicherlich nicht dazu. Herrgott, sie hatten Snake im Café erwischt, weil Drea nicht gewollt hatte, dass er ihre sechs Dollar von der Rechnung beim Mexikaner übernahm.

»Es war meine Schuld, Rosa. Ich bin zu spät zu unserer Verabredung gekommen.« Er spürte, wie Drea sich in seinem Arm verspannte.

Rosa musterte ihn ein letztes Mal, bevor sie ihren Rollstuhl ins Haus lenkte. Drea zeigte kein Verlangen, sich von ihm zu lösen, und sie blieben für einen Moment so stehen.
»Ist sie immer so?«

Drea nickte nur.

Cujo zog Drea noch enger an sich, und sie ließ es kurz zu.

*

Schließlich wand sich Drea aus seiner Umarmung. Sie konnte ihm kaum in die Augen schauen. Sie wollte sein Mitleid nicht.

»Ich muss jetzt reingehen.« Obwohl sie es wirklich nicht

wollte. »Sie braucht Hilfe, um ins Bett zu kommen.« Sie blickte ihm direkt in die Augen. Und wünschte sich jetzt nichts sehnlicher als einen seiner Klugscheißerkommentare, aber stattdessen sah er sie besorgt an.

»Warte, Drea. Bring sie ins Bett, und komm mit zu mir. Da ist es sicherer.«

Drea ließ den Blick über das Viertel schweifen, in dem sie ihr ganzes Leben verbracht hatte. »Ich muss morgen früh hier sein, um ihr aus dem Bett zu helfen. Danke fürs Bringen.« Sie drehte sich von ihm weg und hastete die Stufen hoch.

Als sie das Haus betrat, nahm ihr die kühle, abgestandene Luft fast den Atem. Noch nie hatte sie sich so für ihre Mutter geschämt.

»¿Qué demonios, mamá? Was sollte das denn gerade?« Sie verschränkte die Arme vor der Brust, weniger um sich selbst zu schützen, sondern vielmehr, um sich zurückzuhalten, mit irgendwelchen Dingen um sich zu werfen.

»Schniekes Auto. Gut gekleidet. Typen wie er interessieren sich nicht für Frauen wie uns.«

»Du kannst Brody wirklich nicht mit Dad in einen Topf werfen. Du weißt doch gar nichts über ihn.«

»Ich weiß, dass er dich ins Bett kriegen und dann fallen lassen wird. Er sieht gut aus. Warum sollte er sich auf was Langfristiges mit dir einlassen wollen?«

»Aber *mamá*, warum denn nicht? Was stimmt denn nicht mit mir?«

Rosa schüttelte den Kopf und sagte nichts mehr. Drea wandte sich von ihr ab und ging die Stufen hinauf.

»Hilfst du mir nicht ins Bett?«, rief ihre Mutter ihr

hinterher. Drea schlug die Tür zu ihrem Zimmer so kräftig zu, dass die Bilder an der Wand wackelten.

Ja, es war vielleicht kindisch, aber wenn ihre Mutter wissen wollte, wie es sich wirklich anfühlte, allein gelassen zu werden, bitte schön.

Als sie ihre Handtasche aufs Bett schmiss, flog der Inhalt in alle Himmelsrichtungen. Dann warf sie sich mit hämmerndem Herzen bäuchlings auf die Matratze. Die Ärzte hatten sie gewarnt, dass die Schmerzen Wut verursachen konnten, aber ihrer Mutter strömte die pure Verbitterung aus jeder einzelnen Pore.

Was für eine Demütigung. Und das alles in Cujos Anwesenheit. Drea stöhnte. Wie konnte sie ihm jemals wieder unter die Augen treten? Ihre Mutter hatte ihr im Prinzip vorgeworfen, dass sie sich mit ihm traf, um ihn heiraten und diesem Drecksloch entfliehen zu können. Sie musterte die feuchten Flecken an der Zimmerdecke, die sich an den Stellen befanden, wo Dachziegel fehlten. Was für einen üblen Eindruck musste er jetzt von ihr haben. Heiraten – hätte Rosa nichts Besseres einfallen können? *Heiraten.*

Aarrghh. Sie musste aufhören, darüber nachzudenken, denn davon wurde die Arbeit auch nicht weniger. Sie setzte sich an den Schreibtisch und machte ihren altersschwachen Laptop an, den sie »Frankentop« getauft hatte. Halb Computer, halb Betonplatte. Irgendwann hatte er mal José gehört.

Eine Stunde später hatte sie den Schichtplan zusammengestellt und wollte ihn per E-Mail an alle verschicken, aber es klappte nicht. Sie kam schon wieder nicht ins Internet. Sie startete den Laptop neu, überprüfte die Verbindungen und drückte die Daumen. Hatte sie alle Rechnungen bezahlt? Sie konnte sich nicht erinnern. Beim Gedanken daran, ihren unfähigen Internetprovider anzurufen, wo sie ganz bestimmt bis Mitternacht in der Warteschleife hängen würde, bekam sie die Krise.

Sie heftete ein Post-it mit den Worten SCHICHTPLÄNE MAILEN an den Bildschirm.

Drea sammelte den Inhalt ihrer Handtasche wieder ein. Lippenstift, Spiegel, Bürste, die Grundausstattung halt. Und ja, natürlich, der USB-Stick, den sie in der dreckigen Wäsche gefunden hatte.

Perfekt.

Sie riss das Post-it wieder vom Bildschirm, speicherte das Dokument mit den Schichtplänen auf dem Stick und überprüfte, ob die Speicherung wirklich geklappt hatte.

Die Ordner auf dem Stick hatten merkwürdige Titel wie »Collier County_Hydraulisches Fracturing-Klage« oder was auch immer »Strymon acis bartrami« zu bedeuten hatte. Sie öffnete den Ordner »Umweltstudie«, klickte auf das Dokument »Fracking in den Everglades – Eine Katastrophe steht unmittelbar bevor« und begann zu lesen.

Drea sah sich die Abbildung über dem Artikel ganz genau an. Fracking sah nicht so aus, wie sie es sich vorgestellt hatte. Da war ein langer gerader Metallzylinder zu sehen, der mit einem Zementfundament tief in den Boden eingelassen war. Es sah nach nicht viel aus, aber es musste ja einen Grund geben, warum Fernsehsender immer wieder über Naturschutzaktivisten berichteten, die verhaftet wurden. Und man zeltete auch nicht wochenlang in der Wildnis, ohne einen guten Grund dafür zu haben. Sie zeltete ja nie, wegen der ganzen Insekten. Und wegen dieser widerlichen

Komposttoiletten. Und der unzureichenden Waschgelegenheiten.

Drea öffnete ein anderes Dokument. Dann noch eines. Vertrauliche Akten, Berichte, Diagramme. Verzweifelt versuchte sie sich einzureden, dass sich hier einer ihrer Teilzeitmitarbeiter mit der Vorbereitung einer stinklangweiligen Präsentation abmühte, aber sie wusste, dass sie sich nur etwas vormachte, und erschauerte, als ihr bewusst wurde, worum es sich handelte.

Deswegen musste Snake zurückgekommen sein. Drea rief sich in Erinnerung, wie die Frau hinausgerannt war. Der Pausenraum war offen gewesen, der Wäschekorb hatte direkt an der Tür gestanden. Der Korb musste aufgeklappt gewesen sein, und die Frau hatte auf ihrer Flucht den Stick mühelos hineinwerfen können. Drea schloss für einen kurzen Moment die Augen, um die Silhouetten, die an ihr vorbeigerannt waren, besser visualisieren zu können.

Carter würde das sicherlich sehen wollen. Aber würde sie sich noch mehr in Gefahr bringen, wenn sie ihm den Stick gab? Würde Snake mitbekommen, dass sie zur Polizei ging? Sie sah wieder das Gesicht der Frau vor sich. Drea würde es sich niemals verzeihen, wenn man die Frau nicht wiederfand.

Während sie sich durch sämtliche Diagramme und Berichte las, verschwammen viele Details zu einem Brei, aber ein Name tauchte immer wieder auf: Mike MacArthur.

Eines der Dokumente war ein Brief. An einen gewissen Walter. Es gab weder eine Adresse noch einen Nachnamen. Jemand, der mit »L. A.« unterschrieben hatte, wollte ihn wissen lassen, dass dem Genehmigungsantrag zum Fracking in den Everglades aufgrund falscher Angaben zugestimmt worden war. Es war die Rede von einer Torstile Investments Corporation, einer Art Briefkastenfirma, die Anteile an der Cleffan Energy Corporation besaß. Und von Mike MacArthur, wer auch immer er war, der Richtung Norden unterwegs sei, um zu beweisen, dass der Gouverneur von Florida einer der Anteilseigner war.

Dreas Hände zitterten. Wo war sie da nur hineingeraten? Sie stand schnell auf und eilte die Treppe hinunter, um sich noch mal davon zu überzeugen, dass die Fenster zu und die Türen richtig abgeschlossen waren. Der USB-Stick gehörte der Frau, und Drea schwante, dass Snake sie umbringen würde, wenn er herausfand, dass sie ihn hatte. So sah die entsetzliche Realität aus.

Kapitel 4

Mike MacArthur war tot. Das stand fest, einen Tag, nachdem sie den USB-Stick gefunden hatte. Drea hatte dem Drang nicht widerstehen können, im Netz nach den Informationen, die sich auf dem Stick befanden, zu recherchieren.

Als sie am nächsten Morgen aufgewacht war, hatte das Internet wieder funktioniert. Zum Glück hatte es sich am Abend nur um einen allgemeinen Netzausfall gehandelt, und sie musste ihren Provider nicht anrufen und um einen Zahlungsaufschub bitten. Sie gab »Cleffan« ein und sah Bilder von einem großen Gebäude aus Chrom und Glas und einem älteren Mann mit Cowboyhut. Drea schloss den Browser und stellte sich ans Schlafzimmerfenster.

Der Journalist Mike MacArthur, der sich durch eine Vielzahl von Artikeln über Umweltzerstörung einen sehr guten Namen gemacht und zahlreiche Preise gewonnen hatte, war etwa fünfzig Meilen nördlich von Athabaca, Kanada, in seinem Auto in einem See gefunden worden.

Drea wurde ganz anders, wenn sie daran dachte. Es musste furchtbar sein, in eiskaltem Wasser zu ertrinken. Einer von vielen Gründen, warum sie froh war, an einem Ort zu leben, wo die Temperaturen selten unter zehn Grad fielen.

Sie hatte das Internet durchforstet, seitdem ihre Mutter um fünf Uhr zur Toilette gemusst hatte. In keinem der Artikel von MacArthur, die sie gefunden hatte, war die Rede von einem Walter oder von jemandem mit den Initialen L. A. gewesen. Nur Gilliam Gillespie, ein Dozent für Umweltwissenschaften an der Universität von Alberta, wurde regelmäßig zum wissenschaftlichen Hintergrund zitiert.

Das *Edmonton Journal* schrieb, dass die Polizei im Zusammenhang mit dem *Unfall* nach niemandem fahnde, dennoch war Drea davon überzeugt, dass sie allen Grund dazu gehabt hätte. Wenn die Polizei herausfand, was wirklich mit Mike geschehen war, dann würde sie vielleicht auch mehr über die Frau erfahren.

Drea ging die Frau aus dem Café einfach nicht aus dem Kopf. Sie hätte vorne sein müssen, dann hätte sie helfen und die Polizei rufen können, anstatt nach hinten zu gehen und ihr Handy zu holen. Sie fühlte sich schuldig.

Wenn Gilliam und Mike regelmäßig zusammengearbeitet hatten, bestand vielleicht die Möglichkeit, dass Gilliam wusste, wer die Frau war. Sie ging auf die Webseite der Universität von Alberta, wo sie ein Foto von Gillespie sowie seine E-Mail-Adresse fand. Gilliam sah aus wie ein Weihnachtsmann, der von einer Haarschneidemaschine überwältigt worden war. Seit über zwanzig Jahren war er Dozent an der Uni.

Sie schrieb ihm eine E-Mail, schickte im Anhang noch ein Foto der Frau mit, das sie von den Aufzeichnungen der Überwachungskamera hatte, und fragte ihn, ob er sie vielleicht kennen würde.

An ihrem Handy ging der laute Erinnerungsalarm los.

Frühstück mit Cujo.

Mist. Drea klickte auf Senden, bevor sie es sich anders überlegen konnte, und hastete zur Dusche.

Vierzig Minuten später kam sie am S & S Diner an, fünf Minuten vor der verabredeten Zeit. Die Bar war wie ein riesiges Hufeisen geformt und leer bis auf ein älteres Paar, das an seinem Kaffee nippte und Zeitung las. Es waren bestimmt Einheimische, denn für die Feiertouristen, die sich die Nächte um die Ohren schlugen, war es noch zu früh. Drea suchte zwei Fensterplätze auf der linken Seite aus, bestellte einen Kaffee, warf einen Blick in die Karte und stellte schnell fest, dass sie sich das Sandwich mit Bacon, Tomate und Eisbergsalat, worauf sie am meisten Hunger hatte, nicht leisten konnte. Das Schinkensandwich und der Apfel, die sie von zu Hause mitgenommen hatte, mussten später reichen.

Die Tür ging auf. »Guten Morgen, Engelchen.«

Cujo trug schwarze Jeans, die seinen Hintern schön zur Geltung brachten, und ein enganliegendes, dunkelgraues Shirt mit V-Ausschnitt. In der reflektierenden Sonnenbrille, die er aufhatte, sah sie ihr Spiegelbild. Ihr Herz hämmerte in etwa so schnell wie nach einem richtig starken argentinischen Kaffee, auf den José schwor. An seinem untätowierten Arm trug er schwarze Lederbänder. Das Schwindelgefühl, das sie gerade überkam, war sicherlich auf den Hunger zurückzuführen. Oder?

»Geht's dir gut, Engelchen? Du siehst etwas erhitzt aus.«

Drea zog den Stuhl neben sich unter dem Tisch hervor. »Ja, alles gut. Ich habe mich nur so beeilt, um pünktlich hier zu sein.«

Cujo zog sein Handy hervor, hielt ihr das Display hin und

lachte. »Es ist drei Minuten nach acht. Drei Minuten. Sei nicht so streng mit mir.«

»Was darf's denn sein, Schätzchen?« Eine freundliche Kellnerin in einer matronenhaften weißen Bluse rückte ihre Brille auf der Nase zurecht.

»Hast du schon bestellt?«

»Ja, ich trink nur einen Kaffee.«

»Ich hätte gern einen Kaffee, einen großen Orangensaft, das Spezialomelett mit extra Toast ...« Er machte eine Pause und sah Drea an. »Und ein Sandwich mit Bacon, Salat, Tomate.«

»In Ordnung.« Die Kellnerin ging zur Küche, um die Bestellung weiterzugeben.

»Wow, du hast aber Hunger.« Drea lief beim Gedanken an das ganze Essen das Wasser im Mund zusammen, und sie hoffte, dass sie vielleicht ein Stück Toast stibitzen könnte.

»Ich komme gerade vom Training.« Als die Kellnerin den O-Saft vor ihm abstellte, trank er in großen Schlucken davon. »Du solltest mal mitkommen, um dich dort ein wenig ... abzureagieren.«

»Wusstest du, dass pro Jahr siebzehn Menschen an Wunden sterben, die ihnen mit vierzackigen Gabeln zugefügt wurden?« Drea rollte das Besteck aus der Serviette, nahm die Gabel und drückte sie leicht gegen ihren Daumen.

»Ernsthaft?«

Sie schaute ihn an und verfluchte innerlich seine blauen Augen. »Nein, ich hab keine Ahnung. Aber du könntest das erste Opfer werden.« Drea unterdrückte ein Grinsen, als Cujo lachte.

Sie plauderten ein wenig, bis Drea nach ihrer Mappe griff. »Wir haben noch einiges zu tun.«

Sie wurden unterbrochen, als das Essen serviert wurde. Cujo beugte sich zu ihr herüber, und sein frischer, sauberer Geruch konkurrierte mit dem salzigen Duft des gebratenen Bacon auf dem Sandwich. Es fiel ihr schwer, sich zu entscheiden, was sie gerade mehr ansprach.

Er klappte die Mappe wieder zu und legte sie zur Seite. Stattdessen stellte er das Sandwich vor ihre Nase. Drea schob den Teller wieder zu Cujo. Der schob ihn zurück.

»Was? Es ist nur ein Sandwich, kein Heiratsantrag«, flüsterte er in ihr Ohr. »Iss. Danach kannst du mich mit deiner Gabel aufspießen.«

Drea biss in das Sandwich. Das getoastete Sauerteigbrot war üppig mit Mayonnaise bestrichen, genau wie sie es mochte. Der salzige Bacon, kombiniert mit dem leicht süßlichen Geschmack der perfekt gereiften Tomaten, bewirkte eine Geschmacksexplosion auf ihrer Zunge. Sie schloss die Augen und seufzte. Dieses Sandwich war fast so gut wie Sex.

»Schmeckt's?«, fragte Cujo und musterte sie neugierig.

»Ein Traum«, antwortete sie heftig nickend und hielt die Serviette vor ihren vollen Mund. »Danke.«

Während sie zunächst schweigend weiteraß, beschloss sie, Cujo von dem USB-Stick zu erzählen. »Ich glaube, ich habe etwas gefunden, was in Zusammenhang mit Snake und der Frau steht.«

»Ach ja? Was denn?«

»Erinnerst du dich daran, dass ich an dem Abend die dreckige Wäsche eingesammelt und mich über meine Kollegen beschwert habe, die ihre Taschen nicht leeren?«

»Ja. Und du meintest, wer es findet, darf's behalten, stimmt's?«

»Genau. Ich dachte, dass einer der Studenten, die in Teilzeit bei uns arbeiten, den USB-Stick vergessen hätte, aber es stellte sich heraus, dass da 'ne Menge krasse Sachen über Umweltschutz drauf sind. Berichte und Unterlagen über Fracking.«

Cujo nahm einen Schluck Kaffee und stellte seine Tasse wieder ab. »Was macht dich so sicher, dass der Stick ihr gehört?«

»Ich weiß nicht. Das sagt mir mein Bauch.«

»Hast du ihn schon Carter gegeben? Vielleicht findet er ja irgendwelche Zusammenhänge heraus.«

Drea verneinte. »Ich bin wie gelähmt, seitdem ich den Stick gefunden habe. Du hast Snake gesehen. Der Typ meint's ernst. Ich glaube, dass er danach gesucht hat.«

»Du musst ihn Carter geben. Wenn es ihr Stick ist, wird Snake wieder auf der Matte stehen und dich wenig freundlich darum bitten, Drea.«

Sie wusste das, und auch davor hatte sie Angst.

Cujo fragte nach der Rechnung und ließ ein paar Scheine auf dem Tisch zurück. »Willst du dich jetzt gleich darum kümmern? Ich kann dich nach Hause fahren und dann zum Café.«

»Nein, lass mal. Du hast zu tun, und wir müssen immer noch diese Liste hier abarbeiten.«

»Wir können uns im Auto, auf dem Weg zum Party-Verleih, mit der Liste befassen«, schlug Cujo vor und legte seine Serviette auf den Tisch.

»Das hört sich gut an«, meinte Drea und warf einen Blick

auf die Schlagzeilen einer Zeitung, die jemand zurückgelassen hatte. Jeden Tag durchsuchte sie die Zeitungen nach Nachrichten über eine Frau, die tot aufgefunden worden war. Heute wurde nur ganz groß über einen Brand in einem Yachthafen etwas außerhalb von Pinecrest berichtet.

»Und wie stehen die Chancen, dass wir unser Treffen heute ohne Streit zu Ende bringen?«, fragte Cujo, während er Trinkgeld auf das Tablett legte.

»Wir streiten doch nicht«, antwortete sie schnell.

»Nein, wir streiten nie«, lachte er und ließ ihr den Vortritt.

»Wir würden nicht streiten, wenn du mir einfach mal recht geben würdest«, erklärte sie trocken.

»Drea, wahrscheinlich sind wir die einzigen Menschen auf der Welt, die darüber streiten, ob sie sich streiten oder nicht.«

Es gefiel ihr sehr, wie er sie neckte und wie seine Hand unaufdringlich auf ihrem unteren Rücken lag, während er die Tür für sie aufhielt. Seine Finger brannten auf der nackten Haut zwischen ihrer Jeans und ihrem Oberteil. Sie spürte die Schwielen an seinen Fingern, die Hitze seiner Handfläche, seinen Arm an ihrem Rücken. Ob sie wollte oder nicht, wenn er sie berührte, dann kribbelten Stellen in ihr, die sie lieber ignoriert hätte.

Wenn sie doch nur immun dagegen wäre, was er in ihr auslöste.

*

»Warum gibt es nur Sandwiches zum Abendessen? Mittwochs gibt's sonst immer Tacos.«

Drea verdrehte die Augen. »Weil ich heute Abend mit meiner neuen Arbeit anfange, das weißt du doch. Ich habe keine Zeit, nach Hause zu kommen, Abendessen vorzubereiten und dann zum Hotel zu fahren. José hat mich ein paar Stunden eher gehen lassen, damit ich eingearbeitet werden kann, bevor ich mit meinem Dienst anfange.«

»Wann bekommst du deinen Lohn? Die Medicaid-Pumpe ist zu laut. Ich kann damit nicht schlafen.«

Aber die Tatsache, dass Medicaid diese Pumpe kostenlos zur Verfügung stellt, gewährleistet mir, dass ich nachts schlafen kann. »Ich weiß nicht, ich frage heute Abend mal danach. Ich muss jetzt auflegen. Ich bin angekommen.«

Drea ließ das Handy in ihre Handtasche gleiten und ging auf der Suche nach dem Personaleingang zur Rückseite des Hotels. Jemand von der Personalabteilung empfing sie und führte sie in einen kleinen Konferenzraum, wo sie auf die Schulung für die Neuen wartete, die in dreißig Minuten beginnen sollte. Auf einem Tablett lagen wenig verlockend aussehende Kekse, daneben eine Kaffeekanne. *Von wegen bitter ohne einen Hauch von Süße*, dachte sie, als sie sich ordentlich Sahne in den Kaffee schenkte.

Ihr Handy klingelte wieder. Drea warf einen Blick aufs Display und erwartete schon, ihre Mutter zu sehen, aber da leuchtete eine fremde Nummer auf.

»Spreche ich mit Andrea?«, fragte eine männliche Stimme.

»Wer ist da bitte?« *Bitte lass es nicht jemanden vom Kabelanbieter sein.*

»Hier spricht Gilliam. Professor Gilliam Gillespie von der Universität Alberta. Ich habe Ihre E-Mail bekommen.

Ist die Frau zwischenzeitlich gefunden oder identifiziert worden?«

»Danke, dass Sie sich zurückmelden. Nein, ist sie nicht. Wissen Sie, wer die Frau ist?«

»Ich selbst habe sie nicht erkannt auf dem Foto, das Sie mir geschickt haben, aber ich habe es an ein paar Leute weitergeleitet, die sie kennen könnten. Andrea, Sie sind der Meinung, dass die Frau und Mike möglicherweise miteinander in Verbindung stehen? Wie kommen Sie darauf?«

»Bitte nennen Sie mich doch Drea. Ich habe einen USB-Stick gefunden, der wahrscheinlich ihr gehört. Darauf befinden sich Berichte, Regierungsdokumente, Kopien von E-Mails. Alle haben etwas mit Fracking zu tun. Und da ist ein Brief an einen Walter, in dem Mike erwähnt wird und der mit L. A. unterschrieben ist.«

»Mike? Er wird namentlich erwähnt?« Gilliam rang nach Luft.

»Ja. Darum habe ich Ihnen geschrieben. In vielen seiner Artikel werden Sie als Experte zitiert. Und ich weiß, dass er vor kurzem ... gestorben ist.« Daraufhin folgte ein langes Schweigen, das nur von den Geräuschen der schlechten Telefonleitung unterbrochen wurde.

»Würden Sie mir die Dokumente schicken?«, fragte Gilliam sie knapp.

»Ja«, antwortete Drea, »wenn Sie auch der Meinung sind, dass all das mit Mikes Tod zu tun haben könnte.«

»Ich kann Ihnen mehr dazu sagen, wenn ich sie gelesen habe. Oh, und Drea, ich bitte Sie, zu Ihrer eigenen Sicherheit, mit den Dokumenten zur Polizei zu gehen.«

Jemand mit einem Namensschildchen vom Hotel kam in

den Raum. Sie verabschiedete sich schnell von Gilliam und freute sich, dass er ihr zugesagt hatte, sich so bald wie möglich zurückzumelden.

Nach einer kurzen Einweisung verbrachte Drea den Rest des Abends damit, June, einen alten Hasen im Serviceteam, beim Zimmerservice zu begleiten. Um Mitternacht dachte sie, dass sie vor Langeweile sterben würde. Wenn June ihr noch ein Mal zeigte, wie man eine Rechnung in den schwarzen Umschlag steckte, in dem der Gast sie präsentiert bekam, würde sie zu ihrem Auto rennen und den Kopf durch die Windschutzscheibe rammen.

Am Ende ihrer Schicht weinte Drea fast vor Erleichterung. Wenn sie sich beeilte, würde sie noch ein paar süße Stunden schlafen können. Sie ging zum Auto, legte ihre Handtasche auf die Motorhaube und blickte in den schwarzen Nachthimmel. Aus der Ferne hörte sie den Bass eines Nachtclubs, aber die Grillen zirpten, die Luft roch frisch und kühl, und die Wellen plätscherten sanft auf der anderen Seite der Hotelanlage.

Während sie auf der Suche nach dem Schlüssel ihre Handtasche durchwühlte, dachte sie an all die Dinge, die sie noch machen musste. Die Dokumente zu Carter bringen. Cujo über den neuesten Stand informieren. Das Rezept für ihre Mutter holen. Der Tag hatte einfach nicht genug Stunden.

Sie war völlig verrückt gewesen, als sie mit siebzehn Jahren versprochen hatte, sich um ihre Mutter zu kümmern. Aber was hätte es für Alternativen gegeben? Ihr Herumtreiber von einem Vater sorgte sich mehr um den Jack Daniels, der sich dem Ende neigte, oder um die Kellnerin im Hooters als um ihre Mutter. Er hatte mindestens so viele Versprechungen gemacht, wie er Dollarnoten in seinem Stammstripclub ausgegeben hatte. An dem Tag, an dem er sie verlassen hatte, war Drea von der Schule nach Hause gekommen und wollte stolz die Note ihrer Hausarbeit präsentieren. Allerdings war ihr Vater gerade dabei gewesen, Müllsäcke voller Klamotten in den Kofferraum eines alten Kombis zu schmeißen, den sie noch nie gesehen hatte.

Drea stieg ins Auto und fuhr schnell los. Die Straßen waren leer, was den Nachhauseweg angenehmer machte. Sie gähnte und freute sich auf ihr Bett, das immer näher rückte. Hoffentlich würde ihre Mutter nicht so früh wach werden. Sie hatte ein schlechtes Gewissen, weil sie hoffte, dass ihre Mutter nicht aufwachte.

Ihre Mutter würde nicht mehr gesund werden, das hatte sie akzeptiert, aber das bisschen Extrageld, das sie jetzt im Hotel verdiente, würde ihre letzten Monate hoffentlich angenehmer gestalten. Vielleicht sollte sie noch mal zur Bank gehen. Die hatte zwar vor ein paar Monaten ihren Kreditrahmen geringfügig erhöht, aber wenn sie den Leuten dort erklärte, dass es ihrer Mutter jetzt noch schlechter ging und dass sie einen zusätzlichen Job hatte, wären sie vielleicht etwas ... *großzügiger?* Drea stockte bei dem Wort. Sie müsste beweisen, wie motiviert sie war, beide Jobs zu behalten ... auch *danach* ... damit die Bank die Sicherheit hatte, dass sie alles zurückzahlen würde.

Und vielleicht könnte sie etwas sparen. Sie würde sich darüber Gedanken machen müssen, was sie mit dem Haus anstellen und wie es weitergehen sollte, und dann würde sie Miami den Rücken kehren, um aufs College zu gehen. Drea fuhr in die Einfahrt und betrat leise das Haus. Ihre Mutter schlief, und das Haus war still, bis auf das Zischen der Sauerstoffpumpe.

Erschöpft schleppte sie sich die Treppe hinauf, setzte sich aufs Bett und nahm sich fest vor, die Schuhe auszuziehen. Stattdessen ließ sie sich aufs Kissen fallen und schlief auf der Stelle ein.

Gefühlte wenige Minuten später klingelte ihr Handy. Drea saß senkrecht im Bett und tastete im Halbdunkeln nach ihrer Handtasche. Sie war schweißnass, und ihr Herz pochte wie verrückt. *Es war nur ein Traum.*

Sie zog das Handy aus ihrer Handtasche hervor … Cujo. »Was?«, knurrte sie verärgert.

»Morgen, Engelchen. Ich hab da noch eine Idee für die Party«, sagte er fröhlich.

Wen kümmerte denn jetzt die Party? Drea warf sich wieder aufs Bett und stöhnte. Sie hatte weniger als zwei Stunden geschlafen. »Und die ist so gut, dass du nicht warten konntest und mich in aller Herrgottsfrühe aufwecken musstest?«

»Was? So früh ist es auch … oh. Es *ist* früh. Tut mir leid, Drea. Ich bin gerade auf dem Weg zum Training und hab nicht auf die Zeit geachtet.«

Dass er tun und lassen konnte, was er wollte, ging ihr gehörig auf die Nerven. »Andere können sich diese Art von Luxus nicht leisten.«

»Oh Mann, tut mir leid. Pass auf, ich ruf dich später noch mal an.«

»Jetzt ist es auch egal.« Sie rieb sich die Augen. »Ich bin wach. Also, was ist los?«

»Ich hab eine Idee für die Party, die mich irgendwie an dich erinnert.«

Damit wollte er sie ködern. Sie wusste es. Die einzige Art der Selbstverteidigung war ein Präventivschlag. »Lass mich raten. Ein Schokoladenbrunnen ... weil einem von zu viel schlecht wird.«

»Nein, aber der war gut. Ich dachte eher an ein Feuerwerk.«

Sie sah schon, in welche Richtung das ging. »Weil Feuerwerksraketen laut und unvorhersehbar sind?«

Cujo lachte. »Sehr witzig. Und wahr. Ich hatte aber mehr die Assoziation, dass sie bunt und lebensbejahend sind ... und wunderschön, wenn sie explodieren.«

»Cujo! Wie kannst du so was zu dieser gottlos frühen Morgenstunde sagen?« Dennoch bewirkten seine Worte, dass das soeben angesprochene Feuerwerk in ihrem Bauch explodierte.

»Denk drüber nach. Von Mos Garten aus würde das toll aussehen. Das Feuerwerk würde sich im Wasser spiegeln.«

Drea seufzte. Das sähe tatsächlich perfekt aus.

»Du bist müde. Ich ruf dich später noch mal an«, beendete er das Gespräch. Aber seine Worte gingen ihr nicht mehr aus dem Kopf. Also schickte sie ihm noch schnell eine SMS hinterher.

Woher willst du wissen, dass ich schön bin, wenn ich explodiere?

»Drea«, rief ihre Mutter von unten. An Schlaf war jetzt nicht mehr zu denken, aber Cujos Anruf hatte ihr etwas Antrieb gegeben. Tatsächlich entwickelte sie eine Schwäche dafür, wie er mit ihr flirtete.

Weißt du denn nicht, dass alle Kreativen eine LEBHAFTE Phantasie haben? Und jetzt schlaf, Engelchen.

*

Es war Donnerstagabend, und Cujo machte es sich in einem seiner übergroßen Gartenstühle gemütlich und blickte in den Himmel. Geistesabwesend langte er mit der Hand in die Kühlbox, tastete darin herum, bis er ein Bier fand, und reichte es Connor, der im anderen Stuhl saß.

Sie hatten zwanzig Meilen Stehpaddeln hinter sich, und Cujo war fix und fertig. Connor, der mit seiner Firma Abenteuer-Freizeiten in den Everglades organisierte und Stehpaddel-Wettkämpfe bestritt, hatten diese zwanzig Meilen wenig ausgemacht. Cujo dagegen spürte schon den drohenden Muskelkater in Oberschenkeln und Hintern.

»Alter, du hast uns Sonntagabend beim Essen einen ganz schönen Schrecken eingejagt. Dad hatte fast einen Herzinfarkt, als du ihm von dem Überfall erzählt hast.«

Cujo hatte nicht auf Drea gehört und Heidi nicht zurückgerufen, nachdem er sie abgesetzt hatte. Stattdessen war er zu seinem Vater gefahren. Die Familie versuchte, an mindestens zwei Sonntagen im Monat beim Vater zusammenzukommen. Es war ihm wichtig, in der Nähe seiner Familie zu wohnen. Sonst hätte er seine Zwillingsnichten zu sehr vermisst. Keine Frau kam gegen diese magischen Momente an, wenn Amaya und Zephyr ihn mit ihren Kulleraugen ansahen und »Uncle Jo-Jo« sagten.

»Ja, Mann, das muss ich so schnell auch nicht wieder haben«, sagte er. »Das war echt gruselig, so mit vorgehaltener Waffe bedroht zu werden. Da will ich gar nicht mehr drüber nachdenken.« Es war erst fünf Tage her, und er hatte seitdem versucht, so wenig wie möglich daran zu denken. »Was geht sonst noch bei dir?«

»Heute ist Moms Geburtstag. Fragst du dich manchmal, wo sie steckt?«

»Ich versuche, nicht an sie zu denken, um ehrlich zu sein.« Cujo beschwor seine letzten Erinnerungen an seine Mutter herauf. Von dem Tag, an dem sie weggegangen war. Es war ein Valentinstag gewesen, welche Ironie des Schicksals. Er hatte Flüstern gehört und war überzeugt davon gewesen, dass sie die geheime Teenage-Mutant-Ninja-Turtles-Party planten, die er sich für seinen achten Geburtstag wünschte. Er war die Treppe hinuntergeschlichen, um sich kurz davon zu überzeugen, dass sie ihm seinen Wunsch erfüllten. Zunächst hatte er dem Erwachsenengespräch nicht folgen können.

»*Aber wir brauchen dich doch. Ich liebe dich, Herrgott noch mal. Was können wir tun, damit du damit glücklich bist?*« *Sein Vater hatte verzweifelt geklungen, flehend.*

»*Nein, du vestehst das nicht. Ich will das Ganze nicht*«, *hatte seine Mutter gezischt*, »*ich hab die Schnauze voll davon, ein Leben zu leben, das ich gar nicht will. Brody war ein Fehler. Und du weißt das.*«

Er hatte wie gelähmt auf den Treppenstufen gesessen. Er war ein Fehler? Was hatte das zu bedeuten? Wollten sie ihn loswerden? Es stimmte, dass er nicht immer mit Connor rumhängen wollte, der nur fünf Jahre alt war, aber doch nur, weil Connor seine Legos kaputtmachte und blöde Spiele spielen wollte.

Er hatte nach all den Jahren immer noch daran zu knabbern. Sie hatte nur ihn einen Fehler genannt. Und er wurde das Gefühl nicht los, dass alles seine Schuld war.

Cujo schüttelte die Erinnerung ab, nahm einen Schluck Bier und sah Connor an. »Wer ist in der Lage, drei Kinder zurückzulassen? Du erinnerst dich kaum an sie, und Devon war so jung, dass er sich gar nicht an sie erinnert.«

Sie saßen eine Weile schweigend da und tranken ihr Bier.

»An der Schule hat eine neue Lehrerin angefangen«, wechselte Connor schließlich das Thema, »ich hab sie im Supermarkt getroffen.«

»Und? Ist die was für dich?«, fragte Cujo und war froh, dass Connor den Wink verstanden und zu etwas anderem übergegangen war.

»Sie hat mich gefragt, ob ich gute Laufrouten kenne. Ich hab natürlich angeboten, ihr welche zu zeigen.« Sie lachten beide. »Was ist mit dir und der Verlobungsparty-Planerin?«

»Drea?« Ja, was war mit Drea?

Sie war heute Morgen schlaftrunken ans Telefon gegangen. Dann hatte sie nur zwei Sekunden gebraucht, um von null auf hundertachtzig zu kommen, weil es erst 6.30 Uhr gewesen war. Natürlich hatte sie recht damit, dass der Schlaf anderer zu respektieren war, aber er war unterwegs ins Fitnessstudio gewesen und hatte einfach nicht auf die Zeit geachtet.

Er fuhr sich mit der Hand über den Brustkorb. »Um ehrlich zu sein, ich weiß nicht, was mit ihr und mir geht.«

»Ach ja? Als du das letzte Mal von ihr erzählt hast, hatte ich ja den Eindruck, dass es ganz schön zwischen euch knistert, auch wenn ihr euch ständig in die Haare kriegt.«

Cujo spielte an den Schnüren seiner Kapuze herum. »Ja,

irgendwas ist da auf jeden Fall.« War vielleicht von Anfang an da gewesen. Er musste zugeben, dass er sie anfangs falsch eingeschätzt hatte und sich dafür schämte. »Je mehr ich über sie herausfinde, desto mehr finde ich an ihr gut.«

»Ja, aber was ist dann das Problem?« Connor stellte seine leere Flasche auf dem Tischchen zwischen ihnen ab.

»Die Frage ist, ob ich das wirklich will. Dieses Standardbeziehungsding, das ist nicht wirklich meins.«

»Glaubst du, dass es darauf hinauslaufen würde?« Connor sah ihm direkt in die Augen. »Und wenn sie so toll ist, warum nicht?«

Cujo schreckte bei der Frage zurück. Wie sollte er am besten darauf antworten? »Du weißt, warum. So was will ich nie wieder.«

»*Nie* wieder, das ist eine ganz schön lange Zeit.«

»Ist das nicht eine Strophe aus einem Lied?«, fragte Cujo. Er kannte den Titel, aber er kam nicht drauf.

»Nein, du meinst *Für immer, das ist eine ganz schön lange Zeit*/›Forever, that's a mighty long time‹. Aber *nie* ist sogar noch länger.«

»Hast du gerade Prince zitiert?«

»Ja, du Arsch, und jetzt hör auf, meiner Frage auszuweichen. Warum nicht?«

»Wie ich schon sagte«, versuchte Cujo es von neuem, »sie hat 'ne Menge Liebenswertes an sich. Ich war zufällig dabei, als Harper Trent mal erzählt hat, dass sie sich um ihre Mutter kümmert, seitdem sie siebzehn ist. Ich hab die alte Hexe getroffen, und allein dafür müsste Drea schon heiliggesprochen werden oder so was. Und du solltest sie mal erleben, wenn sie etwas in die Hand nimmt. Sie war so was von gefasst während des Überfalls letztens. Sie ist echt scharf und dabei winzig klein, das löst Beschützerinstinkte in mir aus. Aber dann ...« Er hielt inne und ließ die Augen über den Sternenhimmel schweifen.

»Aber dann was?«

»Dann macht sie den Mund auf und ist wütend ... nein, rasend. Sie hat sich ihr ganzes Leben lang allein behaupten müssen, und Angriff ist ihre Verteidigungsstrategie. Sie kämpft bis aufs Blut, koste es, was es wolle. Alles, was wir bis jetzt bezüglich der Party beschlossen haben, resultiert daraus, dass sie ihren Willen bekommt. Sie geht mir mit ihrem pausenlosen Gemecker gehörig auf den Sack. Und manchmal wünschte ich, dass sie mal damit aufhören und den Gedanken zulassen würde, dass das Leben nicht immer so hart sein muss.«

*

Drea stand an Cujos Gartenzaun hinterm Haus und balancierte vier Kartons mit Kerzenhaltern aus Glas unter ihrem Kinn. *Was hatte er da gesagt? Ach ja.* »*Sie geht mir mit ihrem pausenlosen Gemecker gehörig auf den Sack.*« Oh, wie gern wäre sie ihm jetzt auf den Sack gegangen.

Sie rang mit sich, ob sie einfach eine Kehrtwende machen sollte. Sie hatte zwar zu Hause keinen Platz für die Kartons, und Cujo hatte angeboten, sie in seiner Garage zu lagern, aber sie konnte sie auch im Kofferraum lassen.

Drea gähnte. Sie hatte nur zwei Stunden geschlafen und unter anderem davon geträumt, dass sie in Mos Haus lebte. Aber sein Garten hatte sich in ein Ölfeld verwandelt, und die Frau aus dem Café stand auf einmal neben ihr. Eine Welle schwarzen Öls war auf sie zugekommen, aber sie konnte ihre Füße nicht bewegen. Die Welle begrub sie unter sich, verbrannte ihr die Haut und erstickte sie. Das Handyklingeln hatte sie aus dem Alptraum gerissen, und sie war immer noch so unter dem Einfluss des Traums gewesen, dass sie sich nicht genau erinnern konnte, was sie Cujo gesagt hatte. Aber sie erinnerte sich an seine letzte Textnachricht. *Lebhafte Phantasie. Na klar!*

Sie hatte noch eine Stunde Zeit gehabt, bis sie zur Arbeit musste, hatte sich die restlichen Dokumente auf dem USB-Stick durchgelesen und wusste jetzt mehr über die gefährdete Schmetterlingsart Strymon acis bartrami.

Sie musste sich entscheiden. Ihr Dienst im Hotel fing um zehn Uhr an. Cujo hatte sie nichts von ihrem zweiten Job erzählt. Das ging ihn nichts an. Sie hatte mit sich gerungen, ob sie Harper davon erzählen sollte, dass es ihrer Mutter immer schlechter ging, aber zum ersten Mal, seitdem sie sie kannte, war Harper glücklich. Drea wollte ihr Glück nicht trüben und sie mit ihren Problemen belästigen.

Sie atmete einmal tief durch und drückte das Gartentor mit dem Fuß auf. Um die Terrasse herum waren Sträucher und Sukkulenten gepflanzt. In der Mitte der Terrasse befand sich eine riesige Plastikschildkröte, die mit Sand gefüllt war. Hatte Cujo Kinder?

»Drea«, rief Cujo erstaunt.

Musste ein schönes Gefühl sein, so herumplaudern zu können, während sie die ganze Arbeit erledigte. Paddelboards lehnten am Zaun, und die Paddel lagen auf dem Boden.

»Ich hab an der Haustür geklopft, aber ihr habt mich hier draußen wohl nicht gehört«, sagte sie so kurz angebunden wie möglich. Sie hatte keine Lust, sich weiter zu erklären. Und hatte nicht vor, ihm noch mehr auf den Sack zu gehen.

Sie stellte die vier Kartons auf den Tisch. Zwei Kartons hatte sie noch im Kofferraum.

»Drea, ich möchte dir meinen Bruder vorstellen. Connor, das ist Drea.«

Das hätte sie sich denken können. Sie sahen sich sehr ähnlich. Beide waren blond und breitschultrig. Drea winkte ihm kurz zu. »Schön, dich kennenzulernen, Connor. Ich bin dann wohl die, die ihm gehörig auf den Sack geht.«

Sie kehrte zum Auto zurück. Vielleicht sollte sie einfach einsteigen und zur Arbeit fahren. Den Rest konnte sie am nächsten Morgen immer noch im Second Circle vorbeibringen. Scheiß drauf, was er von ihr hielt.

Sie hörte das Tor mit einem Knall aufgehen und Cujos Schritte, als er ihr hinterherlief. Er trug schwarze Shorts und ein graues, ärmelloses Kapuzenshirt, das seine sportliche Figur betonte. Er hätte sehr attraktiv ausgesehen, wenn er nicht so finster geguckt hätte.

»Drea.« Er nahm ihre Hand. Seine Berührung fuhr ihr durch Mark und Bein, und sie riss ihre Hand schnell los. »Hast du alles gehört, was ich gesagt habe?«

»Auf jeden Fall genug, um zu kapieren, dass du mich nicht magst. Und das ist schon okay.« Die Lüge schmerzte. Es war nicht okay. Sie war verrückt gewesen, dass sie angefangen hatte, die Zeit mit ihm zu genießen. Sie hatte sich sogar jedes Mal darauf gefreut.

»Das stimmt doch überhaupt nicht. Scheiße, Mann. Ich bin nicht gut in so was.« Cujo kratzte sich mit der Hand über die stoppelige Wange.

»Ich muss los, Cujo. Ich wünsch dir noch einen schönen Abend.« Drea wühlte auf der Suche nach dem Autoschlüssel hektisch in ihrer Tasche herum. Scheiß auf die restlichen Kerzenhalter.

Cujo lief um sie herum und blockierte ihr den Weg zum Auto. »Bitte fahr nicht so wütend weg, Drea. Ich will dir erklären, was genau ich gesagt habe.«

Eine Träne kullerte ihr über die Wange, und Drea stieß Cujo zur Seite. Sie weinte nie – egal, wie schlimm die Dinge waren, sie hatte einfach keine Zeit dafür. Sie hatte nicht geweint, als ihr klargeworden war, dass sie nicht aufs College würde gehen können. Sie hatte nicht geweint, als der Arzt ihr gesagt hatte, dass Rosa nicht mehr lange zu leben hatte. Und sie würde sicherlich nicht damit anfangen, nur weil irgendein Typ schlecht über sie redete.

»Bitte nicht …« Er nahm ihr Gesicht in seine Hände und wischte ihr die Träne weg.

»Lass das.« Sie schlug seine Hand weg und ignorierte, wie sie bei seiner Berührung ein bisschen dahingeschmolzen war. Sie kämpfte darum, schnell ihre Fassung zurückzugewinnen.

»Drea, bitte.« Er machte ihr den Weg zum Auto frei, aber reichte ihr die Hand. »Komm bitte wieder mit mir rein, wir müssen reden. Und nicht nur darüber, was du gerade gehört hast.«

Er sah zum Haus. Drea verdrängte das Bedürfnis, seine Hand zu nehmen und ihm ins Haus zu folgen, um seinen Erklärungen zu lauschen. Stattdessen stürmte sie auf ihr Auto zu und riss die Tür auf. Sie sprang hinein und ließ den Motor an, ohne sich vorher anzuschnallen.

»Drea. Nicht ...« Seine Stimme wurde mit zunehmender Entfernung leiser, und sein kummervoller Gesichtsausdruck verschwamm im Rückspiegel.

Sie tat etwas, was sie noch nie gemacht hatte. Sie rannte weg.

Kapitel 5

Am darauffolgenden Nachmittag stand Drea vor dem weißen Gebäude der Polizeiwache und holte den USB-Stick aus ihrer Handtasche. Ihrer Meinung nach konnte er nur der Frau aus dem Café gehören. Sie hatte hin und her überlegt, doch sie hatte keine andere Wahl. Vielleicht waren L. A. ja die Initialen der Frau? Oder vielleicht könnte die Polizei herausfinden, wer Walter war? Auf jeden Fall waren Mike MacArthurs Tod und der Inhalt des Briefs Grund genug für einen Besuch auf der Wache.

Sie unterdrückte ein Gähnen und beglückwünschte sich dazu, dass sie es geschafft hatte, heute früh das José's aufzumachen, nachdem sie die gestrige Nachmittagsschicht im José's und den anschließenden Nachtdienst im Hotel durchgezogen hatte und sich nur wenige Stunden Schlaf hatte genehmigen können. Aber obwohl sie fix und fertig war, schlief sie schlecht, und daran waren momentan weder die Gedanken an den USB-Stick noch ihre finanzielle Situation schuld. Nein, da war dieser viel zu gut aussehende Tätowierer, der ihr immer wieder durch den Kopf ging. Und wenn sie mal von ihrem blutenden Herzen absah, wusste sie, dass er recht hatte. Sie befand sich schon lange in einem ständigen Kampf. Und wegen ihrer Mutter war sie wirklich oft gereizt. Und ja, sie war wütend, sie konnte es kaum abwarten, ihr eigenes Leben zu beginnen, anstatt ihrer Mutter zu helfen, während deren Leben zu Ende ging. Drea wusste ja nicht mal, welche Fernsehshows ihr gefielen, weil sie sich immer ansahen, was ihre Mutter aussuchte.

Sie atmete tief durch, trat durch die Glastür, meldete sich beim diensthabenden Beamten an und setzte sich auf den ihr zugewiesenen Stuhl. Ein kleiner Junge watschelte auf sie zu und reichte ihr seinen Teddybären.

»Hallo, mein Kleiner, wie heißt du denn?«, fragte sie.

»Mateo«, antwortete er mit feuchter Aussprache und lächelte sie an. Dann riss er den Teddy wieder an sich und watschelte zurück zu seiner Mutter.

»Sie sehen heute aber besonders gut aus, Ms Caron. Ich habe gerade an Sie gedacht.« Drea lächelte, als Detective Carter um den Empfangstresen herum kam und ihr zur Begrüßung die Hand reichte.

»Haben Sie einen kurzen Moment Zeit für mich?« Sie strich den weißen Blazer glatt, den sie zu einer dunkelblauen Jeans trug.

»Für Sie habe ich den ganzen Tag Zeit.« Carter lächelte sie an. »Geht es um etwas Vertrauliches, oder würden Sie sich gern kurz raus setzen?«

»Es ist vertraulich, aber gerade so schön draußen.« Im September waren Regenschauer leider nicht selten.

»Bitte.« Er führte sie zu einer Parkbank vor dem Hauptgebäude.

»Ich sollte Ihnen das hier geben.« Sie überreichte ihm den USB-Stick. »Ich fand ihn einen Tag nach dem Überfall.

Meine Kollegen vergessen oft, die Taschen ihrer Arbeitskleidung zu leeren. Das hier war in der Dreckwäsche. Ich dachte zunächst, es würde einem von uns gehören.«

Carter wendete den Stick hin und her. »Was befindet sich darauf?«

»Informationen über Fracking. Es geht um einen Standort in den Everglades. Ich werde zwar nicht aus allem schlau. Aber es sieht so aus, als hätte Cleffan Energy die Genehmigung für einen Fracking-Standort erhalten, obwohl das nicht rechtens war. Der Gouverneur hatte wohl auch seine Finger im Spiel.«

»Glauben Sie, dass die Frau etwas damit zu tun hat?«, fragte er sie besorgt.

»Ja, ich denke schon. Da drauf gibt es auch einen Brief, der an einen Walter adressiert und mit den Initialen L. A. unterschrieben ist. Darin wird ein Journalist erwähnt, Mike MacArthur. Er hatte kürzlich im Norden von Kanada einen tödlichen Unfall.«

Carter zwinkerte ihr zu. »Wissen Sie, die Untersuchungen sollten Sie ruhig uns überlassen. Wir sind darin ganz gut.«

»Ich muss wissen, ob mit der Frau alles in Ordnung ist. Ich muss es unbedingt wissen. Diese Sache bereitet mir schlaflose Nächte. Und ich wäre ungern das nächste Opfer, wenn demnächst mal wieder ein Notruf reinkommt.«

»Wir werden die Angelegenheit höchst vertraulich behandeln, das verspreche ich Ihnen, Drea. Wir wissen, was wir tun.«

Sie spürte, dass sie ihm vertrauen konnte. »Das glaube ich Ihnen, Detective Carter.«

»Würden Sie mich bitte Ryan nennen ... zumindest wenn wir unter uns sind?« Flirtete er mit ihr? Auf jeden Fall grinste er sie an.

Drea nickte und lächelte. »Konnten Sie etwas in der Nachbarschaft herausfinden?« In den acht Tagen, seitdem die Frau verschwunden war, war die Polizei durch sämtliche Läden in der Nachbarschaft des José's gegangen, hatte mit Leuten geredet und sich die Videoaufzeichnungen von Sicherheitskameras angeschaut.

»Noch nicht. Es ist, als hätten wir es mit Phantomen zu tun. Aber wir haben noch ein paar Spuren, denen wir nachgehen müssen. Sind Sie in der Lage, gut auf sich aufzupassen? Ich könnte veranlassen, dass einmal am Tag jemand bei Ihnen zu Hause nach dem Rechten schaut.«

»Danke. Das wäre toll.« Bei der Vorstellung, in dieser Sache nicht ganz allein dazustehen, fiel etwas Spannung von ihr ab. Jetzt, wo die Sonne auf ihr Gesicht schien und sie Ryan Carters solide Präsenz an ihrer Seite hatte, fühlte sie sich fast, als wäre alles beim Alten. Sie selbst konnte sowieso nicht mehr machen, und sie vertraute darauf, dass Ryan schon das Richtige tat. Sie schwiegen kurz.

»Was würden Sie davon halten, wenn ich Sie zum Essen einlade, Drea?«

Was würde sie davon halten? Ein Teil von ihr wollte ja sagen. Um sich daran zu erinnern, dass sie ungeachtet ihres chronischen Erschöpfungszustands immer noch in der Liga der jungen und sorgenfreien Siebenundzwanzigjährigen mitspielen konnte.

Ryan war attraktiv. Seine breiten Schultern füllten sein Shirt wunderbar aus, und sein kantiger Kiefer hätte auch gut auf den Laufsteg gepasst. Doch wie er sie mit seinen tiefliegenden hellbraunen Augen ansah, war zwar sehr schmeichelhaft, aber diese Augen verursachten keine wohligen Schauer bei ihr, wie Cujos funkelnde blaue Augen es taten.

Ihr fielen immer mehr Ausreden ein; ihre Mutter brauchte sie, und sie hatte zwei Jobs. Aber Cujo war das Entscheidende. Irgendetwas lief da zwischen ihnen. Sie hatte es genau gespürt. Was sie gestern Abend mitgehört hatte, hätte ihr sonst nicht so wehgetan.

»Das Schweigen interpretiere ich jetzt mal als ein Nein«, sagte Ryan schließlich.

»Es ist mehr ein ›Ich weiß nicht‹«, erwiderte sie ehrlich. »Darf ich später darauf zurückkommen?«

»Hat das ›später darauf zurückkommen‹ zufällig mit Mr Matthews zu tun?«

Natürlich hatte es das, aber Drea verspürte keine Lust, das mit ihm auszudiskutieren. »Ich halte meine Versprechen immer, Ryan. Und ich verspreche Ihnen, dass Sie eine Antwort von mir bekommen werden.«

Sie lächelte ihn an und stand auf, um zu gehen.

»Dann erwarte ich Ihren Anruf.« Er nahm ihre Hand, schüttelte sie zum Abschied und hielt sie einen kurzen Augenblick länger, als aus professioneller Sicht angebracht gewesen wäre. »Und überlassen Sie die Detektivarbeit zu Ihrer eigenen Sicherheit bitte uns.«

Drea warf einen Blick auf ihre Uhr. Die Wäsche war fertig. Tante Celine war bei ihrer Mutter und hatte angeboten, Abendessen zu kochen. Sie musste noch ein Rezept zur Apotheke bringen, aber das konnte warten, bis sie zum Hotel fuhr, um mit ihrer Nachtschicht anzufangen.

Nach der letzten Nachtschicht hatte sie nur drei Stunden Schlaf gehabt, bis sie ihrer Mutter beim Aufstehen helfen musste, sie war jetzt ironischerweise aber zu aufgekratzt, um zu schlafen.

Lummus Park Beach war nur einen kurzen Spaziergang entfernt. Am Wasser fand sie immer so was wie Frieden. Und sie brauchte dringend eine Pause von all den verrückten Gedanken, die ihr täglich durch den Kopf schossen: die vermisste Frau, Mike MacArthur und Cujo.

*

Amaya und Zeph saßen, mit neonorangen Rettungswesten und weißen Retro-Schwimmbrillen ausgestattet, im Schneidersitz ganz vorn auf Cujos Paddelboard. Sie hatten eine Stunde Herumplanschen und Gekreische im Wasser hinter sich und waren jetzt sichtlich erschöpft.

»Was bedeutet ›es jemandem so richtig besorgen‹, Onkel Jo-Jo?« Zeph sah ihn erwartungsvoll an.

Cujo hielt mitten im Paddeln inne. Er hoffte sehr, dass sie das in einem anderen Kontext meinte. »Warum fragst du, Zeph?«

»Weil Mommy zu Daddy gesagt hat, er ist ein richtiger Glückspilz, weil sie es ihm heute Abend mal so richtig besorgt.«

Cujo rollte mit den Augen und paddelte weiter. Natürlich meinte sie das in dem Kontext, den er befürchtet hatte.

»Vielleicht bedeutet es, dass Mommy Daddy heute Abend was richtig Schönes kaufen will.« Die Zwillinge schliefen bei ihm, so oft er Zeit hatte, aber er wollte lieber keine konkreten Bilder vor Augen haben, wie Devon und Elisa ihre Zeit ohne die Kinder nutzten.

»Schneller, Onkel Jo-Jo.«

Seine Mini-Passagiere sorgten für ein anständiges Bauch- und Rumpftraining, da er darauf achten musste, dass das Board über Wasser blieb. Die nötige Konzentration und körperliche Anstrengung taten ihm gut, um den Frust über Dreas Abgang gestern Abend rauszulassen.

Er musste sie unbedingt anrufen. Er hatte es am Morgen hinausgeschoben, weil er sie nicht vor den Mädchen hatte anrufen wollen, aber sobald sie im Bett waren, würde er es tun.

Cujo sprang vom Board runter, klemmte sich jeweils einen Zwilling unter den Arm und ließ sie am Ufer wieder runter.

Er nahm das Ruder und reichte den beiden die Trageschlaufe des Boards.

»Habt ihr Lust, es zusammen den Strand entlang zu ziehen?« Es würde zwar voll mit Sand sein, und er müsste seinen Truck sauber machen, wenn sie zu Hause angekommen waren, aber der Spaß lohnte sich allein schon, um ihre lustigen angestrengten Gesichter beobachten zu können.

Cujo rieb sich mit der Hand über die Narbe an seinem Unterleib. Seitdem die Zwillinge auf der Welt waren, gab es Momente, in denen er an seinem Entschluss zweifelte, nie Kinder haben zu wollen. Insbesondere dann, wenn eine von beiden oder beide ihn ansahen, als könnte er über Wasser laufen.

Sie gingen gemeinsam zurück zum Truck, verstauten die Ausrüstung und trockneten sich ab.

»Wir haben Hunger, Onkel Jo-Jo«, sagte Amaya, als sie fertig angezogen waren.

»Das glaube ich euch sofort. Wie wär's damit?« Er holte Brote mit Erdnussbutter und Marmelade aus der Kühlbox, von denen er die Kruste abgeschnitten hatte, und reichte sie ihnen.

Aus den Augenwinkeln erspähte er Drea, die in ihre Richtung lief. Bei ihrem Anblick zog sich sein Herz zusammen. Sie hatte das Grüppchen nicht gesehen. So, wie sie aussah, bekam sie gar nichts mit von dem, was um sie herum passierte. Sie war völlig in Gedanken versunken und blickte sehnsüchtig auf das Meer, sah niemanden an, lächelte nicht. Er warf sich eine Kapuzenjacke über, machte den Reißverschluss aber nicht zu.

»Mädels, kommt mal her.« Er nahm eine in jeden Arm und lief über die Straße. »Hey, Drea, warte!«, rief er. Sie antwortete nicht. »Mädels, ruft mal Drea, so laut wie ihr könnt.«

»Drea! Drea!«, schrien sie im Einklang und winkten. In der Aufregung klatschte Amaya ihr Erdnussbutterbrot gegen Cujos Stirn. *Lieber Gott, bitte mach, dass ich keine Erdnussbutter im Haar habe.*

Drea drehte sich um und lächelte bei dem Anblick, der sich ihr bot. Ein umwerfendes Lächeln, das schnell zu einem schallenden Gelächter wurde.

»Amaya und Zephyr, das ist Drea. Drea, ich will dir meine Nichten vorstellen.«

Drea hörte auf zu kichern, dennoch musterte sie amüsiert sein mit Erdnussbutter beschmiertes Gesicht. »Hallo, ihr zwei Süßen. Was macht ihr denn gerade?«

»Ich habe Onkel Jo-Jo mein Brot ins Gesicht geschmiert

und es fallen lassen«, sagte Amaya, und ihre Augen füllten sich mit Tränen.

Cujo küsste sie auf die Wange. »Das macht nichts, Ya-Ya. Ich geb dir ein neues.«

»Ich finde, das sah ziemlich lustig aus.« Drea holte ein Taschentuch aus ihrer Handtasche. »Du hast da Marmelade«, erklärte sie, als sie sich auf die Zehenspitzen stellte, um sie abzuwischen. Cujo bückte sich zu ihr runter und hielt seine Nichten immer noch fest im Arm.

Er spürte Dreas Atem an seiner Wange und sah, wie sie sich auf die Unterlippe biss, während sie sich auf die Reinigung konzentrierte. Ihre Blicke trafen sich, und auf einmal wünschte er sich, dass sie ihren Weg nicht fortsetzte, wohin auch immer sie gerade unterwegs war.

»Wir wollen einen Spaziergang machen. Begleite uns doch ein Stück.«

Drea neigte den Kopf zur Seite.

»Bitte?«, bettelte Cujo.

»Ich geb dir auch was von meinem neuen Sandwich ab«, bot Amaya an. Cujo drückte sie.

»War da auch Erdbeermarmelade mit drauf?«, fragte Drea.

»Ja, genau«, rief Zephyr und klatschte in die Hände.

»Na gut, dann ...« Drea sah Cujo an.

Es war eigentlich nicht der richtige Moment, um sie ausgiebig anzuschauen. Die Mädchen zappelten in seinen Armen, und alle vier blockierten sie den Bürgersteig. Aber er nahm sich trotzdem die Zeit. Drea besaß die Art von Schönheit, die man zeichnen wollte, aber nicht richtig einfangen konnte. Ihr Blick ging ihm durch Mark und Bein.

»Können wir ein Eis haben, Onkel Jo-Jo?«

Cujo löste seinen Blick von Drea. »Na klar. Dann lasst uns mal losgehen.«

Sie hielten an einem Eiswagen, und die Mädchen schlenderten glücklich vor ihnen her.

»Sag mal, was hast du gestern alles mitgehört?« Cujo verfolgte aufmerksam, wie Drea ihr Eis rundherum abschleckte, und ertappte sich dabei, eifersüchtig auf die Eiswaffel zu sein.

»Ist doch egal. Ich hab's kapiert. Du magst mich nicht besonders, aber ...«

»Engelchen, das stimmt nicht.« Er fuhr sich mit den Fingern durchs unordentliche Haar. »Siehst du das hier? Dir gefiel meine Glatze nicht. Also habe ich mir die Haare wachsen lassen.« Scheiß auf den Männlichkeitswahn. Was war er doch für ein Weichei. Seine Glatze sollte ihn daran erinnern, was er durchlebt hatte. War ein Beweis dafür gewesen, dass er überlebt hatte. Aber die wenigen Worte von Drea hatten gereicht, und er hatte sich die Haare wieder wachsen lassen.

»Ernsthaft?« Ihre haselnussbraunen Augen musterten ihn neugierig.

»Ja, ernsthaft. Das war an dem Abend im Billardsalon. Du meintest, ich würde aussehen wie ein Schlägertyp«, erklärte er und rollte von sich selbst angeekelt mit den Augen. »Du meintest, du stehst nicht darauf. Das hat was mit mir gemacht. Du hast also unrecht – ich mag dich. Willst du wissen, was ich zu Connor gesagt habe, bevor du gekommen bist?«

Sie nickte und biss sich auf die Unterlippe.

»Ich habe ihm erklärt, wie ambivalent du bist. Wie ich

dich bewundere und dass du mich noch ins Grab bringen wirst.«

Drea lachte. »Wow, du solltest es mit den Komplimenten nicht so übertreiben, Cujo.« Sie versuchte, ein Gähnen zu verstecken.

»Halte ich dich vom Schlafen ab?«

»Totale Erschöpfung ist mein Normalzustand. Ich bin daran gewöhnt.«

Amaya und Zephyr waren am Strand angekommen und ließen sich sofort in den Sand fallen. Cujo führte Drea zu einer nahegelegenen Bank.

»Ich bin nicht so der Beziehungstyp, Engelchen.« Er beobachtete die Wellen und sah sich nach den Mädchen um. »Ich wünschte, ich wäre es«, fuhr er fort, »aber ich habe vor langer Zeit die Entscheidung gefällt, dass ich mich niemals so auf jemanden einlassen würde.«

»Wir planen eine Verlobungsparty zusammen. Wie kommst du jetzt auf das Thema Beziehungen? Ist das nicht etwas anmaßend und weit vorausgedacht?«

Er fuhr mit den Fingern über ihr Schlüsselbein und legte seine Hand dann auf ihren Nacken. Verdammt. Erstaunt riss sie den Mund auf, und er widerstand so gerade eben der Versuchung, sie zu küssen.

»Vielleicht. Aber so läuft das doch. Wir würden uns verabreden. Wir würden viel lachen. Wir würden uns streiten. Wir hätten den weltbesten Versöhnungssex.«

Drea lief bei den Worten ein Schauer über den Rücken, und genau das hatte er beabsichtigt. Ihre Brust hob und senkte sich im Rhythmus ihrer schnellen Atmung.

»Wie kommst du darauf, dass wir den weltbesten Versöhnungssex hätten?«, fragte sie so leise, dass er sie kaum hörte.

Er beugte sich zu ihr runter, seine Lippen waren ganz nah an ihrem Ohr. Nur mit Mühe widerstand er dem Drang, ihre Haut zu schmecken. »Wenn es sich schon so gut anfühlt, ohne dass wir uns berühren, wie könnte es anders sein?«

»Und das ist also keine gute Sache?«, fragte sie atemlos.

»Da bin ich mir ziemlich sicher.« Cujo verschränkte jetzt seine Finger mit den ihren. »Kann ich dich fragen, was mit deiner Mutter ist?«

»Ich würde mich lieber weiter darüber unterhalten, warum das mit uns eine schlechte Sache wäre«, sagte Drea und lächelte dabei verzagt. »Sie ist lungenkrank und hat nicht mehr lang zu leben.«

»Das tut mir leid, Engelchen.«

»Sie war starke Raucherin.«

»Hast du Verwandtschaft hier, die dir etwas unter die Arme greift?« Cujo konnte sich ein Leben ohne seine Familie nicht vorstellen, sei es Bluts- oder Wahlverwandtschaft.

»Nur die Stiefschwester meiner Mutter, Tante Celine. Sie hilft mir hin und wieder. Wir kommen schon zurecht.« Sie sagte es mit ausdrucksloser Stimme, aber ihre traurigen Augen verrieten, dass viel mehr dahintersteckte.

»Nimmst du es ihr übel, dass du sie pflegen musst?« Er musste daran denken, wie es ihm ergangen war, und war sich nicht sicher, ob er die Antwort hören wollte.

Drea lehnte sich zurück, entzog ihm ihre Hand und verschränkte die Arme vor der Brust.

»Meine Mutter ist immer …« Drea suchte nach den richtigen Worten, und Cujo konnte förmlich hören, wie es in ihrem Kopf arbeitete. »… voller Hass. Sie will die Kontrolle über alles. Und sie ist verbittert … sie hatte ein hartes Leben. Und es macht das Ganze nicht einfacher, wenn ich so hart arbeite, damit sie es etwas besser hat, und sie so … undankbar ist.«

Sie schwiegen eine Weile und sahen Zephyr und Amaya zu, die jetzt Muscheln sammelten.

»Wann musst du nach Hause?«

Drea sah ihn an. »Ich muss heute nicht nach Hause. Tante Celine ist heute Nachmittag bei meiner Mutter. Ich könnte allerdings etwas Schlaf gebrauchen.«

Die Mädchen kamen zu ihnen zurück und reihten ihre Muscheln auf seinen Oberschenkeln auf.

»Wenn du nichts vorhast, warum kommst du nicht mit zu uns nach Hause?«

»Jaaa, komm mit zu Onkel Jo-Jo. Er hat uns versprochen, dass wir Pizza machen.« Amaya hüpfte barfuß auf dem Bürgersteig herum.

»Versprechen muss man halten. Ich mag Menschen nicht, die ihre Versprechen nicht halten, und ihr?«

»Wir auch nicht.« Die Mädchen waren sich wieder einig.

»Komm schon, Drea«, versuchte Cujo sie zu überreden. »Nur auf eine Pizza. Komm mit, ansonsten sehen wir uns gezwungen, drastische Maßnahmen zu ergreifen.«

Die Mädchen rannten voraus zum Truck.

»Du kannst mich nicht entführen. Ich habe keine Angst vor dir, weißt du!«, neckte Drea ihn.

»Tja, dafür habe ich wohl umso mehr Angst vor dir.«

*

Drea spülte die Gläser ab und versuchte, sich nicht vorzustellen, wie Cujo gerade am anderen Ende des Korridors duschte. Als Cujo die Mädchen in die Badewanne gesteckt hatte, war das Ganze in eine einzige Schaum- und Kreischparty ausgeartet, und Cujo war selbst bis auf die Haut nass geworden. Sie hatte sich zusammenreißen müssen, um ihn nicht anzustarren, als das weiße T-Shirt immer durchsichtiger und sein Brustwarzenpiercing immer sichtbarer geworden war, das sie am Strand schon mal kurz erblickt hatte.

Jetzt schliefen die Mädchen tief und fest. An den vier Wänden des Gästezimmers waren wunderschöne Wandbilder mit den vier Jahreszeiten, die Cujo selbst gemalt hatte.

An den weißen Wohnzimmerwänden hingen kunterbunte Bilder im Stil Moderner Kunst, und Drea fragte sich, ob das auch Cujos Arbeiten waren. Sie spülte noch die letzten Teller und trocknete alles ab.

Dank des Nickerchens, das sie unbeabsichtigt auf Cujos Riesensofa gemacht hatte, fühlte sie sich viel besser. Er hatte nichts gesagt, sie einfach nur zugedeckt und war mit den Mädchen zum Spielen in den Garten gegangen.

Mit einem Glas Wasser kehrte sie zum Sofa zurück, und es dauerte nicht lange, bis sie eine Tür und Schritte im Flur hörte.

»Ich hab ein paar Angebote von Blumenhändlern«, sagte sie, als er vor ihr stand. »Möchtest du sie sehen?«

Cujo setzte sich neben sie auf die Couch. »Pssst«, flüsterte er, »wir reden jetzt nicht über die Verlobungsparty.« Er drückte sanft ihre Hand, und sie spürte seine Nähe mit jeder Zelle ihres Körpers.

Und dann hatte er auch noch extrem gut sitzende Jeans an und war barfuß …

Drea ließ sich tiefer in das blaue Sofa sinken, dessen plüschiger Stoff und weiche Polsterung förmlich dazu einluden. Sie wandte sich wieder dem Fernseher zu und versuchte sich auf den Schrank zu konzentrieren, den ein gut aussehender Typ in einer dieser Renoviersendungen zusammenbaute.

Während der Werbung ein paar Minuten später war von einer Bäckerei in der Stadt die Rede, was sie an etwas erinnerte. »Habe ich dir schon gesagt, dass ich jemanden gefunden habe, der Torten backt? Sie ist eine Freundin von …«

»Pssst.« Er sah sie an.

»Aber ich wollte doch nur …«

»Pssst.« Er lachte leise und warf ein Kissen nach ihr, das sie abwehrte. »Weck die Minis nicht auf.«

»Cujo, hör auf. Ich mein's ernst.« Er packte sie an der Taille, und bevor sie reagieren konnte, hatte er sie auf den Rücken geworfen. Er kitzelte sie an den Seiten, und Drea kicherte.

»Ich auch«, sagte er.

Sie zappelte herum und versuchte, ihn wegzudrücken, aber er hatte sie fest im Griff. Merkwürdigerweise fühlte sie sich auf einmal sicher. Körperlich war er ihr zwar weit überlegen, aber sie spürte, dass sie in Sicherheit war.

»Wir reden nicht über die Party.« Spielerisch legte er eine Hand über ihren Mund, wodurch sie noch lauter lachen musste.

»Und die Bäckerin ist eine Freundin von …«, nuschelte sie und versuchte, das Gefühl von Cujos gestähltem Körper auf ihrem zu ignorieren. Die Art, wie er seinen Arm auf sie drückte, die Wärme seiner Finger auf ihren Lippen und das Gefühl seines Brustkorbs an ihren Brüsten waren nervenaufreibend und zugleich unglaublich befriedigend.

Sie hörte auf zu kichern, als sie seinen intensiven Blick bemerkte. Er nahm seine Hand weg. »... von José, und sie hat sich bereit erklärt, acht Dutzend für ...«, flüsterte sie weiter.

Kurz dachte Drea, dass er sie jetzt ausreden lassen würde, aber sein glühender Blick bedeutete ihr etwas anderes. Er gab ihr Zeit, sich zu sammeln und sich von ihm zu lösen, falls sie das wollte, und dann war der Moment vorbei. Er presste seine Lippen auf ihren Mund. Drea schloss ihre Augen und hörte endlich auf zu reden. Hörte auf, sich zu bewegen. Und hörte vielleicht sogar auf zu atmen.

Seine Lippen waren ganz weich und lösten die gesamte Anspannung in ihr. Es wäre absolut sinnlos gewesen, den Anschein von Nicht-Interesse wahren zu wollen.

Plötzlich löste er sich wieder von ihr, und völlig außer Atem verfolgte sie, wie er ihre Hand losließ, aufstand und anfing, hin und her zu laufen.

»Scheiße, Mann, es tut mir leid.« Er blieb stehen, schlug die Hände über seinem Kopf zusammen, bevor er sich durchs Gesicht rieb. »Das hätte ich nicht tun sollen.«

Drea wollte eigentlich antworten, dass sie das völlig verstand. Dass es nicht schlimm war. Deswegen überraschte es sie genauso wie ihn, als sie einfach nur fragte: »Warum nicht?«

Er schaute sie ernst, um nicht zu sagen finster, an. Am Kuss konnte es nicht gelegen haben, denn obwohl sie in dem Bereich wenig Erfahrung hatte, war der Kuss der absolute Oberhammer gewesen. Ein Vorgeschmack auf den Wahnsinnssex, den er am Strand erwähnt hatte. Es musste also an ihr liegen.

»Schon gut«, sagte sie und zog ihren Pulli von der Sofalehne. »Ich hole meine Tasche.«

Auf dem Weg Richtung Tür schnappte sie sich ihre Handtasche von dem kleinen Tischchen im Flur. Die Tür ging schwer auf, und Drea riss mehrmals an der Klinke, aber es tat sich nichts. *Großartig machst du das – das ist mal ein gelungener dramatischer Abgang.*

Cujo legte seine Hand auf ihre. »Bitte nicht, Drea.«

Sie spürte seine Wärme hinter sich. Sie fühlte sich verwundbar, und das war ein ungewohntes und beängstigendes Gefühl. Keiner von beiden bewegte sich. Dann umarmte er sie von hinten. »Du hast ja keine Ahnung, was du mit mir anstellst. Das macht mich echt fertig«, flüsterte er.

Er ließ sie wieder los. »Du solltest lieber gehen, bevor ich mir noch einrede, dass es eine schlechte Idee ist, mich nicht auf eine Beziehung einzulassen.«

»Aber warum ist es normalerweise eine gute Idee?«

»Weil ich so was nicht mache. Ich will Spaß haben. Viel Spaß. Und so sehr ich mir das wünsche, mit dir geht das nicht. Weil du was Besseres verdient hast als das. Und es würde für unsere Freunde alles wahnsinnig kompliziert machen, wenn das mit uns beiden nicht gut ausgeht.«

Obwohl ihr seine Worte wehtaten, sah sie ein, dass er recht hatte. Auf eine traurige Weise wusste sie seine Ehrlichkeit zu schätzen. Ihre Knie wurden ganz weich, als sie schließlich durch die Haustür hinausging, und sie musste sich erst mal auf die Stufen vor seinem Haus setzen.

Obwohl sie immer wieder aneinandergerieten, war da

etwas, was sie gegenseitig magisch anzog. Der heutige Tag war eine wunderbare Überraschung gewesen. Es war wirklich schön, zu sehen, wie geduldig er mit Zephyr und Amaya umging. Er würde einen tollen Vater abgeben, im Gegensatz zu ihrem eigenen. Cujos Vater schien außerdem ganze Arbeit geleistet zu haben, als er drei Jungs allein großgezogen hatte. Wenn doch Dreas Mutter diese Herausforderung nur besser gemeistert hätte.

Drea konnte sich nicht erinnern, wann sie das letzte Mal so viel gelacht hatte, ihre Seitenstiche erinnerten sie immer noch daran, wie viel Spaß sie gehabt hatten. Und diese Arme, mein Gott, diese Arme. Wie stark sie sich anfühlten, wenn er sie umarmte. Wie fest und sicher.

Das Timing war denkbar ungünstig. Sie musste in ein paar Stunden schon wieder zum Arbeiten ins Hotel. Sie hatte keine Zeit dafür, sich mit so etwas auseinanderzusetzen, auch wenn sie insgeheim anfing, sich zu wünschen, dass sie es könnte.

Cujo wollte keine Beziehung. Warum wollte sie mit ihm zusammen sein? Warum verschwendete sie auch nur einen Gedanken daran? Sie hatte sich schon so lange gewünscht, aus Miami wegzugehen, von ihrer Mutter, von ihren lebenslangen Verpflichtungen, dass sie kein Gespür mehr dafür hatte, was sie wirklich wollte.

Und dann gab es da noch den USB-Stick. Und die Frau.

Ihr Handy summte.

Schick mir 'ne Nachricht, wenn du gut zu Hause angekommen bist.

Drea begriff allmählich, dass Cujo trotz seiner lässigen Art ein fürsorglicher Typ war.

Ok. Sitze noch auf deiner Veranda.

Ich weiß. Ich sehe dich durchs Fenster.

Sie warf einen Blick über ihre Schulter und sah ihn da stehen und tippen. *Ich bin vielleicht ein Idiot, aber ich bin kein Arsch. Alles okay mit dir?*

»Verdammte Scheiße«, sagte sie laut. *Er ist nicht mein Freund. Er ist nicht mein Freund*, redete sie sich immer wieder ein. Drea lachte wider Willen. Sie brauchte Abstand von Cujo und ihren Gefühlen für ihn. *Mir geht's gut*, antwortete sie.

Versprochen?

Versprechen konnte sie es nicht, und das wusste er. Sie versprach nie etwas, was sie nicht halten konnte. Sie war selbst jahrelang von anderen enttäuscht worden. Von ihren Lehrern, die ihr versprochen hatten, dass ihre Noten nicht darunter leiden würden, wenn sie sich um ihre Mutter kümmerte, und dass sie ihr mit den Hausaufgaben helfen würden. Von ihrer Mutter, die ihr versprochen hatte, dass sie mit dem Rauchen aufhören würde. Ihrem Vater, der ihr versprochen hatte, dass er dableiben würde.

Gute Nacht, Cujo.

Nein, mir geht's nicht gut, dachte sie, als sie ins Auto stieg, aber sie versprach sich selbst, dass es ihr bald bessergehen würde.

Kapitel 6

Cujo trat durch die Doppeltür des Krankenhauses, die hinter ihm zuschwang, und machte sich auf die Suche nach dem richtigen Wartezimmer. Er war gerade dabei gewesen, eine Nackentätowierung fertigzustellen, als er den Anruf erhalten hatte. Es war uncool, seine Kollegen an einem Samstag allein zu lassen, aber die Familie kam immer an erster Stelle.

Sein Vater war ganz blass, das Gesicht zerfurcht von Sorgenfalten. Devon lehnte mit gekreuzten Beinen an einem großen Fenster.

Der Krankenhausgeruch ließ Erinnerungen in ihm aufsteigen, die Cujo lange mühsam verdrängt hatte. Kitschige Blumenmalereien und furchtbare Versuche Moderner Kunst hingen an den Wänden. Der Geruch von Ammoniak und Kiefernholz brannte in seiner Nase, als er sich neben seinen Vater setzte. Eine Lautsprecherdurchsage übertönte das gespenstige Piepsen der Geräte mit dem Hinweis, dass ein Besucher doch bitte sein Auto aus der Einfahrt der Notaufnahme entfernen sollte.

Cujo setzte sich. »Was ist passiert?«

»Es ist deine Mutter. Mehr weiß ich nicht. Der Arzt ist unterwegs.«

Cujo warf einen Blick auf die Uhr an der gegenüberliegenden Wand. Der Minutenzeiger vibrierte jedes Mal, wenn er seine Position veränderte, und pendelte vor und zurück, als hätte er sich noch nicht entschieden, in welche Richtung die Zeit gehen sollte.

»Alec Matthews?« Alle drei sprangen auf. »Ich bin Dr. Jaffrey. Ich bin der Neurologe, der Ihre Frau behandelt. Das hier ist Detective Lopes, der sich um Mrs Matthews' Fall kümmert.«

Cujo sah seinen Vater an, der Mühe hatte, die Fassung zu bewahren. Er erkannte Detective Lopes, der Harper Anfang des Jahres geholfen hatte.

»Ich bin Brody Matthews, ihr Sohn. Detective Lopes, wir kennen uns schon. Trent Andrews und ich sind die Inhaber des Second Circle.«

»Ah ja, ich erinnere mich. Es tut mir leid, dass wir uns unter diesen Umständen wiedersehen.« Detective Lopes schüttelte seine Hand.

»Das hier sind mein Vater, Alec Matthews, und mein Bruder Devon. Können Sie uns sagen, was passiert ist?«

»Mrs Matthews wurde im North Shore Park gefunden. Wir glauben, dass es sich um einen missglückten Raubüberfall handelt. Sie war übel zugerichtet.« Cujo verlagerte unwillkürlich das Gewicht. Die Worte des Detectives trafen ihn mitten ins Herz.

Alec stöhnte und ließ sich gegen Devon sinken, der genauso weiß aussah wie die Wand hinter ihm.

Dr. Jaffrey fuhrt fort: »Mrs Matthews hat verschiedene Verletzungen erlitten, unter anderem ein Schädel-Hirn-Trauma, und die linke Seite ihres Gesichts musste größtenteils chirurgisch wiederhergestellt werden. Sie lag eine Woche im Koma. Gestern ist sie aufgewacht. Sie hat uns heute ihren Namen verraten, aber Mrs Matthews leidet unter posttraumatischer Amnesie. Sie erinnert sich nur an Einzelheiten, die Jahrzehnte her sind.« Dr. Jaffrey hielt inne, um einen Blick auf seinen Pager zu werfen. »Das ist nicht ungewöhnlich für jemanden, der im Koma war. Möglicherweise wird der Gedächtnisverlust einige Wochen andauern, vielleicht erinnert sie sich morgen wieder an alles, vielleicht aber auch nie wieder.«

»Hat sie noch andere Verletzungen? Ich meine, wurde sie ... wie konnte das passieren?«, fragte Alec.

»Wir haben sie eingehend untersucht. Computertomographie und MRT haben ergeben, dass Schädel und Gehirn verletzt wurden. Sie wurde bereits zweimal operiert, um eine Blutung im Gehirn zu stoppen. Die Verletzungen ihrer linken Gesichtshälfte sind beträchtlich. Normalerweise hätten wir damit gewartet, bis die Schwellungen etwas abklingen, aber die Verletzungen waren zu gravierend, um die OP noch länger hinauszuzögern. Anstelle der Wangenknochen haben wir Platten eingesetzt, und ihren Kiefer haben wir verdrahtet. Sie wird sich möglicherweise noch mehr Operationen unterziehen müssen, wenn es ihr etwas besser geht.«

Cujo blickte auf den Boden und atmete schwer. Scheiße. Er schüttelte den Kopf und versuchte den Schwindel loszuwerden, der ihn auf das graue Linoleum befördern wollte.

»Wie ist die Prognose?«, fragte Devon.

Ja, genau. Was ist mit der Zukunft? Gute Frage.

»Wir gehen davon aus, dass sie sich vollständig erholen

wird. Womit wir die Schwere ihrer Verletzungen nicht minimieren wollen. Es wird eine Weile dauern, bis sie mit der Physiotherapie anfangen kann. Und wir müssen weiterhin ihre Hirnschwellung sowie ihren Gedächtnisverlust überwachen.«

»Was können wir tun?« Alec blickte den Arzt hoffnungsvoll an.

Es gab noch so viele unbeantwortete Fragen. »Können wir ihr dabei helfen, sich zu erinnern?«, hakte Cujo nach.

»Auf lange Sicht, ja. Es ist noch ein bisschen früh, sie mit Besuchen und Erinnerungen zu bombardieren. Sie können mit ihr reden. Ihr Fotos zeigen. Ihre Lieblingsmusik spielen. Ihre Lieblingsblumen mitbringen. Aber drängen sie sie nicht. Die Wiedererlangung der Erinnerung ist eine schwierige Angelegenheit für die Patienten. In Anbetracht des brutalen Angriffs ist die Wahrscheinlichkeit hoch, dass ihr Gehirn sie vor Erinnerungen an den Überfall bewahren will.«

Cujo rieb sich übers Gesicht. Der alte Schmerz, verlassen worden zu sein, überwog sein Mitgefühl. Wer sagte, dass er überhaupt Zeit mit dieser Frau verbringen wollte? Und würde sie sie überhaupt dahaben wollen?

Sein Vater hatte bestimmt ein paar Polaroids irgendwo im Haus herumfliegen. Nachdem Evelyn weggegangen war, waren die gerahmten Familienfotos in der Diele schnell verschwunden und hatten helle Abdrücke auf der Wand hinterlassen. Was den Rest der Lieblingsdinge seiner Mutter betraf, war er genauso ahnungslos wie sie selbst im Augenblick.

Er fühlte sich wie das allerletzte Stück Scheiße. Er wollte ihr nicht helfen. Fünfundzwanzig Jahre lang war sie spurlos verschwunden. Was würde passieren, wenn sie ihre Erinnerung zurückerlangte? Sollten sie jetzt etwa so tun, als wären sie eine glückliche Familie, bis es ihr wieder besserging?

»Wir haben da nur ein Problem.« Er hatte diesen Gedanken unwillentlich laut ausgesprochen.

»Und das wäre?«, fragte Lopes.

»Wir haben meine Mutter das letzte Mal vor fünfundzwanzig Jahren gesehen.«

Dr. Jaffrey sah sie geschockt an. Detective Lopes verzog keine Miene.

»Wie meinen Sie das?«, fragte Jaffrey.

»Meine Mutter hat uns vor fünfundzwanzig Jahren verlassen.«

»Wissen Sie, wo sie jetzt lebt? Was sie macht? Ob sie noch andere Familienangehörige hat? Freunde?« Lopes zog sein Notizbüchlein hervor und fing an, etwas hineinzukritzeln.

»Wir haben seitdem nie wieder was von ihr gehört oder gesehen.« Cujo wippte vor und zurück, verlagerte sein Gewicht immer wieder von den Fußballen auf die Fersen. xJemand hatte seine Mutter verletzt, und egal wie sehr sie ihn verletzt hatte, er wollte diesen Jemand windelweich prügeln.

Sein Vater hielt ihn am Unterarm fest.

»Können wir Evelyn bitte sehen?«

»Ich wüsste nicht, was dagegen spräche«, sagte Dr. Jaffrey und sah Lopes an, »wenn alle damit einverstanden sind, dass wir uns darauf konzentrieren, was am besten für Evelyns Heilung ist.«

Sie folgten dem Arzt in ihr Zimmer.

Sein Vater stellte sich neben das Bett. »Evelyn, ich bin ja

so froh, dass du jetzt in Sicherheit bist.« Er zog den Plastikstuhl für Besucher neben das Bett und setzte sich.

Cujo konnte sich immer noch nicht dazu überwinden, sie anzuschauen.

Er war acht Jahre alt. Und sie knallte die Tür hinter sich zu. Devon, der eben noch neben ihm gestanden hatte, ging auf das Bett zu. Cujo hörte gemurmelte Begrüßungsworte. Sie klangen hilflos und gestelzt.

Schließlich sah er sie an. Elektrisierende blaue Augen, die das Ebenbild der seinen waren, betrachteten ihn aufmerksam. Und in diesem Moment verstand er sie. Sie wollte genauso wenig in diesem Zimmer von fremden Leuten umgeben sein, wie er hier sein wollte.

*

Drea wartete vor der Konditorei und lehnte mit geschlossenen Augen an der türkisfarbenen Mauer in der Sonne. Mit ihrem hübschen weißen Kleid und den goldenen Ohrreifen wirkte sie wie eine griechische Göttin. »Guten Morgen, Engelchen. Erinnerst du mich noch mal daran, warum wir uns hier treffen?«, fragte Cujo sie, während er auf sie zukam und das Geschäft misstrauisch beäugte.

War es wirklich erst zwei Tage her, dass er alles zwischen ihnen kaputtgemacht hatte? Und waren es wirklich erst vierundzwanzig Stunden, seitdem seine Mutter wieder in seinem Leben aufgetaucht war?

Sie öffnete die Augen und sah ihn ausdruckslos an. *Mist.*

»Eine Freundin von José hat diese Konditorei vor kurzem eröffnet. Ich weiß, es ist vielleicht ein bisschen übertrieben, aber sie kommt uns preislich sehr entgegen, und sie wollte unbedingt, dass wir zum Probieren vorbeischauen.« Drea sagte nichts mehr und sah ihm prüfend ins Gesicht. »Aber wir müssen das nicht heute machen, wenn dir nicht danach ist.«

Drea fasste ihn am Arm an, eine Berührung, die ebenso frustrierend wie beruhigend war. Er hatte niemandem davon erzählt, dass seine Mutter zurückgekehrt war, aber irgendwie ahnte sie offenbar, dass etwas nicht in Ordnung war.

Zwei Stunden im Fitnessstudio hatten nichts gegen die heillose Verwirrung ausrichten können, die aus dem Nichts wie ein Tsunami über ihn hereingebrochen war und ihn zu ersticken drohte. Seine Mutter war zurück, dennoch war er noch keinen Deut schlauer, warum sie damals weggegangen war. Die Frau, der er ins Gesicht schreien wollte, dass er sein Leben auch prima ohne sie meisterte, erinnerte sich nicht daran, dass sie ihn verlassen hatte. Er fühlte sich jetzt noch hilfloser als damals, als sie weggegangen war.

Er wollte nicht, dass Drea dachte, er ließe sie im Stich. Der Kuss hatte ihm den Boden unter den Füßen weggerissen. Verdammt, hatte sie sich gut unter ihm angefühlt. Vielleicht war es zu seinem Vorteil, seine Mutter wiederzusehen. Sie erinnerte ihn daran, dass es am besten war, wenn er sein Herz schön fest in seinem Brustkorb verschlossen hielt.

»Mir geht's gut, Engelchen«, sagte er mit einem schwachen Lächeln, tätschelte ihre Hand und nahm sie von seinem Arm herunter.

Der direkte Weg vom Training hierher war ein sicherer Garant für Herzversagen. Wenn das hochintensive Krafttraining ihn schon nicht umgebracht hatte, würde ihn vermutlich der Zuckerschock erledigen. Oder er würde in ein diabetisches Koma fallen. Und all das an einem Sonntagmorgen vor neun Uhr.

An der Tür hing eine Tafel, auf der ›Geschlossen‹ geschrieben stand. Das Licht war aus, und Klappstühle standen mit militärischer Präzision an einen kleinen viereckigen Tisch gelehnt. »Bist du sicher, dass wir heute kommen sollten?«

»Ja.« Drea klopfte gegen die Glastür. Sie mussten nicht lang warten und wurden von einem strahlenden Lächeln begrüßt.

»Drea, *mon ange*, kommt rein.«

»Madeleine, ich hab Brody mitgebracht.« Darauf bedacht, sie nicht zu zerquetschen, schüttelte Cujo vorsichtig Madeleines Hand. Er hatte Angst, ihre Knochen, die zarter waren als die Stifte, die er auf der Arbeit benutzte, könnten zerbrechen. Sie war ein auf merkwürdige Weise sehr gegensätzlicher Typ – ihr feminines Gesicht war umrahmt von langen dunklen Haaren, die Lippen rot geschminkt, sie hatte aber den Körper eines elfjährigen Jungen.

»*Bonjour*, Brody. Kommt rein. Isch 'abe so viel zum Naschen für eusch vorbereitet. Alles *très délicieux*.«

Madeleine war ein Wirbelsturm. Sie fegte durch den Raum, der weiße Wände hatte, auf denen vereinzelte Ziegel mit Sonnenblumen bemalt waren, und suchte alles für die Verkostung zusammen.

»Hier haben wir einen einfachen Rührteigkuchen, mit köstlichen Schichten von Zitronen- und Buttercreme. Die Glasur ist zitronengelb, aber das ist ganz nach ihrer *couleur* variabel. Bitte probiert. *Mangez, s'il vous plaît*.«

Irritiert nahm Cujo die kleine Gabel in die Hand, die wie eine Kindergabel mit merkwürdigen Zinken aussah.

»Das ist eine Kuchengabel«, flüsterte Drea. »Mit der dicken Zinke schneidest du den Kuchen.« Sie drehte ihre Gabel, um ihm zu zeigen, wie es ging.

Das würde ja Stunden dauern, wenn sie jedes Stück Kuchen auf diese Weise essen mussten.

»Oh, mein Gott«, stöhnte Drea, und ihre raue Stimme regte Gegenden in seinem Körper an, die seiner Meinung nach eigentlich hätten tabu bleiben sollen. »Das ist so unglaublich gut.« Sie öffnete ihre Augen und sah ihn an. »Du musst den unbedingt probieren.«

Herrgott noch mal, das war doch nur Kuchen. Drea hörte sich an, als hätte sie gerade mitten in der Küche einen Orgasmus gehabt. Er schnitt sich ein Stück ab und steckte es in den Mund. Das Zitronenaroma und die süße Buttercreme ergaben eine himmlische Mischung, etwas in der Art hatte er noch nie gegessen. »Wahnsinn.«

»Das schmeckt euch, *oui?*«

»Um ehrlich zu sein, war mir nicht bewusst, dass Kuchen so gut schmecken kann.« Cujo wollte sich noch ein Stück abschneiden, als Madeleine den Teller unter ihm wegzog. »Warten Sie, ich wollte noch ...«

Drea lachte. Er wandte sich ihr zu und verzog die Lippen, hoffte, dass sie nicht bemerkte, wie sein Mundwinkel ein Lächeln verraten wollte.

»*Non, non!* Ihr müsst noch viel probieren, und sonst habt ihr keinen Appetit mehr.« Madeleine stellte einen anderen Teller auf den Tisch. »Hier haben wir Vanillebiskuit mit Butterscotch und einer Karamellglasur.«

Cujos und Dreas Blicke kreuzten sich, bevor sie sich auf den Kuchen stürzten.

»Mmhhh«, seufzte Drea.

Etwas von der klebrigen Karamellglasur haftete noch an ihrer Gabel, eine unbedingt zu vermeidende Verschwendung, weswegen Drea die Gabel sauber leckte, was bei Cujo wiederum bewirkte, dass er seine Jeans zurechtrücken musste.

Er kaute und überlegte dabei, was er mit Drea und der Glasur wohl anstellen könnte. Oder noch besser: einfach nur Karamellsoße. Er musste unbedingt diese Gedanken aus seinem Kopf verbannen.

»Der ist auch gut, oder? *Qu'est-ce que vous préférez?* Welcher gefällt euch besser?«

»Der hier …«

»Der andere …«, sagten beide gleichzeitig. Cujo sicherte sich noch ein Stück Torte, bevor Madeleine den Teller wegnehmen konnte.

»Wie raffiniert«, flüsterte Drea bewundernd, als ihr Teller verschwand.

Sie bekamen noch mehr Probierstücke hingestellt, eine Schoko-Schichttorte, eine Torte mit weißer Schokolade, die von einer Himbeerglasur überzogen war, und eine Torte mit einer Glasur, die wie Key Lime Pie schmeckte. Nachdem sie alle durchprobiert hatten, servierte Madeleine ihnen einen Espresso, stellte ihnen vier schlichte Cupcakes und zwei Glasurbeutel hin, der eine mit strahlendgelber, der andere mit brauner Füllung, sowie ein Tablett mit unterschiedlichen Toppings.

»Die besten Entscheidungen trifft das Gehirn, wenn wir

uns mit etwas anderem beschäftigen. Glasiert eure Törtchen und entscheidet. Ihr findet mich *à l'étage*, entschuldigt, oben in meinem Büro. Viel Spaß.«

Cujo nahm einen Schluck von seinem dunklen, kräftigen Espresso. Die letzte halbe Stunde hatte seine Laune erheblich verbessert. Wer hätte gedacht, dass eine Tortenverkostung so etwas bei einem bewirken konnte?

Drea stellte ein Cupcake vor seine Nase und reichte ihm die braune Glasur.

»Du hast gehört, was die Lady gesagt hat.« Sie lächelte.

»Was soll ich denn damit?« Der Glasurbeutel zwischen seinen Händen fühlte sich matschig an.

»Soll ich hier vielleicht einen auf Patrick Swayze in *Ghost* machen, oder was?« Drea nahm den Glasurbeutel mit der gelben Füllung, hielt die Spitze mit einer Hand fest und mit der anderen Hand drückte sie die Füllung in Richtung Düse.

»Auf was?«

Sie sah ihn mit hochgezogenen Augenbrauen an. »Du weißt schon, als er hinter Demi Moore an der Töpferscheibe sitzt?«

»Ich hab keine Ahnung, was du meinst.« Das hörte sich nach so einem Frauen-Ding an, was auch immer es war. Dieser romantische Scheiß war nichts für ihn. Und er hatte, was das betraf, ja auch nie lang genug was mit einer gehabt.

Drea drückte den Glasurbeutel für eine Millisekunde und zog ihn wieder weg; zurück blieb ein perfekt aussehender kleiner Stern auf ihrem Cupcake. Ach so? Er war hier ja wohl der Künstler, und sie würde schon sehen, wer in der Kunst des Torten-Dekorierens besser war. Er sah sich im Raum um, auf der Suche nach Inspiration. Und da sah er es.

Drea wiederholte mehrmals, was sie gemacht hatte, drehte ihr Törtchen dabei langsam und hatte bald einen Ring aus Sternen darauf gezeichnet. Sie war konzentriert bei der Sache, sagte kein Wort, und Cujo bewunderte ihren Anblick.

Er nahm den Glasurbeutel mit dem braunen Inhalt, zielte auf die Mitte des Törtchens und drückte leicht zu. Der kleine Glasurpunkt war genau, wie er ihn haben wollte. Er machte noch einen daneben und beugte sich über das Törtchen. Dann setzte er einen Punkt neben den anderen. Mit dem Messer entfernte er die Punkte, die nicht perfekt waren.

Seine Gedanken schweiften wieder zu seiner Mutter. Konnte er sie für etwas verantwortlich machen, woran sie sich nicht mehr erinnerte? Würde er es sich nicht einfacher machen, wenn er das Vergangene vergangen sein ließ, bis sie wieder gesund war? Was war, wenn sie sich nie mehr erinnerte? Würde er ihr erzählen, wie er das damals erlebt hatte? Würde er ihr zu verstehen geben, wie es war, mit dem Gefühl aufzuwachsen, ein Fehler zu sein? Er würde versuchen, es ihr zu erklären, wenn es ihr wieder besserging.

Er hatte genug braune Punkt auf seine beiden Cupcakes gemalt. »Kann ich die gelbe haben?«

Drea nickte.

Mit der gelben Glasur zeichnete er dünne Linien, die vom braunen Punkt in der Mitte abgingen. Jede Linie war ein wenig anders.

Er musste mit seinem Vater reden, ihm sagen, was er an dem Abend gehört hatte, und ihn fragen, ob es wirklich seine Schuld war, dass seine Mutter sie verlassen hatte. Keine Gewissheit darüber zu haben, brachte ihn schier um.

Wenn es tatsächlich so war, konnte er lernen, mit dem Schmerz umzugehen.

Er lehnte sich zurück und bewunderte sein Werk. Nicht schlecht fürs erste Mal. Und Madeleine hatte recht. Das Gehirn fällte bessere Entscheidungen, wenn es mit anderen Dingen beschäftigt war. So entspannt, wie er jetzt war, das hatte er nicht mal beim Training im Studio erreicht, obwohl er Blut und Wasser geschwitzt hatte … und das alles, weil er einen verdammten Cupcake verziert hatte.

Jemand sollte ihm seinen Männerführerschein wegnehmen, den hatte er sich heute wohl kaum verdient.

»Die Schoko-Schichttorte«, sagte er auf einmal und sah Drea in die Augen.

»Einverstanden«, sagte sie leise und bedachte ihn dabei mit einem intensiven Blick, ohne jedoch Aufschluss darüber zu geben, was sie gesehen hatte.

»Ich muss jetzt los. Sag Madeleine danke von mir.« Er stand abrupt auf und stellte seine zwei Cupcakes auf Dreas Tablett.

»Meine Güte, diese Sonnenblumen sind ja wunderschön! Wie hast du …«

Er beugte sich zu ihr herunter und küsste sie auf den Kopf. »Tschüs, Engelchen.« Er rannte nicht weg, sondern entzog sich vielmehr der Versuchung. Denn irgendwie gab Drea ihm alles, was er brauchte. Und seiner Meinung nach brauchte er das nun wirklich nicht.

*

Montage waren immer scheiße. Fast alle anderen Tage auch. Aber für Drea bedeutete der Montag den Beginn einer Woche, die jeder beliebigen vorangegangenen Woche gleichen würde.

Sie zog ein sauberes José's-T-Shirt über den Kopf. Ihre Mutter war aus dem Bett, Frühstück war erledigt, zwei Wäscheladungen hingen zum Trocknen im Garten, das Mittagessen war vorbereitet, und Drea musste los.

Das Handy vibrierte auf dem Nachttischchen.

»Hallo.«

»Drea, hier spricht Gilliam. Haben Sie einen Moment Zeit?«

Sie setzte sich an ihren Schreibtisch und nahm sich Notizblock und Kuli.

»Die Dokumente, die Sie mir geschickt haben, waren sehr interessant. Ich habe mich mit Mikes Ehefrau Sylvie in Verbindung gesetzt. Mike war auf dem Weg nach Athabasca, um seine Familie zu besuchen. Er wollte von dort weiter nach Fort McMurray fahren und sich mit einer neuen Kontaktperson treffen.«

»Weiß sie, wer diese Person war? Und warum ausgerechnet Fort McMurray?«, fragte Drea und beugte sich über ihre Tastatur, um den Ort bei Google Maps einzugeben. Das war eine ganz schöne Strecke Richtung Norden. Ganze sechshundert Meilen ab der Grenze zwischen Montana und Alberta.

»Ich vermute, weil Fort McMurray mitten in der Ölsandgegend von Athabasca liegt. Alle größeren Energiekonzerne, die was auf sich halten, sind dort vertreten«, erklärte Gilliam. »Aber Sylvie wusste nicht, mit wem er sich treffen wollte.«

Drea überlegte, später nach den dort ansässigen Energiekonzernen zu googeln, und redete es sich sogleich wieder aus. *Überlass das Detective Carter.* »Glauben Sie, dass seine Reise etwas mit dem Brief zu tun hat? Es stand ja drin, dass Mike in Richtung Norden unterwegs sei.«

»Möglich, aber das wäre reine Spekulation. Sylvie ist damit einverstanden, dass ich mir Mikes persönliche Sachen anschaue, die er bei seinem Tod bei sich hatte, sobald sie sie von der Polizei wiederbekommen hat. Vielleicht hatte er etwas dabei, was uns helfen kann, die richtigen Puzzleteile zusammenzusetzen. Sind Sie auch zur Polizei gegangen, wie ich es Ihnen geraten habe?«

»Ja.« Sie klopfte mit dem Kuli auf eine Ecke ihres Schreibtisches und rang mit sich, ob sie Gilliam vertrauen konnte.

»Aus den Dokumenten, die Ihnen vorliegen, geht hervor, dass es illegale Machenschaften seitens gewisser Amtsinhaber gegeben haben soll, aber es gibt keine stichhaltigen Beweise. In dem Brief werden drei Menschen namentlich erwähnt: Walter, Mike und L. A. Mike ist tot. Die Frau, die den USB-Stick mit den Dokumenten hatte, ist verschwunden …«

»Ich bin mir so sicher, dass L. A. die Frau aus dem Café ist.« Drea schrieb die Buchstaben L und A auf eine leere Seite. »Was sollen wir Ihrer Meinung nach tun, Gilliam?«

»Sie müssen auf jeden Fall vorsichtig sein. Sie wollten doch mehr über Mike wissen? Er schrieb einen Enthüllungsbericht über Korruption im Rahmen der Zulassungsprozedere in den U. S. A. Zuletzt rief er mich mit der Bitte an, eine Bodenprobe zu untersuchen, die er aus Florida mitgebracht hatte. Ich habe der Polizei auch gesagt, dass er der Meinung war, dass man ihn verfolgte.«

Der Gedanke, dass MacArthur umgebracht worden war, schockte sie immer noch. Und führte ihr vor Augen, was für ernste Konsequenzen das hier haben könnte. »Hat er was gesagt, wer ihn verfolgte?« Was war, wenn der Verfolger einer der zwei Männer war, die es auf die Frau abgesehen hatten?

»Er wusste es nicht. Aber er hat mir gesagt, der Mann sehe aus wie Rondo Hatton.«

»Wer?«, fragte sie neugierig.

»Oh, das ist ein berühmter Charakterdarsteller aus den 1930er und -40er Jahren. Er hatte eine ungewöhnliche Erkrankung, Akromegalie, eine Krankheit, die ihn entstellt hat.«

Drea tippte den Namen in die Suchmaschine. Als Ergebnis bekam sie Schwarz-Weiß-Fotos von einem Mann mit einer außergewöhnlich großen Stirn und geschwollenen Nase zu sehen. Unter dichten, dunklen Augenbrauen saßen große, hervorquellende Augen. Es waren bemerkenswerte Portraits.

Sie schwiegen. Drea klopfte noch ein paarmal mit dem Kuli auf ihren Schreibtisch, bevor sie ihn auf die Tischplatte warf. »Glauben Sie, dass ich in Gefahr bin?«

Wieder längeres Schweigen. »Ich kann es Ihnen wirklich nicht sagen.«

Drea verabschiedete sich. Sie fühlte sich unsicher in ihren eigenen vier Wänden. Sie erinnerte sich an Cujos Worte nach der Nacht mit Snake. Er hatte ihr gesagt, er würde ihr helfen, das Haus sicherer zu machen, wenn sie es wünschte.

Sie wählte Cujos Nummer.

»Hey.« Seine vom Schlaf raue Stimme brachte ihr Inneres zum Vibrieren.

»Cujo, ich bin's, Drea. Hab ich dich geweckt?«

»Alles gut, Engelchen. Wenn *du* das nicht gemacht hättest, dann meine Snooze-Funktion in drei Minuten. Was ist los?« Sie hörte seine Bettwäsche rascheln und sah sofort vor sich, wie er im Bett lag, vielleicht nackt ... mit einem strategisch wohl platzierten weißen Baumwolllaken über den Oberschenkeln. Nein, das Laken konnte man getrost weglassen ... er lag einfach so auf dem Rücken mit ...

»Bist du noch da, Engelchen?«

Verdammt, diese Tagträumereien machten sie noch ganz wuschig. »Ja, klar. Tut mir leid. Ich wollte dich fragen, ob ich auf dein Angebot zurückkommen könnte.«

»Welches Angebot meinst du genau?«, fragte er mit einem wollüstigen Unterton.

Er hatte ihr eine Abfuhr erteilt. Er hätte die Möglichkeit gehabt, mehr mit ihr zu machen, als sie nur zu küssen, aber er hatte sich von ihr abgewandt und war weggegangen. »So kannst du doch nicht mit mir reden, Cujo«, knurrte sie.

Jetzt schwiegen beide, und diesmal fragte sie sich, ob Cujo noch am anderen Ende der Leitung war.

»Entschuldige, Drea ... es ist halt ... nicht einfach, das mit dir abzuschalten. Im Ernst jetzt, was brauchst du?«

»Ich brauche neue Schlösser für die Türen, Bolzenschlösser oder so was.«

»Wann musst du bei der Arbeit sein?«

Drea warf einen Blick auf die Uhr. »In einer Stunde, aber ich muss in fünfundzwanzig Minuten los, um den Bus zu nehmen.«

»Gut. Rühr dich nicht von der Stelle. Ich gucke mir an, was genau du brauchst, und dann fahr ich dich zur Arbeit. Wir schauen später, wann ich dir das einbauen kann, okay?«

»Danke, Brody.«

»Jetzt bin ich Brody, ja?«

»Ja, aber nur wenn du nett bist.«

Kapitel 7

»Liiieeebling, ich bin zurüüück.« Trent betrat Hand in Hand mit Harper das Tattoo-Studio.

»Pix, beeil dich, versteck den Schnaps, und lass die Nutten durch die Hintertür raus«, rief Cujo, während er aufstand und den Mann umarmte, der wie ein Bruder für ihn war. Als er zu Drea gesagt hatte, sie sollten besser nicht vergleichen, wie gut sie ihre jeweiligen besten Freunde kannten, da hatte er keine Witze gemacht. Und tatsächlich hatte er seinen besten Freund in den letzten siebenundzwanzig Jahren noch nie so glücklich gesehen.

Trent sah sich ausgiebig um. »Schön, dass das Studio noch steht.«

»Ah, wir haben die Verwüstungen zwischenzeitlich beseitigt. Riechst du die frische Farbe nicht?«

Cujo wandte sich Harper zu und umarmte sie fest. Als sie sich vor fünf Monaten zum ersten Mal getroffen hatten, hatte sie Angst vor jeglicher Berührung gehabt, eine Folge des brutalen Angriffs ihres Exfreundes. Cujo freute sich wahnsinnig, dass er sie inzwischen umarmen konnte, ohne dass sie zusammenzuckte.

»Hörst du endlich auf, meine Frau anzubaggern?«

»Formal gesehen ist sie nicht deine Frau, solange ihr nicht verheiratet seid. Harper, lass uns schnell durchbrennen. Du hast mittlerweile bestimmt die Schnauze voll von ihm.« Harper errötete, als er sie losließ.

»Ich bin mir nicht sicher, ob ich die Schnauze jemals voll von ihm haben werde.« Sie fuhr Cujo mit der Hand durchs Haar. »Gefällt mir, dass du es wachsen lässt.«

Er machte Platz, damit Pixie und Lia ihrerseits die stürmischen Begrüßungen fortsetzen konnten.

»Wie war's, Bruder?« Cujo zeichnete weiter an der Matrize für eine Kundin, die schnell einen Kaffee holen gegangen war. Es handelte sich um eine Gewehrkugel im Roy-Lichtenstein-Stil, die mit einem gewaltigen WHAM in bunten Farben explodierte.

»Alter, Tahiti war unglaublich. So etwas hab ich noch nie gesehen.« Trent schnappte sich eine Tüte mit rotem Lakritz, die auf einem Teller hinterm Tresen lag.

»Hast du dir was stechen lassen?«, fragte Cujo und spielte damit auf den Ursprung der Tätowierkunst in Polynesien an.

»Nein, aber ich hab drüber nachgedacht. Was machen die Partyvorbereitungen? Habt ihr mich schon in den Ruin getrieben?« Harper gesellte sich zu ihnen, und Trent legte seinen Arm um ihre Schultern.

Cujo musste ein Grinsen unterdrücken. Die zwei sahen so süß zusammen aus, dass ihm davon die Zähne wehtaten.

»Läuft. Wir haben einen Ort, Essen, Getränke und noch unzählige andere Details, die Drea für unerlässlich hält.« Er wandte sich Trent zu. »Sie hat mir einmal um vier Uhr morgens eine Nachricht geschickt, dass ich einen Großhändler für Wunderkerzen ausfindig machen soll.«

»Ihr habt es geschafft, euch nicht gegenseitig zu zerfleischen?«, fragte Harper neugierig.

»Ja. Dafür hat jemand anders uns beide fast umgebracht«, antwortete Cujo geheimnisvoll.

Harper fiel die Kinnlade herunter, und sie packte ihn am Arm.

»Im Ernst?«, bohrte Trent nach.

»Ja. Ist eine lange Geschichte, aber ich kann versuchen, sie für euch kurz zusammenzufassen. Zwei Männer waren hinter einer Frau im Café her, als Drea gearbeitet hat. Ein paar Tage später …«

»Warte mal, ist alles in Ordnung mit Drea?«, unterbrach ihn Harper.

»Ja, alles gut. Sie ist aufgewühlt, aber es ist alles in Ordnung. Der Typ ist also eines Abends wiedergekommen. Hat uns so fest gefesselt, dass wir uns sexy Spielchen aus dem Kopf schlagen konnten.« Er zwinkerte Harper zu. Er war schuld an ihrem sorgenvollen Gesichtsausdruck und wollte, dass sie ihn wieder loswurde.

»Das ist krass.« Trent schüttelte fassungslos den Kopf.

»Ja, Mann. Gewehr. Schrank. Er haut ab. Wir haben uns befreien können und die Polizei gerufen.«

»Ich ruf sofort Drea an.« Harper verschwand Richtung Büro.

»Wie geht's dir damit? Das hat dich bestimmt auch ganz schön fertiggemacht«, meinte Trent.

Cujo hörte auf, so zu tun, als würde er zeichnen. Er fuhr sich mit der Hand übers Gesicht. »Ich kam mir total nutzlos vor. Wir schafften es nicht, die Kabelbinder zu lösen. Ich konnte nichts gegen den Typen machen.« Er versuchte, den Überfall so gut es ging zu verdrängen, und wollte auf keinen Fall zugeben, dass er deswegen schon schlaflose Nächte gehabt hatte.

»Wie hat Drea sich gehalten?«

Cujo lächelte, als er an sie dachte. »Wie 'ne Eins. Sie ist total cool geblieben.«

Trent lachte in sich hinein. »Bitte sag mir nicht, dass du ...«

Mit ihr geschlafen hast, beendete Cujo den Satz in seinem Kopf. »Hab ich nicht, großes Pfadfinderehrenwort.« Er streckte zur Bekräftigung drei Finger in die Luft. Nicht, dass er nicht hin und wieder darüber nachgedacht hätte. Wie zum Beispiel heute Morgen, als er aufgewacht war. Oder letzte Nacht, bevor er eingeschlafen war. Oder im Auto, auf dem Weg zur Arbeit.

»Auch wenn du je ein Pfadfinder gewesen wärst, würde ich dir immer noch nicht glauben.«

»Du willst also diese eine Linie überschreiten?«, fragte Cujo.

»Die Tatsache, dass es überhaupt eine Linie gibt, macht mir etwas Angst«, antwortete Trent und verzog das Gesicht zu einer Grimasse.

Cujo musterte seinen besten Freund mit hochgezogenen Augenbrauen.

»Wow. Mann, kaum zurück, und hier steht alles kopf.« Trent warf sich Lakritz in den Mund. »Was ist sonst noch so passiert?«

Cujo überlegte, ob er Trent von seiner Mutter erzählen

sollte, aber dafür brauchte er mehr Zeit. Das würde er später machen, wenn sonst keiner mehr da war. Bei einem Bier. Oder 'nem Sixpack. Die Frau, für die er die Tätowierung zeichnete, kam mit einem riesigen Becher Kaffee herein. Er nahm seinen Stift wieder auf und gab dem Bild den letzten Schliff.

»Können wir später quatschen? Vielleicht bei 'nem Bier?«, fragte Cujo.

»Na klar, Mann. Das wollte ich dir auch gerade vorschlagen.«

»Ach so, wir hatten noch Besuch vom Amt. Ich hab eine bescheuerte Minderjährige tätowiert, die noch drei Monate bis zur Volljährigkeit hatte und es wohl nicht mehr erwarten konnte. Aber wir waren in der Lage, zu beweisen, dass sie uns einen falschen Personalausweis gezeigt hat. Und dank der Überwachungskameras haben wir sogar auf Video, wie sie ihn uns gegeben hat.«

»Wir müssen also keine Konsequenzen befürchten?«

»Sieht nicht so aus. Die Inspektoren haben Kopien des Beweismaterials mitgenommen. Erzähl mir mehr von Tahiti.«

Während Trent erzählte, gesellte sich Harper wieder zu ihnen. Sie telefonierte immer noch mit sorgenvoller Stimme: »Oh Drea, das tut mir leid. Was hat das zu bedeuten? Weißt du, für wie lange?«

Schweigen. »Ich bin jetzt im Studio. Kannst du herkommen, wenn du fertig bist, bevor unsere Schicht beginnt? Damit wir ein bisschen quatschen können?« Wieder Schweigen. »Super.«

Drea war also auf dem Weg ins Studio. Und er fing gerade mit einer mindestens dreistündigen Tätowierung an. Er konnte sich nicht entscheiden, ob das jetzt gut oder schlecht war.

*

Drea legte ihr Handy zur Seite. Harper war zurück, und es tat gut, ihre Stimme zu hören. Sie lief von der Polizeiwache, wo sie vergebens versucht hatte, mit Detective Carter zu sprechen, zum Second Circle. Der Polizist am Empfang hatte ihr versprochen, Carter Bescheid zu geben, dass er sie anrufen sollte, sobald sein Dienst begann.

Ihre beste Freundin war wieder zu Hause. Drea drückte aufgeregt die Tür auf, etwas heftiger als beabsichtigt, so dass sie mit klirrendem Glas gegen die Wand knallte.

»Du bist wieder da!«, rief sie und rannte auf Harper zu, um sie zu umarmen. Dann ergriff sie Harpers Hand und tat so, als würde das Funkeln ihres Verlobungsrings sie blenden.

Cujo tätowierte gerade den Oberschenkel einer Kundin und lachte. Allerdings beachtete er Drea gar nicht. Die Eifersucht, die kurz in ihr auflöderte, war völlig unberechtigt. Er konnte flirten, so viel er wollte.

»Meine Güte, Drea, ich kann immer noch nicht fassen, was passiert ist. Geht's dir wirklich gut?«, sagte Harper.

»Also, falls du Schussverletzungen suchst, so dramatisch war das Ganze nicht.« Sie schielte zu Cujo rüber. »Aber es hat uns eine Scheißangst eingejagt.«

»Das glaube ich sofort. Und was ist mit deiner Mutter?« Harper und Drea näherten sich Cujos Arbeitsplatz.

Drea schüttelte den Kopf. »Es sieht nicht gut aus. Für

eine Lungentransplantation kommt sie nicht in Betracht. Es ist also nur noch eine Frage der Zeit.«

Cujo schaute auf, als sie an ihm vorbeigingen, und sah ihr forschend in die Augen. Sie lächelte ihm kurz zu. Dann verschwanden sie im Büro und setzten sich.

»Hast du nach dem, was passiert ist, keine Angst, im José's zu arbeiten?« Harper sah besorgt aus.

Drea hatte ihre Mitarbeiter immer ein paar Minuten früher gehen lassen, wenn keine Kunden mehr da waren, aber das machte sie nun nicht mehr. Jetzt steckte auch immer ihr Handy in der Schürze, zusammen mit einem Taschenmesser, wenn sie allein im Café war. Auch José machte sich Sorgen, sagte aber nichts, als sie den Baseballschläger, den sie in einem Wohltätigkeitsladen gekauft hatte, im Schrank sowie Taschenlampen an verschiedenen Stellen im Café versteckte, damit sie nie wieder im Dunkeln überrumpelt werden konnte.

»Angst kann ich mir nicht erlauben. Ich brauch den Job. Ich komm schon darüber hinweg.« Drea berichtete Harper ausführlich von der Frau, die aus dem José's verjagt worden war, und dem USB-Stick in der Dreckwäsche. Genau das brauchte sie jetzt, dass Harper hier war und sich das Ganze völlig objektiv anhörte. Als sie ihr von Gilliam Gillespie und Mike MacArthur erzählte, wurde Harpers Gesicht aschfahl.

»Ich war gerade bei der Polizei, als du angerufen hast«, erklärte Drea.

»Hast du mit Detective Lopes zu tun? Er hat mir in meinem Fall sehr geholfen.« Harper erinnerte sich an die Probleme mit ihrem gewalttätigen Exfreund, der sie verfolgt hatte.

»Nein, Detective Carter ist für mich zuständig. Ist eine andere Einheit oder wie auch immer das heißt. Er ist sehr nett.«

»Sehr nett bedeutet, dass er als Detective was taugt? Oder ...?« Harper fächelte sich affektiert Luft zu und ließ sich gegen die Sofalehne fallen.

Drea lachte. »Beides.«

»Oh, wie aufregend.« Der Schalk blitzte aus Harpers grünen Augen, und sie bekam wieder Farbe im Gesicht.

»Er hat mich gefragt, ob ich mit ihm ausgehen würde.« Sie schuldete ihm immer noch eine Antwort.

»Hat er nicht! Was hast du gesagt?«

»Ich wusste nicht so recht und hab ihn auf später vertröstet«, antwortete Drea und spielte an ihrem Pferdeschwanz herum.

»Warum? Meine Liebe, du hast dir wirklich etwas Spaß verdient.«

Die Vorstellung, einen lustigen Abend ohne jegliche Verpflichtungen zu verbringen, hörte sich traumhaft an, vorausgesetzt sie hätte mal einen freien Abend. Aber dann wäre es wohl eher nicht Ryan, den sie sehen wollen würde.

»Cujo und ich haben uns geküsst.«

Harper sah sie mit offenem Mund an. Dann lachte sie. Was kein gutes Zeichen war, denn es war nicht ihr fröhliches Lachen, sondern eher ein nervöses Kichern.

»Echt jetzt? Du ... und er ...? Nein.«

»Genau so empfinde ich auch.« Drea atmete schwer aus. »Aber dann hat er mich weggeschoben.«

Es klopfte an der Tür. Cujo kam herein, und sein finsterer

Gesichtsausdruck zeigte deutlich, dass gerade nicht gut Kirschen essen mit ihm war. Eine zweite Person betrat den Raum, und Drea verstand auf der Stelle, warum Cujo so düster dreinschaute.

»Ryan! Ich meine, Detective Carter«, sagte sie und sprang auf. Hörte das denn nie auf?

»Hey, Drea, ich habe die Nachricht erhalten, die Sie auf der Polizeiwache hinterlassen hatten«, begrüßte Carter sie. »Da hab ich gedacht, ich komme kurz vorbei und frage persönlich, was ich für Sie tun kann. Sie sehen heute übrigens toll aus.«

»Geht es um den Fall?«, mischte sich Cujo ein und verschränkte die Arme vor der Brust.

»Vielleicht könnten wir uns erst mal unter vier Augen unterhalten?«, fragte Carter mit einem breiten Grinsen im Gesicht. »Drea und ich haben einiges zu besprechen.«

Cujo lehnte jetzt stocksteif an der Wand. Harper schaute belustigt und fasziniert zugleich von einem Mann zum anderen.

»Zufällig befinden wir uns hier in meinem Studio, und die Personen, die sich hier aufhalten, stehen in meiner Obhut.«

»Selbstverständlich ist das so, Mr Matthews, aber ich nehme Diskretion sehr ernst.« Cujo funkelte Carter an, doch der hielt seinem Blick stoisch stand. Wer zuerst wegsieht in der Erwachsenenversion.

»Ich möchte, dass Cujo ... ich meine Brody dabei ist. Er weiß noch nicht, was los ist, und ich möchte, dass er auch davon erfährt.« Die beiden standen nebeneinander, und ein Blick genügte Drea, um zu einer Erkenntnis zu gelangen.

Cujo war derjenige, der ihr Herz schneller schlagen ließ, auch wenn er sich wie ein völliger Idiot benahm.

»Ich warte dann im Studio auf dich«, kündigte Harper an und verließ schnell den Raum.

Drea erzählte Cujo und dem Detective, was sie gerade schon Harper erzählt hatte, nämlich dass sie sich mit Gilliam austauschte. Cujo sagte nicht viel, aber das Zucken in seiner Wange war möglicherweise kein gutes Zeichen.

»Ich habe gestern Abend mit Gilliam gesprochen. Haben Sie sich schon mit der Polizei in Kanada in Verbindung gesetzt?«, fragte sie Carter.

»Ich habe bei der kanadischen Polizei um einen Rückruf gebeten. Der zuständige Detective meldet sich heute bei mir. Warum?«

»Weil Gilliam mit MacArthurs Ehefrau gesprochen hat. Er war unterwegs nach Fort McMurray, wo die ganzen großen Energiekonzerne vertreten sind. Er betrieb Nachforschungen über die Vergabe von Frackinglizenzen.«

»Drea, ich weiß es sehr zu schätzen, dass Sie um die Aufklärung dieses Falls bemüht sind, aber das sind doch nur Spekulationen. Wir wissen ja noch nicht mal, ob die Frau entführt wurde und ob sie mit all dem zu tun hat.« Carter setzte sich an den Tisch.

»Aber beweist denn die Tatsache, dass sie sich nicht meldet und nicht zur Polizei geht, nicht genug?« Drea versuchte, ihren Frust unter Kontrolle zu halten.

»Nein, das tut sie nicht. Etwa vierzig Prozent der verübten Gewaltverbrechen werden nicht gemeldet.«

Verdammt, war das entmutigend. Es musste doch einen

Weg geben, die Frau zu finden. Sie konnte doch nicht für den Rest ihres Lebens das Gesicht dieser Frau vor sich sehen, das würde sie wahnsinnig machen.

Sie lief zum Fenster, dann zur Tür, ging ein paarmal hin und her, bis Cujo sie am Arm festhielt. Sein Körper war angespannt, aber er hielt sie mit sanfter Hand. Sie versuchte, sich zu wehren, aber er zog sie langsam zu sich, bis sie neben ihm stand.

»Wieso ist es so schwierig herauszubekommen, was passiert ist?« Drea stöhnte verzweifelt. »Ich kann deswegen kaum schlafen. Es macht mich fertig, nicht zu wissen, was mit ihr ist.«

»Hören Sie«, sagte Carter leise. »Wir arbeiten uns durch die Dokumente. Wir stehen mit der kanadischen Polizei in Kontakt. Ich werde sogar Ihre Kontaktperson anrufen, wenn Sie mir die Nummer geben wollen.« Er stand auf und kam auf sie zu. »Wir haben die Nachbarschaft des Cafés abgeklappert, Fingerabdrücke vom Kaffeebecher genommen, Mr Matthews' Zeichnung herumgezeigt und noch vieles mehr. Ich versichere Ihnen, dass wir alles in unserer Macht Stehende tun.«

Drea seufzte und griff erneut nach ihrem Pferdeschwanz. Was Carter sagte, hörte sich sinnvoll an, aber irgendwie reichte ihr das nicht.

»Ich würde alles dafür geben, um für Sie herauszufinden, was geschehen ist.« Seine Augen wurden weicher, woraufhin Cujos Griff erst fester wurde, dann ließ er ihren Arm ganz los und verschränkte seine Finger mit ihren. »Es gefällt mir nicht, dass Sie deswegen schlecht schlafen, und ich wünschte, ich könnte den Fall für Sie lösen.«

»Ich weiß«, sagte sie, »es tut mir leid, dass ich Sie immer wieder damit belästige.«

»Sie belästigen mich nicht. Das wissen Sie, oder? Ich bin jederzeit für Sie da.« Carter warf einen Blick auf ihre Hand, die in Cujos Hand lag. Er neigte den Kopf zur Seite und sah sie unentwegt an.

Ob sie wollte oder nicht, es funkte auch zwischen ihnen. Es war nur nicht die Art von Explosion, die Cujo in ihr auslöste.

»Drea. Mr Matthews.« Carter nickte ihnen zu und verließ das Büro.

Es fühlte sich an, als hätte jemand sämtlichen Sauerstoff aus dem Raum gesogen.

»Ich weiß nicht, ob ich *dir* den Hintern versohlen soll, weil du mir nicht erzählt hast, was los ist, oder ob ich mir *seinen* Hintern vornehmen soll, weil er dich angeschaut hat, als wärst du ein All-you-can-eat-Buffet«, knurrte Cujo schließlich.

»Ach, komm schon …« Drea zog ihre Hand weg und fühlte gleichzeitig, wie sie es auf der Stelle bereute.

»Komm mir nicht so, Drea. Das geht auch mich was an. Warum hast du mir nichts davon erzählt?«

»Hast du nicht draußen eine Kundin, die auf dich wartet?«, fragte sie stattdessen zurück.

»Ja, habe ich. Aber das hier ist wichtiger. *Du* bist wichtiger. Im Ernst jetzt, was soll die Scheiße?«

Ihr Herz hämmerte verräterisch bei diesen Worten. Sie warf einen Blick aufs Handy, um zu sehen, wie spät es war.

Sie musste in einer knappen Viertelstunde im José's sein. Aber seine Kritik war völlig angebracht. Er hatte ein Recht darauf, zu wissen, was sie getan hatte. Sie wäre megasauer auf ihn gewesen, wenn er sich ihr gegenüber so verhalten hätte.

»Ich hätte es dir sagen sollen. Es tut mir leid.« Jetzt, wo er alles wusste, hatte sie nicht mehr viel hinzuzufügen.

»Hey, du kannst nicht so schnell klein beigeben«, sagte er und zog sie an sich. »Ich will noch ein bisschen länger wütend auf dich sein.«

Cujo war zweifelsohne einer der attraktivsten Männer, die sie jemals kennengelernt hatte. Sein sonst makelloses Gesicht wurde im Augenblick von Sorgenfalten gefurcht, die sich in seine Stirn gegraben hatten.

»Hat er dich um ein Date gebeten?«

Drea nickte.

»Hast du ja gesagt?« Er zog sie ganz nah an sich.

»Ich habe ihm gesagt, dass ich es noch nicht weiß.«

Vor Erleichterung entspannten sich seine Schultern. »Gut.«

»Cujo. Wir sind nicht ... du hast kein ...«

»Meine Mutter liegt im Krankenhaus«, wechselte er schnell das Thema. »Und weißt du, was die Ironie des Schicksals ist? Sie leidet unter Gedächtnisverlust. Erinnert sich an nichts mehr, was sie uns angetan hat.«

Drea schlang die Arme um seine Hüften und packte ihn am weichen Stoff seines Shirts. »Wie schrecklich, Cujo. Kann ich irgendetwas tun?«

»Sag einfach nur *Nein*. Bitte.«

*

»Okay, ich muss dich das jetzt fragen«, fing Trent an, und Cujo sah von einer Reihe hüpfender Love-Heart-Bonbons auf, die er gerade für eine süße Blonde aus Toronto auf Matrizenpapier zeichnete. »Du sagst, dass zwischen euch nix läuft, aber als der Cop weg war, hab ich euch aneinanderkleben sehen, da passte kein Blatt mehr zwischen. Was geht da ab, Mann?«

Drea war losgedüst, sobald Cujo sie losgelassen hatte. Er hatte ihr hinterhergesehen, wie sie zusammen mit Harper das Studio verließ. Der Abstand hätte sich gut anfühlen sollen, er hätte erleichtert sein müssen, stattdessen fühlte es sich an, als würde ein Teil von ihm fehlen.

Cujo lachte angespannt. »Manchmal denke ich, wir sind wie diese Cola-Mentos-Fontäne. Die Hälfte der Zeit reagieren wir explosiv aufeinander.«

»Und die andere Hälfte?«

Cujo schwieg zunächst, weil er nicht wusste, was er antworten sollte. Er respektierte, ja bewunderte sie sogar. Die Doppelschichten im Café, wie sie ihre Mutter pflegte und sich um andere kümmerte. Außerdem wollte er sie unbedingt splitternackt sehen, um herauszufinden, was das Feuer, das in ihr loderte, außer ihrer ständigen Wut noch bewirken konnte.

Trent hustete. »Ich erinnere mich vage daran, wie du mich in der Luft zerrissen hast, als ich wegen Harper so drauf war.«

Cujo schaute ihn finster an. »Es gibt kein *Drea und ich*. Es ist nichts zwischen uns passiert. Wirklich nicht. Es ist nichts gelaufen.«

Trent sah ihn skeptisch an.

»Na gut, Mann, Scheiße. Ja, ich hab sie geküsst. Ein Mal.«

»Also, ich kann nur sagen, da ist 'ne ganz schön krasse Chemie zwischen euch.«

Cujo warf seinen Stift auf den Tisch und verschränkte die Hände über dem Kopf.

»Verdammte Scheiße. Ich weiß nicht. Sie verdient etwas Besseres als das, was ich ihr geben kann. Und sie ist Harpers beste Freundin. Und ihr Leben ist alles andere als rosig. Ich verstehe jetzt, warum sie die meiste Zeit über angefressen ist, weil ich das auch wäre, wenn das Schicksal es so schlecht mit mir meinen würde.« Er seufzte und stützte sich mit beiden Händen auf der Tischkante ab. Er ließ den Kopf hängen und rollte ihn von einer Seite zur anderen, um die angespannte Nackenmuskulatur zu lockern. »Sie braucht jemanden, der zuverlässig ist. Jemanden, der für sie da ist, und ich kann dieser Jemand nicht sein. Das ist nichts für mich.«

»Das dachte ich vor Harper auch. Als Yasmin mich verlassen hat, dachte ich, nie wieder«, sagte Trent und spielte auf seine erste und einzige ernsthafte Beziehung vor Harper an.

»Aber das ist was anderes. Du wolltest immer heiraten und Kinder haben. Ich habe mich damit abgefunden, dass das nichts für mich ist, nicht, wenn ich nicht garantieren kann, dass ich für sie da sein werde.«

»Du hast schon alle großen Wendepunkte deines Lebens durch, Cuj. Die Chancen stehen ganz gut, dass du genauso lang auf dieser Erde weilst wie der Rest von uns.«

Ja, um ihnen dabei zuzuschauen, wie sie auf den Altar zuschritten und sich Sorgen darum machten, ob sie es schafften, genug Geld fürs College anzusparen. Es war nicht fair, jeman-

den an sich binden zu wollen, wenn er das »Für immer« nicht garantieren konnte.

»Meine Mutter ... Ich ... Sie ist wieder da ...« Schweigen.

»Cuj?«

»Sie liegt im Krankenhaus.« Er erklärte die aktuelle Situation. »Und sie erinnert sich an rein gar nichts.«

»Scheiße.«

»Sie hat schwere Kopfverletzungen und Hirnblutungen erlitten.« Cujo runzelte die Stirn. »Sie *sagt*, dass sie sich nicht an uns erinnert.« Er stellte sich ans Fenster.

Schwarze Gewitterwolken zogen über den Himmel, passend zu seiner Laune.

»Scheiße, Mann. Das tut mir leid. Glaubst du ihr nicht?«

»Ich weiß nicht. Sie wurde richtig übel zugerichtet. Dad ist außer sich. Devon will sie kennenlernen, Connor kann sich nicht entscheiden, und ich wäre gern überall, nur nicht wieder in einem beschissenen Krankenhaus.« Cujo drehte sich um und schlug mit der linken Faust direkt durch die Rigipswand. Er schrie vor Schmerz auf, Staub rieselte zu Boden.

»Fuck.«

Er öffnete die Bürotür und ging geradewegs in die Küche. Dort riss er die Tür zum Tiefkühlfach auf, dass der Kühlschrank nur so wackelte, und holte den Behälter mit den Eiswürfeln raus. Er knallte ihn auf den Tresen und fluchte, als die Würfel auf den Boden fielen.

Pixie kam herein und tätschelte ihm den Rücken. Ohne ein Wort zu sagen, sammelte sie die Eiswürfel in einem sauberen Trockentuch und legte es ihm um die Hand.

»Sogar wenn du wütend bist, bist du geistesgegenwärtig

genug, nicht deine Tätowierhand zu nehmen. Muss ich einen Zimmermann anrufen?«, fragte sie.

»Möglicherweise.«

»Und muss ich einen Krankenwagen für Trent rufen?«

Cujo lachte traurig. Niemals würde er seinen besten Freund schlagen. Diese Menschen hier waren seine Familie. Sogar Pixie, die am Tag der Schlüsselübergabe im Eingang zu ihrem zukünftigen Studio geschlafen hatte. Sie hatte ihnen nie erzählt, woher sie kam oder was geschehen war, aber auch sie war für ihn wie eine Schwester. Er schüttelte den Kopf.

»Dann ist gut. Dann habe ich hier erst mal nichts mehr zu tun«, sagte sie und küsste ihn auf die Wange.

In der Zeit, die er brauchte, um sich wieder zu sammeln, hatte Trent begonnen, an einem Tribalband für einen Laufkunden zu arbeiten, ein Zeichen dafür, wie dringend er wieder arbeiten wollte. Er hasste Tribalbänder und Arschgeweihe, und er lehnte es strikt ab, so was wie *You are the wind beneath my wings* auf wen auch immer zu tätowieren.

Zwei Stunden später, kurz vor Schluss, war Pixie schon gegangen. Eric, einer der anderen Tätowierkünstler, hatte früh Feierabend gemacht, und Lia war gerade dabei, ihren Arbeitsplatz zu reinigen.

Trent legte Cujo zwei Blatt Papier vor die Nase. »Kannst du das für mich machen?«

Cujo schaute sich alles genau an. Ein Zitat. *L'amore che move il sole e l'altre stelle.* Auf dem zweiten Blatt etwas, das nur das Weltall darstellen konnte. Mehrere Strudel, in schiefergrauen und moosgrünen Farbtönen gehalten, dazu ein angedeutetes Pink, das mit funkelnden Sternen übersät war, fast wie ein Bild aus Wasserfarben.

»Das ist für mich. Der Text soll über das Bild. Und ich will, dass du es mir stichst.« Niemand hatte Trent tätowiert, seitdem ihr Mentor Junior Szenen aus Dantes *Göttlicher Komödie* auf Trents Armen und Rücken verewigt hatte. Sie gehörten zu den schönsten Tätowierungen, die Cujo jemals gesehen hatte. Leider war Junior schon vor ein paar Jahren verstorben.

»Was bedeutet das?«

»›Die Liebe, die beweget Sonn' und Sterne‹. Das ist die letzte Zeile im *Paradiso*, dem Ende der *Göttlichen Komödie*. Es ist für Harper.«

Für Trent hatte sich alles zum Guten gewendet, und Cujo freute sich wahnsinnig für seinen Freund. »Wo soll es hin?«

Trent ging zur Tür, um sie abzuschließen und das GE-SCHLOSSEN-Schild umzudrehen. Er verschwand im Büro und kam ohne Shirt, dafür mit einem Bier in der Hand wieder zurück. »Genau über mein Herz, wo Harper hingehört.«

Trent rasierte den Bereich, auf dem er die Tätowierung wollte. Cujo und er besprachen die Nadeln, die dafür eingesetzt werden sollten, und sie einigten sich auf den Roundliner mit sieben Nadeln für das Zitat, den Dreier für die Outlines des Motivs und die Weaved Magnum mit sieben Nadeln zum Ausmalen. Jetzt, da Trent als Juror bei dieser Reality-Show dabei war, bekamen sie zwar immer Gratisexemplare neuester Tätowiermaschinen, aber hierfür wählte Cujo sein Lieblingsgerät.

»Erklär mir das Bild«, bat Cujo Trent, als er zu seiner Tätowierstation zurückkehrte.

»Das ist die Whirlpool-Galaxie, eine Spiralgalaxie …«

»Warte mal, wird das so was wie die zwölf Seelen, von

denen du mir mal erzählt hast, die auf die Erde auf deinem Armbild herunterleuchten sollen?« Cujo zog die Einweghandschuhe über, die sie beim Arbeiten immer trugen.

»Fick dich, Mann. Die Galaxie produziert einen Arsch voll Sterne, aber *sie* wird immer der strahlendste Stern sein. Und es ist mir scheißegal, wenn du meinst, dass es kaum kitschiger geht«, sagte er grinsend.

»Okay, lass mich eine Matrize zeichnen.«

»Nein«, bestimmte Trent, »ich will es Freestyle. So machst du die besten Tätowierungen.«

Trent nahm noch einen Schluck Bier, und Cujo bereitete die Farben vor.

»Ich wünschte, Junior wäre noch hier und könnte das für dich machen.« Er kontrollierte, ob die Clipcordkabel und die Tätowiermaschine ordentlich mit Folie abgedeckt waren, legte die Kabel geordnet hin und überprüfte die Einstellung, mit welcher Geschwindigkeit die Nadeln in Trents Haut stechen würden.

»Brody, du bist nicht meine zweite Wahl. Du bist viel besser als Junior und ich und hast ein echtes Talent für Realismus. Ich kenne niemanden, der das besser draufhat als du.«

Cujo schluckte und wünschte, er hätte auch ein Bier, obwohl er während des Tätowierens *niemals* trank. Er nahm einen Stift und begann, grobe Outlines direkt auf Trents Brust zu zeichnen. »Ich weiß gar nicht, was ich sagen soll. Danke wäre vielleicht angebracht.« Sein Beruf war seine Leidenschaft, sein Ein und Alles, und dass ein Künstler, den er bewunderte, ihn für den Besten hielt, fügte die zerbrochenen und schmerzenden Teile in ihm fast wieder zusammen.

»Und wann lässt du mich an deinen linken Arm?« Trent sah ihn fragend an.

Cujo lächelte. Sein rechter Arm war voller kleiner, bunter Tätowierungen, die seine bedeutsamsten Lebensereignisse darstellten. Aber der linke? Den bewahrte er sich für etwas ganz Besonderes auf.

*

»Nicht, weil ich Cappuccinos weniger liebte, sondern weil ich Latte macchiatos mehr liebte«, sagte Harper und überreichte einem perplexen Kunden seinen Latte. »Julius Cäsar.«

Die Arbeit machte so viel mehr Spaß, wenn Harper da war. Gerade bediente sie die Kunden mit Kaffee-adaptierten Zitaten von Shakespeare. José war schon gegangen. Joanie stand in der Küche und brannte darauf, Harper die Noten ihrer letzten Prüfungen zu zeigen, die um einiges besser geworden waren, seitdem Harper ihr Nachhilfe gab. Drea wischte die Tische ab. Zwischen der Hektik zur Mittags- und Abendessenszeit gelang es Drea, etwas runterzufahren.

Das Handy vibrierte in ihrer Tasche. Seit dem Überfall war José damit einverstanden, dass sie es während der Arbeit bei sich trug. Sie schaute nach, wer anrief. Gilliam. Sie bedeutete Harper, am Tresen zu bleiben, und ging in den hinteren Teil des Cafés, um nicht wieder den Fehler zu machen, zum Telefonieren im Pausenraum zu verschwinden.

»Gilliam. Was kann ich für Sie tun?«

»Ich wollte Sie darüber informieren, dass ich mich mit Mikes Kontakt in der Umweltschutzbehörde, Ashley Sullivan, in Verbindung gesetzt habe. Er hat sich sofort bereiterklärt, den Standort ein weiteres Mal zu überprüfen, um sicherzustellen, dass Cleffan sich an die Zulassungsbedingungen hält.«

»Haben Sie die Frau erwähnt?« Sie hätte sich mehr über diese Info freuen sollen, aber sie machte sich tatsächlich größere Sorgen über den Verbleib der Frau als über einen möglichen Umweltskandal, egal wie abscheulich der sein mochte.

»Ich wusste, dass Sie fragen würden, also habe ich ihm das Foto von ihr geschickt. Er kennt sie nicht.«

Verdammt. »Ich weiß langsam nicht mehr, wo ich noch nach ihr suchen soll.«

»Ich wünschte, ich könnte Ihnen helfen. Aber zumindest stehen die Chancen nicht schlecht, dass wir mit dieser ganzen Sache etwas Gutes bewirken. Wenn die Informationen stimmen, die Sie mir geschickt haben, dann könnten wir damit eine brisante Geschichte enthüllen, einen Betrugsskandal von erheblichem Ausmaß. Ich weiß, das ist ein schwacher Trost, aber sehen Sie die positive Seite. Sie haben da etwas Gutes in Bewegung gebracht.«

So fühlte es sich aber nicht an. Die Frau hatte den schwierigen Part übernommen und sämtliche Informationen auf dem USB-Stick gesammelt. Dreas einziger Beitrag zu dieser Sache bestand darin, dass sie die Entführung der Frau aus dem José's nicht hatte verhindern können und dass sie den USB-Stick gefunden hatte.

»Danke, Gilliam. Und danke, dass Sie Ashley angerufen haben. Wenn er etwas herausfindet, sagen Sie mir Bescheid?«

»Natürlich. Wir hören uns, Drea.«

Drea legte auf und eilte zur Toilette. In der letzten Woche hatte sie mehr über Fracking erfahren, als ihr lieb war. Sie hatte sogar davon geträumt, dass sie ein Bohrloch besichtigte und auf all die Leute traf, von denen sie gelesen hatte.

Sie war nur ein paar Minuten weg gewesen und auf dem Weg zurück nach vorn, da hielt Harper sie an den Schwingtüren auf.

»Drea«, flüsterte sie und winkte sie hinter den Kühlschrank mit den Softdrinks. »Der wahnsinnig gut aussehende Detective Carter sitzt draußen auf der Terrasse.«

»Was?« Drea warf einen schnellen Blick über die Schulter. Er saß an einem der Tische draußen, trug Jeans und ein hellgraues Poloshirt.

»Cujo oder Carter. Das ist keine einfache Entscheidung, meine Liebe. Was wirst du tun?«

Drea schloss die Augen und schüttelte ratlos den Kopf. »Ich weiß es nicht.« Das Herz rutschte ihr in die Hose. Sie hatte keine große Lust auf dieses Gespräch, aber sie riss sich zusammen und ging hinaus.

»Ryan«, begrüßte sie ihn und setzte sich ihm gegenüber.

»Hey, Drea.« Er beugte sich vor, stützte sich mit beiden Ellbogen auf dem Tisch ab und spielte an dem Deckel des To-Go-Bechers herum. »Ihre Kollegin macht einen richtig guten Milchkaffee.«

»Sie schwört darauf, dass es am kolumbianischen Kaffee liegt, aber ich glaube, sie hat einfach dieses besondere Etwas, das sie aus dem Handgelenk schüttelt. Sie hat beim Kaffeegott einen Stein im Brett.«

»Ich kann Sie nicht davon überzeugen, mit mir auszugehen, oder?« Er lächelte, aber seine Augen lächelten nicht mit. »Sie brauchen nicht zu antworten«, fügte er hinzu. »Ich habe Sie mit Mr Matthews gesehen. Ich versteh schon.«

»Ich wünschte, *ich* würde das verstehen«, murmelte Drea. »Es tut mir leid.« Das meinte sie von Herzen. »Warum sind Sie gekommen?«

»Mein Bauchgefühl sagt mir, dass Sie da an etwas Großem dran sind. Ich habe ein schlechtes Gefühl. Leider keines, das ich beweisen könnte. Aber ich glaube, dass Sie damit recht haben, dass das alles irgendwie zusammenhängt.« Ryan nahm einen Schluck Kaffee.

»Wie kommen Sie darauf?«

»Ich habe mit der kanadischen Polizei gesprochen. Mike MacArthur wurde von der Straße abgedrängt. Ich dürfte Ihnen das eigentlich nicht erzählen, aber gestern meldete sich ein Zeuge, der eine Weile nicht im Land gewesen war und dann in den Nachrichten einen Bericht darüber gesehen hatte. Er hatte die zwei herumrasenden Autos gesehen und gedacht, es wären Jugendliche bei einem Autorennen.«

»Was bedeutet das jetzt für die Frau?«

»Das weiß ich noch nicht. Aber wir haben vielleicht eine Spur zu diesem Walter. Ein Walter Tobias wurde in derselben Nacht umgebracht, in der die Frau hier im Café überfallen wurde. Es sah auch wie ein Unfall aus, der Wagen brannte lichterloh, auf der 95, etwas nördlich von der Ausfahrt zur Dammstraße.«

Das war nur fünfzehn Minuten vom Café entfernt.

»Und was, glauben Sie, hatte er mit der Geschichte zu tun?«, fragte sie.

Carter sah sie eindringlich an. »Er war Seniorpartner

einer Anwaltskanzlei für Umweltrecht und hatte in Sachen Fracking in den Everglades eine Klage gegen den Staat laufen.«

Kapitel 8

»Hey, Dad.«

Cujo schloss die Fliegengittertür. Sein Vater spülte gerade das Geschirr vom Abendessen ab.

»Hey, Brody. Super Timing. Schnapp dir ein Trockentuch und hilf mir kurz.«

Cujo griff sich das rot-weiß karierte Trockentuch vom Griff an der Ofentür. Die Stabilität der Ablage wurde unter dem Gewicht von Kochtöpfen, Geschirr und Besteck mächtig strapaziert.

Er nahm eines der größeren Teile herunter und fing an abzutrocknen. Sein Cupcake-Abenteuer hatte ihm gezeigt, dass stumpfsinnige Arbeiten manchmal zu besseren Entscheidungen führten. Sehr buddhistisch war das. Vielleicht würde ihm *das Geschirrabtrocknen, um das Geschirr abzutrocknen* zu den richtigen Worten verhelfen für das, was er seinem Vater sagen wollte.

Sie arbeiteten in gesellschaftem Schweigen, eine Routine, die sie in den letzten Jahren oft miteinander geteilt hatten. Als sie mit dem Geschirr fertig waren, holte Alec zwei Bier aus dem Kühlschrank und reichte eines Cujo, der den Kronkorken kurzerhand aufschraubte.

»Willst du mir erzählen, was dich beschäftigt?«

Cujo nahm einen kräftigen Schlug kaltes Bier. »Ich möchte mit dir über Mom reden.« Seit fünf Tagen waren sie wieder vereint, und seitdem hatte ihr Vater sie zweimal am Tag besucht. Cujo hatte sich hin und wieder kurz dazugesellt.

Sie gingen mit ihren Bieren ins Wohnzimmer, vorbei an dem Tisch, an dem er sich mit sechs Jahren einen Zahn ausgeschlagen hatte, und setzten sich auf das braune Ledersofa, auf dem er seine Unschuld verloren hatte. Alle Möbel waren alt. Er hatte sich nie gefragt, warum sein Vater an all den alten Sachen festhielt, bis er ihn mit seiner Mutter im Krankenhaus gesehen hatte, wie er beruhigend und lächelnd auf sie einredete. Er hielt auch an ihr fest. An dem, was sie gewesen waren. Und vielleicht hielt er auch an der falschen Vorstellung fest, dass sie eines Tages wieder durch diese Tür hereinkommen würde und er ihr dann zeigen könnte, dass alles immer noch so war wie früher, als sie gegangen war.

»Was willst du wissen?« Sein Vater setzte sich neben ihn aufs Sofa.

So viele Fragen wirbelten durch seinen Kopf, dass er nicht wusste, mit welcher er anfangen sollte.

»Du bist nie über sie hinweggekommen, oder?« Cujo nahm noch einen kräftigen Schluck. Er war zwar mit dem Auto hergefahren, aber es sah so aus, als würde er noch einige Biere benötigen, um das hier durchzustehen.

»Warum sollen wir das noch mal durchkauen? Sie hat uns verlassen.« Alec strich mit der Hand über das abgewetzte Leder der Sofalehne.

»Du hast nie darüber geredet. Glaubst du, das wird ...

also, ich meine, ihr zwei … verdammte Scheiße. Wartest du immer noch darauf, dass sie zurückkommt?«

Sein Vater sagte wie immer nichts dazu. Er würde nur wieder nach Ausflüchten suchen, die alte Leier, Cujo konnte genauso gut gehen. Man konnte nicht mit jemandem reden, der nicht reden wollte. Da betrank er sich besser zu Hause.

Cujo stand auf. Es würde ihn nicht weiterbringen, sich mit seinem Vater zu streiten.

»Was willst du denn hören, Brody? Von dem Moment an, als ich deine Mutter das erste Mal gesehen habe, habe ich sie geliebt.« Cujo blieb in der Tür stehen. »Sie war auf dem Weg nach Hause und kam von einer Friedensdemo. Das war in den frühen Achtzigern. Sie trug furchtbar alberne regenbogenfarbene Plastikschuhe, daran erinnere ich mich noch gut. Ihre blonden Haare, die habt ihr von ihr geerbt, dieses unglaubliche Lächeln und ein Friedenszeichen in Regenbogenfarben auf ihrer Wange. Sie sah aus, als käme sie direkt vom Woodstock-Festival.«

Cujo setzte sich wieder aufs Sofa. Alec hatte sich zurückgelehnt und die Augen geschlossen.

»Was ist schiefgelaufen, Dad?«

»Das kann nur eure Mom beantworten. Sie hat versucht, es mir zu erklären, an dem Abend, als sie uns verlassen hat. Du hast uns völlig unvorbereitet erwischt. Deine Mutter war erst siebzehn. Es war ihr erstes Mal, und sie ist direkt schwanger geworden.«

Sowohl seine Mutter als auch sein Vater hatten in jungen Jahren Dinge erlebt, die ihr Leben einschneidend verändert hatten. Er musste an die Zeit denken, die er selbst im Krankenhaus verbracht hatte, verdrängte die Erinnerung aber wieder.

Die Frage, die in ihm aufstieg, schmerzte, und die Vorstellung, sie laut zu stellen, verursachte einen derartigen Schwindel, dass dunkle Flecken vor seinen Augen tanzten. »Warum habt ihr mich bekommen? Wäre es nicht einfacher gewesen, wenn …?«

»Wenn was? Wenn wir dich nicht bekommen hätten? Scheiße, Brody. Ich bereue viele Dinge im Leben, aber du gehörst ganz bestimmt nicht dazu. Hätte ich sie einfach vergessen sollen? Möglicherweise. Hätte ich deine Mutter davon überzeugen sollen, es noch mal mit uns zu versuchen? Ich war älter, und ihre Familie wollte nichts mit ihrer unverheirateten schwangeren Tochter zu tun haben. Habe ich meine Position ausgenutzt? Habe ich es ausgenutzt, dass sie nicht viele Alternativen hatte, als sich darauf einzulassen? Vielleicht. Abtreibung war keine Option. Ich hatte mir immer eine Frau gewünscht, die zu Hause bleiben wollte, um die Kinder großzuziehen. Aber eure Mutter wollte das nicht. Im Nachhinein erkenne ich erst, wie eingeengt sie sich gefühlt haben muss.«

Cujo musste die Worte seines Vaters erst mal verdauen. »Warum versuchst du schon wieder, Entschuldigungen für sie zu finden?«

»Das tue ich nicht. Ich glaube, dass ich mit dem zeitlichen Abstand und aus der heutigen Perspektive einfach begreife, dass ich vielleicht sogar mehr Schuld trage als sie.«

»Bitte, Dad, so was darfst du nie sagen. Du hast alles Erdenkliche für uns getan. Sie ist diejenige, die abgehauen ist. Es lag an ihr. Nicht an dir.«

»Sie hatte ihre eigenen Pläne, Brody, und als sie dich bekommen hat, musste sie sie aufgeben.«

Cujo räusperte sich. »Du glaubst also, dass ich dafür verantwortlich bin.«

»Das habe ich nicht gesagt, Brody. Ich hab's etwas unglücklich ausgedrückt. Wenn sie etwas aufgeben musste, dann war das meine Schuld. Sie hatte noch so viel vor. Und das war mit *uns* nicht möglich.«

»Dann macht man Kompromisse. Wartet. Und versucht es«, schrie Cujo. »Man haut nicht einfach ab. Und lässt drei Kinder zurück. Bitte sag mir nicht, dass das hier zu so was wie 'ner abgefuckten Versöhnung zwischen euch beiden wird.«

Alec fuhr sich mit der Hand übers Kinn. »Ich hoffe …« Sein Blick drückte tiefe Verwirrung aus. »Ich hoffe, dass … ja … Vielleicht keine Versöhnung, aber irgendwie hatte ich immer die Hoffnung, dass sie eines Tages nach Hause kommen würde. Sie ist immer noch meine Ehefrau.«

Cujo stand auf. Er musste gehen, bevor er etwas sagte, das er später bereute. »Aber darum geht es doch. Das ist nicht ihr Zuhause. Das ist *unser* Zuhause. Hier ist kein Platz für sie. Uns ist es ohne sie prima ergangen. Du warst für uns da, sie nicht.« Er blieb in der Tür stehen. »Hast du sie gerade deine Ehefrau genannt? Ihr seid nicht geschieden?«

Alec verneinte kopfschüttelnd, traurig in sich zusammengesunken.

»Warum willst du sie immer noch zurückhaben?«

»Weil ich einsam bin, Brody. Ist es das, was du hören wolltest? Du hältst mich für einen Loser, weil ich sie immer noch zurückhaben will? Du denkst, ich hätte die Sache mit ihr besser abhaken und jemand anderen lieben sollen? Warte ab, bis du die richtige Frau findest, Brody. Du glaubst gar nicht, wozu du im Stande sein und wie lange du warten wirst.«

*

Als Drea ins Second Circle trat, stürzte Harper sich sofort auf sie. »Süße, das tut mir so leid.« Harper trug immer noch ihr José's-T-Shirt, obwohl sie Feierabend hatte, ihr langes dunkles Haar hatte sie zu einem unordentlichen Dutt hochgebunden. »Ich fass es nicht, dass sie nein gesagt haben. Hast du ihnen die Krankenakte deiner Mutter gezeigt, die ganzen Quittungen und das Zeug, das sie benötigt?«

Drea hatte Harper eine Nachricht geschickt, kaum dass sie aus der Bank raus war. »Ja, das hab ich. Sie können meinen Kreditrahmen nicht erhöhen, und Mom bekommt keinen Kredit, weil sie kein Einkommen hat. Als ich ihnen erklärt habe, wie krank sie ist, war das für die nur ein Grund mehr, warum sie mir nicht weiterhelfen können.« Drea seufzte. Hatten die auch nur ansatzweise eine Vorstellung davon, wie hart es für sie gewesen war, dort zu sitzen und sie praktisch um Hilfe anzuflehen?

Man konnte die Dinge nur so lange nehmen, wie sie kamen, bis einem etwas den Boden unter den Füßen wegzog.

Außerdem machte sie sich Sorgen um Cujo seit ihrem letzten Gespräch vor vier Tagen. In den vier Tagen hatten sie die Verlobungsparty weiter vorbereitet, dabei jedoch kaum ein Wort gewechselt. Es fiel ihr wahnsinnig schwer, sich auf die Partyorganisation zu konzentrieren, da ihre Gedanken sich ständig um die Frage drehten, wovon sie Lebensmittel, Fixkosten und die Medikamente ihrer Mutter bezahlen sollte. Sie wartete ungeduldig auf ihr erstes Gehalt vom Hotel; am Ende des Monats würde es richtig hart werden. Drea zählte die Tage, bis ihre Probezeit um war und sie das Trinkgeld für sich behalten konnte.

Drea und Harper gingen in die Küche, wo sie Lia vorfanden. Sie trug ein blau-weiß gestreiftes Matrosenkleidchen mit U-Boot-Ausschnitt und rote Plateau-Pumps. Drea beneidete sie um ihr außergewöhnliches Stilbewusstsein.

»Wie geht's meinen Lieblingsmädels?« Lia verzog das Gesicht zu einer Grimasse, als sie versuchte, eine Wasserflasche zu öffnen.

Harper kreischte, als sie auf einmal von hinten hochgehoben wurde.

»Wenn du hier mit diesem kleinen sexy Arsch im Studio herumläufst und dein Tattoo so freizügig präsentierst, ist dir klar, dass ich dich knutschen muss, oder?« Trent küsste Harper, ein Anblick, der Drea innerlich ein bisschen schmelzen ließ.

Sie hatte einen beschissenen Tag hinter sich, aber wenn sie die beiden zusammen sah, bekam sie ein warmes Kribbeln im Bauch.

Trent stellte Harper wieder auf den Boden und nahm Lia die Flasche ab, die er mühelos öffnete. Lia streckte ihm die Zunge raus, schenkte sich ein Glas Wasser ein und verließ die Küche Richtung Studio.

»Wie war dein Termin?«, fragte Trent.

»Ich hatte kein Glück.«

Trent legte einen Arm um sie, den anderen um Harper, so dass er jetzt sie beide umarmte. »Wir können dir aushelfen, weißt du. Harper hat mir … von deiner Mutter erzählt. Wir können dir was leihen, damit du über die Runden kommst.«

Tränen brannten in Dreas Augen. Sie blickte zu Boden und atmete tief durch, um die Tränen zurückzudrängen.

Trent drückte sie noch fester. »Nur ein Wort von dir, und wir sind da, Drea.«

»Ihr seid wirklich die Besten, aber noch schaffe ich's allein. Wenn's nicht mehr geht, sag ich euch Bescheid. Danke.«

Er ließ beide Frauen los. »Gut, dann hab ich hier nix mehr zu suchen. Ich muss noch ein bisschen was stechen. Bis später, Schätzchen«, sagte er zu Harper und küsste sie.

»Also«, wandte sich Drea Harper zu, »ich muss schnell noch mit Cujo sprechen und dann zur Arbeit. Schon wieder.«

Cujo war an keiner der Tätowierstationen, auch nicht am Empfangstresen. Sie lief nach hinten zum Büro und klopfte an die Tür.

Als diese sich öffnete, stand Cujo mit freiem Oberkörper vor ihr. Er trug schwarze Jeans, die tief auf den Hüften saßen, der obere Knopf war auf. Ein Schauer lief ihr über den Rücken. Perfekt, der Mann war einfach nur perfekt. Sie ertappte sich bei der Vorstellung, über sein Brustwarzenpiercing zu lecken.

»Ich zieh mich gerade um. Hab mein Shirt mit Tätowierfarbe vollgespritzt. Komm rein.«

Zum Teufel mit den Schmetterlingen. Eine ganze Elefantenherde tanzte Riverdance in ihrem Bauch.

»Wolltest du was von mir, Drea? Oder stehst du da einfach nur rum, damit du mich noch ein bisschen länger bewundern kannst?«

Es sollte vielleicht witzig klingen, aber sein Ton war flach und ausdruckslos. Da war sie wieder, seine Maske. Die, die er die meiste Zeit aufhatte, wie ihr langsam klarwurde. Sie schüttelte den Kopf, als sie ins Büro trat.

»Ich hab hier die Quittung für die Gläser, die wir für die Party brauchen.« Drea wühlte in ihrer Handtasche und zog die Mappe hervor, in der sie alle Unterlagen für die Party aufbewahrte. »Die musst du mitnehmen, wenn du die Glaswaren am Samstag abholst.«

Cujo zog ein schwarzes T-Shirt über. Lautlos verabschiedete Drea sich von seinen Bauchmuskeln. Nie würde sie einem derartigen Körper näher kommen als hier und jetzt.

Er nahm die Quittung. »Noch was? Ich hab nämlich zu tun.« Er machte den Gürtel zu und sah ihr dabei direkt in die Augen. Drea spürte die Kälte zwischen ihnen nur zu deutlich.

»Ich wollte wissen, wie es dir geht.«

»Mir geht's gut. War's das?« Was auch immer sich in den letzten Wochen zwischen ihnen entwickelt hatte, war jetzt weg.

»Ja, das war's.« Sie machte ihre Handtasche zu und drehte sich um.

»Verdammte Scheiße«, fluchte Cujo. Sie blieb stehen. »Geh nicht. Bleib. Warte, bis ich fertig bin. Lass uns was trinken gehen und reden.«

Reden? In der Regel war das ein Euphemismus für ein frustrierendes Gespräch, das mit »*Es liegt nicht an dir, es liegt an mir*« endete. Und sie musste in einer knappen Stunde im

Hotel sein. Wenn sie jetzt nicht bald losfuhr, dann würde sie es bei dem dichten Verkehr nicht mehr rechtzeitig schaffen.

»Ich kann nicht. Ich muss gleich woanders sein.« Sie wollte ihm nicht von dem Job erzählen. Das Letzte, was sie jetzt gebrauchen konnte, war sein Mitleid. Er wusste sowieso schon zu viel über ihr Privatleben.

»Ah, das Kleid«, merkte er an und verschränkte die Arme vor der Brust. »Hast wohl ein heißes Date mit Carter, was? Dann solltest du dich besser beeilen. Ich will dich nicht aufhalten.«

Gegen die meisten Dinge kam sie an, aber gegen seine zur Schau gestellte Gleichgültigkeit war sie machtlos. Sie starrte ihn an. Was auch immer zwischen ihnen gewesen war, es war vorbei. Außerdem musste sie zur Arbeit.

*

Cujo sah Drea hinterher und wünschte sich verzweifelt, dass er seine Worte hätte zurücknehmen können. Es war kindisch gewesen, auf Drea herumzuhacken, weil er eigentlich sauer auf seinen Vater und seine Mutter war.

Scheiße. Wie sie ihn angeguckt hatte, als er ihr die Tür öffnete, hatte ihn ganz schön angemacht, sein pulsierender Schwanz war Beweis genug dafür gewesen. Sie hatte umwerfend ausgesehen, in diesem Strickkleidchen und mit den Stiefeletten. Damit hätte das Gespräch vielleicht beginnen sollen. Stattdessen hatte er ihr die kalte Schulter gezeigt und sie wie ein Arsch weggeschickt.

»Klopf, klopf.« Trent kam herein und sah sich um. »Hab ich Drea verpasst?«

Cujo faltete das Shirt, das er ausgezogen hatte, und steckte es in seine Sporttasche. »Sie ist gerade gegangen, auf zu einem heißen Date.« Bei den Worten hatte er das Bedürfnis, auf irgendetwas einzuschlagen.

»Wer? Drea?« Trent sah verwirrt aus. »Sie geht jetzt arbeiten.«

»Na klar.« Es ging ihn ja sowieso nichts an. Und so war's besser für alle Beteiligten. Das Gespräch mit seinem Vater gestern war eine gute Erinnerung gewesen, dass Liebe vor allem jede Menge Herzschmerz bedeutete.

»Mann, was hast du zu ihr gesagt? Bei ihr ist gerade die Hölle los. Das weißt du doch, oder?«

Cujo hatte keine Lust auf eine von Trents Standpauken, also fing er an, einen Berglöwen zu zeichnen, den er einem Typen aus Iowa morgen tätowieren würde.

Trent ging um den Tisch herum und setzte sich ihm gegenüber auf das Sofa.

»Lass mich in Ruhe, Trent«, sagte Cujo, ohne den Blick von der Zeichnung zu heben.

»Was ist eigentlich mit dir los?«

Cujo knallte den Stift auf den Tisch und rieb sich mit den Händen übers Gesicht. Tausende von Gedanken wirbelten durch seinen Kopf. Was er jetzt brauchte, waren ein Workout, laute Musik und viel Alkohol. Vorzugsweise in dieser Reihenfolge.

»Hat sie dir erzählt, dass sie eine Absage von der Bank bekommen hat? Eigentlich sollte ich dir das gar nicht sagen.« Trent beugte sich vor.

»Von der Bank? Wofür?« Sie hatte keine Bank erwähnt, oder?

»Die Kosten für die Pflege und die Medikamente ihrer Mutter ruinieren sie gerade. Sie ist heute zur Bank gegangen und hat um einen Kredit gebeten, damit sie die letzten Monate, die ihre Mutter noch zu leben hat, finanziell durchsteht.«

»Scheiße.«

Sie hatte sowieso schon am Boden gelegen, und er hatte noch mal nachgetreten. Aber er konnte ihr aushelfen. Sie anrufen, sich entschuldigen, ihr vielleicht das Geld leihen. Sich um sie kümmern. Auch wenn Drea niemals Geld von ihm akzeptieren würde. Dafür war sie zu stolz.

»Wir haben ihr angeboten zu helfen. Aber sie hat es abgelehnt.«

Cujo wusste, was Stolz mit einem machen konnte. »Vielleicht kann ich mit ihr reden. Vielleicht nimmt sie meine Hilfe an. Scheiße, Mann, meinetwegen nehm ich sogar Zinsen, wenn es ihr dann leichter fällt, sich Geld von mir zu leihen.«

Trent schüttelte den Kopf. »Das bezweifle ich. Wie dem auch sei, gleich fängt ihre Schicht an, du erwischst sie also nicht vor morgen früh.«

»Morgen früh? Das José's schließt doch um acht, oder nicht?«

»Was ist eigentlich mit euch beiden los? Sie hat vor einer Woche einen zweiten Job in einem Hotel angefangen und arbeitet dort im Nachtservice. Fünf Nächte pro Woche. Hat sie dir nichts davon erzählt?«

Trent sah ihn genauso verwirrt an, wie Cujo sich fühlte.

Cujo bewunderte Drea immer mehr. Es war zwar dumm von ihr, keine Hilfe anzunehmen, weil sie sie als Mitleid abtat, aber er verstand genau, woher das kam. Sie war eine selbständige und starke Frau. Tüchtig. Und so hinreißend, dass er sie vorhin am liebsten auf dieses Sofa geworfen hätte. Stattdessen hatte er ihr unterstellt, dass sie ein Date hatte. Er hatte ihr nicht richtig zugehört. Er war ein totaler Vollidiot.

»Drea und ich ... wir ...« Er schüttelte den Kopf. »Mann, ich kann das nicht. Ich kann nicht mit ihr zusammen sein, Trent. Das wäre ihr gegenüber nicht fair.«

»Ist das alles, was dich zurückhält? Alter, in der Hinsicht war ich mit deiner Logik nie einverstanden. Glaubst du nicht, du könntest es ihr erklären?«

Cujo sah seinen Freund an. Denjenigen, der ihn in jeder noch so schwierigen Lebensphase begleitet hatte.

»Ich bin damals aufgewacht, bevor ihr es gemerkt habt. Ich weiß noch, wie du an meinem Bett zusammengebrochen bist und gesagt hast, dass du hoffst, dass die Operation erfolgreich war; wie ihr darüber geredet habt, wie viel ich ...« Er hielt inne, weil seine Augen brannten. Es hatte mit den verdammten Cupcakes angefangen und hörte mit Tränen auf. Er war jetzt ganz offiziell eine Pussy.

»Cuj, Mann.« Trent drückte seine Schulter.

»Und diese Scheiße mit Mom.« Cujo seufzte. »Dad und ich haben uns gestern Abend gestritten. Mom ist noch nicht mal eine Woche wieder da, und schon streiten wir uns.«

»Was brauchst du? Willst du dir ein paar Tage freinehmen?«

»Nein«, antwortete er scharf, »das ist wirklich das Letzte, was ich gerade gebrauchen kann. Das Studio ist der einzige Ort, wo ich von normalen Menschen umgeben bin.«

»Wollen wir eine Tour machen? Wir könnten ein paar von den Jungs anrufen und mal hören, ob die vielleicht Lust haben, uns ein paar Tage im Laden zu vertreten. Da finden wir bestimmt jemanden.«

Aus genau diesem Grund waren sie beste Freunde. Sie hatten sich gegenseitig immer wieder aus der schlimmsten Scheiße gezogen.

»Was ist denn das eigentliche Problem?«, fragte Trent.

»Ich glaube, sie will Kinder, Mann.« Cujo sah Trent an, der ihn wiederum mit besorgtem Gesichtsausdruck musterte. »Also, ich meine Drea. Sie hat so was zwar nie gesagt, aber ich war neulich mit A und Z am Strand. Wie sie mit den beiden umgegangen ist … als hätte sie nie was anderes gemacht. Die Mädchen haben sie angehimmelt. Ich hab mir da für einen kurzen Moment vorgestellt, wie ich mit ihr eine Familie habe, und es hat mir keine Angst gemacht, ganz im Gegenteil.«

»Ich hasse es, wie eine von diesen esoterischen Lebensweisheiten zu klingen, aber wäre es nicht an der Zeit, loszulassen? Deine Argumente ergeben doch gar keinen Sinn mehr. Du könntest Kinder haben, wenn du wolltest. Du kannst adoptieren. Die Dinge ändern sich, Mann. *Du* hast dich verändert.«

Aber die Realität hatte sich nicht geändert. Sie hatte es verdient, ihre eigenen Kinder zu bekommen, und er konnte sie wohl kaum bitten, bei einem so wichtigen Thema kompromissbereit zu sein.

*

»Bitte red weiter ... Brody.« Er konnte es kaum mit ansehen, wie seine Mutter sich mit ihrem verdrahteten Kiefer abmühte zu sprechen. Ihre Stimme klang rau.

Es war Sonntagmorgen, und eigentlich hätte er bei Mo sein sollen, um bei den Partyvorbereitungen zu helfen. Stattdessen war er im Krankenhaus und wollte Antworten auf seine Fragen, aber er erkannte jetzt, dass er sie noch nicht bekommen würde. Seine Mutter war am Kehlkopf so verletzt worden, dass sie es nicht schaffte, mehr als ein paar Worte auf einmal herauszubringen, und obwohl er stinksauer auf sie war, wollte er nicht so grausam sein und sie zum Reden zwingen. Ihre Stimme hörte sich an, als würde sie auf Glas kauen.

Er war mit dem beschissenen Vorsatz ins Krankenhaus gefahren, sie besser kennenzulernen. Er hatte etwas über Amnesie gelesen und konnte sich nun eher vorstellen, was das mit einem machte. Es war nicht so, als hätte seine Mutter versucht, die Wahrheit zu verbergen. Die Erinnerungen waren irgendwo verschlossen, und sie hatte keinen Zugang zu ihnen.

Er hatte ein schlechtes Gewissen wegen des Streits mit seinem Vater und hatte sich vor allem deswegen heute Morgen auf den Weg ins Krankenhaus gemacht. Cujos einzige Erinnerungen an seine Mutter stammten aus seiner Kindheit. Er kannte sie nicht als Frau. Seine Erinnerungen an sie waren so weit weg und verschwommen wie Tintentropfen im Wasser. Er wollte die Chance, die sich ihm jetzt bot, wahrnehmen und sie kennenlernen. Schließlich hatte sie vierunddreißig Jahre lang seinen Vater verzaubert.

Ein rotbrauner Fleck war auf der Bandage zu sehen, die

um ihren Kopf gewickelt war. Die nässende Wunde von der zweiten Operation musste täglich gesäubert werden. Die Ärzte überwachten weiterhin ihre Hirnschwellung. Sie ging allmählich zurück, aber seine Mutter benötigte immer noch Schmerzmittel gegen die Kopfschmerzen.

»Devon und ich besitzen eine Werkstatt. Er arbeitet Vollzeit dort und ist mit Elisa verheiratet. Sie haben Zwillinge, zwei supersüße Mädchen, Amaya und Zephyr.« Er hatte ihr das schon mal erzählt, aber es fiel ihr schwer, sich an die neuen Informationen zu erinnern.

Er hatte Fotos auf seinem Handy. Etwas in ihm wehrte sich dagegen, sie an seinem Leben teilhaben zu lassen, als hätte sie es nicht verdient, die Fotos zu sehen. Aber er hatte sich geschworen, heute kein egoistisches Arschloch zu sein. Er zeigte ihr das Foto, das er am 4. Juli bei Devon zu Hause geschossen hatte. Amaya trug einen Badeanzug mit Sternenbannermotiv und hielt Zephyr im Würgegriff, der als Umarmung getarnt war. Beide Mädchen lachten fröhlich.

Seine Mutter nahm ihm das Handy aus der Hand, ihre Augen füllten sich mit Tränen. Ihre Tränen berührten ihn jedoch nicht so, wie es hätte sein sollen. Wenn sie bei ihrer Familie geblieben wäre, hätte sie die Zwillinge als Neugeborene erleben können. Es war ihre Schuld, dass sie all das verpasst hatte.

Sein Mitgefühl neigte sich dem Ende zu, und er nahm ihr das Handy wieder weg. Er war doch noch nicht bereit für das hier.

»Ich muss jetzt gehen.« Er stand abrupt auf, wobei der Stuhl laut über das Linoleum schabte.

»Warte«, keuchte sie, »Connor? Und du?«

»Connor ist selbständig und organisiert Abenteuertrips in den Everglades. Ich besitze ein Tattoo-Studio. Hör mal, Evelyn, ich kann das jetzt noch nicht.« Ihre Augen weiteten sich, und obwohl er sich furchtbar dabei fühlte, brachte er es nicht über sich, sie Mom zu nennen.

Trents Mutter war die einzige Mutter, die für ihn da gewesen war, die ihn getröstet hatte, als er von seiner Krankheit erfahren hatte.

»Ich dachte, ich krieg das heute hin. Tut mir leid.«

»Bitte ... bleib. Warum bist du so wütend? Was habe ich getan?« Er ignoriert ihren ausgestreckten Arm und die darauf folgende schmerzerfüllte Grimasse. Der Arzt hatte entschieden, dass es besser war, ihre unglückselige Familiengeschichte so lange zu verschweigen, bis sie körperlich und seelisch wieder fitter war.

Ein Kuli lag auf einem Notizblock, und er kritzelte schnell seine Handynummer darauf.

»Es tut mir leid. Ich muss ...« Mit zugeschnürter Kehle eilte er aus dem Zimmer Richtung Ausgang.

Sonnenschein. Er hockte sich auf einen nahestehenden Pflanzenkübel und atmete ein paarmal tief durch. Er musste aufs Wasser. Oder sich betrinken. Beides war ihm lieber, als jetzt Drea gegenüberzutreten. Sie würde schon wieder viel zu viel in ihm lesen, auch ohne dass er ein Wort sagte.

Zwischen ihnen beiden herrschte Eiszeit. Er fühlte sich wie ein Riesenarsch, seitdem er im Studio so doof zu ihr gewesen war, aber sie wollte ja nicht mit ihm reden. Nicht dass er sich besonders große Mühe gegeben hätte, das Gespräch mit ihr zu suchen. Ihr Austausch beschränkte sich seit ihrer letzten Begegnung ausschließlich auf SMS.

Er warf einen Blick auf die Uhr. Es war schon 9.30 Uhr. Der Krankenhausgeruch hing immer noch in seinem T-Shirt. Er hasste diesen Geruch. Egal, wie spät er bei Mo ankommen würde, er musste erst mal duschen.

Anstatt den kurzen Weg durch das Krankenhaus Richtung Parkplatz zu nehmen, joggte er um das Gebäude herum.

Er kletterte in seinen Truck. Bei dem Zwischenstopp zu Hause würde er sein Paddelboard hinten reinwerfen. Wenn sie schnell waren, könnte er als Bonus vielleicht noch etwas Zeit auf dem Wasser rausschlagen und vom Strand hinter Mos Garten aus starten.

Auf dem Wasser würde er sich Klarheit verschaffen, wie es weitergehen sollte.

Kapitel 9

»Das ist so typisch.« Es kam nicht oft vor, dass Drea laut herumschrie, wenn sie allein war, aber hey, Cujo war wieder mal die Ausnahme von der Regel.

Sie balancierte auf einem dreibeinigen Hocker, reckte sich vorsichtig und steckte kleine Lichter in die immergrünen Sträucher, um eine wunderbare, natürliche Mauer entlang einer Seite der Terrasse zu kreieren. Gott weiß wie viel Strom würde vonnöten sein, um die tausend kleinen Lichter zum Leuchten zu bringen, die sie angebracht hatte.

Dutzende strahlend pink- und orangefarbene Dahlien, die sie auf dem Weg zu Mo vom Blumenladen abgeholt hatte, brauchten dringend Wasser. Wenn Cujo nicht bald mit den großen Vasen kam, musste sie Mo um ein paar Eimer bitten. Die Schachteln mit den Wunderkerzen, die sie alle mit kleinen Aufklebern versehen hatte, auf denen stand »Du hebst meine Welt aus den Angeln«, mussten in schmale Gläser gesteckt werden, die wiederum auf den Tischen platziert werden mussten.

Lange farbenfrohe Girlanden aus Papierlaternen hingen von der Decke eines weißen Baldachins. Über einem zweistufigen Tisch war ein orangefarbenes Seidentuch ausgebreitet, auf dem eine große Auswahl an Süßigkeiten lag. Es fehlten noch die Glasbehälter, in die die Süßigkeiten gefüllt werden sollten. Auch die würden irgendwann mit Cujo ankommen.

»Hey, Drea, alles in Ordnung hier draußen?« Sie fand es immer noch surreal, dass einer der größten Stars überhaupt in Miami sie mit Vornamen ansprach. Monster Mo hatte es schon gegeben, bevor King James in Miami gelandet war.

»Ein paar Stunden brauchen wir noch. Was meinst du?«

»Sieht schon richtig geil aus«, sagte er und schaute sich anerkennend um. »Kann ich dir eine Cola bringen?«

»Das wäre toll.«

Mo verschwand ins Haus.

Drea zog ihr Handy hervor. 11.30 Uhr. Kein Lebenszeichen von Cujo. Kein Anruf. Keine SMS. Verdammtes Arschloch.

Ihre Augen brannten vor Erschöpfung. Sie wusste, dass es theoretisch besser war, sie nicht zu reiben. Sie hüpfte vom Hocker und war dankbar, wieder festen Boden unter den Füßen zu haben. Sie wühlte in ihrer Tasche. Das Fläschchen mit den Augentropfen war ihr neuer bester Freund geworden. Sie hatte bis vier Uhr morgens im Hotel gearbeitet und war um fünf endlich ins Bett gekrochen. Um acht war sie wieder aufgestanden und hatte sich um ihre Mutter gekümmert. Um neun war sie schon zu Mos Haus unterwegs gewesen, zu aufgekratzt, um schlafen zu können, und zu erschöpft, um richtig wach zu sein.

Sie hatte gehofft, um die Mittagszeit fertig zu werden, aber da Cujo nicht auftauchte, konnte sie von Glück sagen, wenn sie noch ein Stündchen Schlaf und eine kurze Dusche in die verbleibende Zeit bis 18 Uhr quetschen konnte, da sie dann wieder hier sein wollte, um sicherzustellen, dass alles nach Plan lief. Zum Glück hatte José ihr heute freigegeben.

Sie setzte sich auf den nächstbesten Stuhl, ihr Körper dankte es ihr. Sie schloss die Augen, nur für einen kurzen Moment.

»Hier ist deine Cola, und Cujo ist ...«

Drea zuckte zusammen und schüttelte den Kopf, um wieder wach zu werden.

»Sorry, D. Du bist ja fix und fertig. Schnapp dir doch eine der Liegen und mach ein Nickerchen. Die Arbeit läuft dir nicht weg.«

Drea nahm die Cola. »Danke, Mo. Es ist alles gut. Je früher ich fertig werde, desto eher kann ich mich für 'ne Weile in mein eigenes Bett legen.«

Sie trank einen großen Schluck. Das sprudelnde Getränk erfrischte ihren Mund.

»Cujo fuhr gerade vor, als ich mit der Cola zu dir raus bin.«

Endlich. Drea stand auf, stellte die Dose auf den Tisch und hastete um das Haus herum zu Cujos Truck. Er hatte die Heckklappe schon geöffnet und zog einen Karton nach dem anderen heraus.

Verdammt, sah er gut aus in diesen schwarzen Jeans und den Stiefeln. Und sein geringeltes Seemannsshirt betonte genau die richtigen Stellen. Ehe sie ihn eigenhändig in Mos Pool ertränken würde, konnte sie ihn ja wohl noch ein bisschen anhimmeln.

Sein Haar war nass, das Board auf der Ladefläche verstaut. Der faule Sack war paddelboarden gewesen, während sie sich den Arsch aufgerissen hatte. Sie schritt auf den Truck zu und schnappte sich wortlos einen Karton.

»Was, nicht mal 'ne Begrüßung?«

»Wir haben auf die hier gewartet, um die Bar einzurichten«, sagte sie und stürmte den Kiesweg ums Haus zurück.

Seine Schritte knirschten dicht hinter ihr.

»Hör mal, tut mir leid, dass ich zu spät bin, aber musst du deswegen so angefressen sein?«

Drea blieb wie vom Donner gerührt stehen und drehte sich zu ihm um. Cujo war gezwungen, ebenfalls scharf abzubremsen, sonst wäre er in sie reingelaufen. Zum Glück hatte er gute Reflexe, da sich zwischen ihnen etwa fünfzig Gläser befanden.

»*Angefressen?* Du kommst über eine Stunde zu spät. Und warum? Damit du paddelboarden gehen konntest. Bring einfach die Gläser rein.« Sie hastete weiter Richtung Garten.

»Du glaubst, dass ich paddelboarden war?« Sein verächtliches Lachen tat ihr in der Seele weh. »Das traust du mir zu, ja? Weil ich so ein Arschloch bin.«

»Deine Worte, nicht meine«, rief sie ihm über die Schulter hinweg zu.

»Ich glaub's ja nicht«, schrie Cujo aufgebracht.

Er holte sie an der Bar ein, wo er den Karton mit den Gläsern laut klirrend abstellte.

»Pass auf die Gläser auf. Wir haben keine Zeit mehr, neue zu holen.«

»Drea, hör mit dieser Scheiße auf. Dafür hab ich jetzt echt keinen Kopf.« Sein Handy klingelte, und er zog es hervor, um es leise zu stellen.

»Ich hätte mich wirklich gefreut, wenn ich heute Morgen nicht für zwei hätte arbeiten müssen, aber bitte. Können wir jetzt einfach weitermachen?«

In seinem Blick spiegelte sich ein heilloses Gefühlschaos.
»Also gut. Was kommt als Nächstes, *Boss*?«

*

»Hol die Sachen aus dem Truck und bring die Vasen her, damit ich die Blumen reinstellen kann, bevor sie welken.«

Cujo hörte zu, wie Drea ihre Anweisungen herunterratterte, und fluchte innerlich. Der Weg hierher war stressig gewesen, voller Baustellen und Idioten am Steuer. Sein Handy vibrierte wieder in seiner Hosentasche, und er zog es raus.

Bitte. Bestätige mir wenigstens, dass du meine Nachrichten erhältst.

Er verfluchte seinen Vater dafür, dass er ihr ein Handy gegeben hatte. Seit einer Stunde ging das schon so. In fünf Minuten würde die nächste SMS reinkommen. Er hätte niemals gedacht, dass seine Mutter anfangen würde, ihn zu stalken. Sie hatte ihm ein Vierteljahrhundert lang nichts zu sagen gehabt, und jetzt nervte sie mit ihrem Redebedarf. Sie wollte unbedingt wissen, was er ihr verschwieg. Tja, was sollte er dazu sagen. Rache war eben süß.

»Hast du mir zugehört, Cujo?« Verflucht noch mal, er brauchte dringend Urlaub. Oder ein paar Nächte mit den Jungs. Einen draufmachen, Drinks, Mädels, Musik.

Apropos Musik, den Rolling Stones hätte es sicherlich gefallen, wie sie sich auf Dreas Oberweite ausbreiteten. Sie hatte sich das Haar zu einem hohen Pferdeschwanz zusammengebunden. Sie sah jung aus, was ihn wohl zu einem lüsternen alten Sack machte angesichts der schmutzigen Phantasien, die er immer wieder von ihr hatte.

»Wie alt bist du eigentlich?«, fragte er, als sie die Mappe durchblätterte, deren Cover er mit der Zeichnung von ihr verziert hatte. Er freute sich ein bisschen zu sehr darüber, dass sie die Mappe immer noch benutzte.

Drea blickte auf und markierte mit dem Finger die Stelle, wo sie stehengeblieben war. »Was? Ich habe dich gefragt, ob du den Tisch mit den Süßigkeiten aus der Sonne holen kannst.«

»Na klar, kann ich, aber wie alt bist du?«

Sie runzelte die Stirn. »Siebenundzwanzig. Widder. Geboren am 24. März, nachher kannste deine Astro-Tante dazu konsultieren. Rückst du dann bitte den Tisch in den Schatten?«

»Jetzt ergibt alles einen Sinn.«

»Was?«

»Du und ich.«

»Ich bin verwirrt, Cujo. Kannst du dich einfach um den Tisch kümmern?«

»Zweiunddreißig. Fische. Fische und Widder. Die passen gar nicht zusammen. 29. Februar.«

»Du hast recht. Das passt nicht, und jetzt ergibt auch für mich alles einen Sinn. Wenn du in einem Schaltjahr geboren bist, bist du im Prinzip ja erst acht Jahre alt.«

»Sehr lustig.« Er machte einen Schritt auf sie zu.

»Finde ich nicht. Der Tisch? Bitte?« Sie klemmte sich die Mappe unter den Arm und hastete zur anderen Seite des Gartens.

Cujo stapfte zurück zum Auto, um die Vasen zu holen. Er würde sich um den Tisch kümmern, wenn er so weit war. Die nächste Fuhre bestand aus so vielen Kerzenhaltern, dass

Liberace stolz gewesen wäre. Er stellte sie auf den kleinen Tisch neben die Blumen.

Schließlich rückte er den Tisch in den Schatten, damit Drea endlich Ruhe gab, und danach arbeiteten sie schweigend zusammen weiter, bis sie nach etwa einer Stunde fast fertig waren. Die Lieferanten waren alle wieder verschwunden, die Deko war angebracht, nur leises Wellenrauschen war hin und wieder in der Stille zu hören.

Drea stand mit einem Fuß auf dem Tritthocker, um weitere Lichter hoch oben in den Sträuchern anzubringen. Die Beleuchtung übertraf allmählich den Las Vegas Strip. Er blieb stehen, um ihre schmale Gestalt und die weichen Rundungen zu bewundern. Da kippelte der Hocker, und sie geriet ins Schwanken. Sie versuchte noch, sich am Strauch festzuhalten, riss dabei aber nur ein paar Blätter ab.

Ihr panischer Blick veranlasste ihn zu einem Sprint durch den Garten. Er sprang über einen der Liegestühle, hastete um die Tische herum und kam dennoch zu spät.

»Mein Gott, Drea, ist dir was passiert?« Er kniete sich neben sie und strich ihr sanft das Haar aus dem Gesicht.

Drea zuckte zusammen und fasste sich an den Hinterkopf. »Au«, wimmerte sie und verdrehte die Augen.

»Nicht bewegen, Engelchen. Atme tief durch. Das war ein ganz schöner Sturz.«

Wie immer hörte sie nicht auf ihn und setzte sich auf. Cujo stützte sie mit einem Arm im Rücken. »Ich hab gesagt, bleib liegen, Drea. Du musst nicht so schnell wieder aufstehen.«

»Diese Leuchten hängen sich nicht von allein auf.« Sie stützte sich an seiner Schulter und einer Stuhllehne ab, um auf die Beine zu kommen.

»Scheiß auf die verdammten Leuchten. Gönn dir bitte mal 'ne kurze Auszeit. Du übernimmst dich ja total.«

Sie funkelte ihn mit ihren schokoladenbraunen Augen an. »Ich übernehme mich also. Das sagt der feine Herr, der seit fünf Minuten hier und jetzt voller nobler Worte ist. Lass mich bloß in Ruhe.«

Wut und Gewissensbisse machten sich gleichzeitig in ihm breit, ein wahrer Gefühlstumult. Er sah ihr dabei zu, wie sie den umgekippten Hocker wieder aufrichtete.

»Trent hat mir von deiner Mutter erzählt. Und dem anderen Job. Warum hast du mir nicht gesagt, dass du in Schwierigkeiten steckst? Ich kann dir doch helfen.«

Drea trat gegen den Karton mit den Leuchten, dass er durch die Luft flog. »Warum ich dir nichts gesagt habe? Du hast damit nichts zu tun, und du kannst auch nichts dagegen machen.«

»Ich tue mein Bestes, Drea. Du bist übrigens nicht die Einzige, bei der die Kacke am Dampfen ist.«

Sie sah ihn schließlich an. »Das stimmt. Tut mir leid wegen deiner Mutter, aber du hast wenigstens die Gelegenheit, sie kennenzulernen. Meine stirbt gerade, und sie will gar nicht wissen, wer ich bin. Du hast die Chance bekommen, es wieder geradezubiegen.« Ihre Wangen waren gerötet. »Ich brauche das hier nicht …« Sie hielt inne.

»Du brauchst was nicht?« Er kam näher. »Das hier, mich, uns? Ich will dir mal was sagen. Ich will mich von dir fernhalten. Aber es gelingt mir nicht. Es gelingt mir einfach nicht, Drea.« Er packte sie, presste sie gegen die Sträucher und küsste sie. Hart. Stürmisch. Als hätte er die nächste Stunde sonst nicht überlebt.

Dreas Augen weiteten sich, ihre Pupillen loderten voller Erwartung auf, sie stand völlig unter Strom. Dann krallte sie sich in seine Arme. Er stöhnte unter dem schmerzhaften Griff.

Heftig pressten sie ihre Lippen aufeinander. Drea seufzte, als sie ihren Mund endlich öffnete und sich ihre Zungen begegneten. Sie schmeckte nach süßer Cola und presste ihren weichen, warmen Körper an ihn. Er brauchte in diesem Moment nichts dringender als diesen Kuss. Sie war der einzige Mensch, der ihm Trost spenden konnte. Das einzig Zuverlässige in seinem Leben, woran er sich festhalten konnte.

Er saugte an ihrer Unterlippe und spürte, wie sie sich noch enger an ihn presste, spürte ihre harten Brustwarzen an seiner Brust. Ihre Lippen wurden weicher, das war ein neues Gefühl. Da war mehr als pure Erregung. Ein Gefühl, das sich darüber legte und das er gern ignoriert hätte. Dieser eine Moment war unwiederbringlich anders. Aus dem Auflodern wurde eine konstante Flamme.

Ihre Hände lagen jetzt auf seinem Brustkorb, aber sie zog ihn nicht mehr an sich. Sie drückte ihn weg. Warum? Sie war ganz da gewesen, mit ihm, er wusste es. Hatte es gespürt. Mit kalten Augen sah sie ihn an. »Tu das nie wieder«, sagte sie leise und ging.

*

Ihre Hände zitterten so stark, dass es an ein Wunder grenzte, dass ihr Auto nicht im Zickzack über die Straße fuhr. Was zum Teufel war in ihn gefahren, dass er sie so geküsst hatte? Sie brodelte innerlich. Auf ihren Armen spürte sie noch die Hitze, wo er sie festgehalten hatte. Sie warf einen Blick in den Rückspiegel und sah, dass ihre Lippen ganz geschwollen waren. Noch nie hatte ein Mann sie so aufgewühlt wie Cujo.

»Aaarrghh!« Sie drehte die Lautstärke des Radios auf, kubanische Musik schallte durchs Auto.

Sie zuckte zusammen, als plötzlich eine laute Explosion aus dem Motorraum ertönte. *Was zum Teufel?* Weiße Rauchschwaden quollen unter der Motorhaube hervor und nahmen ihr die Sicht. Ein blinkendes Licht am Armaturenbrett wurde von einem lauten Warnton begleitet.

Nein. Bitte nicht jetzt. Drea kam am Straßenrand zum Stehen. Sie legte ihren Kopf auf das Steuer und zog in Erwägung, einfach nach hinten zu klettern und sich auf dem Rücksitz schlafen zu legen. »Das ist auch keine Lösung«, rief sie sich zur Ordnung und öffnete ihren Sicherheitsgurt.

Autos rasten an ihr vorbei, während sie ausstieg und die Motorhaube öffnete, um nachzuschauen, was los war.

»Autsch! Verdammte Scheiße!« Sie schüttelte ihre Hand. Der heiße Dampf hinderte sie daran, die Haube aufzumachen, da die Verriegelung sich zu nah an der Quelle des Übels befand. Eine wütende rote Blase bildete sich auf ihrem Finger, die ganze Hand tat ihr weh.

Auch wenn sie keine Automechanikerin war, reichten ihre bescheidenen Kenntnisse, um zu wissen, dass die Reparatur dieses Schadens ihr Budget übersteigen würde.

Vielleicht sollte sie Trent anrufen. Das wollte sie aber nicht. Heute war seine Verlobungsparty, und im Moment vertrat er Cujo im Studio. Wenn es so weiterging, würde sie auf sein Angebot zurückkommen müssen, ihr Geld zu leihen. Auch wenn sich ihr bei dem Gedanken die Kehle zuschnürte.

Wen kannte sie noch? Sie scrollte durch ihre Kontakte im Handy, zog José in Erwägung und verwarf den Gedanken gleich wieder, weil er heute beide Schichten für sie übernommen hatte. Tante Celine kannte vielleicht jemanden, aber sie kümmerte sich dieses Wochenende schon um ihre Mutter, während Drea die Party organisierte. Ihre Mutter war davon gar nicht begeistert und machte es Celine bestimmt sowieso schon schwer genug.

All die Menschen, die ihr halfen, hatten schon jede Menge gut bei ihr.

Cujo? Niemals wollte sie ihm etwas schulden. Nicht nach dem, was gerade passiert war.

Wenn sie das Auto abschleppen lassen könnte, würde der Abschleppdienst es vielleicht behalten, bis ihre Mutter … nun ja, bis die Kosten ihr Einkommen nicht ganz so weit überstiegen. Drea setzte sich auf die Leitplanke. Auch wenn die Autobahnpolizei empfahl, sich von der Straße zu entfernen, während man auf den Pannendienst wartete, sie hatte keine Energie mehr, um auf den Grünstreifen zu klettern. Sie ließ es drauf ankommen und blieb, wo sie war.

Wie teuer würde der Abschleppdienst wohl sein? Wahrscheinlich teurer, als sie es sich leisten konnte. Sie zog ernsthaft in Betracht, ihr Auto zurückzulassen. Sollte die Polizei sich doch darum kümmern. Eine Sorge weniger. Aber dann konnte sie ihre Jobs im José's und im Hotel vergessen.

Drea versuchte verzweifelt, ihre Tränen zurückzublinzeln. Sie war zu müde, zu pleite, zu einsam, um einen klaren Gedanken fassen zu können, was sie jetzt mit dem Auto anfangen sollte, und hatte keine Energie mehr, sich zu bewegen. Sie ließ ihren Kopf hängen und die Tränen endlich laufen.

*

Cujo steuerte seinen Truck auf den Highway und fuhr nach Hause. Ihm war die Lust vergangen, ins Wasser zu gehen, als er ihr Auto hatte wegfahren sehen. Was für 'ne Scheiße. Er hatte sich ungeschickt angestellt, ja, aber warum hatte sie ihn weggedrückt, ohne ihm eine Chance zu geben, alles zu erklären? Und warum zum Teufel hatte er jetzt zwei Frauen am Hals, obwohl er sein ganzes Leben lang bestens ohne zurechtgekommen war?

Nein, es war viel schlimmer. Er wollte seine Mutter nicht in seinem Leben haben, sie wollte es dafür aber umso mehr. Und er wollte Drea in seinem Leben haben, dafür wollte sie das nicht. Seit wann war sein Leben so voller beschissener Dramen?

Er fuhr an dem kleinen roten Auto vorbei und erkannte zu spät, dass Drea daneben am Straßenrand saß. Warum saß sie so nah an der Straße?

Cujo trat aufs Gaspedal und überquerte mit heulendem Motor zwei Fahrstreifen des Highways, um hart auf dem Seitenstreifen abzubremsen, wobei Kiesel und Schotter gegen die Unterseite des Autos prasselten.

Er schaltete die Warnblinklichter an, legte den Rückwärtsgang ein und fuhr zurück, bis er kurz vor ihrem Auto zum Stehen kam.

Es herrschte dichter Verkehr. Seine allererste Sorge galt ihrer Sicherheit. Ihr ganzer Körper wurde von lauten

Schluchzern geschüttelt, ein Anblick, der ihm das Herz in tausend Stücke zerriss. Mit ansehen zu müssen, wie heftig sich ihr Kummer Bahn brach, zwang ihn buchstäblich vor ihr in die Knie.

»Ich muss dich hier wegbringen, Engelchen, okay?«

Sie blickte ihn an, das Gesicht rot und aufgedunsen, ihre Nase lief, und die Tränen rannen nur so über ihre Wangen.

Cujo hob sie sanft hoch, legte einen Arm um ihren Rücken, den anderen schob er unter ihre Beine. Dann entfernte er sich von der Absperrung, ging ein paar Meter die Böschung hinauf und fand eine relativ freie Stelle, wo er sie absetzen konnte. Er zog seine Kapuzenjacke aus und legte sie ihr über die Schultern.

Er kauerte vor ihr, hob ihr Kinn mit dem Finger an und wischte ihr mit dem Ärmel der Kapuzenjacke das Gesicht ab.

»Ich ...« Sie wollte etwas sagen und brach wieder in Tränen aus.

Es hatte keinen Sinn. Er setzte sich hin und zog sie auf seinen Schoß, wo sie sich auf der Stelle zusammenrollte, wie seine Nichten es taten. Er streichelte ihr über den Rücken und hielt sie ganz fest, bis sie sich langsam beruhigte.

Sie bewegte sich auf seinem Schoß, und er betete, dass er sich beherrschen können würde, während sie so dasaßen. *Das* konnte sie nun wirklich nicht gebrauchen. Ihr Trost zu spenden war ein ganz neuer Aspekt ihres Miteinanders, und er wollte es nicht vermasseln.

»Tut mir leid«, sagte Drea mit rauer Stimme und wischte sich das Gesicht mit dem Ärmel der Kapuzenjacke ab. »Ich werde die für dich waschen.« Sie sah fix und fertig aus.

»Das musst du nicht, Engelchen, auch wenn ich dein Angebot zu schätzen weiß.« Er drehte sie so, dass sie ihm ins Gesicht sehen konnte, sie wog weniger als die Gewichte, die er beim Training stemmte. »Ich muss mich jetzt mal um die Autos kümmern.«

»Ich kann mir eine Reparatur nicht leisten«, flüsterte sie so leise, dass er es fast nicht mitbekam.

Er küsste sie auf den Kopf. »Mach dir darum keine Sorgen. Ich bin für dich da. Lass mich dir helfen, okay?«

»Ich zahl dir alles zurück. Versprochen. Jeden einzelnen Penny. Sobald ich kann.«

Sie seufzte, und er hoffte, dass es ein Ausdruck von Erleichterung war. »Ich weiß, dass du das tun wirst. Weil du nichts versprichst, was du nicht halten kannst.«

Drea nickte einfach nur.

Sie wirkte so niedergeschlagen, dass es ihm das Herz zerriss. Er streichelte ihr über die Wange und wischte die letzten Tränen weg. Ihre weichen, rosafarbenen Lippen verleiteten ihn zu einem Kuss, aber diesmal fiel er nicht über sie her, sondern küsste sie ganz sanft.

Der Kuss dauerte nur einen kurzen Moment, aber seine Lippen kribbelten, und er sehnte sich nach mehr.

Er setzte Drea wieder auf dem Gras ab und zog sein Handy raus, um Devon anzurufen. Vierzig Minuten später wurde Dreas Auto auf einen Abschleppwagen geladen.

»Mach einen Rundumschlag und repariere alles, was kaputt ist oder bald kaputtgehen könnte.«

»Alles klar, Boss.« Devon überprüfte ein letztes Mal die Seile, stieg in seinen LKW, fuhr los und war im Verkehr bald nicht mehr zu sehen.

Cujo sprang über die Leitplanke. Drea hatte sein Fleece-Shirt fest um sich gezogen, lag auf der Seite und schlief. Ihr Mund war halb offen, die geballte Faust neben ihrem Gesicht. Sogar im Schlaf war sie bereit zum Kampf.

Er nahm sie in seine Arme, und sie vergrub ihre Finger in seinem T-Shirt. Irgendwie gelang es ihm, sie auf den Beifahrersitz des Trucks zu befördern und sie anzuschnallen. Ihre Lippen sahen so weich und warm aus, dass er der Versuchung kaum widerstehen konnte, sie zu küssen. Aber er hielt sich zurück.

Zu Hause trug er sie in sein Schlafzimmer, legte sie ins Bett und deckte sie zu. Cujo schloss die Rollläden und ging hinaus, wobei er versuchte, nicht darüber nachzudenken, wie gut ihr Gesicht auf seinem Kopfkissen aussah.

*

Oh, wie ihr Kopf pochte. Drea hielt sich die Schläfen. Mit der Zunge fuhr sie über den Gaumen, der sich pelzig anfühlte, und sie hatte einen furchtbaren Geschmack im Mund.

Orientierungslos setzte sie sich langsam auf. Sie war komplett angezogen. Völlig benebelt fiel es ihr immer noch schwer, sich zu erinnern, wo sie war.

Der Raum lag im Halbdunkeln, nur wenig Licht drang durch die Rollläden herein.

Auf dem Nachttisch stand ein Glas Wasser, daneben zwei Aspirin und eine Zeichnung von Drea, angezogen wie Alice im Wunderland, die auf die Tabletten und das Glas schaute, und eine Sprechblase, die in wunderschönen Lettern »Schluck mich« befahl.

Cujo. Sie war bei Cujo.

Jetzt erinnerte sie sich, wie sie auf dem Highway zusammengebrochen war, und … *oh mein Gott*. Sie schämte sich so sehr, dass sie in Grund und Boden versinken wollte. Vielleicht war Cujo ja nicht mehr zu Hause, so dass sie abhauen konnte, ohne der Tatsache ins Auge schauen zu müssen, dass sie sich mit dem Ärmel seines Pullovers die Nase geputzt hatte.

Drea schluckte die Tabletten mit viel Wasser, um etwas gegen ihren ausgetrockneten Mund zu tun. Sie lag in einem Riesenbett mit einem großen dunklen Kopfbrett aus Wildleder. Drea strich über die Bettwäsche, die sich weicher als Seide anfühlte.

Oha, es war fast drei Uhr. Sie hatte mehrere Stunden geschlafen und fühlte sich besser, nachdem sie alles rausgelassen hatte, besser. Ihr blieb nicht mehr viel Zeit, um nach Hause zu fahren, sich zurechtzumachen, zurück zu Mos Haus zu eilen und die letzten Vorbereitungen zu treffen.

Sie schälte sich aus dem Bett. Es war an der Zeit, sich dem Leben zu stellen. Als Drea Richtung Wohnzimmer ging, hörte sie Cujo leise fluchen. »Scheiße!«

Sie musste lächeln. Er hatte die Lautstärke runtergedreht. Und was auch immer er da gerade spielte, die Graphik war wirklich übel. Ein kleiner Typ rannte eine Rampe hoch und versuchte, Fässern auszuweichen, die ein riesiger, auf einem Gerüst sitzender Affe nach ihm warf.

Cujo war barfuß und trug ausgefranste Jeans, die aussahen, als wären sie eine Million Mal getragen und gewaschen worden. Seine nackten Füße lagen auf der Ecke eines langen niedrigen Wohnzimmertischs aus Holz.

»Was spielst du da?« Das letzte Mal, als sie sich zu ihm auf dieses blaue Sofa gesetzt hatte, hatte er sie geküsst. Seitdem hatte er sie noch zweimal geküsst.

Er drückte auf die Pausentaste und sah sie ungläubig an. »Du kennst Donkey Kong nicht?«

»Das sieht ehrlich gesagt ganz furchtbar aus. Ich hab mal einen Taschenrechner mit ähnlicher Graphik gesehen.«

»Andrea ... warte mal, hast du einen zweiten Vornamen?«

»Rosa.«

»Rosa ... hmm, das gefällt mir. Andrea Rosa Caron. Du willst mir sagen, dass du nie Donkey Kong gespielt hast? Das hier ist die Nintendo-Originalversion, besser geht's nicht.« Er wedelte mit dem Controller in ihre Richtung, als könnte sie auch nur eine Spielekonsole von einer anderen unterscheiden.

»Okay, setz dich. Du musst es ein Mal in deinem Leben gespielt haben.« Er klopfte auf das Polster neben sich.

Er drückte auf ein paar Knöpfen herum, und der Gorilla kletterte das Gerüst hinauf. Cujo reichte ihr den Controller.

»Also, Kong fängt gleich an, Fässer runterzuwerfen. Du musst ihnen ausweichen. Drück dafür diesen Knopf.«

Er zog sie an der Taille zwischen seine Beine, so dass sie mit dem Rücken an seiner muskulösen Brust lehnte. Sein Kinn legte er auf ihre Schulter, er umfasste ihre Hände und bediente den Controller zusammen mit ihr.

»Du drückst jetzt hier«, er bewegte ihren Finger, »und nimmst den Hammer. Jetzt kannst du auf die Fässer einschlagen ... so.«

Er machte es ihr ein paarmal vor, dann spielte Drea allein.

Wow. Dreihundert Punkte gab's für ein zertrümmertes Fass und einhundert, wenn man drübersprang.

Das blaue Fass schoss wie aus dem Nichts heran und traf den kleinen Kerl am Kopf. »Oh nein, wie konnte das passieren?«, fragte sie enttäuscht.

»Sorry, ich hab vergessen zu erwähnen, dass sie auch senkrecht von oben runterfallen.«

Beim dritten Versuch stellte sie sich schon geschickter an. Cujo ließ den Controller los, aber er umarmte sie immer noch von hinten, und das gefiel ihr.

Seine Begeisterung war ansteckend, und als sie es bis ganz nach oben aufs Gerüst zu dem Mädchen in dem pinkfarbenen Kleid geschafft hatte, wippte Drea aufgeregt herum.

»Ey, was soll das?«, rief sie, als das pinkfarbene Herz verschwand, Kong sich das Mädchen schnappte und es über den Rand des Bildschirms wegtrug.

»Nächstes Level«, flüsterte er gegen ihren Nacken und berührte dabei mit den Lippen ihre Haut. Ein Schauer lief ihr über den Rücken.

Seine Finger glitten langsam über ihre Rippen, sein warmer Atem war an ihrem Ohr. Ihr Bauch zog sich zusammen, als er durch das T-Shirt ihre Brust umfasste und mit dem Daumen über die Brustwarze streichelte.

How high can you get? erschien auf dem Bildschirm, aber ihre Aufmerksamkeit galt nicht mehr dem Spiel. Sie wollte ihn berühren, ihn festhalten. Aber es wäre doch vergebliche Liebesmüh, sich auf Cujo einzulassen.

Er küsste sie leicht auf die Wange, und sie widerstand dem Drang, sich umzudrehen und ihn auf den Mund zu küssen. Dennoch ließ sie sich gegen Cujos starken Brustkorb sinken. Sie hatte sich von dem Helden ablenken lassen, der das Mädchen retten wollte, aber jetzt musste sie sich mit der Wirklichkeit befassen.

Cujo strich ihr Haar sanft zu einer Seite. Mit den Fingern streichelte er langsam über ihre Haut und hinterließ eine brennende Spur auf ihrem Nacken.

»Ich muss jetzt los, Cujo«, seufzte sie.

»Ich weiß«, flüsterte er, rührte sich aber nicht.

Er küsste sie seitlich am Hals, dann hinterm Ohr. Drea neigte ihren Kopf, damit er besser drankam. Es war verrückt, aber wenn sie mit ihm zusammen war, nahm sie um sich herum nichts anderes mehr wahr.

Dreas Handy klingelte, und beide zuckten zusammen.

»Das denkbar schlechteste Timing«, kommentierte Cujo und beugte sich vor, ohne sie loszulassen. Er griff nach dem Handy und sah nach, wer es war.

»Rosa«, sagte er und reichte es ihr.

Es klopfte außerdem an der Tür, und Cujo kletterte hinter ihr vom Sofa.

»Was gibt's, Mom?«

»Celine will, dass ich Thunfisch esse.«

Obwohl Drea genervt war, musste sie lachen. »Du rufst mich an, um dich über Thunfisch zu beschweren?« *Wie um alles in der Welt sollte sie sich mit Thunfisch befassen, wenn sie den brennenden Abdruck von Cujos Hand auf ihrer Brust und seinen Lippen auf ihrer Haut spürte?*

Hier in Cujos Haus konnte sie sich selbst fast wiederfinden, fast wieder zu dem Menschen werden, der sie gewesen war, bevor ihre Mutter krank geworden war. Das Mädchen, das sie gewesen war, schien hier greifbar nah.

Geduldig ließ sie die Schimpftirade ihrer Mutter über sich ergehen und murmelte an den richtigen Stellen zustimmende Worte. Sie sah zur Tür. Cujo war hinausgegangen, und sie wollte bei ihm sein.

»Celine hat also gesagt, dass wir heute Nachmittag dahin müssen und …«

»Mom, ich muss jetzt los. Bitte reiß dich zusammen und sei nett zu Tante Celine.«

»Aber der Thunfisch?« *Wen kümmerte schon der verdammte Thunfisch?*

»Bis später, Mom.«

Sie folgte Cujo nach draußen. Er saß vorn auf den Verandastufen und drehte einen Schlüsselring um seinen Finger. Sie setzte sich neben ihn, und er legte einen Arm um ihre Schultern.

»Wie geht's Rosa?«, fragte er und streichelte ihr über den Arm.

»Sie macht sich Gedanken um Fisch.« Sie verschränkte ihre Finger mit seinen.

»Willst du mir jetzt erzählen, was mit dir los ist?«

Wie sollte sie die Frage beantworten? Es gab so vieles, was an ihr nagte und sie nachts wach hielt. Wie sollte sie erklären, dass sie in ein paar Tagen keine andere Wahl mehr haben würde, als ihre Lebensmittel von der Tafel zu holen? Oder dass sie sich ständig mit dem Gegensatz auseinandersetzen musste, die wütende, kranke, im Sterben liegende Rosa zu pflegen, ohne die liebende, sich kümmernde Rosa, ihre Mutter, je richtig kennengelernt zu haben.

Und dann war da die Frau. »Ich kann sie nicht vergessen. Ich träume von der Waffe und von uns, wie wir in dem engen

Schrank eingepfercht sind. Ich träume auch von ihr. Wenn ich vorn im Café gewesen wäre, hätte ich vielleicht etwas tun können. Ich werde nicht zur Ruhe kommen, bis ich weiß, dass sie in Sicherheit ist.«

Sie saßen eine Weile so da, bis Cujo sie sanft auf die Schläfe küsste.

Er überreichte Drea den Satz Schlüssel. »Ich dachte, du könntest vielleicht ein Auto gebrauchen, während deines in der Werkstatt ist.« Sie sah zu dem kleinen silbernen Auto hinüber.

»Wie viel wird mich das kosten?«, fragte sie leise. »Es wird sicher Monate dauern, bis ich dir das zurückzahlen kann.«

»Ich hab da einen prima Sex-gegen-Raten-Zahlungsplan. Du kannst es abarbeiten.«

Sie sah ihn mit großen Augen an, aber er lächelte nur, seine Augen funkelten dabei noch blauer als sonst.

»Das war ein Witz, Drea. Meinem Bruder Devon und mir gehört die Werkstatt. Das ist einer unserer Ersatzwagen. Kostet dich nix.«

Ihre Mundwinkel zuckten. »Bist du auch Mitbesitzer des Tattoo-Studios?«

Er zuckte mit den Achseln. »Ja.«

Drea biss sich auf die Unterlippe. Er war gar nicht so faul und entspannt, wie er immer schien. Sie hatte ihn völlig falsch eingeschätzt.

Cujo steckte ihr eine lose Haarsträhne hinters Ohr, und sie spürte die Wärme seines Daumens auf ihrer Wange. »Sieh es als Geburtstagsgeschenk an. Den hab ich dieses Jahr verpasst.«

»An meinem Geburtstag dieses Jahr kannten wir uns noch gar nicht.« Sie lächelte ihn schüchtern an.

»Ach, das sind doch Nichtigkeiten«, meinte er und küsste sie zärtlich.

Kapitel 10

Die Party war in vollem Gange. Trent erzählte ihm von einem dämlichen Kandidaten in der Show, der bei einer Challenge völlig versagt hatte, aber Cujo war abgelenkt hörte nur halb zu.

Er sah Drea dabei zu, wie sie Blumen zurechtzupfte, Stühle rückte und leere Gläser an die Bar brachte. Wenn er sie noch einmal dabei ertappte, dass sie losrannte, um den Süßigkeitentisch aufzufüllen, würde er eingreifen müssen. Sie sollte Spaß haben und nicht arbeiten.

Ihr dunkelviolettes Kleid betonte ihre Kurven derart, dass es ihm schwerfiel, sich auf etwas anderes zu konzentrieren. Er versuchte, den Anblick ihres Hinterns, der sich unter dem Kleid abzeichnete, zu ignorieren *und* gleichzeitig Trent zuzuhören, aber es war verdammt noch mal unmöglich. Und dann noch ihre Beine, heilige Scheiße. Als Fitnessliebhaber stand er auf straffe Waden in High Heels, und diese goldfarbenen Riemchenschuhe, die sie trug, sorgten auf jeden Fall für ungewünschte Aktivitäten in seiner unteren Körperhälfte. Die goldenen Armreifen, die an ihren Handgelenken klapperten, wenn sie ihr Kleid glattstrich, ihr Haar, das in weichen Wellen ihre pinkfarbenen Lippen und diese unglaublichen, haselnussbraunen Augen umrahmte, alles an ihr war perfekt.

Lachen hallte durch die frühe Herbstluft, und alle blickten Richtung Tür. Mo hob Drea gerade in die Luft, damit sie eine Laterne befestigen konnte, die sich gelöst hatte.

Cujo kämpfte gegen den Drang, hinüberzugehen, Mos Millionen-Dollar-Hand von seinem Millionen-Dollar-Arm zu reißen und sie in seinem verdammten Millionen-Dollar-Garten zu vergraben.

Trent lachte und stieß ihn mit der Schulter an. »Das ist das beste Geschenk, was du mir machen konntest. Zu sehen, wie du dich gerade windest. Willst du, dass ich ihn festhalte, während du ihn verprügelst?« Er folgte Harper mit den Augen, die zu Drea hinübereilte.

»Fick dich, Arschloch.«

Trent lachte. »Sie hat aber auch einen geilen Arsch.«

Cujo drehte sich schnell zu ihm um. »Muss ich dir etwa auch die Zähne ausschlagen?«

»Nein«, antwortete Trent schnell und hob abwehrend beide Hände. »Nicht Drea. Harper. Mein Mädchen hat einen großartigen Hintern. Nicht, dass Dreas Hintern nicht großartig wäre. Nicht, dass ich ... ach, Scheiße. Ich hol mir 'nen Drink.«

Cujo gab Drea noch fünf Minuten, dann würde er sie dazu verführen, ihre Gastgeberinnenrolle aufzugeben. Er grinste.

Leute gucken war doch immer eines der Dinge, die bei so was am meisten Spaß machten. Er beobachtete wie Dred, der Frontmann der Band Preload, Pixies Hintern begutachtete und versuchte, sich für später zu merken, Trents Mitjuror bei der Realityshow darauf hinzuweisen, seine Finger von Pixie zu lassen.

Dreas Blick kreuzte seinen, und sie strahlte ihn übers ganze Gesicht an. Nachdem sie von seinem Haus weggefahren war, hatte er einen Entschluss gefasst. Er würde ihr erzählen, warum er Beziehungen so lange aus dem Weg gegangen war. Er würde es ihr genau erklären, und sie sollte dann entscheiden, ob sie damit leben konnte. Sie musste erfahren, warum eine Beziehung mit ihm eine kurzfristige Angelegenheit sein konnte.

Dred gesellte sich zu ihm und stieß mit seiner Flasche an Cujos Flasche an. »Geile Party, was?«, bemerkte er in seiner näselnden kanadischen Aussprache und nahm einen Schluck Bier. »Du und Drea, ihr habt euch wirklich was Besonderes einfallen lassen.«

»Um ehrlich zu sein, ist es vor allem ihr Verdienst. Sag mal, kann ich dich was fragen?«

»Klar, was gibt's?«

»Pixie ist wie eine Schwester für mich. Ich muss dich also fragen, hast du es auf sie abgesehen?«

Dreds Bierflasche kam kurz vor seinem Mund zum Halten, und er lachte trocken. »Diese Unterhaltung ist wohl kaum vonnöten.«

»Und warum nicht?«

»Pix hat ihre Meinung diesbezüglich laut und deutlich verkündet. Die Nachricht ist angekommen.«

Cujo atmete erleichtert auf. »Freut mich, denn ich würde dir nur ungern die Visage polieren und dein hübsches Gesicht zerstören.«

»Keine Sorge. Außerdem hab ich mir gedacht, dass ich

Drea später mal zu 'nem Tanz auffordern werde. Ihr Hintern sieht in diesem Kleid wirklich süß aus.« Was war denn bloß mit den Kerlen los, dass sie alle heute Abend den Arsch seiner Frau im Visier hatten?

Cujo holte tief Luft. »Sollte ich dich mit Drea tanzen sehen, dann polier ich dir nicht nur die Visage. Dann bist du der Letzte deines Stammbaums.«

Dred lachte schallend auf. »Mein Gott ... ich lach mich tot ... Trent meinte ... egal. Ich verarsch dich nur, Mann. Aber gibt's noch mehr Frauen auf deiner Lass-die-Finger-von-Dred-Liste?«

Der Typ konnte ihn mal. Cujo machte sich auf die Suche nach seinen Brüdern. Die würden ihn wenigstens nicht verarschen.

Das Geräusch klingenden Metalls auf Glas schreckte die Partygäste auf. »Test, Test, eins, zwei, drei ... so macht man das doch, oder, Dred?« Trent lachte.

»Nur, wenn man ein Volldepp ist«, antwortete Dred, und der Rest der Band, die extra aus L. A. angereist war, lachte lauthals. Eigentlich sollten sie später noch ein paar Lieder zum Besten geben, aber in Anbetracht ihres bisherigen Bierkonsums war darauf nicht unbedingt Verlass.

»Harp, Schätzchen, komm her.« Trent winkte sie auf die Bühne.

Trent folgte Harper mit schmachtendem Blick, während sie sich einen Weg durch die Tische bahnte. Sie war mal wieder für eine Überraschung gut gewesen und trug ein unschuldiges pinkfarbenes Kleidchen, dazu jedoch richtig heiße High Heels.

Cujo durchquerte den Garten, um sich neben Drea zu

stellen. Dort konnte er nicht widerstehen und schlang einen Arm um ihre Taille. Sie sah auf seinen Arm hinunter und fuhr mit einem Finger über den mexikanischen Zuckerschädel, der seinen Handrücken zierte.

Dann lehnte sich Drea gegen Cujo und legte ihren Kopf an seine Brust. Er nahm ihre Hände in seine, kreuzte sie über ihrem Bauch und hielt sie so fest.

»Harper und ich, wir möchten uns bei euch bedanken, dass ihr so zahlreich erschienen seid. Ich freu mir ein zweites Loch in den Arsch ... sorry, Mom.« Trent grinste in Richtung seiner Mutter, die zurückgrinste. »Schön, dass wir euch wichtig genug sind, dass ihr heute Abend gekommen seid. Ich fühl mich, als hätte ich im Lotto gewonnen.«

Trent sah jetzt Harper an. »An dem Tag, als du ins Studio gekommen bist, hast du mein Leben auf den Kopf gestellt. Ich hab keine Ahnung, warum das Leben es so gut mit mir meint, aber ich danke dir, dass du eingewilligt hast, Mrs Andrews zu werden.« Cujo und Drea jubelten mit den restlichen Partygästen, als Trent sich über Harper beugte und ihr einen leidenschaftlichen Kuss gab, der nicht aufhören wollte.

»Weitermachen!«, schrie Cujo.

»Wir wollten uns außerdem bei unseren besten Freunden bedanken, die das alles hier für uns organisiert haben. Cujo.« Trent sah ihn an und musste sich offensichtlich zusammenreißen, um nicht die Fassung zu verlieren. »Scheiße, Mann ... wir kennen uns fast dreißig Jahre.«

Cujo zog Drea enger an sich. Er gönnte Trent das Glück, das er mit Harper gefunden hatte, von ganzem Herzen. Und musste sich eingestehen, dass er seltsamerweise auch an einem kleinen bisschen Glück teilhaben wollte.

»In guten wie in schlechten Zeiten, Bruder. Für immer und ewig«, fuhr Trent fort.

Drea drückte Cujos Hände.

»Und Drea. Danke, dass du so gut auf Harper aufgepasst hast, bis ich sie gefunden habe. Oder sie mich. Ich kenne keinen, der ein größeres Herz hat als du, meine Liebe. Trotz allem, was du sonst noch um die Ohren hast, hast du die Zeit gefunden, das hier auf die Beine zu stellen. Wir lieben euch beide, von ganzem Herzen.«

Drea zog ihre Hand aus Cujos Griff, um sich die Tränen unter den Augen abzuwischen. Cujo wusste genau, wie sie sich fühlte. Die zwei da oben waren Familie. Für sie beide.

Er beugte sich zu ihr hinunter, küsste sie auf den Hals und erfreute sich daran, wie ihr Puls unter seinen Lippen direkt schneller zu pochen anfing.

»Die zwei haben recht, weißt du«, flüsterte er in ihr Ohr, als die Gäste applaudierten und jubelten. »Du hast ein großes Herz, Engelchen, und ich freue mich schon darauf, es zum Klopfen zu bringen.«

*

Preload legten einen Wahnsinnsauftritt hin, genau den richtigen Mix aus Rockklassikern und Countrysongs extra für Harper, denen sie ihren eigenen Sound verpassten. Dann fingen die Gäste so langsam an zu gehen. Drea wischte die Bar ab.

»Tanz mit mir, Engelchen.« Cujo nahm ihr den Lappen aus der Hand und schmiss ihn in die Spüle. Sie wollte eigentlich protestieren, aber sie wollte auch seine Arme um sich spüren.

Als sie auf der Tanzfläche standen, zog er sie ganz nah an sich. Er hielt sie fest an sich gedrückt, ihr Kopf lag genau unter seinem Kinn, und sie legte eine Wange an sein Herz. So wiegten sie sich zu einem Countrysong, den Harper sich gewünscht hatte. Cujo streichelte Drea über den Rücken und legte seine Hände schließlich auf ihren Hintern.

»Jedes Wort, das Trent vorhin gesagt hat, stimmt, Engelchen. Du hast das hier ganz großartig hinbekommen.« Er küsste sie auf den Kopf.

Sie beide hatten das hinbekommen. Es war ein perfekter Abend geworden. Drea sah zu ihm auf. »Wer hätte gedacht, dass wir solch ein gutes Team abgeben?« Sie rümpfte die Nase.

Er nahm ihr Gesicht in seine Hände. »Es gibt einen Grund dafür, warum man sagt, dass Gegensätze sich anziehen.« Mit den Daumen fuhr er ihr zärtlich über die Wangen und sah sie eindringlich an. Diese blauen Augen zeigten ihr eine Sehnsucht, die sie tief in sich auch verspürte. Er beugte sich zu ihr herunter und streifte mit seinen Lippen zärtlich ihren Mund.

Dann löste er sich von ihr und bedachte sie mit einem warmen Blick.

»Wow, Brody«, flüsterte sie, und ihr gefiel, wie sein Name aus ihrem Mund klang. »Du weißt schon, wie man eine Frau richtig küsst.«

»Ach ja?« Er küsste sie noch einmal. »Das ist nur der Anfang. Ich will keine Bettgeschichte, Drea.« Er hörte auf zu tanzen, und ihr Herz machte wilde Sprünge. »Auch wenn es hart wird, will ich für dich da sein.«

Tränen brannten ihr in den Augen, aber sie wollte nicht weinen. Nicht heute Nacht.

»Das bedeutet aber auch, dass du für mich da sein musst, wenn *ich* hart werde.«

Drea lachte laut auf.

»Es gibt einiges, worüber wir reden müssen«, fuhr er fort und zog sie wieder in seine Arme. »Aber heute Nacht will ich dich mit zu mir nehmen. Dich aus diesem unglaublich scharfen Kleidchen herausschälen und dich lecken, um herauszufinden, ob du so gut schmeckst, wie du riechst. Ich will dich hart nehmen und ganz zärtlich. Mehrmals. Ich werde dir viele Gründe geben, warum wir das hier versuchen sollten, bevor ich dir den Grund nenne, warum nicht.«

Seine Worte erregten sie ungemein und entfachten eine brennende Lust in ihr.

»Was ist, willst du weitertanzen? Ich bin nämlich mächtig scharf auf dich und würde dir gern die Klamotten vom Leib reißen.«

Noch nie hatte jemand auf diese Weise und mit einer derartigen Wirkung zu ihr gesprochen. »Ich muss mich erst von Harper verabschieden.«

»Dann los.« Cujo nahm sie bei der Hand und ging mit ihr zum Süßigkeitentisch, wo Trent und Harper standen und Trent einen Arm um seine Süße gelegt hatte.

»Wir haben noch was vor«, sagte Cujo zu Trent.

»Ja, sieht ganz danach aus.« Trent grinste.

»Sehr lustig. Du Arsch.«

»Danke euch noch mal, das war eine tolle Party«, sagte Harper und umarmte Drea. »Ich will alle Details«, flüsterte sie. »Und zwar solche, wie du sie immer von *mir* hören wolltest.«

»Das ist doch die reinste Teeniekacke hier, oder?«, brummelte Cujo.

Trent lachte. »Ja, genau.«

Sie riefen ein Taxi, bedankten sich beim Serviceteam und bei Mo und gingen zur Einfahrt.

Am Tor angelangt, zog Cujo seine Jacke aus und legte sie ihr über die Schultern. Sie sah darin zwar aus, als wäre sie geschrumpft, aber sie freute sich über die fürsorgliche Geste. Das Taxi kam, und sie stiegen ein.

Cujo gab dem Taxifahrer seine Adresse. Drea kreischte, als er sie auf seinen Schoß zog.

»Ich bin nicht angeschnallt«, murmelte sie an seinen Lippen. Sie spürte seine Erektion an ihrem Oberschenkel, ein sicheres Zeichen dafür, dass er genauso erregt war wie sie.

»Scheiß auf den Sicherheitsgurt, ich halt dich fest.« Cujo zog sie fester an sich und presste seine nach Whisky schmeckenden Lippen auf die ihren, die sie weit für ihn öffnete. Sie stöhnte, als der Kuss intensiver wurde. Mit den Fingern fuhr er über ihren Oberschenkel, immer weiter hinauf.

Drea ballte ihre Faust in seinen Haaren und lächelte ihn an, woraufhin er aufstöhnte.

»Herrgott! Was machst du bloß mit mir, Drea.«

Als das Taxi vor seinem Haus zum Stehen kam, gab Cujo dem Fahrer zwei Zwanziger. Er wartete nicht auf das Wechselgeld, sondern eilte mit Drea zur Tür.

»Schlüssel«, murmelte er und küsste unentwegt ihren

Hals. Er öffnete die Tür und unterbrach seine Kussattacke, um den Sicherheitscode in die Alarmanlage einzugeben.

»Ich dreh gleich durch, ich will dich so sehr, Engelchen.« Er drückte sie gegen die Wand, hob ihre Arme über den Kopf und küsste sie leidenschaftlich. Ihr Herz hämmerte beim hungrigen Klang seiner Worte.

Ohne Vorwarnung hob er sie in seine Arme und trug sie ins Schlafzimmer. Sie küsste ihn auf seine ausgeprägten Nackenmuskeln, und die Leichtigkeit, mit der er sie trug, machte sie nur noch mehr an.

Cujo stellte sie auf den Boden, nahm sich ihren Reißverschluss vor und machte ihn auf. »Du siehst unglaublich scharf aus in dem Kleid, aber das muss jetzt runter«, knurrte er.

Sie erwartete fast, dass er es ihr einfach vom Leib reißen würde, aber er ließ den Reißverschluss langsam hinuntergleiten, bis er völlig geöffnet war. Dann streifte er das Kleid über ihren Schultern ab, begleitet von Küssen auf ihr Schlüsselbein.

Sie zitterte, als sie versuchte, sein Hemd aufzuknöpfen. Cujo lachte über ihr frustriertes Schnaufen.

»Na, Engelchen, hast du es eilig?«, fragte er mit rauer Stimme.

Er leckte und knabberte an der Stelle hinter ihrem Ohr, sie stöhnte auf. Er tauchte mit den Händen in ihr Haar. *Oh.* Er leckte über ihren Hals. Meine Güte, war sie feucht. Und dermaßen erregt, dass sie gleich hier auf der Stelle kommen würde.

Als sie es endlich geschafft hatte, alle Knöpfe aufzumachen, öffnete sie sein Hemd. Um ihre Neugierde zu befriedigen und, ja, weil es sie wirklich anmachte, saugte sie an seiner gepiercten Brustwarze. Cujo ließ ein Zischen hören, aber mit der Hand hielt er sie am Hinterkopf fest, damit sie weitermachte.

Sie zog ihm das Hemd über die Arme. Dann bemerkte sie seine Narbe und fuhr sanft mit einem Finger darüber.

»Was ist …?«

»Nicht jetzt.« Er zog ihr das Kleid über die Beine herunter, bis es auf den Boden glitt. Sie spürte seinen schmachtenden Blick auf der Haut, als er die lilafarbene Unterwäsche begutachtete, die sie für besondere Gelegenheiten aufgehoben hatte.

»Du bist eine unglaubliche Frau, Drea.« Er öffnete seinen Gürtel und zog ihn aus der Hose. Sie blickte ihm in die verschleierten Augen, zeichnete mit den Fingern seine Bauchmuskulatur nach und folgte schließlich der Schamhaarlinie bis zum Reißverschluss. Sie öffnete ihn und streifte dabei seinen Harten. Cujo stöhnte unter ihrer Berührung und machte Drea damit nur noch schärfer. Er zog seine restliche Kleidung aus und stand schließlich nackt vor ihr.

»Drei … zwei …«, zählte er runter und grinste sie an.

»Warte, was …? Nein«, kreischte sie, als er auf sie zukam.

»Eins.« Er riss sie hoch in seine Arme und fiel mit ihr aufs Bett. Lachend setzte er sie rittlings auf seinen Schoß, so dass sein Schwanz genau unter ihr lag und er ihr geben konnte, was sie wollte.

»Du Arsch«, sagte sie, als sie seine harte Erektion zwischen ihren Beinen spürte. Unvermittelt presste sie ihre Hüften gegen ihn und stöhnte, als seine Hände unter ihren Slip glitten und sie am Hintern packten, damit sie sich weiter an ihm rieb.

Er drückte sie an sich, und Drea begann, den dünnen Stoff zwischen ihnen zu verfluchen.

Ein ganzes Feuerwerk entbrannte in ihrem Körper. Sie war noch nie so erregt gewesen. Und so bereit, einen Mann ganz in sich aufzunehmen. Sie bewunderte seinen Bizeps, wie er sich anspannte, wenn er sich bewegte.

Cujo öffnete den BH-Verschluss, als hätte er es schon Hunderte Male gemacht. Der BH fiel aufs Bett. Dann nahm er ihre Brüste in die Hände und machte sich über eine Brustwarze her, an der er fest saugte.

Ihr Blut kochte, ihr ganzer Körper brodelte innerlich.

Er streichelte über ihre empfindlichen Brustwarzen, küsste und leckte sie, bis sie dachte, sie müsste schreien.

»Brody«, winselte sie.

»Nimm dir, was du willst, Baby.«

Drea küsste ihn leidenschaftlich. Sie ergab sich dem drängenden Gefühl, das immer stärker wurde, legte sich auf seinen Oberkörper und rieb sich an ihm. Sie genoss seinen heißen, festen Körper unter ihr. Seine Küsse brannten auf ihrer Haut und nahmen ihr jegliche Kontrolle, sie war ihren Empfindungen hilflos ausgeliefert.

Cujo rollte sie beide übers Bett, Stellungswechsel. Langsam zog er ihren Slip aus und sah ihr dabei unentwegt in die Augen. Sie versuchte, ihre High Heels abzustreifen, aber er hielt sie an den Knöcheln fest. »Lass sie an.«

Cujo legte sich auf sie und konzentrierte sich zunächst auf ihren Mund. Mit dem Daumen zeichnete er ihre Lippen nach, kitzelte und neckte sie. Sie sog daran, spielte mit der Zunge an seinem Daumen, als wäre er seine Schwanzspitze.

»Ich kann es kaum abwarten, dich an meinem Schwanz

zu spüren, Süße.« Er zog seinen Daumen aus ihrem Mund zurück und streichelte damit über ihre Klitoris, wodurch sie sich aufbäumte.

»Empfindlich?« Er grinste. »Das liebe ich.«

Er beugte sich über sie, sein Gesicht war jetzt auf Höhe ihres Bauchs. Nur die Nähe – zu wissen, was sein Mund mit ihr anstellen konnte – ließ sie dahinschmelzen und sich winden und krümmen.

»Aahhh«, rief sie aus, als er mit der Zunge ihre Klit leckte. Sie spürte, wie er lächelte, als er ihre Beine packte und sie festhielt. Gierig machte er sich über sie her, verschlang sie förmlich.

Die Lust wurde langsam unerträglich. Drea konnte nichts dagegen machen. Alles in ihr schrie danach, zum Höhepunkt zu kommen, sie griff in seine Haare, damit er schneller machte.

Sie war so nah dran.

»Willst du mehr?« Seine Finger drangen so wunderbar in sie ein – kombiniert mit seiner Zunge ...

»Brody, *bitte*.« Als er schließlich kräftig an ihrer Klit saugte, schrie Drea auf, voller Ekstase und erlöst zugleich.

*

Dreas Schreien, als sie kam, reichte fast aus, um ihn selbst zum Höhepunkt zu bringen. Sein Schwanz pulsierte und war mehr als bereit, in sie einzudringen.

Er kroch übers Bett und griff in der Nachttischschublade nach einem Kondom. Verdammt, sie war so schön, wie sie ihn unter schweren Augenlidern und mit geröteten Wangen ansah. Sie kam, wie sie alles andere auch machte, voller Leidenschaft.

»Brody«, flüsterte sie.

»Ja, Süße?« Er lag jetzt auf ihr, und ihre Brüste an seinem Brustkorb fühlten sich wahnsinnig gut an.

»Ich will dich in mir spüren.«

»Mit Vergnügen.« Er wollte ihr zeigen, was er fühlte. Sie sollte unbedingt wissen, dass sie mehr als nur Sex hatten.

Er rieb seinen Schwanz an ihrem triefenden Eingang, dann glitt er langsam, aber entschlossen in sie hinein. Verdammt, war sie eng. Klein und zierlich überall. Er wollte ihr nicht wehtun. Sie umschloss ihn so eng, dass es ihm unmöglich schien, sich länger zu kontrollieren. Sie stöhnte, als er sie küsste.

»Meine Güte, Drea«, knurrte er. »Du fühlst dich so unglaublich gut an.«

Sie schlang ihre Beine um ihn, und etwas Hartes stach in seinen Rücken. Er blickte über seine Schulter, und ja, sie trug immer noch diese sexy High Heels.

Drea wand sich unter ihm. »Bitte, Brody, beweg dich. Ich kann nicht länger warten.«

Er beugte sich über ihren Mund und packte ihren Arsch. Wenn er nur etwas mehr Selbstbeherrschung gehabt hätte, dann hätte er langsam in sie hinein- und aus ihr herausgleiten können, aber es fühlte sich so intensiv an, und er wollte so unbedingt in ihr kommen, dass er nicht anders konnte, als kräftig in sie hineinzustoßen.

Alle guten Vorsätze, es langsam mit ihr anzugehen und so lang wie möglich zu genießen, waren vergessen. Sie hatte es verdient, noch mal zu kommen, aber sein Körper hatte was anderes im Sinn. Sie fühlte sich einfach zu gut an in seinen Armen.

»Oh, Brody«, seufzte sie an seinen Lippen.

Sie bewegten sich synchron, perfekt aufeinander abgestimmt; Stoß für Stoß kam sie ihm entgegen. Er schloss die Augen und genoss die Reinheit des Augenblicks. Und wusste den Moment zu schätzen für das, was er war. Das war ihm bisher noch nie gelungen. Er machte zum ersten Mal im Leben Liebe mit einer Frau. Es fühlte sich unglaublich gut an. Es war, als könnte er Berge versetzen.

Sie drückte ihn fest an sich, wogte gegen ihn, er wurde schneller. »Sieh mich an, Drea«, knurrte er. »Ich will dich sehen.«

»Brody.« Ihre Augen weiteten sich, und sie bohrte ihre Fingernägel in seinen Rücken.

Als er seinen Namen aus ihrem Mund hörte und spürte, wie sie sich um ihn zusammenzog, als sie erneut kam, verlor er fast den Verstand.

»Engelchen, ich komme gleich … oh, fuck.« Wellen reiner Glückseligkeit durchströmten ihn, und er hatte Mühe, die Augen offen zu halten, aber er wollte keine Sekunde von ihrem ersten Miteinander verpassen.

Danach ließ er sich aufs Kissen fallen, sein Kopf lag genau über ihrer Schulter, er küsste sie auf den Hals und schnappte nach Luft. Auch Drea atmete schwer, massierte seine Schulter und verschaffte ihm damit ein Gefühl ungewohnter Geborgenheit.

Als praktisch denkender Mann rollte er sie beide auf die Seite, aber aus purem Egoismus blieb er noch in ihr und genoss, wie sie ihn umschlossen hielt.

Er strich Drea das verwuschelte Haar aus dem Gesicht und musste diese geschwollenen Lippen unbedingt noch mal küssen. Aber diesmal ganz zärtlich.

Ihr schüchternes Lächeln ging ihm durch Mark und Bein. Sie löste Gefühle in ihm aus, die ihn mächtig aufwühlten. Dennoch grinste er zurück, als sie sich mit dem Kopf an seine Schulter kuschelte. Er schlang seine Arme um sie, und zusammen erlebten sie einen Moment des Friedens und der Ruhe, im Gegensatz zu ihrer sonst so unbändig rastlosen Energie. Seine Gedanken schweiften ab. Was würde der Morgen danach wohl bringen?

»Danke, Brody, das war unglaublich«, flüsterte Drea an seiner Schulter.

Er richtete seine volle Aufmerksamkeit auf sie. »Immer wieder gern«, antwortete er und bewegte sich sanft in ihr, um seine Worte zu unterstreichen. Sie kicherte. So. Süß.

Sie küsste ihn unter dem Kinn. »Ich liebe dein Bett.«

»Ich liebe dich in meinem Bett, und bitte ... bitte hör nicht auf, mich so einzuquetschen.«

Er streckte sich über sie hinweg und holte ein neues Kondom aus der Schublade. Sie lachte.

Sie hatten noch einige Stunden bis zum Morgengrauen, und er hatte sich vorgenommen, jede einzelne Minute davon zu nutzen, um ihr zu zeigen, was sie miteinander haben könnten. Am Morgen würde er ihr dann von dieser Sache erzählen, die sie dazu veranlassen konnte, ihm den Rücken zu kehren.

Kapitel 11

Entweder hatte er gerade den schärfsten Traum seines Lebens oder Drea lag wirklich in seinem Bett und hielt ihn mit Armen und Beinen umschlungen. Cujo hob vorsichtig den Kopf und genoss für einen Moment, wie sich Dreas Brüste gegen seinen Brustkorb drückten und wie ihr Kopf auf seinem Arm ruhte. Ihre Haut fühlte sich weich und warm an, als er ihr langsam von oben nach unten über den Rücken streichelte.

Der Wecker auf dem Nachttisch zeigte kurz nach neun. Zum Glück hatte Mo sich bereit erklärt, die Aufräumarbeiten zu organisieren.

Er hätte sie so gern aufgeweckt, damit sie sich liebten, aber das fühlte sich jetzt nicht richtig an. So als würde er sie täuschen. Sie mussten reden. Er musste ihr die Möglichkeit geben, eine Wahl zu treffen, bevor sie ihre Beziehung vertieften.

Vorsichtig zog er seinen Arm unter ihrem Kopf hervor, stand auf und ging ins Badezimmer. Er stützte sich mit beiden Händen auf dem Waschbecken ab und ließ den Kopf hängen. Vielleicht war es jetzt schon nicht mehr richtig. Vielleicht hätte er sich von Anfang an nicht auf Drea einlassen sollen.

Die Dusche wurde schnell heiß, und er stieg unter den Strahl, der ihn etwas entspannte. Er hatte gerade angefangen, seine Haare zu waschen, als er hörte, wie sich die Tür zur Duschkabine schloss.

Drea gesellte sich zu ihm und bog ihren Kopf zurück, um ihr Haar nass zu machen. Mist. Als er sah, wie das Wasser über ihre rosafarbenen Nippel lief, hatte er sofort wieder eine Erektion, und jegliche Bedenken waren vergessen.

»Guten Morgen«, begrüßte sie ihn.

Geschminkt sah sie aus wie einem feuchten Traum entsprungen, ungeschminkt war sie der Typ Frau, der auf entspannten frühmorgendlichen Sex vorm Kamin Lust machte.

»Meine Güte, bist du schön.« Er legte ihr eine Hand um den Nacken. Sie streckte sich, um ihn zu küssen, stattdessen griff er nach der Shampooflasche und wusch ihr die Haare. Sie sah ihn etwas verwirrt an, was sofort Schuldgefühle in ihm auslöste. Aber erst mussten sie reden, bevor er ihr das geben konnte, was sie wollte.

Nach dem Duschen nahm er ein Handtuch, und Drea ließ sich von ihm abtrocknen. An der Badezimmertür hingen weiße, flauschige Bademäntel, und er hüllte sie in einen davon, bevor er sich selbst ein Handtuch um die Hüften schlang.

Drea griff durch das Handtuch nach seinem Schwanz. Als Reaktion darauf zuckte dieser verräterisch. Cujo nahm jedoch ihre Hand und legte sie an sein Herz.

»Wir müssen reden, Drea. Wenn wir das getan haben und wenn du mich dann immer noch willst, gehör ich ganz dir. Soll ich dir vorher Frühstück machen?«

»Ich glaube, ich wüsste lieber gleich, was los ist«, antwortete sie, als er sie an der Hand in die Küche führte.

»Ich weiß, Engelchen. Gib mir ein paar Minuten, um mich zu sammeln.«

Er schnitt etwas Obst klein und bereitete ein Omelett vor. Er stellte das Frühstück auf den Tresen, setzte sich auf den Hocker neben sie und legte eine Hand auf ihren Oberschenkel.

Die zwanzig Minuten, die er benötigt hatte, um Frühstück zu machen, hatten ihm zwar Zeit verschafft, aber immer noch keinen Plan, was er sagen sollte. Cujo sah sie nicht an.

»Ich hatte Krebs. Metastasenbildenden, nichtseminomatösen Hodenkrebs. Ironie des Schicksals, was? Ich weiß nicht, ob er wiederkommen wird, und außerdem bin ich mir ziemlich sicher, dass ich keine Kinder bekommen kann.« Eine schonendere Wortwahl hätte es vielleicht auch getan.

»Cujo«, sagte sie erschrocken und griff nach seiner Hand, »hast du denn jetzt noch Krebs?«

Er legte seine Gabel auf den Teller. »Nein. Da war ich achtzehn. Einer meiner Hoden musste … Scheiße.« War doch schwieriger, als er sich vorgestellt hatte. Er suchte nach den richtigen Worten. »Ich hatte eine retroperitoneale Lymphadenektomie, weil der Krebs gestreut hat. Man hat mir also die Lymphknoten im Bauchraum entfernt. Und mein linker Hoden ist eine Prothese. Du kannst ihn versuchsweise gern mal drücken, wenn du magst«, sagte er und versuchte zu lächeln. Er nahm seine Gabel wieder in die Hand und schob sich eine Ladung Rührei in den Mund.

»Es tut mir so leid, dass du das durchmachen musstest, Brody.«

»Ich mag das.« Er sah ihr in die Augen.

»Was? Krebs?«, fragte sie überrascht.

»Nein«, lachte er und hob ihre ineinander verschlungenen Hände an seine Lippen. »Dass du mich Brody nennst. Das macht sonst keiner, glaub ich.«

»Warum nennen dich alle Cujo? Nein, warte. Warum hast du geglaubt, dass ich meine Meinung über dich ändern könnte, wenn du mir von deinem Krebs erzählst?«

»Als meine Mutter uns verlassen hat, habe ich bei Trent übernachtet, und er hat mir ein Buch von seinem Vater gegeben, Stephen Kings *Cujo*.«

»Und das fandest du so gut?«

Er war ihr dankbar, dass sie ihn nicht drängte, die schwierige Frage sofort zu beantworten. »Nein, ich hatte von dem Buch solche Angst, dass ich ins Bett gemacht habe. Trent hatte ein richtig schlechtes Gewissen. Er hatte mir das Buch gegeben, um mich abzulenken, und nicht, um mich zu Tode zu ängstigen. Ich habe nie jemandem erzählt, warum er mir diesen Namen gegeben hat, aber es waren sowieso alle der Meinung, der passt wie angegossen, weil ich ein bisschen verrückt bin.«

Drea hielt die Hand vor ihren Mund.

»Ist schon in Ordnung, du darfst ruhig lachen.«

Sie lachte schallend auf. »Ernsthaft?«

»Ernsthaft.«

Dann schwiegen sie eine Weile. Als er fertig gegessen hatte, hakte Drea nach. »Warum jetzt, Cujo?«

Er rieb sich mit den Händen übers Gesicht. »Weil ich noch nie eine richtige Beziehung hatte. Ich weiß nicht, wann die richtige Zeit dafür ist. Ich will dir die Möglichkeit geben, zu gehen, bevor es zu spät ist. Seit Jahren pflegst du deine

Mutter. Ich will nicht, dass du jemals das Gleiche für mich machen musst.«

Er stand auf und räumte die Teller vom Küchentresen. Das ging doch alles viel zu schnell. Er hatte immer noch starke Bedenken, sich auf eine Beziehung einzulassen, auch wenn er immer mehr für Drea empfand. Er wurde diese verdammten Zweifel nicht los.

Kaffee. Er brauchte unbedingt Kaffee. Er holte zwei Tassen aus dem Schrank. Da schlangen sich von hinten zwei Arme um seine Taille, und er atmete erleichtert auf, als Drea ihre Stirn an seinen Rücken schmiegte.

Klirrend stellte er die Tassen auf dem Tresen ab. Er legte seine Hände auf ihre.

»Ich gehe nirgendwo hin«, flüsterte sie. »Zumindest nicht wegen dem, was du mir jetzt erzählt hast. Solange du das Bett behältst.« Er grinste und drehte sich um, um sie in die Arme zu nehmen.

»Das bedeutet mir sehr viel, aber bist du dir der Konsequenzen bewusst, die das für dich haben könnte?« Hatte sie eine Vorstellung davon, wie krank er wäre, falls der Krebs wiederkäme? War es fair, sie zu bitten, eine Entscheidung fürs Leben zu fällen, die möglicherweise bedeutete, dass sie nie Kinder mit ihm haben würde?

»Dass ich für dich da sein muss, wenn es hart auf hart kommt, meinst du das?« Sie lächelte leicht, als sie seine Worte vom Vorabend aufgriff.

»Ja«, sagte er leise und zog sie enger an sich, »normale Menschen führen derartige Gespräche wohl nicht so früh, aber es bedeutet auch, dass ich vielleicht nie Kinder mit dir haben kann.«

»Bist du denn schon mal darauf untersucht worden, wenn ich fragen darf? Ich meine, bist du sicher, dass du keine Kinder haben kannst?«

»Etwa ein Jahr nach der Operation war ich krebsfrei. Da hab ich etwas Sperma einfrieren lassen, aber ich war ja schon krank gewesen. Die haben mir gesagt, dass die Qualität nicht die beste ist.«

»Kommt Zeit, kommt Rat. Ich wünsche mir Kinder. Aber deine Situation beeinflusst die Tatsache, ob wir etwas miteinander haben oder nicht, nicht im Geringsten.«

Er atmete noch mal erleichtert auf, beugte sich zu ihr hinunter und küsste sie, wobei die Gedanken in seinem Kopf rotierten und er nach den richtigen Worten suchte, um ihr zu sagen, wie viel sie ihm schon bedeutete.

»Machst du mir jetzt einen Kaffee?«, fragte sie. »Du würdest mich ja glatt verdursten lassen.«

Er schnappte sich das Geschirrtuch und ließ es gegen ihren Hintern knallen. Glücklicher als er es für möglich gehalten hätte, füllte er die Kaffeekanne mit Wasser.

Sie schaltete den Fernseher ein, und just in dem Augenblick verschwand das pixelige Foto von der entführten Frau und wurde von Cujos Zeichnung ersetzt, die Snake darstellte. »Die Polizei zieht wegen einer möglichen Entführung weiterhin Erkundigungen bei den Anwohnern ein. Dieser Mann wird im Zusammenhang mit der Tat gesucht. Sollten Sie für uns relevante Informationen haben, rufen Sie bitte die hier eingeblendete Telefonnummer an. Er ist bewaffnet und gefährlich, verzichten Sie also bitte auf Heldentaten.« Mit diesen Worten schloss der Nachrichtensprecher den Beitrag ab.

Cujo reichte Drea ihren Kaffee.

»Autsch.« Ihre Hände zitterten so stark, dass die heiße Flüssigkeit überschwappte und ihr die Finger verbrannte.

»Man hatte mir zugesagt, dass sie damit nicht an die Öffentlichkeit gehen würden. Jetzt weiß Snake, dass ich bei der Polizei war.«

»Willst du mit Carter reden? Ich bring dich hin.« *Und einen Tritt in den Arsch verpasse ich ihm auch nur zu gern.*

»Nein.« Sie starrte in ihre Kaffeetasse. »Alles ist immer noch genauso verkorkst wie gestern, oder?«

»Alles andere, ja. Aber du und ich ... bei uns ist alles klar, stimmt's?« Er sah sie hoffnungsvoll an.

»Bevor du dich auf mich einlässt, muss ich dir auch noch was erzählen.«

»Was denn?«

»Ich bin mit Gilliam in Kontakt geblieben«, murmelte sie.

»Was? Aber warum denn?«, knurrte er.

»Weil ich herausfinden muss, wer diese Frau ist«, sagte sie trotzig. »Und auch, weil Gilliam glaubt, dass wir an was Wichtigem dran sind. Dass ihre Recherchen, auch wenn wir die Frau selbst nicht finden, eine große Bedeutung haben könnten. Er hat einen Typen von der Umweltbehörde gebeten, sich den Standort noch mal anzuschauen. Das war an dem Tag, als Carter uns im Second Circle aufgesucht hat.« Ihre Wut verflüchtigte sich wieder, als sie seine Hand nahm. »Mir schien es, als hättest du da genug mit dir selbst zu tun gehabt.«

Cujo schwieg und neigte schließlich den Kopf, was sie als Zeichen der Zustimmung interpretierte.

»Ich will, dass so viele Menschen wie möglich ihr Foto zu Gesicht bekommen. Ich bin nicht lebensmüde und würde nie etwas Gefährliches tun, aber die Frau hat sich für etwas ... Bedeutungsvolles eingesetzt.«

Er umarmte sie und liebte es, wie sie ihn aus großen Augen ansah.

»Sie hatte ein Ziel, Cujo. Und darum beneide ich sie.«

*

Drea gähnte und rammte mit dem kleinen Auto, das Cujo ihr geliehen hatte, fast die niedrige Mauer, die ihre Einfahrt von Mr Escuderos Einfahrt trennte. *Sie brauchte wirklich etwas Schlaf.*

Sie hatte gleich nach der Nachtschicht im Hotel für José das Café geöffnet. Im Pausenraum hatte sie vor der Arbeit zwar ein Stündchen geschlafen, aber das hatte kaum etwas gegen ihre Müdigkeit ausrichten können. Auch als Harper sie während ihres Mittagessens mit dem Gesicht auf dem Tisch schlafend vorgefunden hatte, war das sicherlich nicht gerade einer ihrer besten Momente gewesen. Zum Glück war erst Dienstag und noch nicht Wochenende.

Ihre Mutter war im Haus; durchs Fenster sah sie den Fernseher flimmern. Wahrscheinlich irgendeine Serie aus den Achtzigern, so was süchtig Machendes wie *A-Team*. Das Letzte, was sie jetzt gebrauchen konnte, war ein verbaler Schlagabtausch mit ihrer Mutter. Vielleicht sollte sie ihr erst ihr Lieblingseis kaufen, um die bevorstehenden Beleidigungen etwas abzumildern.

Tante Celine öffnete breit grinsend die Tür, und Milo

stürmte an ihr vorbei auf Dreas Auto zu. Er trug wie immer ein Miami-Marlins-Trikot und strahlte wie ein Honigkuchenpferd. »Drea, Drea, Drea«, rief er und hüpfte wie ein Hund, der gerade einen Ball gesehen hatte, vor dem Autofenster auf und ab.

Drea löste ihren Sicherheitsgurt und öffnete vorsichtig die Tür, um sie Milo nicht versehentlich ins Gesicht zu schlagen.

»*Mi chico favorito*, mein Lieblingsjunge«, begrüßte sie ihn und nahm ihn in die Arme. Er tat so, als würde er sich aus der Umarmung befreien wollen, aber sein fröhliches Gekreische verriet Drea, dass ihm insgeheim die Küsse gefielen, mit denen sie seine Wangen bedeckte.

»Hey, Drea, dein Abendessen ist im Schongarer. Ich hab dir ein paar Rippchen mitgebracht.« Tante Celine hängte den Rucksack, den sie in den Händen hielt, über Milos Schultern.

»Oh, Tante Celine. Rippchen hören sich super an. Wie war sie heute drauf?«

Celine schwieg kurz, kein gutes Zeichen. »Sie hat Milo angeschrien, Drea. Weil er gesummt hat.«

»Das tut mir leid, Tante Celine.« Was sollte sie sonst dazu sagen?

»Ich weiß, dass es dir leidtut, Schätzchen, aber wenn sie so weitermacht, kann ich Milo nicht mehr mitnehmen, wenn ich ihn von der Schule abhole. Das ist schon das dritte Mal diesen Monat.«

Verdammt. Wer würde sich dann um ihre Mutter kümmern?
»Ich versteh das, Tante Celine. Ich wünschte, es wäre anders.«

»Ich auch. Wir treffen gleich Harper, für Milos Nachhilfestunde. Er ist mit ihrer Hilfe schon so viel besser geworden. Harper hat uns der Himmel geschickt.«

Harper hoffte, bald Vollzeit unterrichten zu können. Drea würde sie im Café zwar vermissen, aber sie freute sich für ihre Freundin, wenn sie wieder dem Beruf nachgehen konnte, den sie so liebte. In vielerlei Hinsicht beneidete sie Harper darum, dass sie eine derartige Leidenschaft für etwas aufbrachte. Sie wünschte sich so sehr eine Chance, etwas anderes zu tun, als Kaffee zu servieren. Wenn sie nur wüsste, was.

Sie verabschiedeten sich, und Drea näherte sich den Stufen zur Veranda. Cujo hatte ihr ein paar Nachrichten geschrieben, angefangen mit einem harmlosen Bild von einem Kopfkissen auf seinem Bett, dazu der Text »Ich wünschte, du wärst hier«, bis hin zu einer dermaßen schlüpfrigen Nachricht, so etwas Nicht-Jugendfreies hatte sie noch nie gelesen.

Wenn er nur die Hälfte von dem, was er schrieb, wirklich vorhatte, kämen sie eine Woche lang nicht aus dem Bett.

Sie setzte sich auf die Stufen und holte ihr Handy hervor. Irgendwann im Laufe der letzten Nacht, die sie miteinander verbracht hatten, hatte er sein Bild in ihrem Nummernverzeichnis geändert, und da war jetzt ein Bernhardiner zu sehen. *Cujo.* Sie lachte noch, als er abnahm.

»Brodys Sex-Emporium. Angebot der Woche: Zwei Orgasmen zum Preis von einem. Solange der Vorrat reicht.«

Drea lachte. »Warum muss ich für den ersten bezahlen?«

»Weil ein rechtschaffener Mann auch von etwas leben muss. Den zweiten gibt es sogar mit Geld-zurück-Garantie.«

»Du scheinst ganz schön von deinem Produkt und Service überzeugt zu sein, mein Lieber.«

»Ach, Schätzchen, frag doch mal dein *Produkt*, wie glücklick es mit meinem *Service* ist, und schon hast du deine Antwort.«

»Du hast sie ja nicht mehr alle.« Insgeheim freute sie sich darüber, wie er es schaffte, ihr den Tag zu versüßen.

Er lachte. »Jawohl. Und was geht bei dir, meine Schöne? Was kann ich, abgesehen von den Orgasmen, sonst noch für dich tun?«

Wenn es nur so einfach wäre. »Nichts. Ich bin gerade nach Hause gekommen. Und trau mich noch nicht rein.«

»Macht dich Rolli-Rosa schon wieder zur Schnecke?«

Sie versuchte wenig erfolgreich, ein Lachen zu unterdrücken. »Oh, mein Gott. So was darfst du doch nicht sagen.«

»Hey, du warst diejenige, die gesagt hat, dass sie mal gut, mal schlecht drauf ist.«

Es war bestimmt eine Sünde, sich über die eigene Mutter lustig zu machen, aber egal. »Muss ich mich jetzt schlecht fühlen, weil ich den Namen ziemlich witzig finde?«

»Nein, gar nicht. Setz dich wieder ins Auto und schwing deinen süßen Hintern hierher. Ich lad dich zum Abendessen ein.«

Sie atmete tief durch. Andere Frauen waren nicht so eingeschränkt wie sie. Ihre Mutter brauchte Hilfe beim Baden. *Das wird vielleicht ein Spaß.* »Ich würde wahnsinnig gern kommen, aber ich muss heute Abend hier bleiben.«

»Kein Problem, Engelchen. Ruf mich später an, wenn du noch Lust auf Reden hast oder auf Telefonsex.«

»Cujo!«, rief sie entrüstet.

»Bis später, Engelchen.« Die Leitung war tot, und sie schüttelte den Kopf.

»Drea?« Ihre Mutter kam auf die Veranda gerollt. »Kannst du das Abendessen aufwärmen?« Sie keuchte und wendete ihren Rollstuhl. »Ich bin am Verhungern. Celine hatte zum Mittagessen diese Muffins mit Zucchinifüllung dabei. Widerlich waren die.«

Mit den Augen verfolgte Drea, wie ihre Mutter zurück ins Haus rollte. Es war erstaunlich, wie viel weniger schlimm sie Rolli-Rosa nach ihrem Telefonat mit Cujo fand.

Das ist mein Leben. Sie lachte und schüttelte den Kopf.

Sexy Telefonate und Backwaren mit Gemüse.

Kapitel 12

»Seit Ihrem letzten Besuch hat sich nicht viel verändert. Ihre Frau leidet unter retrograder Amnesie, die ihr episodisches Gedächtnis in Mitleidenschaft zieht.«

»Episodisches Gedächntnis?«, fragte Cujos Vater.

Cujo hörte aufmerksam zu.

»Das episodische Gedächntnis beinhaltet die autobiographischen Informationen. Das semantische Gedächtnis, also der Teil, der allgemeine Informationen speichert, wie zum Beispiel, wer der aktuelle Präsident ist oder wo sich Afrika befindet, ist davon nicht betroffen. Die Erinnerungen kommen nicht chronologisch zurück. Vielleicht erinnert man sich an etwas von vor zehn Jahren, vielleicht an letzte Woche. Evelyn erinnert sich an ihren Mädchennamen und an manches aus ihrer Jugend. Das sind positive Zeichen.«

»Was passiert als Nächstes?«, fragte Cujo. Würde sie bei einem von ihnen einziehen? Connor wohnte zu weit weg. Devon hatte die Kinder. Er arbeitete den ganzen Tag. Würde sein Vater die Kraft dafür haben?

»Ihre Mutter wird hier blieben, bis sie mit der Reha anfängt. Die Polizei hat ja keine Papiere bei ihr gefunden, wir wissen also nicht, wohin wir sie schicken können.«

Die Polizei hatte dank ihres Mädchen- und Ehenamens nachverfolgen können, wo sie sich die vier Jahre, nachdem sie Miami verlassen hatte, aufgehalten hatte. Was die Zeit danach betraf, steckten sie in einer Sackgasse. Sie hatte ihren Abschluss an der Universität in Boston gemacht und war dann spurlos verschwunden.

»Was können wir sonst noch tun?« Sein Vater war frustriert angesichts der stockenden Entwicklung.

»Besuchen Sie sie weiterhin. Reden Sie mit ihr. Zeigen Sie ihr Fotos, erzählen Sie ihr von gemeinsamen Erlebnissen. Das ist nicht so sehr Teil der Behandlung, sondern soll dazu beitragen, dass sie sich besser aufgehoben fühlt. Aber drängen Sie sie nicht. Reden Sie nicht über negative Erfahrungen, das könnte ihr Unterbewusstsein davon abhalten, wiederkehrende Erinnerungen zuzulassen.«

Der Doktor begleitete sie hinaus.

»Dad, können wir reden?«

Alec nickte. »Na klar.«

»Ich möchte mich entschuldigen«, fing Cujo an. Sie hatten sich immer sehr nah gestanden, und auch wenn sie nicht einer Meinung waren, was das zukünftige Leben mit seiner Mutter betraf, so wollte er nicht zerstören, was sie miteinander verband. »Ich habe das Ganze nie aus deiner Perspektive betrachtet. Ich war egoistisch.«

»Mir tut es auch leid, Brody. Ich hätte dir mehr über deine Mom erzählen sollen, als du älter wurdest.« Sein Vater nahm seine Hand und sah ihn an. »Weißt du, was das Lustige daran ist? Du bist ihr so verdammt ähnlich, auch ohne dass du sie richtig kanntest.«

Cujo folgte seinem Vater ins Zimmer und war überrascht, als dieser sich hinunterbeugte und seine Mutter auf die Wange küsste, als hätte er die letzten zwanzig Jahre nichts anderes getan. Noch überraschter war er, als seine Mutter errötete.

»Hallo, Jungs«, sagte sie. Ihre Stimme klang schon viel besser. Zum Glück war das Blut in ihrem Auge wieder weg und nur noch als trüber, rosafarbener Fleck zu erahnen. Der Doktor hatte ihnen erklärt, dass die Blutung eine Folge der Strangulation war; allein bei dem Gedanken wurde ihm schlecht. Einige der Bandagen, die sie um Gesicht und Kopf gehabt hatte, waren entfernt worden und gaben den Blick auf rasierte und genähte Stellen frei. Sie zeugten davon, wie hart die Ärzte um ihr Leben gekämpft hatten. Langsam besserte sich ihr Zustand, aber einige Verletzungen setzten ihr immer noch ganz schön zu.

»Ich hab ein paar Fotos von den Jungs mitgebracht, als sie noch kleiner waren«, sagte sein Vater und langte in seine Jackentasche.

Evelyn hielt sie ehrfurchtsvoll in den Händen. »Wer von euch war Batman?« Sie hielt das Foto vergleichend neben Cujos Gesicht.

»Dad«, knurrte er, »du hast Bilder von Halloween mitgebracht?«

Meine Güte, war ihm das unangenehm. Sein Verstand mühte sich immer noch damit ab, die Frau im Krankenhaus mit der Mutter, die sie verlassen hatte, in Einklang zu bringen. Er wollte diese Frau mögen, ihr sogar helfen. Aber was, wenn sie jetzt Zeit mit ihr verbrachten, sogar anfingen, sie zu mögen, und sie sich irgendwann tatsächlich wieder erinnerte, um sie dann aufs Neue zu verlassen?

Evelyn kicherte, was mit den Drähten, die ihre Kiefer zusammehielten, eine gewisse Herausforderung darstellte. Sie fragte nach der Geschichte zu jedem Foto, das sie sich ansah. Als sie sich wieder nach Cujos Arbeit erkundigte, zog er sein Handy hervor.

»Wo ist das?«, fragte sie.

»Das ist mein Tätowierstudio, Second Circle.«

Sie zeigte auf das nächste Foto. »Ist das …? Das kommt mir bekannt vor.« Zephyr war bei ihrem Großvater auf der Couch eingeschlafen, ihr Kopf hing am Ende des Sofas herunter. Cujo hatte schnell das Foto gemacht, bevor er sie in eine angenehmere Schlafposition gelegt hatte.

»Gibt es etwas Bestimmtes, was deine Aufmerksamkeit erregt?« Er wollte ihr keine Hinweise geben.

»Nein.« Evelyn rieb sich über den Nasenrücken. »Es ist wie ein Déjà-vu. Als wäre ich schon mal da gewesen. Aber irgendwie geht's mir bei allen Fotos so. Wie erinnerte Schnappschüsse. Ich sehe Gesichter. Zwei große Traktoren. Da gibt's ein blaues und ein weißes Gebäude. Ich in diesen albernen quietschbunten Klamotten …«

Er wusste genau, wovon sie redete. Das Foto hatte jahrelang in ihrer Diele gehangen. So sah man wohl aus, wenn man Anfang der Achtzigerjahre im Rathaus von Miami heiratete. Seine Mutter zögerte beim nächsten Bild. Sie sah es sich eingehend an. Was auch immer sie da sah, es ließ sie zusammenzucken. Sie keuchte und schaute weg.

»Evelyn, was ist los?« Alec sprang von seinem Stuhl neben dem Bett auf.

Das Handy glitt ihr aus den Händen, und Cujo bekam es zu fassen, bevor es auf den Boden fiel.

»Ja. Nein. Ich habe Kopfschmerzen. Ich … Ich glaube, das wird mir zu viel.«

»Brody, wir sollten sie jetzt in Ruhe lassen. Fragst du, wenn du rausgehst, bitte nach dem Doktor?«

Cujo gab der Krankenschwester Bescheid und ging dann zum Aufzug. Neugierig sah er sich das letzte Foto an, das seine Mutter betrachtet hatte, bevor sie wieder Kopfschmerzen bekam.

Drea.

Er dachte an ihre letzte gemeinsame Nacht. Sie hatte genau seinen Erwartungen entsprochen. Drea gab sich ihm hin, war flexibel und aufgeschlossen. Und klug. Und sexy. Und noch viel mehr. Eigentlich hätte er jetzt zu Hause im Bett mit ihr sein sollen, um herauszufinden, ob dieser ersten gemeinsamen Nacht viele weitere Nächte folgen würden oder ob es sich um einen einmaligen Glücksfall gehandelt hatte.

Vor allem sollte er jetzt nicht in diesem verfluchten Krankenhaus sein.

Was veranstaltete er da gerade nur? Sie hatten Sex gehabt, er hatte ihr sein Herz ausgeschüttet. Hatte er sich nur im Affekt dazu verleiten lassen? *Nein.* Das konnte nicht sein, er wünschte sich nichts sehnlicher, als mit ihr zusammen zu sein.

Endlich kam der Aufzug.

Je mehr Zeit er mit seiner Mutter verbrachte, desto deutlicher wurde er daran erinnert, dass Liebe nicht alles war. Er sah den verzweifelten Versuch seines Vaters, die Beziehung zu seiner Mutter wieder aufleben zu lassen, und machte sich große Sorgen um ihn, falls seine Mutter sie erneut verlassen würde. Drea und er hatten das Potential für eine vergleichbar intensive Beziehung. Das war mehr als nur Flirten und Spaß haben. Zwischen ihnen hatte sich eine Wahnsinnschemie entwickelt.

Vielleicht sollte er sich erst mal wieder etwas zurücknehmen und auf Distanz gehen. Die Dinge langsamer angehen und sehen, wie es sich entwickelte. Denn sie hatte all das verdient. Eine Beziehung. Eine Familie. Das Gefühl zusammenzugehören. Er konnte ihr das aber nicht garantieren.

Fuck. Er drehte sich im Kreis.

Er stieg aus dem Aufzug und ging Richtung Parkplatz. Krankenhausflure sahen überall gleich aus. Er dachte daran, wie es gewesen war, als er ins Krankenhaus gehen musste, um sich operieren zu lassen.

Pyjamas, Taschenbücher und einen Geheimvorrat an Twinkies, für den Fall, dass das Krankenhausessen wenig erquicklich war, hatte er dabeigehabt. Trent hatte ihn begleitet, zusammen hatten sie die Krankenschwestern abgecheckt, während sein Vater die Registrierungsformulare ausgefüllt hatte.

Sein Handy vibrierte.

Ich arbeite spät im Café. Hast du Lust, zum Abendessen vorbeizukommen? Drea.

Er konnte nicht. Die Worte seiner Mutter wirbelten durch seinen Kopf, als hätte er ihn in einen Mixer gesteckt und diesen auf die höchste Stufe hochgedreht.

Drea musste warten.

*

Cujo hatte sich während ihrer Schicht nicht gemeldet. Normalerweise hätte sie sich darüber keine Gedanken gemacht, aber Cujo antwortete sonst immer schnell. Sie hoffte, dass es nichts mit seiner Mutter zu tun hatte.

Aber es war umso ärgerlicher, weil ihre Tages- und Nachtschichten erst in einer ganzen Weile wieder so zusammenfallen würden, dass sie phänomenale vierundzwanzig Stunden am Stück freihatte. Den Großteil der Zeit benötigte sie natürlich für die Dinge, die es zu erledigen galt, aber sie hoffte auf ein bisschen Zeit mit Cujo und dass sie vielleicht sogar abends zusammen ausgehen würden.

Noch wollte Drea sich keine unnötigen Gedanken machen. Vor achtundvierzig Stunden hatten sie einander versprochen, auch in schwierigen Zeiten zusammenzuhalten, und sie vertraute darauf.

Drea schob den Getränkewagen zum Personalaufzug, der wie immer so langsam war, dass sie in Erwägung zog, die Hausregeln zu brechen und den Gästeaufzug zu nehmen.

Nur mit Mühe hatte sie ihre Mutter vor ihrer Schicht im José's wecken können, und vor lauter Sorge war sie zwischen ihren Jobs nach Hause gefahren, um nach ihr zu sehen. Sie würde den Arzt fragen, ob es etwas gab, was ihre Mutter nehmen konnte, damit sie sich besser fühlte.

Das Handy vibrierte in ihrer Tasche. Sie hoffte, dass es Cujo war.

Gilliam. Enttäuschung machte sich in ihr breit. Sie öffnete die E-Mail. Der Angestellte von der Umweltbehörde hatte den Standort überprüft. Gilliam schickte ihr das Gutachten und meinte es sicherlich nett damit, aber das meiste verstand sie nicht. Allerdings hörte sich das Fazit sehr positiv an.

… Im Rahmen der Toleranzgrenze … es gibt keinen Beweis … zufriedenstellende Sicherheitsmaßnahmen …

Was hatte sie gegen ein posivites Expertengutachten für Argumente?

Sie stieg aus dem Aufzug und ging zur Penthouse-Suite 1480, wobei sie sich mit dem Getränkewagen abmühte, der immer wieder nach links ausscherte. Warum erwischte sie immer den Wagen mit dem lockeren Rad? Auf dem Tablett klapperten zwei Flaschen Scotch, eine Flasche Wodka und eine Flasche Tequila sowie sämtliche Zutaten vor sich hin. Wenn die Gäste aus der Gegend kamen, konnte sie mit einem guten Trinkgeld rechnen. Europäer gaben immer sehr dürftiges Trinkgeld.

Ein großer Mann stand vor der Doppeltür zur Penthouse-Suite. Er trug einen teuren Anzug und ein Namensschild. ELROY KING | *Sicherheitschef*. Er musterte sie von Kopf bis Fuß, so dass sie sich wie eine Laborratte vorkam.

»Zimmerservice«, sagte sie fröhlich und versuchte, ihr Unbehagen nicht zu zeigen.

King gab keine Antwort, begann jedoch damit, das Getränketablett ausgiebig nach was auch immer zu durchsuchen.

Dann klopfte er dreimal kräftig an die Tür, die geöffnet wurde.

»Endlich«, sagte ein Mann in blauem Poloshirt affektiert. »Wir haben vor Stunden bestellt.« Drea schob den Wagen über die Türschwelle aus Metall, die Flaschen klirrten aneinander und drohten herunterzufallen.

»Ich bitte um Verzeihung, Sir. In der Küche und in der Bar ist heute Abend viel los.« Ihre mit Blasen übersäten Füße zeugten davon, wie voll das Haus war.

»Stellen Sie alles bitte dort hin.« Er deutete zur Zimmerbar. Ungeschickt schob sie den Wagen, *verfluchtes Rad*, an einigen Männern vorbei, die um einen großen ovalen Tisch herumsaßen, in die Ecke des Raums.

»Die Kanadier glauben, dass die Nähe zum Standort das Problem ist. Es ist besser, wenn die Bevölkerung es nicht so direkt mitbekommt ...«

Drea schaute hoch. Der Typ im Poloshirt lief schimpfend durch den Raum. Ein muskulöser Typ mit Cowboyhut knurrte Zustimmung und zündete sich eine Zigarette an. Rauch erfüllte den Raum. »Was wissen die Scheißkanadier schon? Wir haben genauso viel Land wie sie, aber sie haben nur zehn Prozent unserer Bevölkerung. Die haben genug Platz zum Bohren ohne Menschen drumherum.«

Zum Bohren? Drea drehte sich so, dass sie besser hören konnte, und nutzte die Spiegel der Zimmerbar, um sich die Männer am Tisch genauer anzuschauen.

Der Poloshirt-Typ beendete seinen Gedankengang. »Und die halten sich so lang für was Besseres, bis sie ihr erstes großes Leck haben. Oder ein Hurricane durchbläst. Das mussten wir alle irgendwann schon mal durchmachen.«

»Pssst«, zischte der Zigarettentyp. Er drehte sich direkt zu Dreas Spiegelbild. Und sie blickte Trip Henderson III., Geschäftsführer von Cleffan Energy, in die Augen.

Nannte man es trotzdem einen Herzinfarkt, wenn das Herz einfach aufhörte zu schlagen? Denn die Wahrscheinlichkeit war groß, dass ihres nie mehr schlagen würde. Drea zwang sich, normal zu atmen, während sie den Tresen abwischte. Hatte er sie erkannt? Wusste er überhaupt, wer sie war?

Schweiß lief ihr den Rücken hinunter. Was würden sie

ihr antun? Was konnten sie tun? Sie über den Balkon werfen? Die Sicherheitskameras würden zeigen, dass sie in die Suite hineingegangen war, ohne wieder herauszukommen. Was natürlich ein toller Trost war, wenn man sie auf dem Zementboden zermalmt auffand. Elroy King kam ins Zimmer, dieses Mal mit einem anderen Herrn. Henderson stand auf, ging auf den Mann zu, schüttelte ihm die Hand und schlug ihm auf die Schulter.

»Meine Herren, hier ist der Mann, von dem ich vorhin gesprochen habe, Ashley Sullivan.«

Ashley Sullivan? Der Typ von der Umweltbehörde?

Ihre Hände zitterten. Sie reihte die Schnapsflaschen auf, stellte Gläser auf den Tresen, füllte den Eiskübel und stellte die Mixbecher in den kleinen Kühlschrank. Hin und wieder versuchte sie, einen Blick zu erhaschen und sich die Gesichter der Männer am Tisch einzuprägen.

Sie waren fertig damit, sich gegenseitig vorzustellen. Drea schob den Wagen schnell zur Tür. Noch ein paar Minuten, und sie würde in den langsamsten Aufzug der Welt steigen.

»Warten Sie.« Trip kam auf sie zu.

Drea hielt sich mit beiden Händen am Wagen fest. Gab es etwas, was sie als Waffe benutzen konnte? Zur Not den Korkenzieher.

Sie sah Henderson an. »Kann ich noch etwas für Sie tun, Sir?« Ihre Stimme zitterte.

»Ich glaube, ich bekomme noch etwas von Ihnen.« *Den USB-Stick?* Den hatte sie der Polizei gegeben.

Er griff in seine hintere Hosentasche, unter seine Jacke. *Oh Gott. Bitte keine Waffe.* Drea atmete tief durch. *Das würde er doch nicht vor all den anderen machen.* Denen es sicherlich ziemlich egal wäre, wenn sie nicht mehr unter den Lebenden weilte.

»Ich muss noch was unterschreiben, oder?« Er zog ein mit Rinderhörnern verziertes Portemonnaie aus seiner Hosentasche.

Sie reichte ihm das schwarze Mäppchen mit der Rechnung.

Er schaute sie sich genau an und unterschrieb. Dann legte er das Mäppchen zusammen mit einem Hundertdollarschein auf den Getränkewagen.

»Danke«, sagte er lächelnd und öffnete die Tür, um sie hinauszulassen.

Der Flur fühlte sich alptraumhaft lang an. Drea drückte auf den Knopf am Aufzug. Drückte noch mal.

»Um Himmels willen«, murmelte sie und drückte wie eine Wahnsinnige auf den Knopf. Sie warf einen Blick zurück und sah Henderson mit dem Security-Mann reden.

Endlich öffneten sich die Türen. Als sie sich wieder schlossen, schauten beide Männer in ihre Richtung. Drea ließ sich gegen die Spiegelwand fallen und schluchzte laut auf.

Sie zog ihr Handy aus der Tasche. Es war zwei Uhr morgens. Wenn sie Cujo eine Nachricht schrieb, würde er sie erst sehen, wenn er wach wurde.

Bitte ruf mich an.

Es gab so wenige Menschen, auf die sie zählen konnte. Sie hoffte, dass Cujo immer noch dazugehörte.

*

Cujo verteilte Schwimmwesten an die kleine Paddelboard-Anfängergruppe. Dafür dass es Anfang Oktober war, neigte sich ein perfekter Tag dem Ende zu. Der Himmel glühte in einem sensationellen Orangerot, und die überdurchschnittlich hohen Temperaturen sollten den ganzen Monat andauern.

Das plätschernde Wasser entspannte ihn. Nachdem er stundenlang hin und her überlegte hatte, was er mit seinen Gefühlen für Drea machen sollte, hatte er aufgegeben und Connor angerufen. Das Timing hätte besser nicht sein können. Einer von Connors Guides war krank geworden, und ihm hatte jemand für die letzte Tour am Abend gefehlt. Cujo hatte früher Feierabend gemacht und war zu ihm gefahren. Nicht mal Trent verstand, warum er regelmäßig die zweistündige Fahrt zu seinem Bruder auf sich nahm, aber die Stunden, die er umgeben von der Schönheit der Natur auf dem Wasser verbrachte, waren eine unvergleichliche Quelle des Glücks für seinen kreativen Geist.

Er warf einen letzten Blick auf sein Handy.

Hast du Lust, zum Abendessen vorbeizukommen?

Er hatte Dreas Nachricht schon gelesen und sie ignoriert.

Was war er doch für ein egoistisches Arschloch.

»Danke, Mann, dass du einspringst. Ich hätte sonst ein echtes Problem gehabt.« Connor kontrollierte gerade, ob die Rettungsweste an einer sonnengebräunten, attraktiven UCLA-Studentin richtig saß. »Das ist gar nicht Desirees Art, sich so kurzfristig krankzumelden. Den neuen Burgerladen, den sie ausprobiert hat, werde ich dann wohl doch meiden.«

»Kein Problem, konnte die Auszeit gut gebrauchen«, antwortete Cujo und steckte Handy und Schlüssel in einen wasserdichten Beutel.

Drea war auf ihn zugegangen, was eine Riesensache für sie war. Und er wollte ja auch für sie da sein. Er brauchte nur 'ne Mütze voll Schlaf, und dann würden sie das schon gemeinsam hinkriegen.

»Okay«, sagte Connor und klatschte in die Hände, damit ihm alle ihre Aufmerksamkeit widmeten.

»Jetzt heißt es also, die Theorie, die wir vorhin kurz durchgegangen sind, in die Praxis umzusetzen. Nehmt euch eins von diesen Boards.« Connor zeigte auf einen Ständer mit zwölf Boards. »Nehmt euch auch ein Paddel. Dann ab ins Wasser mit euch.«

Cujo watete mit seinem Board ins Wasser, kniete sich auf die Mitte und stemmte sich hoch.

»Nein, nein, nein.«

Eine Brünette im Neoprenanzug wackelte auf ihrem Board hin und her und fiel schließlich ins Wasser. Sie tauchte wieder auf und lachte. Cujo bahnte sich einen Weg zu ihr.

Sie legte das Paddel aufs Board und sah ihn an. »Ich glaub, ich hab kein Talent dafür.«

»Doch, das schaffst du schon. Ich guck mir noch mal an, wie du dich so anstellst.« Er sprang von seinem Board und hielt ihres fest, während sie draufkletterte. Connor paddelte an ihnen vorbei, um sich um einen anderen Anfänger zu kümmern, aber Cujo bekam sehr wohl mit, wie er anerkennend den Hintern der Frau begutachtete. Connor grinste ihn an.

Ihre Haltung war gut. Aber am Paddeln haperte es gewaltig.

»Du musst gerade stehen und deine Bauchmuskeln anspannen. Streck deine Arme zum Paddeln aus, nicht den ganzen Körper.« Er zeigte es ihr, während sie unsicher auf dem Board stand. Sie versuchte es noch einmal und kam diesmal langsam voran.

»Gut«, sagte Connor, »sieht so aus, als würdet ihr langsam ein Gefühl dafür bekommen. Lasst uns also mal den Fluss runterpaddeln. Ihr könnt überall stehen, es ist also nicht schlimm, wenn ihr vom Board fallt.« Die Truppe lachte und reihte sich hinter Connor auf.

»Hab ich ein Glück«, lachte die Brünette.

»Bleib einfach in meiner Nähe. Du wirst es schneller lernen, als du denkst. Ich bin Cujo, falls du Hilfe brauchst.«

»Mandy. Ich würde dir die Hand reichen, aber ich habe zu große Angst, mein Paddel zu verlieren.« Cujo lachte.

Am Ende der ersten Etappe hatte Mandy den Dreh raus. Sie war zwar noch dreimal ins Wasser gefallen, aber sie hatte beide Drehungen hinbekommen, den großen Bogen und das Rückwärtspaddeln. Sie wurde selbstbewusster, machte sich aber immer noch zu viele Gedanken. Er versuchte, sie ein wenig abzulenken, neckte sie hin und wieder und wies sie außerdem auf Sehenswürdigkeiten hin, die sich entlang des Ufers befanden.

Als sie sich auf der Zielgeraden zurück zur Station befanden, meisterte sie das Paddeln aufrecht stehend, nur am Selbstbewusstsein haperte es noch etwas.

»Du hast es geschafft«, sagte er und half ihr vom Board.

»Das war wirklich toll, danke, Cujo«, sagte sie und gesellte sich zu ihren Freunden.

Sie brauchten noch weitere vierzig Minuten, um alle zu

verabschieden, die Boards sauberzumachen und die Schwimmwesten abzuwaschen. Als alles auf den Anhänger geladen und gesichert war, schlug Connor vor, noch mal zu zweit aufs Wasser zu gehen.

»Was ist dir eigentlich über die Leber gelaufen?«, fragte Connor, während er sie zu einem ordentlichen Tempo auf dem Wasser antrieb. Cujo freute sich über die körperliche Anstrengung. Sie half ihm dabei, den Kopf wieder klar zu bekommen.

»Ist das so offensichtlich?« Connor spürte immer sofort, wenn etwas im Busch war.

»So schlimm nicht. Du wirkst nur etwas niedergeschlagen.«

»Zwischen Drea und mir ist einiges passiert. Zumindest bevor ich die letzten Tage Zeit mit Dad und Mom verbracht habe.« Er hasste es, wie ein Schwächling zu klingen, aber Connor verstand ihn besser als alle anderen. Der Himmel war fast blutrot, ein Ton, den man mit keiner Zeichenfarbe hätte wiedergeben können und der auf schmerzhafte Weise zu seiner Stimmung passte.

Connor begann, ihm davonzufahren. »Ja, die Sache mit Mom ist richtig krass. Wie geht's Dad damit?«

»Er hat auf sie gewartet. Die ganzen Jahre.« Cujo paddelte angestrengt hinterher, um aufzuholen. »Wir haben uns deswegen gestritten. Sie wird ihm wieder wehtun.«

»Aber vielleicht auch nicht. Das müssen wir schon ihr überlassen herauszufinden, ob sie sich verändert hat oder nicht. Aber was hat das Ganze mit dir und Drea zu tun?«

Es hörte sich alles so einfach an, wenn Connor das so sagte. »Ich weiß auch nicht. Ich dachte, dass ich alles ganz klar für mich habe. Wir haben unser Leben ganz gut ohne Mom hinbekommen.«

»Das heißt …?« Connor verlangsamte sein Board, bis sie eine offene Fläche am Ende des Wasserweges erreichten.

»Ich dachte, ich bin über all das hinweg. Darüber, dass sie uns verlassen hat.«

»Glaubst du, dass Drea das Gleiche mit dir machen wird?«

Cujo hatte keine Antwort darauf. Die ganze Zeit war er davon ausgegangen, dass er ein Problem damit hatte, sich auf eine Beziehung einzulassen. Dass es der Frau gegenüber unfair wäre, weil er Krebs gehabt hatte. Der wahre Grund traf ihn schwer. Er hatte eine Scheißangst davor, tief zu fallen, wenn Drea ihn verließ und ihm das Herz brach, ganz so, wie es seinem Vater ergangen war.

»Weißt du, Mom ist nicht Drea, und du bist nicht Dad. Ich will damit nicht sagen, dass ihr keine Probleme haben werdet. Ich kenne kein einziges Paar, bei dem alles immer rund läuft. Aber das werden eure eigenen Probleme sein.«

Sie standen schweigend auf ihren Boards und ließen die erlöschende Glut des Sonnenuntergangs auf sich wirken.

Er musste dringend darüber schlafen, und am Morgen würde er Drea aufsuchen. Er schuldete ihr eine Erklärung.

Und vielleicht auch ein paar Orgasmen.

*

Dreas Augen brannten, als sie versuchte, mit dem Schlüssel ihr Türschloss zu treffen. Mit nur vier Stunden Schlaf pro Nacht fühlte sie sich vorzeitig gealtert.

Es war, als würden die hundert Dollar Trinkgeld von Trip

in ihrem Portemonnaie sie verhöhnen. Sie konnte das Geld mehr als gut gebrauchen, um Lebensmittel für die Woche zu kaufen, trotzdem fühlte es sich falsch an, es zu behalten.

Vielleicht sollte sie Cujo das Geld geben, um die Schulden für das Auto abzubezahlen.

Die Vorstellung, allein ins Bett zu gehen, obwohl sie sich nichts sehnlicher wünschte, als neben Cujos warmen, nackten Körper zu gleiten, frustrierte sie etwas. Aber ihre Mutter brauchte am Morgen ihre Hilfe, und Cujo hatte nicht auf ihre Nachrichten reagiert.

Sie wollte die Haustür öffnen, bekam sie aber nicht auf. Irgendwas blockierte sie. Sie seufzte und drehte ihren Kopf einige Male hin und her, um ihre steife Nackenmuskulatur etwas zu lockern. *Bitte mach, dass nicht noch etwas kaputtgegangen ist.* Es ging immer einen Schritt vor und zwei Schritte zurück. Drea rammte ihre Schulter gegen die Tür und drückte sie gewaltsam auf. Drinnen sah sie, dass die Stange mit der Sauerstoffflasche umgefallen war und hinter der Tür auf dem Boden lag. Ihr Herz blieb fast stehen, und sie rannte ins Wohnzimmer, das gleichzeitig das Schlafzimmer ihrer Mutter war.

»Mom!«, schrie sie. Sie ließ sich vor ihrer Mutter auf die Knie fallen, darauf bedacht, sie nicht zu bewegen. Rosas Bein stand in einem seltsamen Winkel ab, und sie hatte eine Riesenbeule am Kopf, die sie sich wahrscheinlich beim Sturz zugezogen hatte.

»Drea«, krächzte sie und tastete nach der Hand ihrer Tochter.

»Ich bin hier. Wie lange liegst du schon da?« Drea zog ihr Handy aus der Tasche und klemmte es sich zwischen Ohr und Schulter, während sie die Sauerstoffflasche und die Maske herbeiholte und sie ihrer Mutter über Mund und Nase legte.

»Notrufzentrale. Wie kann ich Ihnen weiterhelfen?«

»Meine Mutter ist gestürzt. Sie hat COPD. Sie hat sich ein Bein gebrochen. Bitte kommen Sie schnell. Sie kann nicht atmen.«

Sie gab alle erforderlichen Informationen durch und legte das Telefon, ohne aufzuhängen, neben sich auf den Boden.

Drea streichelte ihrer Mutter über die Stirn. »Der Krankenwagen ist unterwegs, Mom. Ich ...«

»Nein, Drea«, keuchte ihre Mutter und riss sich die Maske vom Gesicht. »Ich ... es tut mir leid. Ich ...«

»Bitte, Mom, überanstreng dich jetzt nicht.« Sie fing an zu weinen.

Irgendetwas fühlte sich anders an. Normalerweise kämpfte ihre Mutter gegen die Atemlosigkeit an, aber jetzt schien es, als wollte sie sterben. Ihre Mutter war grau im Gesicht, sie schwitzte, und ihr Brustkorb hob und senkte sich nur unmerklich. Mit eiskalten Fingern umklammerte sie Dreas Hand.

»Ich liebe dich ... Es ... Es tut mir leid, dass ich dir ... all diese Jahre ... Vorwürfe gemacht habe«, schluchzte ihre Mutter. Durch das Schluchzen musste sie heftig husten. Drea versuchte, sie ein wenig anzuheben, ihren Kopf höher zu positionieren, aber es gelang ihr nur, den Kopf ihrer Mutter auf ihren Schoß zu legen.

»Mom, hör auf. Du schaffst das«, schluchzte Drea und wischte sich die Augen. Sie legte ihrer Mutter die Maske wieder übers Gesicht, dennoch hatte sie in den nächsten Minuten große Mühe, Luft zu bekommen.

»Ich habe ... dich verantwortlich gemacht. Dass ich hier ... feststecke. War nicht deine Schuld.« Eine einzelne Träne rollte über die Wange ihrer Mutter. Rosas Finger fühlten sich eiskalt an ihrer eigenen Wange an. Drea bedeckte sie mit ihrer Hand.

Sirengeheul erklang und kam immer näher. »Der Krankenwagen ist fast hier. Bleib bei mir. Bitte, Mom. Ich liebe dich.«

»Es tut mir leid. Liebe ist ... kostbar, Drea.« Ihre Mutter schnappte nach Luft, und schon eilten die Sanitäter ins Haus.

Drea machte ihnen Platz, kniete aber weiterhin auf dem Boden. Die Sanitäter befestigten eine Maske auf dem Gesicht ihrer Mutter und stellten Drea einige Fragen, die sie wie auf Autopilot beantwortete.

Ihr Herz pochte im fieberhaften Rhythmus, mit dem der Krankenwagen durch das Zentrum von Miami jagte, rasend, ruckartig, hin und wieder plötzlich zum Halt kommend. Sie zog sich ihre Jacke enger um die Schultern.

Schließlich wurden die Türen geöffnet, und Drea drückte ein letztes Mal die Hand ihrer Mutter. »Wir haben es geschafft, Mom.«

Ärzte hasteten zur Einfahrt der Notaufnahme. Die Rollbahre wurde in einen mit Vorhängen abgetrennten Bereich geschoben.

»Miss, Sie können da nicht rein.« Eine Krankenschwester versperrte Drea mit dem Arm den Weg.

»Bitte.«

»Ich weiß, dass Sie furchtbare Angst haben, aber am besten lassen Sie die Ärzte alles Erforderliche machen. Gleich wird jemand kommen, um mit Ihnen zu reden.«

Drea setzte sich auf die weiße Plastikbank und betete. Sie betete, als ein Arzt sie fragte, ob ihre Mutter wiederbelebende Maßnahmen wünschte oder nicht. Sie betete, als sie die Anmeldeformulare ausfüllte, wohl wissend, dass sie die Rechnungen nicht bezahlen konnte, aber bereit, alles zu geben für ein bisschen mehr Zeit mit ihrer Mutter. Sie betete, als der Notfallwagen im Eiltempo an ihr vorbeigeschoben wurde. Sie betete, während die Stunden dahinkrochen.

Sie betete, bis ein Arzt langsam auf sie zukam. »Es tut mir leid, Ms Caron. Wir haben alles in unserer Macht Stehende getan. Aber wegen der Vorerkrankung Ihrer Mutter war ihr Herz nicht kräftig genug, um sie reanimieren zu können. Sie hat es nicht geschafft.«

Dann weinte sie so laut, dass es wehtat. Sie war allein.

Es gab nur einen Menschen, der ihr jemals versprochen hatte, für sie da zu sein. Sie holte ihr Handy raus und schrieb eine Nachricht.

Ich brauch dich dringend.

Kapitel 13

Cujo ließ den Wagen an, drehte Asking Alexandria leiser, die durch die Lautsprecher röhrten, und schaltete sein Handy wieder ein. Drea war jetzt wahrscheinlich unterwegs ins José's, um das Café aufzumachen.

Bitte ruf mich an.

Ich brauch dich dringend.

Die zweite Nachricht hatte sie ihm vor zwei Stunden geschickt. Er hätte viel eher antworten sollen.

Er suchte ihren Namen im Handy, er musste sie fragen, ob sie sich heute Abend sehen konnten, auch zwischen ihren Jobs, falls sie später im Hotel arbeitete. Wann immer sie Zeit hätte, er würde sich danach richten. Er vermisste sie. So einfach war das.

Das Leben war zu kurz. Seine Mutter so im Krankenhaus zu sehen, hatte ihn wachgerüttelt. *Scheiße.*

Er umklammerte mit beiden Händen das Steuer und drückte fest zu.

Es gab keinen Grund mehr, wütend zu sein. Das Kapitel in seinem Leben war vorbei. Würde es ihm bessergehen, wenn er von seiner Mutter erfuhr, warum sie ihre Familie verlassen hatte? Morgen würde er sie im Krankenhaus besuchen und noch mal mit ihr reden. Vielleicht war es an der Zeit, all das loszulassen.

Aber erst mal musste er Drea heute Abend alles erklären. Er bekam Bauchschmerzen bei dem Gedanken, dass er ihre Beziehung aufs Spiel setzte. Worte waren nicht unbedingt seine Stärke. Dreckige Witze hatte er massenhaft auf Lager, aber wenn es ernst wurde, dann versagte sein Wortschatz.

Er musste sich heute Nachmittag eine große Tätowierung vornehmen, um seinen Kopf freizubekommen und darüber nachzudenken, was er ihr sagen wollte.

Sein Handy klingelte, bevor er ihre Nummer wählen konnte. Trents Name erschien auf dem Display. Er fuhr gerade aus Connors Einfahrt, als er dranging. »Ja, ich habe die neue Farbe bestellt. Nein, ich habe den Laden nicht abgefackelt. Und ja, trotz deiner Abwesenheit läuft alles bestens, außer dass jeder, der reinkommt, von dir tätowiert werden möchte. Wir anderen könnten genauso gut nicht da sein.«

»Ich bewundere deinen Sinn für Humor«, antwortete Trent mit einer rauen Stimme, die klang, als wäre er gerade erst wach geworden. »Wie geht's Drea?«

»Ganz gut. Warum?«

»Das ist bestimmt nicht einfach für sie. Sag ihr, dass ich an sie denke. Ich wollte sie und Harper nicht stören, ohne vorher bei dir mal nachgehört zu haben.«

Irgendein Idiot in einem Audi überholte ihn, schnitt ihn kurz vor einem großen LKW und zwang Cujo, eine Vollbremsung zu machen. Er hupte und zeigte dem Mann mit deutlichen Handzeichen seinen Unmut.

»Wobei denn stören?«

»Bist du unterwegs?«

»Es ist Freitag. Ich hab gleich die Nachmittagsschicht. Warum?«

»Warum bist du nicht bei den Mädels im Krankenhaus? Ich hätte Harp angerufen, aber ich dachte, du bist bei ihnen.«

Verdammt, die Textnachrichten. *Ich brauch dich dringend. Bitte ruf mich an.*

»Wieso im Krankenhaus?«, rief Cujo. »Ist Drea verletzt? Geht's ihr gut?«

»Mann, was ist denn mit euch beiden los? Ich dachte, ihr seid …«

»Ich habe ihre Nachrichten und Anrufe ignoriert, weil ich ein Idiot bin. Erzähl mir, was passiert ist.« Er wollte dringend auflegen, um Drea anzurufen.

»Ihre Mutter ist gestorben.«

Scheiße. Cujo gab Gas. Mit röhrendem Motor raste er Richtung Miami. Er überholte den Audi und zeigte ihm im Vorbeifahren den Stinkefinger.

»Wann? Weißt du, was passiert ist?«

»Harp hat mir 'ne Nachricht auf die Mailbox gesprochen. Mein Handy war aus. Ich bin in Seattle. Drea hat ihre Mutter auf dem Boden vorgefunden. Ich bin gerade erst aufgestanden, habe meine Nachrichten abgehört und dich als Erstes angerufen.«

»Ich bin jetzt auf dem Weg dahin. Danke für die Vorwarnung.«

»Kein Problem. Ich bin morgen wieder zurück. Pass gut auf unsere Mädels auf.«

Mist verdammt. Er hatte beschissene Pancakes gegessen, wäh-

rend sie allein im Krankenhaus gesessen hatte. Wie lang hatte sie wohl gewartet, bis sie Harper angerufen hatte? Er warf einen Blick auf sein Handy. Er würde noch mindestens eineinhalb Stunden brauchen, bis er bei ihr war. Er raste nach Hause und umfuhr den dichten Verkehr in der Stadt, indem er Seitenstraßen und Abkürzungen nahm. Hauptsache, er kam so schnell wie möglich bei ihr an.

»Komm schon«, murmelte er und drückte auf die Wahlwiederholungstaste. Sie ging nicht dran. Drückte ihn weg. Immer wieder. Sein Herz blutete für sie. Hoffentlich hatte Drea irgendwie Frieden mit ihrer Mutter schließen können, bevor diese gestorben war.

Er rief Alonza an, einen selbständigen Tätowierkünstler, dem Trent vertraute. Zum Glück hatte er Zeit. Eric hatte den Laden aufgemacht, und nur Lia und Pixie würden den Abend einfach nicht schaffen. Er hupte einen Lieferwagen an, der zwei Spuren blockierte.

Verdammt. Er hatte sie im Stich gelassen. Er hatte ihr das Versprechen gegeben, für sie da zu sein, wenn es hart auf hart kam, aber das Versprechen war schon nichts mehr wert. Weil er abgehauen war. Und sie war nicht mal der Grund. Nachdem er seine Mutter gesehen hatte, hatte er Abstand gebraucht. Jetzt fühlte er sich furchtbar, weil er damit riskiert hatte, eines der wundervollsten Dinge in seinem Leben zu zerstören.

Cujo erreichte Dreas Viertel und bog scharf links in ihre Straße ab. Tja, die nächsten Jahre würden sie wohl noch ein bisschen damit zu tun haben, seine Reifenspuren von der Straße zu kratzen. Beim Anblick von Trents Plymouth vor Dreas Haus wand er sich innerlich.

Harper und Drea waren auf jeden Fall da. Er parkte hinterm Plymouth, sprang aus seinem Truck und hastete die Stufen hinauf.

*

Beerdigungsinstitut. Check. Tante Celine. Check. José. Check. Hotel. Check.

Drea warf ihr Handy auf den Wohnzimmertisch und zog die Knie unters Kinn. Sie saß auf dem Sofa, schlang ihre Strickjacke um die Beine und starrte auf das verblichene Bild der Lieben Dame des Heiligen Herzens, das über dem Bett ihrer Mutter hing.

Ihre Mutter war tot. Zehn Jahre lang hatten sie ohne eine nennenswerte Beziehung nebeneinanderher gelebt, aber während der letzten fünf Minuten im Leben ihrer Mutter hatte Drea einen flüchtigen Eindruck bekommen von dem, was sie verloren hatte. Es tat so weh im Herzen, dass sie Angst hatte, ihre Brust könnte unter dem Druck platzen.

Harper klopfte ihr auf die Schulter und bot ihr eine dampfende Tasse Tee an. Drea nahm sie dankbar entgegen. Die süße Teemischung tat ihrem rauen Hals gut. Harper holte sich selbst auch einen Tee aus der Küche und setzte sich neben Drea aufs Sofa.

»Wie geht es dir?«

»Ich glaube, ich habe alle angerufen. José ist so süß. Er wird sich ums Catering kümmern und ruft Joanie an, um sie zu fragen, ob sie ein paar Schichten übernehmen kann. Ich denke, sie kann jetzt auch mal Frühschichten machen. Die Beerdigung ist nächsten Dienstag.«

Allerdings musste sie morgen wieder arbeiten gehen. Der

Schichtmanager im Hotel hatte toll reagiert, als sie angerufen hatte, um für heute abzusagen. Sie überlegte, den Job zu kündigen. Ihr Gehalt im Café würde für sie allein voll und ganz reichen. Vielleicht sollte sie noch diese Woche kündigen. Vielleicht sollte sie aber auch so lange weitermachen, wie sie durchhielt, um das Begräbnis, die Krankenhauskosten und die Kreditkartenschulden zu bezahlen.

»Hast du was von Cujo gehört?«

»Er hat angerufen, aber ich bin nicht drangegangen.« Ihr Herz blutete noch mehr, als Harper seinen Namen erwähnte. Vielleicht hätte sie drangehen sollen, aber sie war kurz davor, die Fassung zu verlieren. Ein einziges Wort von ihm würde reichen, und sie würde völlig zusammenbrechen, und das konnte sie sich im Augenblick nicht leisten. Sie wünschte sich nichts sehnlicher, als ihn an ihrer Seite zu haben. Aber er hatte sie in den letzten sechsunddreißig Stunden ignoriert, und sie hatte jetzt keine Kraft, sich damit auseinanderzusetzen, warum er das getan hatte.

Vielleicht war es besser so. Das hier war ihr Leben. Ein schäbiges altes Ledersofa, ein Wohnzimmertisch aus dem Secondhandladen, ein hässlicher grüner Läufer vor den nikotingelben Tapeten. Und auf diese ganze Misere blickten von allen Seiten irgendwelche Heiligen von Bildern aus dem Ein-Dollar-Laden herunter. Bei dem Gedanken, auch nur einen weiteren Tag in diesem hässlichen Haus verbringen zu müssen, drehte sich ihr der Magen um. Sie würde später einen Immobilienmakler anrufen. Es gab keinen Grund mehr, hier zu bleiben, auch wenn sie keine Ahnung hatte, wohin sie gehen sollte.

»Du solltest ihn noch nicht abschreiben«, redete Harper ihr gut zu, »ich glaube, es ist schwer nachvollziehbar, was es mit ihm macht, dass seine Mutter auf einmal wieder in sein Leben getreten ist ... Oh Gott, Drea, es tut mir leid. Ich wollte nicht ...« Harper errötete verlegen und klatschte sich mit der Hand gegen die Stirn. »Ich kann nicht glauben, dass ich das gerade gesagt habe. Ich bin wirklich zu nichts zu gebrauchen.«

Drea drückte Harpers Hand, und natürlich war sie sich der Ironie des Schicksals bewusst, dass Cujos Mutter, die ihn vor vielen Jahren verlassen hatte, zurück war, während sie selbst ihre Mutter gerade verloren hatte.

Drea stand auf, stellte ihre Tasse auf den Wohnzimmertisch und begann, hin und her zu laufen.

Harper stand auch auf, stellte ihre Tasse ebenfalls ab und umarmte Drea. »Ich weiß, Süße.«

So standen sie eine Weile in inniger Umarmung.

»Ich muss irgendetwas tun, ich bin viel zu aufgekratzt. Ich hol mal ein paar Putzsachen. Würdest du mir vielleicht helfen, hier ein bisschen sauberzumachen?«

»Drea, Süße, ich kann natürlich nicht sagen, was jetzt das Beste für dich ist, aber glaubst du nicht, dass es eine gute Idee wäre, etwas zu frühstücken und dann ein bisschen zu schlafen?«

»Ich muss mich irgendwie beschäftigen, zumindest für eine Weile.« Sie ging in die Küche und kam ein paar Minuten später mit einem Eimer voll Putzzeug zurück.

Sie arbeiteten schweigend Seite an Seite. Drea begann eine Liste mit Reparaturen, die am Haus gemacht werden mussten, bevor sie es zum Verkauf anbieten konnte. In der Küche sammelte sie sämtliche medizinschen Gerätschaften und Medikamente ihrer Mutter. Nach ein paar Stunden sah das Erdgeschoss mit Harpers Hilfe nicht mehr wie ein Krankenhauszimmer aus und roch auch nicht mehr danach.

Jemand klopfte dreimal laut an die Tür. »Engelchen?«

Oh Gott. Sie hatte überhaupt keine Lust, ihm aufzumachen. Sich jetzt mit ihm auseinanderzusetzen.

Harper sah sie an. »Soll ich ihm aufmachen, oder müssen wir uns hinterm Sofa verstecken?«

»Komm schon, Drea, ich weiß, dass du und Harper da drin seid. Selbst wenn ich wollte, ich komm hier nicht mehr weg. Harpers Parkkünste haben die halbe Straße blockiert.«

Harper warf einen finsteren Blick in Richtung Tür. »Also, jetzt geht's aber los …«

»Das war ein Witz, Harper«, schrie er. »Bitte, Engelchen.«

*

Harper öffnete ihm die Tür. »Hör mal, Cujo«, flüsterte sie, »wenn du nicht für sie da sein kannst, dann solltest du jetzt besser gehen. Wenn es sein muss, helfe ich nach.«

Trents grimmige kleine Kämpferin. Cujo zog sie an sich und küsste sie auf den Kopf.

»Danke für die Warnung, Bruce Lee.« Er hatte noch deutlich vor Augen, wie Harper sich gegen ihren Angreifer verteidigt hatte, bevor die Polizei von allen Seiten hinzukam. »Ich bin ein Idiot. Und das will ich ihr sagen.«

Harper umarmte ihn. »Ich wollte nicht wirklich, dass du gehst.«

»Ich weiß.«

Das Wohnzimmer sah schon mehr wie ein Wohnzimmer aus. Fast die gesamte medizinische Ausrüstung war verschwunden, und das Bett stand jetzt an der Wand. Es brach ihm das Herz, als er Drea auf dem Boden kniend vorfand. Sie tauchte die Arme immer wieder bis zu den Ellbogen in einen Eimer mit schaumigem Putzwasser und schrubbte den Holzboden. Er kauerte sich neben sie. Sie schrubbte weiter an der Fußleiste herum, als hinge ihr Leben davon ab.

»Hey, Engelchen.« Sie sah nicht auf, und er wusste genau, warum – er hatte sie ignoriert. Er versuchte, ihr den Lappen aus den Händen zu nehmen, aber sie riss ihn wieder an sich. »Drea, Süße. Guck mich an.«

Erleichtert nahm er zur Kenntnis, dass sie den Lappen in den Eimer fallen ließ und sich hinhockte.

»Was willst du, Cujo?« Sie hatte dunkle Ringe unter den verweinten Augen, mit denen sie ihn ansah.

»Ich wollte nach dir sehen, wollte wissen, wie du mit all dem zurechtkommst.« *Und ich möchte dich auf meinen Schoß ziehen und dich festhalten, aber ich weiß, dass du dafür noch nicht bereit bist.*

»Es geht mir gut.«

Na klar. Sie sah aus, als würde sie jeden Moment wie Glas zerbrechen.

Drea stand auf und ging durch die Haustür hinaus, die er offen gelassen hatte. Er folgte ihr und setzte sich neben sie auf die Verandastufen. Sie hatte einen Kieselstein aufgehoben, den sie von einer Hand in die andere warf.

»Warum bist du wirklich hier?«, fragte sie.

»Ich musste dich unbedingt sehen.« Er nahm ihr den Kieselstein weg und begann, damit etwas auf den Boden zwischen seinen Füßen zu zeichnen. »Es tut mir sehr leid, das mit deiner Mutter.«

Drea zog ihre Knie ans Kinn. »Du bist nicht gekommen«, flüsterte sie. »Das Ganze hat Stunden gedauert. Und du bist einfach nicht gekommen.«

Auf der Fahrt hierher hatte er über nichts anderes nachgedacht als diese Stunden, die sie allein hatte warten müssen. Die Vorstellung, seinen Vater tot zu Hause aufzufinden, war schier unerträglich. Zu wissen, dass sie allein bei ihrer sterbenden Mutter im Krankenhaus gewartet hatte, machte ihn fix und fertig.

»Ja, deine Nachrichten und Anrufe … Es tut mir leid. Ich hab mich wie ein totales Arschloch verhalten.« Er kratzte weiter mit dem Stein auf der Stufe herum.

Beide sagten für ein paar Augenblicke nichts mehr, und er war dankbar für die Zeit, um seine Gedanken zu sammeln.

»Was ist passiert, Drea? Mit deiner Mutter?«

»Sie ist gestürzt, als sie versucht hat, sich nach etwas zu strecken. Ich vermute, sie hat ihre Sauerstoffmaske abgenommen, um sich hinzustellen, das hat sie hin und wieder gemacht. Sie muss sich an einem Stuhl abgestützt haben, und der ist wohl umgekippt. Durch den Sturz und dadurch, dass sie ihre Maske nicht mehr zu fassen gekriegt hat …«

Drea fing an, leise zu schluchzen.

Er zog sie an sich und hielt sie fest, während sie die Tränen fließen ließ. »Oh, Engelchen. Wie schrecklich.«

Er streichelte ihr übers Haar, über den Rücken.

»Ich weiß nicht, wie lang sie so dagelegen hat, Cujo. Ich hätte für sie da sein sollen. Nicht auf der Arbeit.« Ihre Tränen versiegten.

»Du hattest keine Wahl, Drea. Du hast dafür gesorgt,

dass sie ein Dach über dem Kopf und etwas zu essen hatte, du hast ihre Medikamente bezahlt.«

»Aber das ist nicht das Gleiche gewesen, wie Zeit mit ihr zu verbringen und ihre Hand zu halten. Ich war dafür außerdem viel zu wütend auf sie. Du hattest recht. Mit dem, was du letztens zu Connor gesagt hast.«

»Hör auf, Drea. Du hast alles in deiner Macht Stehende getan. Du hast dir nichts vorzuwerfen. Und nach dem, was ich von deiner Mutter mitbekommen habe, war sie nicht die Umgänglichste«, beschwichtigte er sie.

»Ja, das stimmt wohl«, sagte Drea leise. »Zumindest konnte ich noch kurz mit ihr reden. Und ihr sagen, dass ich sie liebe. Ich hoffe, dass sie das weiß. Oder wusste.«

»Ich bin mir sicher, dass sie das wusste. Wenn man stirbt, möchte man ganz sicher die Menschen, die man liebt, um sich haben. Du warst alles, was sie hatte, Drea. Du weißt, dass sie dankbar war, dich hier zu haben, als es darauf ankam.«

Er löste einen Arm von ihr, um weiterzuzeichnen.

»Wo warst du?«, fragte sie ihn leise.

Er hielt die Traurigkeit in ihrer Stimme kaum aus.

»Ich war bei Connor und hab ihm mit einer Anfängergruppe geholfen. Dann sind wir noch mal zu zweit aufs Wasser. Der Sonnenuntergang war wunderschön. Ich wünschte, du hättest ihn sehen können.« Vielleicht würde er sie mal für ein Wochenende mitnehmen.

Es entstand eine Pause. Cujo wusste einfach nicht, was er sagen sollte. Schließlich entschied er, dass Drea es verdient hatte, die Wahrheit zu erfahren. Wenn sie wirklich etwas miteinander aufbauen wollten, dann war Ehrlichkeit das A und O. Sie hatte es verdient zu erfahren, was ihm durch den

Kopf gegangen war, damit sie nachvollziehen konnte, warum er jetzt erst hier mit ihr saß.

»Ich hätte auf deine Nachrichten antworten sollen, aber ich hatte Angst.«

»Wovor?«

»Du hast ja keine Vorstellung, was in den letzten sechsunddreißig Stunden passiert ist. Ich werde es dir erzählen, aber nicht jetzt. Und es ist nichts im Vergleich zu dem, was du durchgemacht hast. Aber es hat dazu geführt, dass ich mir viele Gedanken darüber gemacht habe, was das mit uns ist. Es war meine Schuld, Drea. Ich war zu sehr mit mir selbst beschäftigt.«

»Und weil meine Mutter gestorben ist, hast du deine Meinung geändert?« Sie hatte wieder Tränen in den Augen.

Er nahm ihr Gesicht in seine Hände. Sie lehnte sich an ihn und schloss die Augen. Er wischte ihr die Tränen weg.

»Nein«, antwortete er. »Mir ist klargeworden, dass ich ein absoluter Volltrottel bin, darum bin ich jetzt hier. Mir ist klargeworden, dass ich aus Gründen auf Abstand gegangen bin, die nur in meinem Kopf existieren. Ich war gerade dabei, mir zu überlegen, wie ich dir das alles erklären soll, da habe ich von deiner Mom erfahren.«

»Volltrottel, ja? Ich würde eher *Arschloch* sagen«, sagte sie mit einem tapferen Lächeln. »Du hast mir gefehlt.«

Cujo nahm ihre Hand. »Ich hab dich auch vermisst. Keine Volltrotteligkeiten mehr, hoch und heilig versprochen.«

»Du weißt, dass versprechen ein ganz schön starkes Wort ist, ja?«

»Ja, Engelchen, das weiß ich.«

Wieder kamen ihr die Tränen. Sie sah auf die Zeichnung,

die er in die Stufe geritzt hatte. Er hatte ein Herz gemalt, mit ihren beiden Namen darin: *Brody und Andrea*. Wie zu Highschool-Zeiten.

Kapitel 14

Drea legte ihr Handy auf Cujos Wohnzimmertisch. Dank José, der mit einem Bestattungsunternehmer befreundet war, fand die Beerdigung schon Dienstagnachmittag statt. Sie überprüfte die ziemlich kurze Gästeliste, und ihre Augen füllten sich mit Tränen. Sie zog ein Taschentuch aus der Box, der Taschentuchberg auf dem Tisch wuchs kontinuierlich.

Cujo hatte angeboten, bei ihr zu bleiben, aber Drea wusste von Harper, wie viel es freitags im Second Circle zu tun gab. Sie war schon froh darüber, bei ihm zu Hause bleiben zu können, da musste sie ihm nicht noch mehr zur Last fallen. Drea schleppte sich unter die Dusche und genoss die Massage des Duschstrahls, während sie sich die Haare shampoonierte.

Sie war in einen flauschigweißen Bademantel gehüllt und hatte ihr nasses Haar zu einem Dutt hochgebunden, als Cujos Schlüssel auf der Glasplatte im Eingangsbereich klirrten.

»Ich hab uns was vom Chinamann geholt. Außerdem rate ich dir, nackt zu sein.« Er kam mit einer braunen Tüte voller verlockend riechendem Essen und einer Flasche Weißwein ins Wohnzimmer.

Drea gähnte und lachte traurig. Cujo beugte sich über das Sofa, musterte sie besorgt und gab ihr einen langen

Kuss. Dann ging er in die Küche und kam mit Tellern und Besteck wieder.

Träge sah sie ihm dabei zu, wie er alles vorbereitete, und gesellte sich schließlich zu ihm.

»Harten Tag gehabt?«, fragte er und zog sie an sich. Sein fester Körper vermittelte ihr Sicherheit. Etwas, woran sie sich festhalten konnte.

»Ich habe eine Entscheidung gefällt, während du bei der Arbeit warst.« Sie löste sich von ihm und klemmte sich eine lose Strähne hinters Ohr.

Cujo öffnete die verschiedenen Behälter und die Tüten mit der ekligen billigen Sojasoße, die man immer in China-Restaurants bekam. Er hielt ein eingepacktes Stäbchenset hoch.

Drea nahm es sich.

»Was denn?« Er zog einen Stuhl für sie hervor, gab ihr noch einen Kuss und forderte sie auf, sich zu setzen.

»Ich kann L. A. nicht vergessen.« Drea trommelte mit den Fingern auf dem Glastisch. »Wir müssen mit Carter sprechen. Um herauszufinden, ob er sicher ist, dass Walters Tod vorsätzlich war.«

»Hühnchen süßsauer«, sagte Cujo und reichte ihr den Behälter. »Dann lass uns morgen zu ihm gehen.«

»Wenn es meine Aufgabe wäre, Licht in die Sache zu bringen, würde ich mich auf zwei Dinge konzentrieren: Zunächst einmal müssen wir Beweise dafür finden, dass die Zulassungsgenehmigung auf falschen Angaben beruht.« Drea schaufelte sich Hühnchen auf den Teller, und Cujo füllte ihr noch einen Berg Reis mit auf. »Zweitens würde ich versuchen zu beweisen, dass die Aktivitäten am Bohrungsstandort gefährlicher sind als das, was genehmigt wurde.« Sie nahm ein paar Bissen vom Hühnchen und seufzte zufrieden.

Cujo lächelte sie an.

»Ich dachte, du entspannst heute ein bisschen? Guckst dir Filme an und schläfst. Das alles kann warten, bis die Beerdigung deiner Mutter vorbei ist.«

»Schlaf wird völlig überbewertet. Ich habe die ganze Zeit von Mom geträumt. Und dann habe ich wegen der Beerdigung herumtelefoniert. Ich musste mich ein bisschen von all dem ablenken.«

»Das versteh ich gut, Engelchen«, sagte Cujo und nahm einen großen Bissen.

Drea hielt sich die Hand vor den Mund. Sie hatte sich zu viel in den Mund gestopft. Cujo lachte, und sie grinste wider Willen.

»Hungrig?«

Drea schluckte den Riesenbissen hinunter. »Und wie. Entschuldige. Ich hab noch einen dritten Aspekt, den es zu untersuchen gäbe. Wie beweist man, dass sie Menschen umbringen, die ihnen auf die Schliche gekommen sind? Und hat der Gouverneur wirklich seine Finger im Spiel?«

»Das sind vier.«

Drea verdrehte die Augen. »Du weißt, was ich meine. Ich habe jedes Dokument zweimal gelesen, und keines davon liefert eindeutige Beweise. Es basiert alles auf Vermutungen, aber wir haben nichts Handfestes.«

»Du erinnerst dich schon noch, dass jemand wegen dieser Geschichte eine Waffe auf uns gerichtet hat, ja?«

»Ich weiß. Aber bist du denn nicht ein kleines bisschen neugierig, wie das alles zusammenpasst?«

Cujo schüttelte den Kopf. »Bevor du die Vermutung äußerst, dass es der Betreiber des Fahrgeschäfts war, sollten wir uns zunächst einmal über mögliche Risiken unterhalten, Velma. Ich bin mir nicht sicher, ob es sich lohnt, dafür zu sterben.«

»Du zitierst *Scooby Doo*? Ernsthaft?« Drea kicherte. Es tat gut zu lachen.

Sie aßen schweigend weiter. Cujo füllte ihr Weinglas auf.

»Natürlich will ich nicht, dass uns etwas zustößt, aber ich kann nicht anders und muss allen möglichen Fährten nachgehen.« Sie war satt und legte ihre Stäbchen zur Seite.

»Ich verstehe.« Er zog seinen Stuhl näher an sie heran und küsste sie. Drea genoss den Kuss und den Schwindel, der sie dabei überkam. »Lass uns zusammen zu Carter gehen.«

Sie nahm seine Hand, führte sie unter ihren Bademantel und beobachtete, wie seine Augen dunkler wurden, als er ihre Brust berührte.

»Während wir gegessen haben, warst du die ganze Zeit nackt?« Er zog sie an den Ellbogen hoch und positionierte sie so, dass sie vor ihm stand, den Hintern an die Tischkante gelehnt. Mit einer flinken Bewegung öffnete er den Gürtel ihres Bademantels. Drea fuhr ihm mit den Fingern durchs Haar. Seine warmen Hände glitten unter ihren Bademantel und schoben ihn zur Seite, bis sie nackt vor ihm stand.

Er hielt sie am Rücken fest und lehnte seine Stirn gegen ihren Bauch. Sein Atem kitzelte sie. Sanft massierte sie mit den Fingernägeln seine Kopfhaut.

»Drea, tut mir leid. Du hast schon genug mitgemacht.« Seine Hände glitten an ihrer Taille hoch, und ihr wurde ganz anders. Er löste sich von ihr. »Und in ein paar Stunden musst du arbeiten.« Er schloss ihren Bademantel wieder.

»Bitte«, keuchte sie und ermunterte ihn weiterzumachen.

Die unglaubliche Zärtlichkeit in seinen Augen sagte mehr als Worte. Sie küsste ihn auf den Kopf und blieb regungslos stehen.

Er streifte ihr den Bademantel über die Schultern und ließ ihn zu Boden gleiten.

Drea erwartete, dass er sich leidenschaftlich über sie hermachte, aber er arbeitete sich langsam an ihr hoch. Knabberte und leckte verführerisch mal hier, mal da. Als er bei ihren Brustwarzen ankam, war sie sich sicher, dass sie explodieren würde.

Cujo hob sie in seine Arme und küsste sie. Während er sie ins Schlafzimmer trug, schmiegte sie den Kopf an seine Schulter.

Er legte sie aufs Bett, und die Decke fühlte sich angenehm kühl unter ihrem Rücken an.

Er holte sein Handy hervor und schloss es an die Lautsprecher neben der Kommode, woraufhin sofort Musik erschallte. Moment mal … was war das? Blechbläser im Bigbandstil ertönten, ein Schlagzeug hallte durch das Zimmer.

»Frank?« Sie lachte, als Sinatra anfing, *For Once in My Life* zu singen. Cujo wusste genau, was ihr gefiel.

»Oh yeah, Baby«, antwortete er und öffnete nach und nach sein Hemd, während er die Hüften im Rhythmus der Musik kreisen ließ. Als die Musik anschwoll, zog er sein Hemd aus der Jeans und öffnete es weit, damit sie seinen muskulösen Brustkorb bewundern konnte.

For once in my life, I have someone who needs me. Cujo unterbrach seinen Striptease, um ihr einen zärtlichen Kuss zu geben.

Drea konnte sich ein Lachen nicht verkneifen, als er wieder herumwirbelte. Er warf ihr einen Blick über die Schulter zu, während er sich aus seinem Hemd schälte und seine prächtigen Tätowierungen zum Vorschein kamen, die sie mal gehasst hatte. Die Hemdsärmel lagen eng an, und er bekam sie nur schlecht über seinen Bizeps. Drea konnte kaum hinsehen und wand sich, als er versuchte, sein Hemd zu entwirren, das ihn wie eine Zwangsjacke gefangen hielt.

Er zerrte am Ärmel. »Komm schon, du Miststück.« Endlich gelang es ihm, seinen Arm zu befreien. »Ha!« Er wirbelte das Hemd in weiten Kreisen über seinem Kopf, bevor er es ihr zuschleuderte. Sie fing es auf.

Mit einer flinken Bewegung zog Cujo seinen Gürtel aus der Hose und warf ihn auf den Kleiderschrank. Langsam öffnete er seinen Reißverschluss, zum Vorschein kamen schwarze Boxershorts. Cujo hüpfte auf einem Fuß herum und versuchte einen Stiefel abzustreifen. Er hatte den Körper eines Chippendale-Tänzers, das Aussehen eines Models und die Eleganz eines betrunkenen Nilpferds. Er machte sich mit seinen fast zwei Metern vollständig zum Narren, nur für sie.

»Das hatte ich mir alles viel eleganter vorgestellt«, sagte er und musste über sich selbst lachen. Nachdem er endlich seine Stiefel und Socken ausgezogen hatte, stand er breitbeinig am Fußende des Betts, die Arme in Siegerpose hochgereckt.

Drea bewegte sich langsam auf ihn zu, steckte ihre Finger

unter den Bund seiner Jeans und Boxershorts und zog beides auf einmal runter. Seine harte Erektion streckte sich ihr entgegen.

Schnell entledigte sich Cujo seiner Kleidung vollständig und drückte sie sanft zurück aufs Bett. Er packte sie an den Füßen, drückte sie zusammen und hob ihre Beine, so dass er ihre Zehen küssen konnte.

»Eigentlich bist du also ein Stripper, ja?«, seufzte sie, als er an ihrem Knöchel knabberte.

»Das habe ich alles nur für mich gemacht, Süße.«

Drea lachte. »Ach ja?«

»Oh ja«, sagte er. Er spreizte ihre Beine und ließ sich dazwischen nieder. »Jetzt schuldest du mir nämlich auch einen Striptease.«

*

»Du musst nicht mit mir zu Carter fahren.« Cujo verfolgte Dreas Hüftbewegungen. Wie sie ihre Jeans über den zweckmäßigen, dennoch irgendwie sexy Baumwollschlüpfer zog, machte ihn schon wieder ganz hart.

Weshalb er auch wieder an ihre Meinungsverschiedenheit denken musste. Nein, er *musste* nicht mitkommen, aber er würde Carter sicherlich keine zweite Gelegenheit geben, sie anzubaggern.

»Erstens ist es mir immer ein Vergnügen, dich zu begleiten.« Er wackelte dabei mit den Augenbrauen, und sie musste kichern. »Und zweitens ist es wirklich kein Problem. Ich fange erst in ein paar Stunden an zu arbeiten.« Es war Freitag, und ausnahmsweise hatten sie mal beide Spätschicht. Sie zog ein José's-T-Shirt über ihren Kopf, streifte ein paar Armreifen über die Hand und ging zum Spiegel, um Lipgloss aufzutragen.

Cujo lachte innerlich. Noch vor einem Monat war die Vorstellung, mit einer Frau zusammenzuleben, ein Unding gewesen, und jetzt war Drea hier, und er konnte sich kaum noch erinnern, wie sein Zuhause ohne sie gewesen war.

Sie toupierte ihr Haar etwas auf und drehte sich ihm mit einem umwerfenden Lächeln zu. Ein atemberaubender Anblick.

Sie parkten in der Nähe der Polizeiwache. Man hätte es altmodisch nennen können, aber er liebte es, ihr in den Truck und wieder hinaus zu helfen.

Er verstand Dreas Bedürfnis, die Frau zu finden, er hatte ein mindestens genauso großes Bedürfnis, das Arschloch zu finden, das ihnen eine Knarre an den Kopf gehalten hatte. Allerdings gefiel es ihm gar nicht, dass Drea so ein Risiko einging, um Leute zu finden, die vielleicht die Frau kannten. Natürlich war es richtig, sie finden zu wollen, aber Drea machte sich damit angreifbar, was ihm gar nicht gefiel.

In der Wache fragten sie nach Carter. Er ließ nicht lange auf sich warten und kam mit einem Ordner in der Hand auf sie zu.

»Ms Caron, Mr Matthews. Was kann ich für Sie tun?« Er gab ihnen die Hand, und tatsächlich hatte Cujo für den Bruchteil einer Sekunde Achtung vor seinem festen Händedruck. Er führte sie einen schmalen Gang entlang in ein Besprechungszimmer, wo sie sich an einen Tisch setzten.

»Ich wollte mich erkundigen, ob es schon Neuigkeiten über die vermisste Frau gibt.«

»Tut mir leid«, sagte Carter, »wir haben bis jetzt keine

neuen Spuren. Um ehrlich zu sein, glaube ich nicht, dass wir noch was finden werden. Die ersten achtundvierzig Stunden nach dem Verschwinden einer Person sind entscheidend. Wenn wir sie innerhalb dieser Zeit nicht finden oder wenigstens einen handfesten Verdacht haben, wer damit zu tun haben könnte, werden die Chancen, den Fall zu lösen, immer geringer.«

Drea ließ die Schultern hängen. Cujo nahm ihre Hand.

»Ich kann es nicht fassen, dass sie einfach so spurlos verschwunden ist. Und dass es niemanden gibt, der sich genug Sorgen um sie macht, um sie als vermisst zu melden.«

»Was ist mit dem Anwaltstypen? Haben Sie eine Ahnung, was mit ihm passiert ist?«, fragte Cujo.

»Walter Tobias war Seniorpartner bei Tobias, Jesper und Wu. Er war Rechtsanwalt für Umweltrecht und hat regelmäßig unentgeltlich Gemeinden vertreten, die von großen Firmen geschädigt wurden. Wir haben mit Mr Wu gesprochen, und er hat uns bestätigt, dass Walter Tobias in ein großes Amtsmissbrauchsverfahren gegen einen anderen Energiekonzern involviert war. Er hat auch erwähnt, dass Mr Tobias in Betracht zog, Revision im Cleffan-Verfahren einzulegen, das in den Dokumenten erwähnt wird.«

»Wurde er umgebracht?«, fragte Drea.

»Ja, man hat seine Bremsen manipuliert.« Carter verriet keine weiteren Einzelheiten.

»Wissen Sie, wer es war?«, fragte Cujo. L. A. tat ihm zwar leid, aber die Frau, die jetzt neben ihm saß, war ihm wichtiger. Er wollte vor allem eines, nämlich die Leute finden, die versuchen würden, ihr etwas anzutun.

»Noch nicht. Aber ein Nachbar hatte an dem Abend jemanden auf der Straße gesehen und konnte unserem Phantombildzeichner eine sehr gute Beschreibung liefern.« Carter zog die Zeichnung aus seiner Akte.

Cujo hielt die Luft an und erwartete, Snake zu erkennen.

Drea keuchte. »Rondo Hatton«, flüsterte sie.

»Kennst du den Kerl?«, fragte Cujo.

»Nein, aber Mike MacArthur berichtete Gilliam, dass ihn jemand verfolgen würde, der wie Rondo Hatton aussehe. Ein Schauspieler aus den 1930er- und 40er-Jahren. Er hatte eine Krankheit mit einem sehr langen Namen, der mir nicht mehr einfällt. Aber sie verformt den Kopf auf diese Weise. Große Nase, Beulen unter der Haut und eine ausgeprägte Stirn.«

»Okay. Schalten wir mal einen Gang zurück«, ordnete Carter an. »Unter uns, ich habe mit den kanadischen Kollegen in Alberta gesprochen. Die haben bestätigt, dass MacArthur von der Straße gedrängt wurde und dass es Kampfspuren gab, aber es gibt keine offiziellen Zeugen.«

»Es gab ein Telefonat zwischen MacArthur und Gilliam Gillespie. Mike beschrieb eine Person, die er im Verdacht hatte, ihn zu verfolgen. Gilliam meinte mir gegenüber, dass er die Polizei darüber informiert habe.«

Carter murmelte etwas über Leute, die ihre Arbeit nicht richtig machten.

Die richtigen Beziehungen zu haben, war manchmal schon hilfreich. Cujo hoffte, dass sie schnell alle Puzzleteile zusammenfügen würden, damit nicht noch mehr Menschen umgebracht wurden. Insbesondere nicht die kluge und sexy Frau, die zu seiner Linken saß und sich das Ganze bis jetzt allein zusammengereimt hatte.

»Konnten die anderen Unterlagen denn schon untersucht werden? Konnte die kanadische Polizei helfen herauszufinden, ob der Gouverneur hinter der Briefkastenfirma steckt, die in Cleffan investiert hat?« Drea legte die Zeichnung wieder auf den Tisch.

»Diese Untersuchung wird von einer anderen Abteilung geleitet.«

Carter ging nicht weiter darauf ein, aber seine Frustration war deutlich zu spüren.

»Ich konnte einen Blick auf Walters Laptop werfen, bevor der Fall übergeben wurde«, fügte Carter hinzu.

»An wen übergeben wurde?«

»Ans FBI. Mehr kann ich dazu nicht sagen.«

»Und?«, hakte Cujo nach.

»Er hatte einen Kalendereintrag, einen Acht-Uhr-Termin, mit L. A.«

Cujo hielt die Luft an. *Sie hatten jetzt Beweise, dass es eine Verbindung zwischen Walter und Mike gab, und zwar den Rondo-Kerl. Und L. A. stand laut Terminkalender in irgendeiner Verbindung mit Walter.*

Er nahm Dreas Hand und drückte sie fest. Je schneller dieser Fall aufgeklärt wurde, umso schneller wäre Drea wieder sicher.

Und das konnte ihm gar nicht schnell genug gehen.

*

Gab es einen schöneren Anblick als eine nackte Frau mit sexy Knackarsch in seinem Bett?

Cujo löste das Handtuch von seinen Hüften und rubbelte

seine Haare trocken. Drea hatte sich gegen vier Uhr morgens in sein Bett geschlichen, nachdem sie von ihrem Dienst im Hotel gekommen war. Er wiederum hatte sich gegen sechs Uhr rausgeschlichen, um zum Training zu fahren und zurück zu sein, bevor sie wach wurde. Normalerweise übernahm er gern die Samstagsfrühschicht, aber im Augenblick hasste er sie.

Die weißen Bettlaken hatten sich verführerisch um Dreas gebräunte Beine gewickelt. Ja, Mann, sie machte ihn sogar an, wenn sie schlief.

Er ging zum Kleiderschrank, um sich eine Jeans herauszuholen, und stieß mit dem Zeh gegen die Bettkante.

»Verdammt«, fluchte er und hielt sich den Fuß.

Die Bettlaken raschelten, es folgte ein leises Knurren. Drea streckte sich und öffnete ein Auge. »Alles in Ordnung?«

»Morgen, Engelchen«, stieß er zwischen zusammengebissenen Zähnen hervor. »Tut mir leid, dass ich dich geweckt habe.«

Er ließ sich zu ihr aufs Bett fallen und küsste sie, aber sie zog ihren Kopf zurück und hielt sich die Hand vor den Mund.

»Morgendlicher Mundgeruch«, flüsterte sie. »Sorry.«

Er fasste sie am Nacken und küsste sie. »Egal.«

Seine Finger spielten mit dem Gummizug ihrer Männershorts. Wenn sie nur wüsste, was das schon wieder mit ihm anstellte.

»Hast du gut geschlafen?«, fragte er, wie immer sehr um ihr Wohlbefinden besorgt.

»Ganz okay«, murmelte Drea.

Sie gähnte und streckte sich. Ihre Hände streiften ihre

Brustwarzen, die sich als harte Knospen unter ihrem Oberteil abzeichneten. Oh, sie reizte ihn.

»Pass auf, Engelchen. Ich habe Frühstück gemacht, und heute gibt's keinen Grünkohl-Smoothie. Dafür habe ich dir ein paar dieser *pastelitos* mitgebracht, die du so gern magst.«

»Mit Frischkäse?«

»Jawohl. Außerdem noch Guave und Ananas.«

»Mmhhh.« Sie nahm ihre Augen nicht von seinem Schwanz.

Wenn sie so weitermachte, konnte er für daraus resultierende Aktivitäten seinerseits kaum haftbar gemacht werden. Er war steinhart. Und ein verdammter Gentleman. Drea brauchte noch etwas Ruhe.

»Wie geht es dir?«

»Ich habe Hunger.« Sie grinste.

»Dann lass uns was essen.«

Er reichte ihr die Hand, um ihr aus dem Bett zu helfen, stattdessen zog sie ihn hinunter.

»Brody«, murmelte sie und führte seine Hand in ihre Shorts.

Das ließ er sich nicht zweimal sagen.

Sie war so nass und bereit für ihn. »Eine andere Art von Hunger?«

Sie nickte.

Er zog ihr Oberteil aus, und sie presste sich an ihn, als er anfing, an ihrem Nippel zu saugen.

Sie wand sich unter ihm und riss an seinen Haaren, während er mal an der einen, mal an der anderen Brust knabberte. Egal, wie oft sie zusammenkamen, es war nie genug. Alles an ihr machte ihn an. Der ganz eigene Geschmack ihrer Haut. Ihr Stöhnen, wenn er sie zärtlich in die Hüfte biss. Wenn sie ihre Beine spreizte, weil sie genauso geil darauf war wie er, gleichzeitig zu kommen. Er verlor sich mit ihr, und es war ihm scheißegal, was die anderen davon hielten.

Er rutschte weiter runter, bis er zwischen ihren Beinen kniete. Sie zeigte sich ihm in ihrer ganzen Pracht. Er spreizte ihre Schamlippen, leckte sie ganz zart und wartete sehnsüchtig darauf, dass sie seinen Namen rief.

»Du schmeckst so gut«, knurrte er.

Dann streichelte und leckte er sie gleichzeitig. Sie erschauerte, rang nach Luft und kratzte über seine Arme. Er hatte nie auch nur die geringste Ahnung gehabt, wie nah er dem Paradies kommen konnte, bis Drea in sein Leben getreten war. Bis er sie das erste Mal geschmeckt hatte. Er kreiste mit der Zunge um ihre Klitoris, drang mit dem Finger in sie ein, zog ihn wieder raus, wohl wissend, dass er sie mit jedem Stoß näher zum Höhepunkt brachte.

Verdammt. Wie sie unter seiner Zunge pulsierte. Er stieß den Finger wieder in sie hinein, und sie bäumte sich auf.

Sie zog ihn an den Haaren, und er lachte in sich hinein, als sie sich an ihm rieb. Er liebte es, wenn sie ihre Hemmungen über Bord warf und sich das nahm, was sie wollte.

»Brody«, rief sie. Er konnte sich kein schöneres Geräusch vorstellen.

Drea lag schließlich völlig erschöpft da und schnappte nach Luft. Ihr zerzaustes Haar war auf dem Kissen ausgebreitet. Cujo kroch nach oben, um sich gegen das Kopfbrett zu lehnen. Sein Schwanz pulsierte, dass es kaum auszuhalten war.

»Ich habe dieses Sich-so-sehr-nach-jemandem-sehnen-dass-es-wehtut-Ding nie verstanden«, sagte er, »aber jetzt kann ich dir sagen, Drea, dass es wehtut.«

Er wollte gerade die Schublade mit den Kondomen aufziehen, aber sie hielt ihn davon ab.

»Lass mich …« Sie beugte sich über ihn. Sie leckte über seine Eichel, ihr Atem war ganz heiß, sie ließ ihre Zunge kreisen.

Alles im Raum reduzierte sich auf einmal auf diese eine Berührung. *Warum noch mal hatte er das seit seiner Operation vermieden?*

»Verdammt, Drea.« Er verlor sich immer mehr, während sie ihn kunstfertig bearbeitete.

Sie leckte an seinem Schaft entlang hinunter bis zu seinen Hoden. Es war das Normalste von der Welt, dass er zusammenzuckte, oder?

Sie küsste seine Hoden einen nach dem anderen, leckte sie und sog an ihnen, dass ihm die Luft wegblieb.

Er konnte seine Finger nicht länger von ihr lassen und packte sie an den Haaren.

»Du bist perfekt, Brody.« Sie fixierte ihn mit ihren haselnussbraunen Augen. Dann öffnete sie ihren Mund und nahm ihn in sich auf, immer und immer wieder, feucht und weich. Dabei umschloss sie mit der Hand seinen Schaft. Dieser Anblick ließ ihn vollends die Fassung verlieren.

Sein Herz setzte aus.

Sie sog fester und holte ihm gleichzeitig mit der Hand einen runter.

»Drea … bitte …«

Je schneller sie wurde, desto fester zog er an ihren Haaren. Spürte sie, wie er pulsierte, während sie alles aus ihm heraussog?

»Du musst …« Er keuchte und drückte sie sanft weg. Sie hatte ihn mittlerweile so weit, dass er zu keinem klaren Gedanken mehr fähig war.

»Oooh, fuck!« Er kam heftig und konnte mit ansehen, wie sie alles schluckte, was er ihr zu bieten hatte.

Drea leckte ihn sauber. Er zog sie an seine Brust und genoss, wie sie sich an ihn kuschelte.

Sein Herz pochte wie wild. »Möchtest du etwas Verrücktes hören?«

»Was?« Sie küsste ihn auf die Brust, über seinem klopfenden Herzen.

»Das ist das erste Mal, dass ich … du weißt schon.«

»Wie kann es sein, dass überhaupt etwas von all dem dein erstes Mal ist?«

Cujo tastete nach der Decke und breitete sie über sie beide.

»Die OP, die Chemotherapie … das war alles ganz schön krass. Dann ging es mir allmählich besser, aber ich konnte nicht …« Er legte den freien Arm über seine Augen. »Ich bekam keinen hoch.« Er seufzte und drehte sich auf die Seite, um ihr in die Augen zu schauen.

»Ich war achtzehn Jahre alt, bekam keine Erektion und sah unten rum komisch aus.«

Sie streichelte über sein stoppeliges Kinn.

»Ich fragte mich damals, ob ich jemals wieder Sex haben könnte, und jeder Arzt wird dir sagen, dass das normal ist, aber ich machte mir trotzdem Sorgen.« Er schüttelte den Kopf.

»Das hast du dann alles nachgeholt.« Sie kicherte.

»Darum geht's ja. Als es irgendwann wieder ging, war ich so erleichtert, dass ich mir selbst beweisen musste, dass ich normal funktionierte. Ich hatte das Gefühl, ich müsste alles nachholen. Aber es hat sich nie so angefühlt wie jetzt mit dir.«

Er verschränkte seine Finger mit ihren und küsste jede einzelne ihrer Fingerspitzen.

»Ich bekam irgendwann ein Hodenimplantat eingesetzt. Aber ich wollte nie … also, dass Frauen … oh, verdammt. Das fällt mir echt schwer.« *Kann mich mal jemand erschießen?*

Drea fuhr mit den Fingern über die lange Narbe unterhalb seines Brustbeins. »Und wie hast du die erklärt?«

»Ich hab gesagt, dass ich beim Felsenklettern einen Unfall hatte.«

»Gehst du wirklich klettern?«

»Ja, das tue ich tatsächlich.« Er zog sie an seine Schulter und hielt sie fest in seinem Arm. »Ich habe noch nie jemandem von meinem Krebs erzählt. Das ist der absolute Stimmungskiller.« Eine Zeitlang saßen sie schweigend da. »Du warst übrigens toll«, sagte er schließlich.

»Du hast gerade zugegeben, dass du keine Vergleichswerte hast.«

»Die brauch ich auch nicht.«

Er wurde schon wieder hart und führte ihre Hand zwischen seine Beine, damit sie verstand, wie perfekt sie war. »Glaubst du mir jetzt?«, fragte er und drehte sie auf den Rücken. »Jetzt bist du dran, Engelchen.«

Kapitel 15

Drea nahm noch einen Teller mit *pastelitos de guayaba* von der Arbeitsplatte, steckte sich selbst einen in den Mund und erfreute sich an der Guavenfüllung, bevor sie den Teller im Wohnzimmer herumreichte. Gott sei Dank gab es José. Auch wenn sie keine Ahnung hatte, wie sie sich jemals für alles revanchieren sollte. Er hatte sich geweigert, Geld für das Catering anzunehmen, übernahm ihre Schichten im Café und hatte seinen Cousin, dem das Bestattungsinstitut gehörte, gebeten, einen schnellen Termin für die Beerdigung zu finden.

Auf jeden Fall würden ihre Fußsohlen ihr niemals verzeihen. Sie wünschte sich nichts sehnlicher, als sich ihrer schwarzen High Heels zu entledigen.

»Andrea, *pequeña*, meine Kleine.«

Drea strich mit der freien Hand ihren Rock glatt. »Hey, Mrs Hernandes. Schön, dass Sie gekommen sind.« Sie wohnte zwar nur vier Häuser weiter, aber ihre Nachbarin war nicht gut zu Fuß.

»Ihr junger Freund hat mir die Stufen hinaufgeholfen. *Qué niño tan hermoso*, ein hübscher Bengel ist das.«

Nicht wahr? Drea schaute sich nach Cujo um, der an einer

Wand lehnte und mit Trent redete, und ja, er war tatsächlich ein sehr gut aussehender Mann.

Mrs Hernandes nahm ein *pastelito* vom Teller, und Drea gab ihr eine Serviette. »Gott segne deine Mutter, *pequeña*. Möge er Zeuge ihres Kampfes gewesen sein und sie in seinem Himmelreich willkommen heißen.«

»Amen«, antwortete Drea, weil es so erwartet wurde.

»Du bist ein gutes Mädchen. *Una buena chica.*« Mrs Hernandes tätschelte ihren Arm. »Du hast deine Pflicht getan. Jetzt geh, und lebe dein Leben, meine Kleine.«

Wenn sie nur wüsste, was sie machen wollte. In Englisch war sie immer gut gewesen, aber im Gegensatz zu Harper hatte sie nie die Neigung verspürt, zu unterrichten. Sie hatte mal überlegt, ein Buch zu schreiben. *Hmmm. Vielleicht so was.* Im Café war sie fix, wenn es etwas zu rechnen gab, aber ihre mathematischen Fähigkeiten reichten nicht aus für mehr.

Die Gäste waren zahlreicher, als sie erwartet hatte. Tante Celine war mit einigen Freunden der Familie gekommen. Mr Escudero saß auf dem Sofa. Dann waren da noch neun oder zehn weitere Nachbarn, Trent und Harper, ein paar Leute, die mit Rosa zur Schule gegangen waren, und Dina, die Leiterin der Tagesstätte, wo ihre Mutter ein paar Tage pro Woche hingegangen war, bevor sie zu krank wurde.

Cujo sah sie an und bedeutete ihr mit einer Kopfbewegung, dass sie sich zu ihm gesellen sollte. Die *pastelitos*. Fünf Stück hatte er schon gegessen. Sie kniff die Augen zusammen und machte einen Schmollmund. So richtig mit vorgeschobener Unterlippe.

»Na gut«, gab sie schließlich nach und ging zu ihm.

»Siehste. Wusste ich's doch, dass du mich gut leiden

kannst.« Er schob eines der Gebäckstücke ganz in seinen Mund und schmatzte. »Mann, sind die gut.«

»Alter, wir sind auf einer Beerdigung«, bemerkte Trent, stieß ihm mit dem Ellbogen in den Magen und klaute selbst ein *pastelito* vom Teller.

»Tut mir leid, Drea«, nuschelte Cujo.

Sie ging zurück in die Küche, um neuen Kaffee aufzusetzen.

»Drea, haben Sie einen kurzen Moment Zeit für mich?« Mr Ibarra stand in einem Anzug vor ihr, der ihm zwei Nummern zu klein war, und tupfte sich den Schweißfilm entlang seines immer schütterer werdenden Haares ab. Eine Aktenmappe klemmte unter seinem Arm, und er roch nach Brot, eine Nebenwirkung des Standorts seiner Anwaltskanzlei, die sich über einer Bäckerei befand.

»Natürlich.« Drea stellte die Kaffeekanne ab.

»Zum einen möchte ich Ihnen mein allerherzlichstes Beileid aussprechen. Ihre Mutter rief mich vor einigen Jahren an und bat mich um Hilfe dabei, ihre Unterlagen in Ordnung zu bringen. Sie hat eine Sterbegeldversicherung abgeschlossen.«

»Welche Kosten werden übernommen?« Er reichte ihr ein Faltblatt aus dem Ordner, das sie sich genau ansah.

»Es handelt sich um ein einfaches Versicherungspaket, das die Kosten für den Sarg und das Krematorium oder Ähnliches abdeckt. Wie Sie sich die Kosten erstatten lassen können, steht hier drin.«

Sie hatte nichts über eine Sterbegeldversicherung in den Unterlagen ihrer Mutter gefunden, aber sie schickte ein Stoßgebet gen Himmel, um ihr dafür zu danken. Sie konnte jede Unterstützung gut gebrauchen. Auf der Beerdigung ihrer Mutter hatte es keinerlei Extras gegeben. Sie hatte zwar die Anzahlung leisten können, aber um alle Kosten zu bezahlen, würde sie José um einen großen Vorschuss bitten müssen.

»Das Erbe ist unanfechtar. Sie hat Ihnen alles hinterlassen. Ich kann Ihnen einen guten Steuerberater empfehlen, der alles mit Ihnen durchgehen kann.«

Steuerberater kosteten Geld. Sie fragte sich, ob sich die Lohnsteuerhilfe auch solcher Fälle annahm.

Er schob einen Umschlag über den Tisch. Beim Anblick ihres Namens in der Handschrift ihrer Mutter kamen ihr die Tränen. »Ihre Mutter rief mich kürzlich an und bat mich vorbeizukommen. Sie hat mir das hier gegeben, damit wir es sicher aufbewahren. Es gibt nur dieses eine Original.«

»Wie viel schuldet Ihnen meine Mutter dafür, Mr Ibarra?«

»Oh, gar nichts, Drea. Meine Frau ist mit Ihrer Mutter zur Schule gegangen. Sie waren mal sehr gute Freundinnen. Im Nachhinein wünschten wir, wir hätten mehr für Sie tun können, als Ihre Mutter noch gelebt hat. Noch mal mein herzliches Beileid, Drea.«

Mr Ibarra verschwand aus der Küche. Drea starrte auf den Umschlag, den er ihr dagelassen hatte. Sie hätte sich eigentlich um den Kaffee kümmern sollen, musste aber unbedingt wissen, was Rosa ihr geschrieben hatte.

Ohne sich weiter Gedanken um ihre Gäste zu machen, nahm sie den Brief an sich und trat hinaus. Sie riss den Umschlag auf und zog ein Blatt heraus.

Meine liebe Andrea,

es tut mir so leid. Ich hätte niemals zu einem Problem für dich werden sollen, zu einem Pflegefall, um den du dich kümmern musstest. Aber du hast alles gegeben, Kleines. Ich weiß, dass es hart war. Und ich war dir keine Hilfe, auch wenn ich hätte helfen können oder sollen. Ich bin stolz auf dich, du bist eine kluge, tüchtige und verantwortungsbewusste Frau geworden.

Verzeih mir, Andrea. Ich hätte mir so viel mehr für dich gewünscht, als ich dir geben konnte. Lebe dein Leben, und mache die Dinge, von denen ich dich abgehalten habe.

Ich liebe dich,
Mom

*

Als Cujo Drea schließlich fand, starrte sie auf ein Blatt Papier, das in ihrer Hand zitterte, und kaute an ihrem Daumennagel.

»Alles in Ordnung, Engelchen?« Er legte ihr einen Arm um die Schultern.

Sie schlang sofort ihre Arme um seine Taille.

»Was ist das? Was steht in dem Brief?«, fragte er. »Du musst ihn mir nicht zeigen, wenn du nicht willst.«

Sie ließ ihn los und reichte ihm den Brief. Er überflog ihn schnell. »Wow.«

»Ja, genau.« Drea stieß einen langen Seufzer aus und strich sich das Haar zurück. »Ihr Anwalt hat ihn mir gerade gegeben.«

»Wie geht es dir damit?«

»Warum konnte sie mir das nicht sagen, als sie noch gelebt hat? Warum konnte sie es auf ein Batt Papier schreiben und es einem fast Fremden in die Hand drücken? Warum war das einfacher, als mich abends mal mit ›Hey, Drea‹ zu begrüßen anstatt mit ›Was gibt's zu essen‹?«

Er legte ihr die Arme um die Taille und zog sie fest an sich. »Ich weiß es nicht. Wahrscheinlich sind die Dinge, die uns am meisten am Herzen liegen, auch die Dinge, die am schwierigsten auszusprechen sind. Ich hätte uns auch fast aufgegeben, weil ich so sehr mit anderen Dingen beschäftigt war. Es fühlte sich einfacher an, dich auf Abstand zu halten, als dir zu sagen, was mir durch den Kopf ging. Vielleicht hatte deine Mom das gleiche Problem.«

»Dann ist es also meine Schuld. Ist es so schwer, mit mir zu reden?«

»Nein, Drea. Es war meine Schuld. Ich musste erst einiges für mich klar bekommen, bevor ich mit dir sprechen konnte. Vielleicht hatte deine Mutter einfach keine Zeit mehr dafür.«

Drea lehnte ihren Kopf an seine Brust.

Harper kam, gefolgt von Trent, aus der Küche gestürzt. »Haben wir noch Kaffee? Oh, ich wollte nicht stören.«

Drea drückte Cujo. »Ich mach neuen.«

»Das kann ich auch machen«, sagte Harper. Sie gingen alle wieder hinein. Harper nahm den gebrauchten Filter aus der Kaffeemaschine und warf ihn in den Müll. »Ist alles in Ordnung mit dir, Süße?«

»In den letzten Wochen ist so viel passiert. Die Frau, Snake und Mom«, antwortete Drea und spülte die Kanne aus.

»Gibt es dazu eigentlich was Neues?«, fragte Trent.

»Wir waren gestern auf der Polizeiwache«, antwortete Cujo. »Sie wissen immer noch nicht, wer die Frau ist, aber sie haben ein bisschen was über die anderen Fälle herausbekommen.« Er erzählte von Mike, Walter und den anderen Entwicklungen.

»Das ist aber harter Tobak«, kommentierte Trent. »Und für dich noch eine zusätzliche Belastung, Drea.« Trent zog Drea an sich und umarmte sie. Cujo hustete unwirsch. Es war komisch zu sehen, dass sein bester Freund so in Sorge um seine Freundin war. Aber letztlich wäre er ja um Harpers Wohlergehen genauso besorgt.

»Drea, *pequeña*.« Mrs Hernandes stand auf einmal in der Tür.

»Mrs Hernandes«, sagte Drea.

Cujo beeilte sich, sie zu stützen. Sie tätschelte seine Wange. »Du bist so ein guter Junge. Ein paar von uns gehen jetzt.«

Sie begleiteten Mrs Hernandes zur Haustür. Cujo stand neben Drea, während sich einige Gäste von ihr verabschiedeten.

»Auf Wiedersehen, Liebes.« Mrs Hernandes drückte Dreas Hand. »Vielleicht wirst du jetzt aufs College gehen, wie du es immer schon wolltest.«

»Gott segne Ihre Mutter, Andrea. Lassen Sie es mich wissen, wenn Sie Juanitas Nummer am College brauchen. Es wird ihr ein Vergnügen sein, Ihnen mit den Bewerbungen zu helfen.« Mr Ibarra schüttelte Drea und Cujo die Hand.

»Raouls Frau hat übrigens gerade ihre Maklerlizenz erhalten«, sagte Dina. »Ich bin mir sicher, dass sie dir hilft, falls du überlegst zu verkaufen.«

Sie mussten dringend reden. Er hatte ja keine Ahnung, was Drea als Nächstes vorhatte, aber alle anderen nahmen offensichtlich an, dass sie weggehen wollte. Er nickte Trent zu.

»Harper und ich, wir werden jetzt auch gehen.« Trent trat auf die Haustür zu.

»Nein, Schätzchen, werden wir nicht. Ich werde Drea beim Aufräumen helfen.« Harper begann auf der Stelle damit, die roten Plastikbecher einzusammeln, die sie für die nicht-alkoholischen Getränke verteilt hatten.

»Das musst du nicht machen. Ich kümmer mich darum«, sagte Drea.

»Bist du sicher?«

Drea nickte. »Geht ruhig. Ich muss jetzt erst mal schlafen.«

Trent und Harper umarmten Drea und machten sich auf den Weg.

Im Haus war nun Ruhe eingekehrt, ein scharfer Kontrast zum restlichen Tag. Drea hatte sich seit dem Frühstück nicht ein Mal hingesetzt. Sie war so beschäftigt gewesen, dass sie vor lauter Erschöpfung gleich zusammenbrechen würde.

»Lass das alles mal liegen.« Cujo nahm sie sanft bei der Hand und zog sie zu den hölzernen Treppenstufen, die in den Garten führten. Das Unkraut stand hoch, hier und da fehlten Zaunlatten, und der Betonboden war an verschiedenen Stellen aufgerissen.

»Nur damit du es weißt«, begann er, nachdem sie sich auf die Stufen gesetzt hatten, »ich bin froh, dass mein erster Eindruck von dir falsch war.«

Drea lachte und lehnte sich an ihn. »Möchte ich wissen, was dein erster Eindruck von mir war?«

»Eher nicht. Ich will heute Abend noch mit dir vögeln. Oder jetzt. Oder irgendwann dazwischen.«

»Ich glaube, mein erster Eindruck von dir war auch falsch.« Sie wandte ihm das Gesicht zu, und er konnte nicht widerstehen und küsste sie.

»Was wirst du jetzt machen, Engelchen? Alle scheinen zu erwarten, dass du weggehst.«

Drea seufzte. »Um ehrlich zu sein, ich weiß es nicht. Ich wollte immer schon wegziehen. Ich war so jung, als ich anfing, mich um meine Mutter zu kümmern, und jetzt weiß ich gar nicht mehr, was ich ohne sie machen soll. Aber abgesehen davon habe ich auch gar kein Geld, um irgendwas zu machen.«

Er legte seinen Arm um sie. »Ich weiß, das ist alles noch neu. Du und ich. Aber ...« Er hoffte, dass er sie nicht in die Flucht schlagen würde mit dem, was er ihr sagen wollte. »Wenn du eine klare Vorstellung davon hast, was du machen möchtest, können wir dann zusammen überlegen, wo wir das zusammen machen könnten?«

»Du würdest aus Miami weggehen?« Sie klang überrascht.

»Das wäre nicht meine erste Wahl, aber wenn ich mich entscheiden müsste, ob ich ohne dich in Miami bleibe oder lieber mit dir gehe, würde ich mich für dich entscheiden.« Er war nur ehrlich. Die Vorstellung, seine Brüder, Trent und den Laden zu verlassen, war bedrückend, aber das war nichts im Vergleich zu dem brennenden Schmerz, wenn er daran dachte, dass Drea ohne ihn aus Miami weggehen könnte.

»Wirst du mir etwa weich, Brody?«

Er zuckte bewusst lässig mit den Schultern. »Nein, ich glaube eher, dass ich hart werde.«

»Du magst mich wirklich, stimmt's?« Ja, und vielleicht sollte er sogar das brisantere L-Wort benutzen.

»Ja, Engelchen, das tue ich.«

Kapitel 16

Als der Wecker klingelte, ging Drea automatisch all die Dinge durch, die sie an ihrem freien Tag erledigen wollte. Sie hatten sich zu einem Berg angesammelt, höher als der ständige Geschirrberg im José's. Zuerst würde sie die Betten abziehen, angefangen mit dem Bett ihrer Mutter, weil ...

Die Trauer überrrollte sie wie eine Welle. Die Beerdigung gestern. Sie erschrak heftig, als ihr einfiel, dass ihre Mutter nicht mehr da war. Sie war nicht in dem behelfsmäßigen Schlafzimmer im Erdgeschoss und jammerte über den Krach des veralteten Sauerstofftanks. Sie war nicht in der Küche und beklagte sich darüber, dass sie kaum noch Saft hatten. Sie saß nicht vor dem Fernseher und erklärte, warum sie unbedingt noch die siebenundvierzig anderen Kabelprogramme brauchte. Es würde heute kein Rumgemecker geben. Nur die einsame Stille des leeren Hauses. Drea war allein.

Sie kroch wieder unter die Bettdecke, wo sie sich in Embryonalstellung zusammenrollte. Ohne die Dringlichkeit, sich um ihre Mutter kümmern zu müssen, hatte sie keinen wirklichen Grund, aufzustehen. Der Gedanke machte ihr Angst. Sie konnte einfach ausschlafen. Die Vorstellung, den ganzen Tag im Pyjama zu bleiben, war igendwie maßlos. Sie konnte sich heute den ganzen Tag in ihrem Bett verkriechen, aber diese Möglichkeit erschien ihr auf deprimierende Weise trostlos.

Die Betten konnten warten. Im Kühlschrank gab es genug Essen für die nächsten Tage. Und Staub wischen musste sie auch nicht; sie hatte immer den Verdacht gehabt, dass Staub den Zustand ihrer Mutter verschlimmerte. Sie hatte so viele Jahre auf den Luxus gewartet, einen ganzen Tag für sich zu haben, den sie selbst gestalten konnte. Jetzt, wo sie diesen Luxus hatte, wusste Drea nichts damit anzufangen.

Sie setzte sich auf und entschied, erst mal zu frühstücken. Sie ging nach unten und vermisste das leise Zischen des Sauerstofftanks. Das tragbare Bett im Wohnzimmer hatte sie gegen die Wand geschoben. Tränen brannten in Dreas Augen. Sie wischte sie weg.

Die Küche sah makellos aus. Sie steckte zwei Scheiben Brot in den Toaster und machte sich Kaffee. Sie musste Entscheidungen fällen, was das Haus betraf. Sie hoffte inständig, dass das Haus mehr wert war als die Hypothek, die sie aufgenommen hatten. Vielleicht sollte sie die Maklerin heute mal anrufen. Oder mit dem Großputz weitermachen, den sie an dem Tag begonnen hatte, als ihre Mutter gestorben war. Irgendwann musste sie auch die Sachen ihrer Mutter weggeben, aber das fühlte sich noch zu endgültig an.

Die Toastscheiben sprangen aus dem Toaster, und Drea nahm sie heraus. Kurz darauf saß sie auf einem der klapprigen Küchenhocker. Sie starrte das halbvolle Glas Erdnussbutter an, das an derselben Stelle wie immer auf dem Tresen stand.

Was hatte sie früher gern getan? Das letzte Mal, als sie

richtig Freizeit gehabt hatte, da war sie fünfzehn gewesen. Die Zeit von Eminems *Lose Yourself*, Justin Timberlakes *Cry Me A River* und dem Ende *von Buffy – Die Vampirjägerin*, worüber Drea außer sich gewesen war.

Die Erkenntnis traf sie hart – sie hatte keine Ahnung, was sie mochte. Als ihre Mutter erkrankt war, hatte es weniger wehgetan, einfach nicht mehr darüber nachzudenken, was ihre Freundinnen gerade machten. Und irgendwann war die Grenze verschwommen, wo ihre Mutter anfing und wo Drea aufhörte.

Drea hatte fertig gefrühstückt, spülte das Geschirr und ging wieder hinauf. Sie duschte und zog sich an, ihre Laune blieb unverändert. Es war zehn vor neun. Sie ging wieder nach unten.

Sie schenkte sich eine zweite Tasse Kaffee ein, dann versuchte sie, die vielen Ideen in ihrem Kopf zu sortieren. Sie konnte sich zu nichts entschließen und hatte keine Ahnung, womit sie anfangen sollte. Also setzte sie sich auf das Wohnzimmersofa und machte den Fernseher an. Ein übersprudelnder TV-Moderator schwafelte etwas von der letzten HBO-Show, die zweifelsohne das nächste große Ding werden würde, aber sie hatte noch nie davon gehört.

Ihr Handy klingelte, und sie ging dran. »Hallo?«

»Hi, mein Name ist Don Hexley. Ich würde gern mit Andrea Caron sprechen.« Seinem ausgeprägten Akzent nach zu urteilen, kam er aus Boston.

»Am Apparat. Was kann ich für Sie tun?«

»Andrea, ich habe das Foto gesehen, das Sie herumgeschickt haben. Die Frau ist eine Kollegin von mir. Lynn Alexander.«

Das Handy glitt ihr aus der Hand, sie fing es aber schnell auf und hielt es sich wieder ans Ohr. »Sie kennen sie also?« *Lynn Alexander. Endlich zahlte sich ihre Mühe aus.* Erleichterung machte sich in ihr breit.

»Ja. Jemand aus Alberta hat das Foto an mich weitergeleitet. Ein Gilliam Gillespie? Können Sie mir sagen, was Sie wissen?«

Das wollte sie nur zu gern. Aber zunächst musste sie mehr über ihn in Erfahrung bringen. »Könnten Sie mir erst ein bisschen was über Lynn erzählen?«

»Lynn arbeitet seit einigen Jahren für mich. Sie ist so was wie eine Enthüllungsjournalistin. Was sie tut, ist streng vertraulich. Warum suchen Sie denn nach ihr, und woher stammt das Foto?«

Drea wägte alle Risiken ab. Hexley gab nicht besonders viel preis, aber sie konnte ihm das erzählen, was in dem Fernsehaufruf erwähnt worden war, das war schließlich allgemein bekannt.

»Leider glaubt die Polizei, dass sie verfolgt und aus einem Café in Miami entführt wurde. Ich wollte nur herausfinden, wer sie ist.«

Don atmete hörbar tief ein. »Meine Güte, wissen Sie, was mit ihr passiert ist?«

Wenn das nicht die Eine-Million-Dollar-Frage war. »Nein, das weiß ich nicht. Ein gewisser Detective Carter leitet die Untersuchungen hinsichtlich ihres Verschwindens. Ich gebe Ihnen gern die Nummer.« Drea scrollte durch ihr Handy und las Don die Nummer vor.

»Das weiß ich sehr zu schätzen«, bedankte sich Don. »Und Sie sagten Miami, ja?«

»Genau.«

»Danke, dass Sie uns helfen, Lynn zu finden. Und jetzt muss ich Sie noch um einen anderen kleinen Gefallen bitten, Andrea.« Er hatte einen fast väterlichen Ton angenommen.

»Ja, bitte, was denn?«, fragte sie.

»Bitte halten Sie sich ab jetzt von der Sache fern. Warum auch immer Lynn in Miami war, nun da die Suche nach ihr publik gemacht wurde, könnte das ihre Entführer dazu verleiten, ihr etwas anzutun. Lynn arbeitet an hochbrisantem Material, und nicht nur Lynn ist in Gefahr. Ich bitte Sie, zu Ihrer eigenen Sicherheit, unternehmen Sie nichts weiter und lassen Sie mich und Detective Carter machen.«

Dann war die Leitung tot. Drea überprüfte die Anrufliste auf ihrem Telefon, wo die Nummer zumindest erschien und nicht als »unterdrückt« angezeigt wurde, wie sie es erwartet hatte.

Endlich wussten sie, wer die Frau war. Sie hatte einen Namen, eine Geschichte und eine Arbeit. All diese Dinge konnten Carter helfen, sie zu finden. Vielleicht war es an der Zeit, die Sache den anderen zu überlassen. Sie hatte schließlich nur wissen wollen, wer Lynn war, und jetzt wusste sie es.

Drea ließ sich auf das Sofa fallen. Sie fühlte sich auf merkwüdige Weise gefangen zwischen Langeweile und Lähmung und schloss die Augen. Sie bekam Kopfschmerzen. Vielleicht stand jetzt einfach mal ein Nickerchen an, um etwas Schlaf nachzuholen, den sie in letzter Zeit nur zwischen ihren Jobs hatte ergattern können. Es fühlte sich zunächst irgendwie übertrieben an, aber schließlich entspannte sich Drea und schloss die Augen.

In ihrem Traum hörte sie ein heftiges Pochen. Donnerndes Klopfen wurde davon begleitet, dass jemand ihren Namen rief.

»Komm schon, Engelchen, ich bin nass bis auf die Knochen.«

Drea keuchte und fuhr hoch. Die Sonne war einem wolkenverhangenen Dämmerlicht gewichen. Regen prasselte gegen die Fenster.

Klopf. Klopf. Klopf.

Das laute Klopfen ging weiter. *Die Tür.*

Drea sprang auf und beeilte sich, sie zu öffnen. Ein triefend nasser Cujo stand auf den Stufen. So nass war er, dass sein weißes T-Shirt auf wunderbare Weise an seinen Bauchmuskeln klebte und an manchen Stellen durchsichtig geworden war.

»Na, herzlichen Dank auch, Engelchen. Ich dachte schon, der Regen spült mich die Straße runter, in einen Gully, wo dann einer dieser gruseligen Stephen-King-Clowns auf mich wartet.«

Sie war so erleichtert, ihn zu sehen, dass sie ihm direkt in die Arme sprang, die Beine um seine Hüften und die Arme um seinen Nacken schlang. Er hielt sie am Hintern fest und ging mit ihr ins Haus.

»Ich hab dich auch vermisst, Engelchen.«

*

»Ich habe ganz bestimmt nichts dagegen, wenn mir so ein scharfes Mädchen in die Arme springt, aber was ist denn los?«

Er schloss die Tür und ließ den grauen Regenvorhang draußen.

Drea war ganz blass. Cujo trug sie zum Sofa und setzte sich, sie auf seinem Schoß, ihre Knie zu beiden Seiten seiner Oberschenkel. Sie lächelte ihn an, aber in ihren Augen war ein Meer aus Traurigkeit.

»Nichts, ich bin nur froh, dass du da bist.« Drea küsste ihn. Auch dagegen hatte er nichts. Wie ihre vollen Lippen seine berührten und ihre Zunge in seinen Mund fuhr, machte ihn völlig wahnsinnig. Er hatte das Second Circle aufgemacht, und es war ein langer, anstrengender Tag gewesen, aber als er sich zwischen Fitnessstudio und Drea entscheiden musste, fiel die Wahl auf ein Kardiotraining der wesentlich angenehmeren Variante. Bis er den verlorenen Blick in ihren Augen sah und die Verzweiflung in ihren Handlungen spürte.

Sie fuhr ihm mit den Händen durchs Haar, aber er hielt sie in seinen fest.

»Auch wenn ich deine Küsse sehr verführerisch finde, ich lass mich nicht für dumm verkaufen.«

Drea seufzte und wollte von seinem Schoß aufstehen, aber er hielt sie sanft an den Handgelenken zurück.

»Es geht mir gut. Im Ernst. Es war nur ein komischer Tag. Und ich bin gerade erst wach geworden.«

Cujo kräuselte die Lippen. »Das nehm ich dir nicht ab, Kleines. Rede mit mir.«

»Och Mann«, schnaubte sie, »was willst du von mir hören? Willst du hören, warum heute ein Scheißtag war?« Sie sah ihm in die Augen. »Dass es sich merkwürdig anfühlte, allein zu sein?«

»Das ist genau das, was ich hören will.« Er führte ihre

Hand an seine Lippen und küsste ihre Finger. »Warum war es merkwürdig?«

Drea rückte ein Stück von ihm ab und entzog ihm mit einem Schnauben ihre Hände. So sehr er sie wieder an sich ziehen wollte, er überließ sie ihrem inneren Kampf, Hilfe anzunehmen.

»Ich wusste nichts mit mir anzufangen«, murmelte sie, ohne hochzuschauen.

»Wie meinst du das?«

»Meine Tage waren immer voll von Sachen, die ich für Mom oder im Haushalt erledigen musste. Rezepte holen, Arzttermine, Putzen, Wäsche machen. Den ganzen Tag im José's arbeiten und die Nächte im Hotel, da gab es keine Zeit zum Rumtrödeln; wenn ich freihatte, war das die einzige Zeit, in der ich Dinge erledigen konnte.«

»Und jetzt, wo du das nicht mehr hast, hast du dich etwas verloren gefühlt?« Es war für ihn nur schwer nachvollziehbar, wie sich das anfühlen musste.

Er hatte immer Connor, Devon und seinen Vater gehabt, die ihm Rückhalt gaben. Als er und Trent das Second Circle eröffnet hatten, brachte Devon ihm das Mittagessen. Als er krank war, hatte seine Familie einen Stundenplan erarbeitet, wer ihn zur Chemo brachte. Nach der Trennung seiner Eltern luden Trents Eltern ihn an den Wochenenden ein. Er hatte nie allein dagestanden.

»Ich wusste einfach nichts mit mir anzufangen. Harper liebt Kickboxen. Trent bastelt gern an Autos herum. Und du gehst gern paddelboarden. So etwas hab ich nicht. Mir ist bewusst geworden, dass ich nicht mal mehr weiß, was mir Spaß macht.«

Für das Problem gab es eine einfache Lösung. »Dann mach eine Liste mit Dingen, die du ausprobieren möchtest, und speeddate sie.«

Drea lachte, und genau das hatte er beabsichtigt.

»Jeden Tag, an dem du freihast, probierst du etwas Neues von der Liste aus und nimmst dir die Zeit, um herauszufinden, ob es dir gefällt. Wenn nicht, machst du es nicht noch mal. Wenn doch, behältst du es auf der Liste, bis du alles durch hast. Es gibt oft Gratis-Schnupperkurse.«

»Gratis ist zurzeit mein Lieblingswort«, sagte Drea. Ihre Wangen bekamen allmählich wieder etwas Farbe, und als sie diesmal lächelte, lächelten auch ihre Augen.

»Ich vermute, du hattest auch nicht viel Zeit für Freunde, stimmt's?«

»Nicht wirklich. Ich meine, ich sehe Harper regelmäßig. Und ich verbringe Zeit mit Tante Celine und Milo. Und du bist da.« Sie sah durch lange dunkle Augenwimpern zu ihm hoch.

Ja, sie hatte ihn. Das war eine Tatsache. Und auch wenn es uncool war, die wenige Zeit teilen zu müssen, die ihr momentan blieb, sie brauchte trotzdem Freundinnen.

»Warum lädst du nicht einfach eine Freundin ein, beim Speeddaten mitzumachen? So schlägst du zwei Fliegen mit einer Klappe.«

Drea rümpfte die Nase. Das hatte er noch nie zuvor bei ihr gesehen. Es war hinreißend.

»Ich weiß nicht, Brody, das ist irgenwie …«

Cujo änderte spontan seine Abendplanung. »Nein. Ist es nicht. Such dir was aus.«

»Wie meinst du das?« Drea nahm seine Hände, und sie verschränkten die Finger ineinander.

»Such was aus. Für dich und mich. Was möchtest du gern ausprobieren?« *Bitte, bitte lass es nicht so was Dämliches wie Zumba oder Hula-Hoop sein.*

»Was hältst du von Klettern?«, fragte sie, ohne zu überlegen.

Er hatte mit allem gerechnet, aber nicht damit. Er hätte sein Geld für Hot Yoga verwettet. Er ging leidenschaftlich gern klettern und hoffte, dass es ihr auch gefallen würde.

»Du hast gesagt, du gehst klettern, stimmt's?« Drea glitt von seinem Schoß und setzte sich neben ihn aufs Sofa.

»Ja, das stimmt.« Der Gedanke, ihren Hintern in Lycra-Shorts und Sicherheitsgurt zu sehen, löste sofort ein Kribbeln in seiner Jeans aus. »Warte mal.«

Cujo zog sein Handy hervor und wählte die Nummer seiner Lieblingskletterhalle, wo er einen zweistündigen Kurs für sie buchte. Dann legte er das Handy auf den Tisch.

»Okay. In neunzig Minuten geht's los. Zwanzig Minuten fahren wir hin, und wir müssen uns beide noch umziehen, aber ein glücklicher Zufall will es, dass ich meine Sportsachen im Truck habe, wodurch wir zehn Minuten sparen.« Cujo fuhr mit den Fingern den Bund ihrer Jeans entlang und ließ eine Fingerspitze unter dem Stoff verschwinden.

Drea schnappte nach Luft und wand sich. Es machte ihn wahnsinnig an, wie sie auf ihn reagierte.

»Irgendeine Idee, wie wir die restlichen sechzig Minuten rumkriegen?«

*

»Du musst das nicht machen, weißt du? Ich war auch, bevor wir was miteinander hatten, immer in der Lage, zur Arbeit zu kommen.« Drea streichelte über sein Bein und spürte seine Oberschenkelmuskulatur unter den Fingern. Sie fragte sich, ob er genau so einen Muskelkater hatte wie sie. Sie waren vor zwei Tagen kettern gewesen, und Drea hatte immer noch Mühe, in den Truck zu steigen. Cujo hatte darauf bestanden, sie ins Hotel zu fahren, aber unterwegs mussten sie einen kurzen Zwischenstopp im Krankenhaus machen.

Sie hatten sich gut eingependelt. Sie verbrachte Zeit mit Cujo, hatte ihre zwei Jobs, las immer wieder neue Dokumente und Berichte, die Gilliam ihr nach und nach schickte, und damit war sie gut ausgefüllt. Sie war froh darüber, so beschäftigt zu sein, dann konnte sie nicht so oft herumsitzen und grübeln.

»Wir haben was miteinander? So nennen wir das, ja?« Er grinste sie an.

»Du weißt genau, was ich meine.« Sie gab ihm einen Klaps auf den Oberschenkel.

Cujo ergriff ihre Hand und legte sie zurück auf sein Bein. »Ja, das weiß ich«, sagte er lachend. »Es macht mir nichts aus, dich zur Arbeit zu bringen. Ich will nur vorher kurz bei Mom vorbeischauen.«

Insgeheim bewunderte Drea, wie er sich seiner Mutter gegenüber geöffnet hatte. Als er zum ersten Mal von ihr gesprochen hatte, als sie von Mo nach Hause gefahren waren, war sie bestürzt gewesen, wie verbittert er sich angehört hatte. Jetzt waren sie wieder vereint, und auch wenn Drea davon überzeugt war, dass er es niemals zugeben würde, er war etwas weicher geworden. Ein Haarriss in seinem dicken Panzer. Vielleicht wünschte sie sich so sehr für ihn, dass er sich mit seiner Mutter versöhnte, weil sie selbst ihre Mutter gerade verloren hatte.

Die Tasche voller Zeitschriften und Bücher, die zwischen ihren Füßen lag, hatte zwar Connor besorgt, aber Cujo hatte sich bereit erklärt, sie ihrer Mutter vorbeizubringen.

Kurze Zeit später eilten sie die Krankenhausflure entlang. Vor der Zimmertür hielt Cujo inne. »Vielleicht ist das keine besonders gute Idee, aber komm doch mit rein.«

»Ich weiß nicht, Cujo. Deine Mutter hat doch genug mitgemacht. Sie braucht jetzt vor allem ihre Familie.« Drea versuchte sich in seine Mutter hineinzuversetzen.

Cujo nahm ihre Hand. »Ich weiß, was du meinst, aber sie kennt uns ja nicht mal. Es ist also nicht so, als würde sie sich in unserer Anwesenheit besonders gut aufgehoben fühlen. Sie hatte jetzt die ganze Zeit Männer um sich. Vielleicht freut sie sich auch mal über weiblichen Besuch. Damit sie mal über Mädchenkram reden kann, also das, was ihr so redet.«

Drea lachte. »Mädchenkram?«

»Ist das ein Ja, meine süße Drea?«

»Du bist ein Idiot«, antwortete sie, immer noch lachend.

Cujo küsste sie auf die Handfläche, was ein angenehmes Kribbeln in ihrem Bauch zur Folge hatte, dann gingen sie gemeinsam hinein.

»Hey, Evelyn.« Er trat als Erster ein. »Connor hat mir ein paar Sachen für dich mitgegeben.«

Drea strich schnell ihre Haare glatt und folgte ihm in das sterile, weiße Zimmer. »Evelyn, ich möchte dir meine Freundin Drea vorstellen.«

Von diesem Moment an würde sie für den Rest ihres Lebens jedem heftigst widersprechen, der behauptete, dass ein Herz nicht wieder anfangen könnte zu schlagen, nachdem es damit aufgehört hätte.

»Drea, das ist meine Mom, Evelyn.«

Evelyn. *Lynn*. Sie erkannte die blonden Haare, auch wenn ein Teil noch bandagiert war.

Um Drea herum bewegte sich auf einmal alles langsamer. Sie konnte zwar nicht hören, was Evelyn sagte, weil ihr das Blut zu laut in den Ohren rauschte, aber Evelyns Mund bewegte sich. Vielleicht sagte sie *Hallo, Drea*. Oder *Schön, dich kennenzulernen*. Nettigkeiten, die man austauschte und die Drea nicht hörte, weil sie zu sehr mit der Tatsache beschäftigt war, dass Cujos Mutter Lynn war.

»Ist alles in Ordnung mit dir?« Cujo sah sie besorgt an und beugte sich über sie, um ihr in die Augen zu schauen. »Du bist ganz schön blass geworden, Engelchen.«

»Hol ihr einen Stuhl, Brody, sie muss den Kopf zwischen die Knie legen«, wies Evelyn ihn vom Bett aus an.

Eine Sekunde später spürte Drea das harte Plastik in ihren Kniekehlen, und Cujo drückte sie auf den Stuhl, damit sie sich setzte.

Drea steckte den Kopf zwischen die Knie und versuchte, einen klaren Gedanken zu fassen. Wie um alles in der Welt sollte sie Cujo erklären, wer Evelyn war? Und wie sollten sie Evelyn das erklären? Ihre Kenntnisse über Amnesie beschränkten sich ausschließlich auf den Film *Für immer Liebe*, dennoch war auch ihr bewusst, dass es möglicherweise nicht die beste Strategie war, mit den Worten *Ich weiß, wer du bist* herauszuplatzen.

Das war der Moment, von dem sie geträumt hatte. Lynn

lebte. Sie wusste, wer sie war. Aber sie hatte erwartet, dass ihr dann eine Last von den Schultern fiele, und nicht, dass sie sich fühlen würde, als wäre sie gerade von Cujos Truck überfahren worden.

»Soll ich eine Schwester rufen, Brody?« Evelyns Stimme drang durch das Rauschen in ihren Ohren. Mehr Menschen konnte sie hier drin auf gar keinen Fall gebrauchen. Sie wollte vor allem eins, und zwar Cujo hier rausholen.

»Es geht mir gut, Evelyn.« Sie presste diese Worte so kurzatmig hervor, als wäre sie gerade einen Marathon gelaufen. »Ich glaube, ich brauch nur etwas frische Luft.«

Cujo kauerte neben ihr, und sie merkte erst jetzt, dass er ihr langsam über den Rücken streichelte.

»Komm schon, Engelchen, lass mich dir helfen.«

Er nahm sie am Ellbogen und half ihr auf. Mit weichen Knien richtete sie sich auf. Drea sah Evelyn noch einen Moment an. »Es tut mir leid, Evelyn, aber wir kommen wieder, versprochen.«

»Ich hoffe, es geht Ihnen schnell besser.«

Drea hielt sich an Cujos Arm fest, als er sie hinausbegleitete. »Ich hab dich. Lass uns rausgehen.«

Er führte sie zu den Doppeltüren, durch die sie hereingekommen waren, aber auf einmal zupfte sie an seinem Shirt. »Cujo, warte.«

»Alles okay?«, fragte er sie. Sie gingen zusammen zu einer Reihe von vier Stühlen, die an der Fensterseite des Flurs standen. Drea zitterte.

»Setz dich, Cujo«, sagte sie ruhig, und er gehorchte sofort.

»Kannst du mir erklären, was los ist?«

Drea ergriff seine Hände. Sie fühlten sich warm und tröstlich an, im Gegensatz zu ihren eisigen Fingern.

»Evelyn ist Lynn. Sie ist die Frau, die im Café war.«

Der Druck von Cujos Händen wurde stärker. »Nein, das kann nicht sein.«

»Ich bin mir sicher, Brody. Ich habe mit ihr gesprochen. Ich trage das Foto, das die Polizei aus dem Video der Überwachungskamera herausgeschnitten hat, immer bei mir. Du musst es dir angucken.«

Es hatte vorher nie einen Grund gegeben, ihm das Foto zu zeigen. Drea suchte es auf ihrem Handy und reichte es ihm.

Cujo schüttelte den Kopf, als er es betrachtete. Er räusperte sich und fuhr sich mit den Händen durch die Haare.

Sein Gesichtsausdruck, in dem sich seine Gefühle widerspiegelten, brach ihr das Herz.

Wut, Frust, Traurigkeit, Kummer. Seine Augen füllten sich mit Tränen.

»Wir können nicht sicher sein ... es könnte sein ...« Cujo stand auf und lief hin und her.

»Evelyn ist die Frau, die zu mir ins Café gekommen ist. Ich habe von ihr geträumt. Wir müssen mit Don Hexley Verbindung aufnehmen.«

*

Don. Ernsthaft, wen interessierte jetzt Lynns Boss? Snake hatte seine Mutter zusammengeschlagen und sie zurückgelassen in der Annahme, sie wäre tot. Was aber auch bedeuten könnte, dass sie möglicherweise in etwas verwickelt war, was diesen Angriff provoziert hatte. In dem Falle war sie wahrscheinlich immer noch in Gefahr.

Verdammt, erst Drea, dann seine Mutter. Wie sollte er es denn anstellen, sie beide zu beschützen?

Er wollte einfach nicht glauben, dass seine Mutter auf der falschen Seite des Gesetzes stand, aber was, wenn doch? Wenn sie die Polizei riefen, würde sie dann noch mehr Probleme bekommen? Er lachte gequält gegen die aufsteigende Panik an. *Noch mehr Probleme als was ... als fast von einem Auftragskiller umgebracht zu werden?*

Konzentration. Die brauchte er jetzt. »Ich muss Dad und meine Brüder anrufen. Sie müssen davon erfahren.« Cujo zog sein Handy hervor.

»Ich rufe Don an«, sagte Drea und wühlte in ihrer Handtasche.

»Nein. Ruf Detective Lopes an. Oder Carter, wenn du Lopes nicht erreichst.« Er hatte absolut keine Lust darauf, Carter zu sehen, aber sie brauchten jetzt Hilfe. Die richtige Art von Hilfe. Einen Wachmann auf dem Flur oder ein sichereres Zimmer für seine Mutter. Drea wollte gerade etwas erwidern, als sein Vater dranging.

»Dad, hey. Du musst ins Krankenhaus kommen.« Er brachte Alec schnell auf den neuesten Stand und bat ihn, Connor und Devon anzurufen, wobei Connor erst mal abwarten sollte, bis sie mit der Polizei gesprochen hatten. Am Gesundheitszustand seiner Mutter hatte sich zwar nicht viel geändert, dafür aber an den Umständen.

Er legte auf und wartete, bis auch Drea ihren Anruf beendet hatte. Wenn sein Vater und sein Bruder hier waren, würden sie beratschlagen, wie sie Evelyn die Sache am besten beibrachten. Sie mussten außerdem mit ihrem Arzt sprechen.

Drea legte auf und setzte sich neben ihn. Gott sei Dank war sie hier und hatte seine Mutter identifizieren können. Irgendwann würden sie hoffentlich mal durchatmen und den ganzen Wahnsinn zurücklassen, der um sie herum passierte.

»Was hat Lopes gesagt?«, fragte er und steckte sein Handy in die Hosentasche. Jetzt verstand er auch, woher Dreas graue Gesichtsfarbe kam, als ihr bewusst geworden war, vor wem sie stand. Er selbst fühlte sich, als hätte man ihm die Haut abgezogen und ihn von innen nach außen gekrempelt.

»Ich hab nicht mit Lopes telefoniert, sondern mit Don.«

Ernsthaft? Er hatte sie ein Mal um etwas gebeten, war das so schwierig zu verstehen gewesen? »Drea, ich hab dir gesagt, du sollst Don nicht anrufen. Ich will, dass die Polizei sich darum kümmert. Und wenn dieser Don weiß, worin sie verwickelt war, dann will ich, dass die Polizei ihn befragt.«

»Cujo, es tut mir leid, aber hör mir bitte zu. Du weißt, was Don mir erzählt hat. Andere Menschen könnten in Mitleidenschaft gezogen werden. Wäre es nicht besser, von ihm zu erfahren, was deine Mutter aufgedeckt hat, und ihr auf diese Weise zu helfen?«

»*Andere Menschen* sind mir gerade scheißegal. Ich mache mir Sorgen um die Sicherheit meiner Mutter. Wer auch immer Don ist, er wird wohl kaum einen Polizeibeamten vor ihre Tür stellen.«

»Das weißt du doch gar nicht. Er hat gesagt, er würde mit den Behörden zusammenarbeiten.« Drea kaute an ihrem Daumennagel herum, und anstatt ihren nervösen Tick liebenswert zu finden, war Cujo genervt davon.

»Und was ist, wenn der Typ der machtbesessene, kontrollsüchtige Anführer einer Gruppierung ist, der sie nicht entkommen kann, oder derjenige, der hinter allem steckt? Vielleicht wollte er ja nur, dass du aufhörst herumzuschnüffeln? Im Ernst, Drea, du kannst doch nicht hier durchpflügen und so tun, als hättest du alle Antworten parat.«

»Ich wollte doch nicht ... Ich wollte helfen, damit ...«

»Damit was? Alles so läuft, wie du dir das vorstellst? Das ist ja nichts Neues, oder?«

Ihre Augen füllten sich mit Tränen. *Nee, Mann, komm mir jetzt nicht mit der Tränendrüse.*

Drea stand auf und lief zum Fenster.

Cujo zückte sein Handy, gab eine Nummer ein und drückte wütend auf die Anruftaste.

»Detective Lopes, bitte.« Vielleicht sagte er es lauter, als nötig gewesen wäre, aber er musste das jetzt mal klarstellen.

Er wartete darauf, durchgestellt zu werden.

»Hey, Detective, hier spricht Brody Matthews.«

»Mr Matthews, was kann ich für Sie tun?«

Was sollte er sagen? Nach höflichem Geplänkel war ihm nicht.

»Ich glaube, ich weiß jetzt, was mit meiner Mutter passiert ist«, antwortete er. Er sah Drea dabei an, die seinem Blick standhielt. Verdammt, warum hatte sie nicht einfach tun können, worum er sie gebeten hatte und Lopes angerufen? Oder diesen Scheißkerl Carter. Der wäre sofort hierhergestürmt, wenn sie ihn angerufen hätte.

»Erinnert sie sich wieder?«

»Nein.« Wenn es nur so einfach gewesen wäre. »Ich bin hier mit Drea Caron, die dabei war, als eine Frau aus dem

Café entführt wurde, in dem sie arbeitet. Da meine Mutter nicht in der Nähe des Cafés gefunden wurde, lief die Sache über eine andere Polizeiwache.«

»Wo befinden Sie sich jetzt?«

»Wir sind im Krankenhaus. Wir sind zusammen in das Zimmer meiner Mutter gegangen, und Drea hat meine Mutter sofort als die Frau aus dem Café erkannt.«

»Gut, rühren Sie sich nicht von der Stelle. Ich bin unterwegs.«

Cujo legte auf und behielt sein Handy in der Hand. *Was würden sie Evelyn nur sagen?* Jetzt mussten sie erst mal darauf warten, dass alle anderen herkamen.

Drea stand an dem großen Fenster und kehrte ihm den Rücken zu. Warum auch immer sie das dringende Bedürfnis verspürt hatte, die Frau zu finden, das Thema hatte sich erledigt. Ihre Aufgabe war es jetzt, auf Abstand zu gehen und ihn und seine Familie die Entscheidungen fällen zu lassen.

Ein Paar mittleren Alters lief Arm in Arm an ihnen vorbei, die Frau weinte. *Scheiß Krankenhäuser.* Hier passierte nie was Gutes.

Cujo stellte sich neben Drea. »Was hat Don überhaupt gesagt?«, fragte er. Ob es ihr gefiel oder nicht, er würde der Polizei auch von Don erzählen und dass Drea in Verbindung mit ihm stand.

»Er sagte, er würde mit dem ersten Flug morgen herkommen.« Sie hielt inne. »Ich wollte nur helfen, Brody.«

Ja, das verstand er, aber er konnte ihr momentan nicht viel Mitgefühl entgegenbringen. Er würde dem Krankenhaus später noch Bescheid geben, dass nur engste Familienangehörige zu seiner Mutter durchgelassen werden sollten. »Ich wollte nicht, dass du ihn anrufst.«

»Ich hielt es für die bessere Lösung.« Sie wollte ihn am Unterarm festhalten, aber er zog ihn weg.

»Besser für wen? Für dich? Du bist schon viel zu sehr darin verwickelt, Drea. Und das war nicht deine Entscheidung, sondern meine.«

Die Doppeltüren gingen auf, und Alec kam mit Devon herein. Cujo hatte keine Lust, sich mit Drea auseinanderzusetzen. Seine volle Aufmerksamkeit galt erst mal seiner Mutter.

Er nahm seinen Schlüsselbund aus der Tasche und löste den Autoschlüssel heraus.

»Hier«, sagte er und legte ihn Drea in die Hand, »fahr mit meinem Truck zur Arbeit, und ich hole ihn morgen dort ab.«

»Stoß mich jetzt nicht weg, Brody. Ich möchte für dich da sein.« Ihre Stimme zitterte, und fast hätte er es sich anders überlegt.

»Ich muss mich jetzt auf meine Mutter konzentrieren. Und du musst arbeiten. Bitte, geh. Heute ist nicht der richtige Tag, um dich der Familie vorzustellen.«

Drea schaute über ihre Schulter und sah die zwei Männer auf sie zukommen.

»Behalt deinen Schlüssel«, schnaubte sie, und er versuchte, den verletzten Ton in ihrer Stimme zu ignorieren. »Ich nehme ein Taxi.«

»Drea, das ist nicht sicher, bitte ...«

Sie drehte sich abrupt um, ging den Flur entlang, mit gesenktem Kopf an seiner Familie vorbei. Er widerstand dem Impuls, ihr hinterherzurufen. Er musste sich auf andere Dinge konzentrieren.

Warum dann machte ihm der Gedanke, sie allein im Dunkeln zu wissen, genauso viel Angst wie der Gedanke, dass er bald herausfinden würde, wer seine Mutter eigentlich war?

Kapitel 17

Im Hotel war die Hölle los. Im Pausenraum erzählte man sich, dass ein berühmter Star kurzfristig eingecheckt hätte. Für Drea bedeutete das nur, dass sie eine Zimmerbar mehr zu befüllen hatte. In dem Fall mit Wodka, Cranberries und ausreichend koffeinhaltigen Diätgetränken, um problemlos vierundzwanzig Stunden durchzumachen.

Das Penthouse war nach dem Wunsch des Gasts eingerichtet worden, warum jemand jedoch so viele rote Rosen und Kerzen benötigte, entzog sich dem normalen Menschenverstand. Sie sahen hübsch aus, aber all die verschiedenen Düfte verstärkten die Kopfschmerzen, die sie hatte, seitdem sie von Cujo weggegangen war. *Scheißkerl.*

Sie wischte ein letztes Mal wütend über den Tresen, um die Wasserspritzer vom Befüllen der Eisbehälter zu entfernen. Der Hotelmanager würde gleich kommen, um alles zu überprüfen.

Warum konnte er nicht verstehen, dass sie versucht hatte, das Richtige zu tun?

Drea rollte den Wagen in den Flur und stieß ihn einem anderen Penthouse-Gast, der ihren Weg kreuzte, direkt in die Hüfte.

»Oh nein, das tut mir leid. Habe ich Ihnen wehgetan?«

»Warte mal, Sal«, sprach der Gast in sein Handy und sah Drea an.

Diese blassgrauen Augen hatten sie verfolgt, seitdem sie sie zuletzt gesehen hatte. Trip Henderson schüchterte sie ohne seinen Cowboyhut unangenehmerweise noch mehr ein. Das war aber auch ein Zufall. »Passen Sie doch besser auf, junge Frau.«

Sie erwartete fast, dass er sie wiedererkannte, und ihr Herz pochte wie wild.

»Natürlich. Verzeihung«, antwortete sie. *Arschloch.* Sie hatte das ja nicht mit Absicht getan.

Er starrte sie kurz an und ging dann in Richtung Aufzug weiter.

»Fahr jetzt bitte den Wagen vor. Ich habe für zehn im Nobu reserviert.« Seine Stimme entfernte sich.

Mit einem lauten Ping öffneten sich die Fahrstuhltüren, und sie sah ihm hinterher, als er hineintrat. Die Türen schlossen sich, und die Nummer auf der Stockwerksanzeige sank, bis sie bei »L« angekommen war.

Sie betrachtete ihre Keycard, mit der sie Zugang zu sämtlichen Penthouse-Suiten hatte. Sie brannte in ihrer Hand. Drea steckte sie schnell wieder in die Tasche, damit sie nicht auf dumme Gedanken kam. Niemals würde sie die Frau sein, die im Horrorfilm in eine Sackgasse anstatt ins Einkaufszentrum lief.

Aber ... wenn Cujo nicht zuließ, dass sie im Krankenhaus half, konnte sie sich vielleicht wenigstens hier nützlich machen. Der Flur war leer, die Tür zu Hendersons Suite nur ein paar Schritte entfernt. *Nein.* Das war die dümmste Idee überhaupt. Dennoch hatte sie schnell einen Plan entwickelt. Es war ein Zeichen, dass sie ihm über den Weg gelaufen war. Sie konnte in seine Suite hinein- und wieder herausschlüpfen, bevor irgendwer was mitbekam. Jetzt war die Gelegenheit.

Was machte sie mit den Überwachungskameras? Die würden alles aufzeichnen. Sie biss sich auf die Unterlippe. *Scheiß drauf. Was sollte schon passieren? Sie könnte gefeuert werden.* Zum Glück hatte sie nicht vor, diesen Job hier noch ewig zu machen.

Sie schob den Wagen um die Ecke und nahm zwei Flaschen Wasser herunter. Falls man sie fragen würde, warum sie in seine Suite gegangen war, konnte sie im schlimmsten Fall behaupten, sie hätte ihren Zusammenstoß mit einer netten Geste wiedergutmachen wollen.

»Zimmerservice.« Drea hielt den Atem an, zählte bis zehn und klopfte wieder. »Zimmerservice.«

Sie zog die Karte durch den Schlitz, und die Tür öffnete sich. Was um alles in der Welt machte sie da? Sie überlegte kurz, ob sie Cujo anrufen sollte, aber das würde auf den Aufzeichnungen der Sicherheitskameras noch schlimmer aussehen. Außerdem durfte sie theoretisch nicht mal ein Handy dabeihaben. Sie ging hinein – jetzt gab es keinen Weg mehr zurück.

Sie hastete durch den großzügigen Eingangsbereich in das elegant eingerichtete Wohnzimmer. Normalerweise nahm sie sich etwas Zeit, die schönen Räume zu bewundern, die größer waren als ihr ganzes Haus, aber heute hatte sie ein Ziel. Der Präsentkorb mit Obst stand auf dem Glastisch, also stellte Drea die Wasserflaschen daneben.

Ein Laptop stand geöffnet auf einem kleinen Tisch am Fenster, er war eingeschaltet.

Der Bildschirmschoner zeigte Fotos von einer Ranch, von Rennpferden und kleinen Kindern, die am Strand spielten.

Sie bewegte die Maus hin und her, und eine Passwortabfrage erschien.

Ein Mann wie Henderson würde kein dummes Passwort haben wie *Passwort* oder die Zahlen Eins bis Acht. Und sie war keine Hackerin.

Es war dumm gewesen zu glauben, dass es so einfach ginge. Enttäuscht streckte sie sich und stieß dabei gegen eine Lampe, die daraufhin umkippte. Panisch versuchte Drea sie aufzufangen und erwischte sie, kurz bevor sie auf den Boden prallte. Mist. Sie würde noch einen Herzinfarkt bekommen, bevor ihre Nachtschicht um war.

Auf dem Boden, fast vollständig verdeckt von den langen Vorhängen, stand ein großer schwarzer Aktenkoffer. In ihrem Kopf verschwammen die Grenzen zwischen richtig und falsch. Es war falsch, in seiner Suite zu sein. Es war falsch, in Erwägung zu ziehen, seinen Aktenkoffer zu durchsuchen. Sie sollte schleunigst gehen, bevor sie ernsthaft in Schwierigkeiten geriet.

Aber wenn es nur die geringste Chance gab, dass sie Evelyn damit half, dann musste sie einen Blick hineinwerfen. Sie öffnete den Aktenkoffer und blätterte durch die Papiere. Ein paar Finanzunterlagen, ein paar Bewehrungspläne, ein Umschlag mit Rechnungen.

Klick. Sie schreckte auf vom Geräusch des Türschlosses, das sich entriegelte. Vielleicht war es die Putzkolonne. Aber die hätten vorher gerufen. Sie schob den Aktenkoffer mit dem Fuß unter den Vorhang und sah sich schnell um. Wo konnte sie sich nur verstecken? Es gab nur eine Tür zur Suite, und sie war zu weit vom Wohnzimmer entfernt, um durch die Balkontür zu entwischen. Sie schaute Richtung Badezimmer. Vielleicht dort.

Der Wandschrank. Ganz unten drin.

Schritte ertönten auf dem gefliesten Boden im Flur, sie hastete zum Schrank und versteckte sich hinter der Schranktür. Zum Glück schien Henderson nicht so auf die Hotelbademäntel zu stehen, zumindest befanden sich beide noch auf ihren Hängern und boten ihr etwas Schutz. Sie wünschte, sie hätte mehr Yoga gemacht, und rollte sich so klein wie möglich unten im Schrank zusammen.

Was, wenn Henderson seine Pläne gändert hatte und nicht zum Abendessen ausgehen würde? Wie lange konnte sie sich verstecken? Was, wenn sie sich die ganze Nacht verstecken musste? Die Bademäntel schwangen hin und her, und sie hielt sie fest.

Drea lauschte angestrengt und versuchte, trotz des Rauschens in ihren Ohren alles mitzubekommen.

Die andere Schranktür öffnete sich. Drea hielt die Luft an. Als Kind hatte sie die Augen zugemacht, um sich unsichtbar zu machen, und das hatte immer funktioniert. Drea kniff die Lider fest zusammen.

»Nein, Schatz, ich wollte gerade zum Auto gehen, da hat so ein Idiot neben mir seine Coladose geöffnet, und alles ist auf mein Hemd gespritzt ... Ja ... mach ich. Sind die Kinder zu Hause?«

Er holte ein Hemd aus dem Schrank. Drea hielt sich die

Hand vor den Mund, um sich nicht mit dem klitzekleinsten Geräusch zu verraten.

»Mach ich, Schatz. Ich muss jetzt los. Das Auto wartet. Bis dann.«

Als die Hotelzimmertür zuschlug, schnappte Drea nach Luft. Was zum Teufel machte sie hier überhaupt? Das war gar nicht ihre Art. Sie war doch keine Undercover-Reporterin. Und sie war auch kein Cop. Sie war eine Kellnerin in finanziellen Schwierigkeiten. Sobald sie hier rauskam, würde sie diesen Job kündigen. Bloß weg vom Hotel und von Henderson. Als sie sich aus dem Schrank geschält hatte, rief sie als Erstes den Schichtleiter an.

Ohne zweiten Job, ohne Lynn, die sie finden musste, und vielleicht auch ohne Cujo würde das leere Gefühl in ihrem Bauch wohl wieder überhandnehmen.

Und sie war immer noch ratlos, womit sie diese Leere füllen sollte.

*

Am nächsten Morgen vor ihrer Schicht im José's ging Drea ins Second Circle. Wenn ihr vor einem Jahr jemand gesagt hätte, dass sie hin und wieder Zeit in einem Tattoo-Studio verbringen würde, hätte sie ihn ausgelacht.

Ihr Vater war mit schlechten Tätowierungen übersät gewesen, seine Arme voll von verblasstem Blau. So lange sie denken konnte, hatten Tätowierungen ihr das Gefühl gegeben, klein und verletzbar und jemandem ausgeliefert zu sein, von dem sie sich nichts mehr wünschte, als dass er sie liebte.

Es war noch früh, im Tattoo-Studio herrschte eine fast unheimliche Stille. Lia tätowierte gerade etwas auf die

Schulter eines jungen Mannes, das aussah wie der Fußabdruck eines Babys, daneben saß eine Frau mit einem kleinen Kind und sah zu. Bei dem Anblick bekam sie Schuldgefühle. Sie hatte Menschen mit Tätowierungen so lange verurteilt, dass es ihr schwerfiel, sich diese Haltung abzugewöhnen. Sie hatte miterlebt, wie Harper sich verändert hatte, als sie sich das Rückenbild stechen ließ, und nachdem sie Trent, Cujo und die anderen im Studio kennengelernt hatte, sah sie Tätowierungen in einem anderen Licht. Aber selbst würde sie sich so schnell sicherlich keine verpassen lassen.

Harper stand mit dem Rücken zu Drea hinterm Empfangstresen und sah sich etwas auf dem Laptop an. Die schwarze Weste, die Harper trug, gab den Blick frei auf einen Teil ihres Rückens und auf einen Abschnitt des phänomenalen Breitschwerts, das Trent ihr tätowiert hatte, um die Narben vom Angriff ihres Exfreunds zu überdecken. War schon schräg, wenn man bedachte, dass sie sich so kennengelernt hatten.

»Hey, Harp«, begrüßte sie ihre Freundin. Sie fingen heute zur gleichen Zeit an zu arbeiten, aber es war noch zu früh, um loszugehen.

»Hi, Drea, wie kommst du zurecht?« Harper band ihr langes dunkles Haar zu einem unordentlichen Dutt hoch.

»Ganz gut. Ich hab aber immer noch viel zu tun.« Die Liste der Dinge, die zu erledigen waren, um den Nachlass ihrer Mutter antreten zu können, schien immer länger zu werden. Wenn sie eine Sache abgehakt hatte, kamen zwei neue dazu.

Harper lächelte mitfühlend. »Ich kann's mir vorstellen. Wenn du Hilfe brauchst, schrei laut.«

»Drea.« Lia kam von ihrer Tätowierstation und umarmte sie fest. »Es tut mir so leid mit deiner Mom. Wie geht's dir? Brauchst du irgendwas?«

»Danke, Lia, mir geht's einigermaßen.« Und das war die Wahrheit. Es ging ihr ganz gut. Das klaffende Loch in ihrem Herzen, das der Tod ihrer Mutter hinterlassen hatte, hatte sich gewandelt in die Sehnsucht nach einer Beziehung, die sie nie zueinander gehabt hatten. Aber ihre Mutter hatte endlich ihren Frieden gefunden.

Lia kassierte den jungen Mann ab, den sie gerade tätowiert hatte.

Die Tür zum Büro ging auf. Cujo und Trent traten heraus, und der Unterschied zwischen ihnen hätte auffälliger nicht sein können. Cujo war so blond, wie Trent dunkel war.

»Hallo, Ladies, kann ich euch heute Morgen für eine Tätowierung begeistern?« Trent küsste Harper auf den Nacken.

»Ich glaube, du hast schon genug für mich getan.« Harper lachte.

Die Situation war irgendwie unangenehm. Trent zeigte sich sehr liebevoll Harper gegenüber, aber Cujo blieb distanziert.

»Was ist mit dir, Drea, werde ich eines Tages das Vergnügen haben, dich zu tätowieren?«

Drea lächelte, aber Cujo stieß ihn mit der Schulter an. »Nur über meine Leiche«, kommentierte er mürrisch.

Trent sah Cujo, dann Drea an und lachte.

Cujo war etwas näher an sie herangetreten, und sie sehnte sich danach, ihn zu küssen. Er sah einfach zum Anbeißen aus mit den Chucks, den schwarzen Jeans und dem weißen

T-Shirt. Aber abgesehen davon sah er auch so aus, als könnte er eine Umarmung gebrauchen.

»Drea«, sagte er leise zur Begrüßung.

»Brody«, antwortete sie. »Wie geht's dir?« Ihr brannten so viele Fragen auf der Seele, aber zwischen ihnen schien sich eine unüberwindbare Kluft aufgetan zu haben. Ihr Streit hatte einiges kaputtgemacht, was sie aufgebaut hatten.

»Warum wolltest du den Truck nicht nehmen?«

»Ich habe dich gefragt, wie es dir geht«, sagte sie, ohne auf die brüske Frage zu reagieren.

»Und ich wollte wissen, warum du nicht besser auf dich aufpasst und den Truck genommen hast?«

So kamen sie nicht weiter.

»Ich brauchte ihn nicht. Ist doch kein Problem. Ich habe gestern Nacht gekündigt.«

»Ach ja? Gott sei Dank. Ich habe mir wahnsinnige Sorgen gemacht, weil du so früh am Morgen allein unterwegs warst.«

Sie hatten vielleicht Probleme miteinander, aber er sorgte sich aufrichtig um sie.

»Wir müssen reden, Cujo.«

Er zeigte mit dem Kopf Richtung Büro, und sie gingen hinein, dann schloss er die Tür.

Sie setzte sich auf das Sofa, und Cujo setzte sich dazu. Das Schweigen war unerträglich, aber Drea wusste nicht, womit sie anfangen sollte. Die Worte, die sie sich zurechtgelegt hatte, ergaben keinen Sinn mehr.

»Wie geht es dir?«, fragte sie wieder.

»Ich bin völlig erschöpft, wenn du es genau wissen willst. In Absprache mit der Polizei und den Ärzten haben wir uns entschieden, Mom zu erzählen, was los ist.«

Drea freute sich darüber, dass er Evelyn »Mom« nannte.

»Wie hat sie reagiert?« Sie nahm seine Hand zwischen ihre Hände, aber er verschränkte seine Finger nicht mit den ihren, wie er es sonst immer tat.

Cujo seufzte schwer. »Nicht gut. Sie verzweifelt daran, dass sie sich an nichts erinnert.«

»Es tut mir leid, Cujo. Also, das mit deiner Mutter und dass ich Don angerufen habe.«

»Ich bin deswegen immer noch sauer, Drea, aber ich werde drüber hinwegkommen. Wenn überhaupt hätte ich ihn anrufen sollen, aber tatsächlich hat sich herausgestellt, dass Don ein guter Kerl ist. Er hatte sich schon mit der Polizei in Verbindung gesetzt, hat dann noch mal eine Stunde mit ihnen geredet und im Anschluss Moms Krankenhausrechnung beglichen.«

Der Druck in Dreas Brustkorb wurde weniger. Seine Worte, dass Don vielleicht hinter allem steckte, hatten sie während der wenigen Stunden ihres unruhigen Schlafs verfolgt.

»Was genau macht deine Mutter beruflich?«

»Sie arbeitet undercover als Enthüllungsjournalistin, aber eigentlich hätte sie nicht in Miami sein sollen. Don war davon ausgegangen, dass sie in Atlanta ist.«

Endlich verschränkte er seine Finger mit den ihren, was sie daran erinnerte, dass sie ihm noch andere Dinge zu sagen hatte.

Drea wägte ihren nächsten Satz genau ab. »Ähm, ich hab gestern Nacht noch etwas Verrücktes gemacht, und ich weiß, dass es dir nicht gefallen wird.«

»Wie verrückt?« Er sah sie mit gerunzelter Stirn an.

»Nun ja, Trip Henderson war gestern Nacht im Hotel.«

»Der Geschäftsführer von Cleffan? Alles okay mit dir? Er hat dir nicht wehgetan, oder?«

Drea verneinte kopfschüttelnd und biss sich auf die Unterlippe. »Ich bin in seine Suite gegangen.«

»Du bist was?« Cujo sprach lauter als sonst. Er packte sie am Ellbogen. »Warum um alles in der Welt hast du das getan?«

Drea befreite sich. »Beruhig dich wieder. Mir ist ja nichts passiert. Es war wirklich dumm von mir. Aber wir hatten uns gerade gestritten. Und ich wollte deiner Mutter helfen. Ich dachte, es könnte vielleicht unsere einzige Chance sein ... aber ich habe nichts gefunden.«

»Was, wenn er dich erwischt hätte? Ich will dich nie im Krankenhaus besuchen müssen.«

»Er hat mich nicht erwischt. Ich habe mich im Schrank versteckt«, antwortete sie, ohne zu überlegen. *Coño.* Wann würde sie endlich lernen, ihre Klappe zu halten?

»Er war im Zimmer, als du reingegangen bist?« Cujo schrie jetzt.

»Nein, ich bin reingegangen, als er weg war, aber er kam unerwartet wieder, weil jemand sein Hemd schmutzig gemacht hatte. Ich hab mich im Schrank versteckt, und er hat ein neues Hemd rausgeholt. Er hat mich nicht gesehen.«

»Drea, du bist da eingebrochen.«

»Nein, bin ich nicht. Ich hatte eine Schlüsselkarte. Ich habe ihm zwei Flaschen Wasser reingestellt. Genauso und nicht anders sieht es aus.«

»Hast du denn nicht bedacht, dass die Sicherheitskameras aufzeichnen, dass du reingegangen bist? Und dass er dann auch rein und wieder raus gegangen ist? Und dass du danach erst die Suite verlässt?«

Sie hatte an die Kameras gedacht, als sie in das Zimmer gegangen war, aber nicht daran, was es für Folgen haben könnte, dass Henderson zwischenzeitlich wiedergekommen war. Die Wahrscheinlichkeit, dass das passierte, war ja auch ziemlich gering gewesen.

Scheiße.

*

Ihr Gesichtsausdruck verriet ihm, dass sie sich darüber keine Gedanken gemacht hatte. »Meine Güte, Drea, was hast du dir dabei gedacht?« Er musterte sie und versuchte nachzuvollziehen, warum sie etwas derartig Riskantes gemacht hatte. »Du hättest verletzt werden können. Oder verhaftet.«

Ihr Haar war zu einem einfachen Zopf geflochten, und sie sah so anders aus als die Frau, die mit wild zerzaustem Haar auf ihm saß und ihn ritt. Sie wirkte jünger. Schwieriger einzuschätzen.

Am Vorabend hatte er viel Zeit gehabt, über Drea und über sie beide nachzudenken. Ihr Timing war wohl nicht das beste, aber er war sich sicher, dass sie ihre Probleme gemeinsam lösen würden.

Ja, er war gestern Abend wütend gewesen. Wütend, weil sie Zeit verschwendet und nicht die Polizei angerufen hatte, weil sie entschieden hatte, was sie für *seine* Familie für das Beste hielt. Das hatte ihn in Rage versetzt, aber rückblickend erkannte er auch, dass sie viele Jahre lang diejenige gewesen war, die in ihrer Familie die Entscheidungen getroffen hatte.

Alte Gewohnheiten ließen sich eben nur schwer überwinden. Aber jetzt, wo Don hinzugekommen war, würden sie hoffentlich bald erfahren, was seine Mutter in Miami gewollt hatte.

»Um ehrlich zu sein, habe ich nicht nachgedacht«, sagte Drea leise. »Und ich glaube, das habe ich schon eine ganze Weile nicht mehr getan.«

Diese Worte hatte sie voller Wehmut ausgesprochen, und trotz ihres Streits wurde Cujo bewusst, dass es gerade um viel mehr ging als um die letzten vierundzwanzig Stunden.

»Sprich mit mir, Engelchen.« Er lehnte sich zurück und zog sie an sich. Sie saßen eine Weile schweigend da. Er hatte gelernt, dass sie Zeit brauchte, um sich ihm gegenüber zu öffnen.

»Ich weiß nicht mehr, was ich tue. Ich laufe nur noch auf Autopilot.«

Die geflüsterten Worte brachen ihm das Herz.

»Was meinst du damit?« Große Tränen kullerten aus ihren Augen und hinterließen nasse Spuren auf ihren Wangen. Ihre verletzliche Seite traf ihn hart.

»Ich verliere mich. Oder vielleicht habe ich mich schon vor vielen Jahren verloren. Mein ganzes Leben drehte sich darum, dass ich mich um meine Mutter kümmern musste. Es war egal, was *ich* wollte. Wer *ich* sein wollte, wo *ich* hingehen wollte. Das Wichtigste war, einen Job zu finden, der mit der Schule kompatibel war, um für Rosa zu sorgen.«

Mehr Tränen flossen. Nun hatte sie den Tiefpunkt erreicht, auf den er die ganze Zeit gewartet hatte. Sie war so beschäftigt gewesen mit den Jobs, der Beerdigung und allem, dass sie nicht richtig getrauert hatte. Er nahm die Box mit den Papiertaschentüchern vom Tisch und platzierte sie zwischen sie beide.

»Und jetzt?«, fragte er und widerstand dem Drang, sie auf seinen Schoß zu ziehen. Das hätte sie jetzt nicht gewollt. Sie brauchte Abstand, um über ihre Gefühle zu reden.

»Ich habe solche Angst vor der Leere. Ich stopfe sie mit allem, was geht, damit ich nicht über mein Leben nachdenken muss ... mit Lynn, dieser Fracking-Geschichte, damit, in eine verdammte Penthouse-Suite einzubrechen.« Ihre lauten Schluchzer brachen ihm das Herz. »Sogar mit dir.«

Sogar mit ihm? Stürmisch drückte er sie an sich. Seine eigenen Augen füllten sich mit Tränen, während sie in seinen Armen zitterte und ihr Schluchzen zu einem Keuchen wurde. Die Trauer, die aus ihr herausbrach, nahm ihr fast die Luft, und es gab nichts, was er tun konnte. Wie half man jemandem, den man liebte und der so voller Leid war, dass er fast daran erstickte?

Sie krallte sich an seinem T-Shirt fest, als ginge es um ihr Leben. Er streichelte ihr über den Kopf, küsste sie auf die Stirn, murmelte beruhigende Worte, aber die Tränen flossen weiter. In ihr wütete ein dunkler Sturm, und damit sie weitermachen konnten, musste er sich austoben.

Genauso schnell, wie die Tränen gekommen waren, versiegten sie wieder. Sie brauchte noch eine Weile, um zu Atem zu kommen.

»Es tut mir leid«, flüsterte sie und löste sich von ihm. Zwei dunkle Flecken blieben von ihren Tränen auf seinem T-Shirt zurück, was ihm egal war.

»Es muss dir nicht leidtun«, sagt er von ganzem Herzen. »Ich möchte für dich da sein, Engelchen.«

Als sie ihren Kosenamen hörte, versteifte sie sich und nahm ein Taschentuch, um ihre Nase zu putzen, dann noch eins, um die verschmierte Wimperntusche von ihren Wangen zu wischen.

»Ich weiß das zu schätzen, Brody. Aber ich bin gekommen, um dir zu sagen, dass ich das nicht zulassen kann.«

Moment mal. Was? Diese Wendung kam für ihn mehr als überraschend. »Warum nicht?«

Drea schniefte. »Ich muss erst mal mit mir allein klarkommen. Ich muss aus diesem Kreislauf raus, die Leere in mir mit allem Möglichen zu füllen. Ich muss herausfinden, wie mein Leben mit mir allein aussieht. Und ich glaube nicht, dass ich das kann, wenn ich in einer Beziehung mit dir bin. Oder mit überhaupt irgendjemandem.«

»Nein, Drea, hör auf damit. Du redest jetzt so, weil dir die letzten vierundzwanzig Stunden in den Knochen stecken. Wir können das gemeinsam schaffen.« *Oder nicht?* Sie waren nur dabei, ihren Rhythmus zu finden. Das war alles.

Drea fing wieder an zu weinen. »Meine Situation ist momentan nicht die beste, Brody. Damit das mit uns funktioniert, muss ich vollständig intakt sein, nicht zerbrochen. Ich kann nicht darauf hoffen, dass du mich zusammenhältst.«

Obwohl ihre Worte ihn schmerzlich trafen, spürte er, dass ein Funken Wahrheit in ihnen steckte. Eine Wahrheit, die er aber noch nicht akzeptieren wollte.

»Komm schon, Engelchen, ich fahr dich nach Hause. Du musst schlafen. Ich werde José sagen, dass es dir nicht gutgeht. Wir gucken uns dann einen Film nach dem anderen an, und ich koche …«

»Brody, bitte. Es ist so schon schwer genug.«

Sie meinte es ernst. Aber so was von ernst. Sie machte mit ihm Schluss, und er konnte nichts dagegen tun.

Er rieb sich übers Gesicht. War das wirklich das, was er früher gewollt hatte? Single zu sein? Die Vorstellung, heute Abend nach Hause zu gehen und sie dort nicht vorzufinden, war in etwa so reizvoll wie die Vorstellung, Feuerzeugbenzin zu trinken.

»Tu das nicht, Drea. Wir können …«

»Ich muss, Brody. Es tut mir leid.«

Drea nahm sein Gesicht in ihre Hände und küsste ihn. Hart. Leidenschaftlich. Verzweifelt. Bevor er darauf reagieren konnte, löste sie sich von ihm.

»Mach's gut, Brody.« Ihre Stimme versagte, als sie seinen Namen aussprach, dann verließ sie fluchtartig das Büro.

Seine Augen füllten sich mit Tränen. Was zum Teufel war da gerade passiert?

Es fühlte sich ganz danach an, als wäre das Beste, was ihm jemals widerfahren war, gerade aus seinem Leben gegangen.

*

Die Welt war wie ein riesiges Fass voller Sirup. Drea wusste, wie viel jetzt zur Mittagszeit im Café los war, Harper arbeitete effektiv einen Kaffee nach dem anderen ab, und Marco rannte zwischen der Küche und den Tischen hin und her, um den Gästen das Essen zu servieren, das José zubereitet hatte.

Aber sie fühlte sich wie abgeschnitten von allem. Die Geräusche drangen nicht bis zu ihr durch, und sie schaffte es schlichtweg nicht, sich schneller zu bewegen. Ihre Beine fühlten sich schwer an, sie verhaspelte sich beim Reden.

»Du. Ab nach Hause.« Josés Stimme hörte sich an, als käme sie vom anderen Ende eines sehr langen Tunnels.

»Es tut mir leid«, antwortete sie. »Ich bin ein bisschen…«

»Du gehst sofort nach Hause. Und schläfst. Hier.« Er drückte ihr eine braune Papiertüte in die Hand. »Damit hast du genug für zwei Tage. Dein Lieblingsessen.« Drea konnte nicht mehr weinen. Sie hatte geweint, als sie Cujo verlassen hatte. Und als sie Harper im Pausenraum getroffen hatte. Sie würde nicht schon wieder weinen. Dies war Tag eins ihrer Reiß-dich-zusammen-Mission. Und scheiße, es war hart.

»Danke«, sagte sie und schlang einen Arm um seinen Nacken. »Es tut mir leid, dass ich momentan so durcheinander…«

»Kein Wort mehr, du dummes Mädchen. Ich will dich zwei Tage nicht hier sehen.«

Drea versuchte zu lächeln. »Ich hole die Stunden nach, versprochen.«

José nahm sie bei der Hand und führte sie zur Eingangstür. »Drea, *mi querida*. Du bist die Tochter, die ich nie hatte«, erklärte er. »Das hier ist kein Job. Du arbeitest nicht für mich. Du gehörst zur Familie.«

Die Tränen, die sie nicht mehr weinen wollte, brannten ihr in den Augen.

»So hart wie du hat niemand in den letzten zwölf Jahren gearbeitet. Nimm dir die Zeit, die du brauchst. Du bekommst dein Gehalt, ganz egal, ob du fünfhundert Stunden arbeitest oder fünf.«

Drea biss sich hart auf die Wange. Sie wusste nicht, was sie sagen sollte. Ihr fiel nichts ein, was auch nur ansatzweise eine angemessene Antwort auf seine Worte gewesen wäre. Sie umarmte ihn und lief schnell zum Bus, bevor sie vollends zusammenbrach.

Sie war gerade in die Collins Avenue abgebogen, als jemand hupte. Eine dunkelblaue Limousine vollzog eine Kehrtwendung und hielt neben ihr. Die getönte Scheibe wurde heruntergefahren, und dann lächelte Detective Carter sie an.

»Die Frau der Stunde, die ich gerade sehen wollte«, sagte er fröhlich. »Hey, Drea, alles okay mit Ihnen? Moment mal.«

Er sprang aus dem Auto, lief zu ihr und legte, die Grenzen des Anstands überschreitend, sanft die Hände auf ihre Schultern. »Was ist denn passiert?« Sein Lächeln war einem besorgten Gesichtsausdruck gewichen.

Drea hielt noch mehr Fürsorglichkeit einfach nicht aus. »Bitte, Ryan, seien Sie nicht so nett zu mir«, bat sie ihn.

Ryan musterte sie mit besorgten und mitfühlenden dunklen Augen, was ihr zwar guttat, dennoch glaubte sie nicht, es verdient zu haben. »Steigen Sie ins Auto«, sagte er und öffnete ihr die Beifahrertür.

Sie wollte nur noch ins Bett und sich dort ein paar Tage verkriechen, also folgte sie seiner Anordnung.

»Wohin darf ich Sie fahren?«, fragte er, als er wieder hinterm Steuer saß. Er beugte sich über sie, um ihren Anschnallgurt zu schließen.

Sie gab ihm ihre Adresse. Als sie gerade losfuhren, stellten sich ihre Nackenhaare auf. Cujo kam auf das Auto zu. Er sah fix und fertig aus. Genauso zerrissen und am Ende, wie sie sich fühlte. Ein Teil von ihr wollte aus dem fahrenden Auto springen und ihm entgegenlaufen. Aber sie wusste nur zu gut, dass sie Abstand benötigte. Einen neuen Blickwinkel auf das, was in ihrem Kopf vor sich ging.

Oh Gott. Er musste ja denken, dass sie ihn verlassen hatte, um sich dann schnell Carter zuzuwenden. Sie zückte ihr Handy, um ihm eine Nachricht zu schicken. Ihm zu schreiben, dass es nicht das war, wonach es aussah, sondern ein sehr unglücklicher Zufall. Aber wozu? Drea ließ das Handy wieder in ihre Handtasche fallen. Zum Glück sagte Ryan nichts mehr, bis sie bei ihr zu Hause angekommen waren.

»Ich begleite Sie hinein«, sagte Ryan und schaltete den Motor aus.

Drinnen setzte sie sich aufs Sofa und ließ ihn einfach machen. Er packte das Essen aus dem Café in den Kühlschrank, und schon bald stand ein Tee auf dem Tischchen neben ihr. Er deckte sie sogar mit der Decke zu, die über der Sofalehne gehangen hatte.

»Sollten Sie nicht irgendwo unterwegs sein und böse Jungs fangen?«, fragte sie ihn mit schweren Augen.

»Das gehört alles zum Service, Drea.« Er setzte sich auf den Wohnzimmertisch und stützte sich mit den Ellbogen auf den Knien ab.

»Sie wollten mich sehen?« Drea gähnte. »Entschuldigung.«

Wenn Ryan lächelte, erinnerte er sie an den jungen Ricky Martin. »Ich wollte Sie wegen gestern Abend befragen, um auch Ihre Aussage aufzunehmen, aber das kann warten.«

»Haben Sie denn nicht schon alle Informationen von Brody bekommen?«

»Doch, habe ich, aber so hatte ich wenigstens einen Grund, Sie zu sehen.« Er zuckte verlegen mit den Achseln. Sie fühlte sich geschmeichelt, aber auch überwältigt in Anbetracht dessen, was gerade in ihrem Leben los war.

»Ryan …«

»Ja, ich weiß. Mr Matthews.«

Wenn es nur das wäre. Wenn es nur diese zwei Worte wären, die für den Mann standen, in den sie sich bis über beide Ohren verliebt hatte.

»Ich weiß wirklich zu schätzen, was Sie für mich tun, aber ich …« Unter anderen Umständen hätte sie sich eine Beziehung mit ihm vorstellen können. Er war sicherlich ein zuverlässiger und treuer Mann. Aber er würde sie nicht wahnsinnig machen oder sie herausfordern oder sie mit einem einzigen Blick in Erregung versetzen.

»Der Mann kann sich glücklich schätzen, und wie ich ihn gestern Abend erlebt habe, ist er ein anständiger Kerl.«

»Ja, das ist er.«

Ryan stand auf. »Tun Sie mir einen Gefallen, Drea. Setzen Sie sich mit dem auseinander, was gerade in Ihrem Leben los ist. Wenn Sie einen Freund brauchen, rufen Sie mich an. Aber wenn Sie damit durch sind, überlegen Sie sich noch mal, ob Sie nicht doch meine Einladung zum Dinner annehmen. Ich kann Ihnen sagen, wenn Sie meine Königin wären, stünde hier jetzt kein anderer Mann. Das wäre nicht nötig, denn ich würde mich um Sie kümmern.«

Wenn sie Cujo gelassen hätte, stünde er jetzt auch hier. Wenn sie ihm nicht gesagt hätte, dass sie Abstand brauchte. Sie bekam Gewissensbisse, weil Ryan nun schlecht von Cujo dachte, aber sie hatte keine Kraft mehr, ihn aufzuklären.

Sie konnte kaum ihre Augen offenhalten.

»Ich wünsche der süßen Drea süße Träume.«

Die Eingangstür schloss sich in dem Moment, als ihr Handy summte.

Sie nahm es vom Tisch und öffnete die Nachricht. Sie war von Cujo.

Das wollte ich dir heute eigentlich zeigen.

Es war eine Tätowierung, und sie zierte seinen bislang jungfräulichen Bizeps. Die Haut drumherum war noch rot. Ein Vintage-Glücksspielautomat mit einer Gewinnerreihe, aber anstelle der üblichen Kirschen waren Erdbeeren zu sehen, und anstelle von Geldmünzen kamen Sterne heraus.

Weil dein Haar nach Erdbeeren riecht, weil ich an dem Tag, an dem ich dich kennenlernte, den Jackpot geknackt habe, weil du mich süchtig machst, und weil ich ein wahres Glückskind bin, dass ich dich kennenlernen und lieben durfte ... wenn auch nur für eine kurze Zeit.

Kapitel 18

Zehn Tage später stand Cujo vor Dreas Gartenzaun, hörte sie fluchen und fragte sich, ob herzukommen eine gute Idee gewesen war oder nicht. Sie hatten nicht mehr miteinander geredet und sich nur gesehen, wenn sich ihre Wege zufällig gekreuzt hatten.

»Komm schon, du unnützer Sack voller ...«

Cujo lächelte. Er hatte sie vermisst. Harper hatte ihn auf dem Laufenden gehalten. Zuerst hatte sie sich da raushalten wollen, aber er hatte sie dann doch überzeugen können. Na ja, um ehrlich zu sein, hatte er sie bestochen, und zwar mit wöchentlichen Sparring-Runden in Frankies Fitnessstudio.

Als er gehört hatte, dass Drea mit Harper joggen ging, hatte ihn das sehr gefreut. Und eines Tages war er in die Kletterhalle gekommen, hatte sie auf halber Höhe an der Anfängerwand gesehen, ihr ein Weilchen zugeschaut und war dann unbemerkt wieder hinausgeschlüpft. Obwohl sein Herz blutete, hatte er ihr den nötigen Raum gegeben.

Als Trent ihn jedoch anrief, um ihm zu berichten, dass er mitbekommen hatte, dass Drea ihr Haus zum Verkauf anbot, war er panisch geworden. Er wollte sie doch zurückgewinnen, wenn sie bereit war, aber das war unmöglich, wenn sie sich viele Meilen entfernt befand.

Jetzt setzte er also Stufe eins seines Masterplans in die Tat um, indem er den Kontakt zu ihr wieder herstellte. Rein freundschaftlich. Auch wenn er wahrscheinlich weniger leiden würde, wenn er sich Nadeln in den Hodensack gepikst hätte.

Er balancierte die Smoothies, die er für sie beide geholt hatte, in einer Hand, während er das Gartentor aufschob.

»Meine Güte, was machst du denn da?« Er stellte die Getränke auf dem Boden ab und eilte ihr zu Hilfe. Drea balancierte auf einer gebrechlichen metallenen Trittleiter, und es grenzte an ein Wunder, dass sie nicht runtergefallen war. Unsicher stand sie auf der obersten Stufe, reckte sich nach der Regenrinne und holte haufenweise Zeug heraus.

Er duckte sich vor einem Klumpen, der vor seinen Füßen landete.

»Brody«, keuchte sie, »was machst du hier?« Sie trug leuchtendgelbe Gummihandschuhe, die eigentlich zum Spülen und nicht für schwere Gartenarbeit gedacht waren. Mit dem Unterarm strich sie sich die Haare aus dem Gesicht und kletterte ein paar Stufen herunter, bis sie auf seiner Augenhöhe war. Was auch immer sie sich für heute vorgenommen hatte, er würde ihr dabei helfen. Er hob sie von der Leiter und stellte sie auf den Boden.

Dreas Mundwinkel zuckten. Sie versuchte, ein Lächeln zu unterdrücken. *Mein Gott, er wollte nichts mehr, als sie an sich zu ziehen und sie zu küssen.* Er vermisste sie.

»Ich bin hier, um dir zu helfen.« Er hob die Getränke wieder auf und gab ihr den etwas weniger grünen Smoothie.

Ihrer enthielt nur halb so viel Grünkohl, das war ihr Kompromiss gewesen. »Worüber regst du dich so früh schon so auf?«

Als er ihr dabei zusah, wie ihre Lippen den Strohhalm umschlossen und sie daran sog, wurde er fast eifersüchtig. Und Scheiße, ja, er hatte wieder Sex im Kopf.

»Ich verkaufe das Haus. Es ist an der Zeit, nach vorn zu schauen. Ich kann hier nicht mehr wohnen.«

Die dunklen Augenringe waren verschwunden, und ihr Gesicht hatte wieder Farbe bekommen. Sie sah wunderschön aus und hörte sich so selbstbewusst an wie die Drea, die er am Anfang kennengelernt hatte, nur dass sie einem jetzt nichts mehr vorspielte.

Das war echt, und sie war umwerfend.

»Ich habe Suzi angerufen, Raouls Frau.« Sie lehnte sich gegen die Leiter.

Er hätte schwören können, dass sie absichtlich ihren Rücken durchbog. *Augen geradeaus, Matthews.*

»Wer ist das?«

»Eine Immobilienmaklerin. Ab Freitag steht das Haus zum Verkauf. Morgen machen sie Fotos. Aber es sieht furchtbar aus. Ich habe genug Hausrenovierungsshows gesehen, um zu wissen, dass ich vielleicht etwas mehr dafür bekomme, wenn ich es herrichte. Ich tue, was ich kann. Ich habe eine Liste mit allen Dingen gemacht, die ich bezahlen kann. Wenn ich die Zeit finde, streiche ich vielleicht sogar das Wohnzimmer.«

»Und wann hättest du mich um Hilfe gebeten, Engelchen?« Er hob ihr Kinn mit einem Finger an, damit sie ihm in die Augen sah.

»Warum hätte ich das tun sollen? Wir sind ja nicht ... du weißt schon ...«

Oh ja, er war sich dessen voll und ganz bewusst. »Zusammen? Freunde? Das bedeutet aber nicht, dass du mir egal bist, und es bedeutet auch nicht, dass ich nicht helfen kann.«

Drea ging auf Abstand. »Du hast schon genug um die Ohren mit deiner Mom. Wie geht es ihr überhaupt?«

Er ließ zu, dass sie vom Thema ablenkte. »Es gibt keine wirkliche Besserung, aber ihre Wunden heilen, was bedeutet, dass sie vielleicht bald in die Rehaklinik kann.«

»Das ist doch gut. Und wie geht's *dir*, Brody?«

Er rieb sich mit der Hand übers Gesicht und bemerkte, dass sie die Tätowierung auf seinem Bizeps mit den Augen verfolgte. Vielleicht war das nicht ganz fair von ihm, aber er spannte seinen Bizeps ein bisschen mehr an als nötig. »Mir würde es bessergehen, wenn du mich um Hilfe bitten würdest.«

»Ich bin es halt nicht gewöhnt, dass man mir hilft«, murmelte sie.

»Entschuldige bitte«, sagte er und stellte sich so nah neben sie, dass ihre Körper nur noch Millimeter voneinander entfernt waren, Körper, die einander sehr vertraut waren und instinktiv aufeinander reagierten. »Was war das? Ich hab dich nicht ganz verstanden.«

Drea schlug seine Hand weg, und ihre Mundwinkel verzogen sich zu einem Lächeln. Zwischen ihnen funkte es immer noch gewaltig, und sie fühlte es genauso wie er, das erkannte er sofort. »Ich sagte, du bist der größte Arsch auf Erden.«

»Ja, Mann, ich bin auf jeden Fall *dein* Arsch.« Das *dein* war ihm so rausgerutscht. »Ich habe einen Truck, mit dem ich Müll wegbringen kann, ich kann schwere Sachen tragen, ich habe sogar meinen Kreditkartenrahmen noch nicht ausgeschöpft und biete mich an, dir zu besorgen, was du brauchst, um hier alles in Ordnung zu bringen.«

»Nein, ich schulde dir immer noch das Geld fürs Auto. Ich kann das nicht an…«

»Doch, kannst du. Ich behalte die Quittungen, wenn du willst. Du kannst es mir zurückzahlen, wenn du dich dann besser fühlst. Ich akzeptiere Bares, alle gängigen Kreditkarten und Blowjobs. Ich steh darauf, wie du an dem Strohhalm saugst, Engelchen.«

»Hör auf damit.« Sie boxte ihn in den Bauch und kicherte. »So kannst du doch nicht mit mir reden.«

»Doch, das kann ich. Weil es wenig gibt, was ich nicht machen würde, um dich zum Lachen zu bringen.«

»Danke, Brody.«

»Sehr gern. Mittwochs ist meistens nicht viel los. Ich muss nur Trent irgendwie beibringen, dass ich heute nicht komme.«

Sie gingen Zimmer für Zimmer durch das Haus und machten eine Liste von den Dingen, die sie brauchten. Cujo rief Trent an und legte das Handy dann auf den Tresen. Drea saß auf einem der Küchenhocker und trank ihren Smoothie aus.

»Hast du schon gefrühstückt?«

Drea verneinte kopfschüttelnd. »Ich wollte lieber gleich loslegen.«

»Also, ich muss auf jeden Fall was essen. Hast du

Eier?« Cujo öffnete den Kühlschrank. Perfekt. Er fand noch ein paar Zutaten für das Omelett, Tomaten und Käse. »Brot?«

Drea deutete auf den Schrank hinter ihm.

Omelett und Toast waren schnell zubereitet und verzehrt. Drea hatte früher am Morgen schon Kaffee aufgesetzt, und die Kombination aus Essen und Koffein wirkte sich positiv auf ihren Gemütszustand aus.

»Warum hast du nicht mit mir geredet?« Es beschäftigte ihn, dass ihr all diese Dinge durch den Kopf gegangen waren und sie kein Wort darüber gesagt hatte.

»Ich weiß nicht. Nach dem Abend bei deiner Mutter, der Sache mit Hendersons Zimmer und unserem Gespräch bin ich nach Hause und hab achtzehn Stunden geschlafen.«

Na klar. Scheiß Carter. »Ich hab dich gesehen. Ich wollte zu dir ins Café, um dir die Trennung auszureden, und dann hab ich dich mit Carter gesehen.«

»Ja, ich weiß. Aber das war reiner Zufall. Er wollte eine Zeugenaussage von mir hinsichtlich der Identifizierung deiner Mutter, und er kam vorgefahren, als ich gerade aus dem José's raus war. Dann hat er mich nach Hause gebracht.«

Die Stimmung entspannte sich etwas, nachdem sie das erklärt hatte.

»Warum willst du das Haus verkaufen?«

»Die Hypothekenraten sind furchtbar hoch. Ich bezahle viel Geld für einen Ort, an dem ich gar nicht sein möchte. Wenn ich in eine kleine Wohnung ziehe, habe ich im Monat viel mehr Geld übrig.«

War er bereit, den nächsten Schritt zu gehen und ihr einen Vorschlag zu machen? *Ja, aber so was von.* War sie bereit, sein Angebot anzunehmen?« »Wenn du aufgeschmissen bist, kannst du immer noch bei mir einziehen.«

Er legte den Arm um sie und bereitete sich innerlich schon auf eine Zurückweisung vor, aber Drea lehnte den Kopf an seine Schulter und seufzte. »Ich weiß nicht, ob das klug wäre, und ich möchte wirklich versuchen, allein zurechtzukommen, aber es wäre toll, für den Fall, dass ich in Schwierigkeiten gerate.«

Das konnte er nachvollziehen. Sie musste die Erfahrung machen, was es bedeutete, frei zu sein. Aber er würde sie darin bestärken, eine Wohnung in seiner Nähe zu mieten und ein Bett zu kaufen, das groß genug für ihn war, so dass sie regelmäßig beieinander übernachten konnten. *Natürlich nur, wenn er sie davon überzeugen konnte, ihm noch eine Chance zu geben.*

Jemand klopfte an die Tür, und Drea zuckte zusammen. Cujo warf einen Blick auf die Uhr seines Handys. Perfektes Timing.

»Wir haben gehört, du könntest etwas Hilfe gebrauchen.« Trent kam in die Küche und trug ein Tablett mit Gebäckstücken. »Harper hat mir die für die fleißigen Helfer mitgegeben und lässt ausrichten, dass sie direkt nach der Arbeit dazukommt.«

Lia kam mit ein paar Farbeimern rein. »Ich muss mir aber eine Jogginghose ausleihen«, sagte sie und sah an ihrem engen Bleistiftrock runter. »Wir haben uns viel zu lang nicht mehr gesehen.« Sie umarmte Drea herzlich.

Pixie hüpfte ins Haus und trug Plastiktüten vom örtlichen Baumarkt bei sich. »Oh, das ist so viel besser, als den ganzen Tag im Studio herumzusitzen.«

»Ihr habt das Studio geschlossen?«, fragte Drea.

Pixie stellte die Tüten ab. »Eigentlich nicht, wir hatten es noch gar nicht geöffnet.«

Dred kam hereinspaziert und ließ Plastikfolien auf den Boden des Wohnzimmers fallen. »Hey, Drea, cool, dass du mir eine Gelegenheit bietest, mich außerhalb meines Hotelzimmers aufzuhalten«, sagte er zur Begrüßung und umarmte sie.

»Ich hatte ja keine Ahnung, dass du in der Stadt bist«, brachte sie irgendwie hervor.

»Ach, ich brauchte mal einen Tapetenwechsel.«

Cujo sah, wie er bei den Worten Pix anschaute. *Der Bastard.*

Noch jemand klopfte an die Tür.

»Brody, mein Junge, hilf mir mal, das Werkzeug aus dem Truck zu laden.«

Cujo folgte seinem Vater nach draußen, aber Trent schlug ihm auf die Schulter. »Sieht so aus, als würde dein Mädchen dich dringender brauchen als dein Alter. Ich kümmer mich schon um das Werkzeug.«

Drea stand neben der offenen Tür. »Warst du das?«

»Wenn ich jetzt ja sage, lässt du mir dann meinen einzigen funktionierenden Hoden oder trittst du rein?«

»Du bist ein guter Mann, Brody Matthews.«

Er fuhr ihr mit dem Daumen über die Lippe, beugte sich über sie und küsste sie flüchtig. Für einen kurzen Moment tat er so, als wären sie nicht umgeben von einem Haus voller Menschen. Als wären sie nur zu zweit.

Immer noch zusammen.

*

Das Haus wirkte völlig anders. Nach zehn Stunden gemeinsamer harter Arbeit mit ihren Freunden sah es aus wie ein schönes Einfamilienhaus.

»Ich weiß nicht, ob meine Knie mir jemals verzeihen werden«, sagte Lia und verrückte das Kissen, auf dem sie kniete, um ein paar Zentimeter. Sie tauchte den Pinsel in die weiße Farbe und malerte weiter entlang der Fußleiste.

Drea stellte eine Dose Cola Light neben ihr auf den Boden. »Es sieht so strahlend und neu aus.«

Pixie strich zusammen mit Cujo die Wände in einem warmen Beigeton. Drea ging durch die Haustür hinaus, die schon den ganzen Tag offen stand, seitdem Eric sie am Morgen in einem dunklen Rot gestrichen hatte.

Am Bordstein hatten sie säckeweise Gartenabfälle aufgehäuft. Abgebrochene Äste, in kleinere Teile zersägt und gebündelt, lagen daneben. Drea tätschelte das »Zu verkaufen«-Schild, das Suzi vorbeigebracht hatte.

»Connor«, sie reichte ihm eine Cola, »du hast hier draußen wahre Wunder gewirkt.« Der Vorgarten sah richtig gut aus, nachdem das Unkraut gejätet und das Gras geschnitten waren.

»Dafür bin nicht nur ich verantwortlich, auch Devon gibt alles.« Sie sahen zu Devon hinüber, der immer noch den vom Unkraut befreiten Boden beackerte.

»Devon, fang!« Sie warf ihm die Wasserflasche zu, um die er gebeten hatte.

Eric und Dred standen jeweils auf einer Leiter und brachten eine neue Regenrinne an der Vorderfront des Hauses an. Devon hatte die zweite Leiter mitgebracht, als er später dazugestoßen war.

Drea lief nach hinten. Die kaputten Pfosten und Zaunlatten waren durch neue ersetzt worden. Auch hier waren Säcke mit Gartenabfällen aufgehäuft. Cujo und Trent mühten sich mit einem Baum ab, den sie bis auf den Stumpf abgesägt hatten. Beide hatten ihre Shirts ausgezogen und traten Schaufeln in den harten Boden, um den Wurzelballen auszugraben.

»Ganz schön überwältigend, was?« Harper stellte sich neben sie.

»Der Testosteronlevel in diesem Garten?« Sie sah Harper an und lachte.

»Der auf jeden Fall ... alles zusammen ... das Gefühl, eine große Familie zu haben.«

Drea nickte mit brennenden Augen. Harper umarmte sie. Was ein enormer Beweis dafür war, wie sehr sich die misshandelte, mit Narben übersäte Frau von vor zwei Jahren verändert hatte.

»Es tut mir so leid, Drea, dass ich nie richtig mitgekriegt habe, wie schwierig alles für dich war. Ich war wohl zu sehr mit meinen eigenen Problemen beschäftigt.«

»Du musst dich nicht entschuldigen. Ich wollte auch nicht, dass irgendwer mitbekommt, wie schwierig alles war. Und ja, du hattest wirklich genug mit dir selbst zu tun. Ich wollte ja auch für dich da sein.«

»Ich hätte dir trotzdem mehr zur Seite stehen sollen. Ich fühle mich wie eine schlechte Freundin.«

»Weißt du, meine Eltern wollten mich nie um sich haben. Ich wurde immer auf mein Zimmer geschickt. Meine Mutter war so auf meinen Vater fixiert, dass sie mich vergaßen. Ich habe mir selbst Essen gemacht. Ich musste mich selbst für die Schule fertigmachen. Manchmal bin ich sogar zur Schule gegangen, und keiner hat's mitbekommen.« Sie erinnerte sich an ihren ersten Schultag, als sie Mrs Hernandes angefleht hatte, ihr über die Straße zu helfen.

»Oh Drea, so etwas sollte kein Kind durchmachen müssen.«

»Ich sah, wie andere Eltern ihre Kinder zur Schule brachten und sie am Schultor zum Abschied küssten.« Drea atmete tief durch. »Ich war es einfach gewohnt, immer alles selbst zu machen. Als mein Vater dann wegging, hat meine Mutter mich einfach weiterhin mir selbst überlassen. Manchmal schimpfte sie mit mir und gab mir die Schuld, dass Dad uns verlassen hatte. Und ich habe nichts dagegen gesagt, weil ich damals nicht verstand, dass ich nichts hätte tun können, damit er geblieben wäre.«

»Warum bist du nicht gegangen?« Harper lehnte sich gegen den Pfosten oben an der Treppe. »Ich meine, als du alt genug warst.«

»Ich hab wohl gehofft, dass sich unsere Beziehung vielleicht verbessern würde, wenn ich mich um sie kümmere. Dass sie mich wenigstens wertschätzen würde, wenn sie mich schon nicht lieben konnte.«

»Dir ist hoffentlich klar, dass das alles nichts mit dir zu tun hat, ja?« Harper sah sie eingehend mit ihren grünen Augen an. »Das Problem waren einzig und allein deine Eltern und ihre Schwierigkeiten miteinander. Du hast nichts, aber auch gar nichts falsch gemacht.«

Harpers Worte drangen allmählich durch das Konstrukt, das sie sich in ihrem Kopf zurechtgelegt hatte. Sie war nicht schuld. Sondern ihre Eltern.

»Ich fange erst jetzt an zu begreifen, dass es in Ordnung ist, um Hilfe zu bitten. Es ist verrückt, dass alle gekommen sind.«

Cujo kreuzte ihren Blick. Er sagte etwas zu Trent, der mit dem Schaufeln aufhörte.

»Es gibt Menschen, die wollen für dich da sein. Und wenn du mich fragst, er hier würde alles für dich tun.« Harper kicherte.

»Mein Gott, die zwei sehen oben ohne echt scharf aus.«

»Sie könnten für einen Kalender posen. Den würd ich sofort kaufen.«

»Na, gefällt dir, was du siehst, Engelchen?« Cujo war herangetreten und hob sie von der Stufe.

»Igitt, lass mich los ... du stinkst.«

Cujo lachte, trug sie zu seinem Truck und setzte sie auf die offene Ladefläche. Dann stellte er sich zwischen ihre Beine. »Ach, komm schon, du stehst doch drauf, wenn ich ganz heiß und verschwitzt bin.« Sein Blick wanderte zu ihren Brüsten. »Süßes T-Shirt, Engelchen. Die Aussicht gefällt mir.«

Drea schüttelte den Kopf. »Du bist verrückt.«

Er umschlang ihre Taille, dann zog er sie an sich und umarmte sie. Sie lehnte sich an ihn, legte den Kopf auf seine Schulter und versuchte dem Drang zu widerstehen, seinen Hals zu küssen.

»Ich hab gehört, wie du mit Harper geredet hast«, sagte er und streichelte ihr über den Rücken. »Hab ich dir schon gesagt, wie stolz ich auf dich bin?«

»Warum solltest du stolz auf mich sein? Ich habe dich verletzt. Ich habe das mit uns kaputtgemacht.«

»Das ist nur ein Moment in unserer Geschichte. Der wird uns nicht definieren. Ich bin stolz auf dich, weil du durchgehalten hast. Ich hätte das niemals allein geschafft.«

»Ich war ein Wrack, Brody. Ich *bin* ein Wrack, aber ich arbeite daran. Ich war vor ein paar Tagen bei einer Psychotherapeutin.« Marlene war wundervoll, und schon nach ihrer allerersten Sitzung war sie mit einem besseren Gefühl und, was die Zukunft betraf, deutlich positiver gestimmt nach Hause gegangen.

»Siehst du, noch einer von vielen Gründen, warum ich stolz auf dich bin.«

Drea sah ihn an. Sie musterte sein stoppeliges Kinn, seine Schultern, beobachtete, wie er mit der Zunge über seine Unterlippe fuhr. Seine Augen sparte sie sich bis zum Ende auf. Die Aufrichtigkeit in seinem Blick überwältigte sie.

»Ich hab dich vermisst, Brody«, flüsterte sie.

Cujo legte eine Hand in ihren Nacken und die Stirn an ihre. Sie spürte die Anspannung in seinen Armen. Er wollte mehr, würde es sich aber nicht nehmen.

Drea sah zu ihm auf und küsste ihn sanft. Cujo hielt die Luft an, küsste sie aber nicht zurück. Sie versuchte es wieder und fuhr mit der Zunge über seine Lippen, die sich daraufhin zögerlich öffneten. »Küss mich, Brody.«

»Bist du sicher?«, knurrte er.

»Ganz sicher«, sagte sie atemlos. Da zog er sie bis an die Kante der Ladefläche und presste sich an sie. Nichts hätte sie auf diesen Angriff vorbereiten können. Cujos Hände waren in ihrem Haar, dann streichelten sie über ihren Rücken, bevor er sie an der Hüfte festhielt. Seine Zunge kämpfte sich in ihren Mund, und dann verschlang er sie förmlich.

Er lehnte sich vor, bis sie mit dem Rücken auf der Ladefläche des Trucks lag, und sie schlang ihre Beine um seine Taille. Vielleicht konnten ihre Freunde sie sehen. Ganz bestimmt schaute ihnen die neugierige Mrs Hernandes zu, die gerade höchstwahrscheinlich auf ihrer Veranda stand und ein Ave-Maria für Dreas Seele gen Himmel schickte, aber Drea kümmerte das herzlich wenig. Sie ließ sich in den Kuss fallen und empfing, was Cujo bereit war ihr zu geben.

»Du hast ja keine Ahnung, Drea, wie ich dich vermisst habe«, sagte er atemlos, als er mit seinem Kopf schließlich an ihrer Schulter lehnte.

Sie schlang ihre Arme um ihn und genoss die Wärme und Sicherheit, die er ausstrahlte.

»Bitte sag mir, dass das kein Fehler war.«

»Das war es nicht, aber ich glaube, dass ich am Ende meiner Therapie nicht mehr dieselbe sein werde. Vielleicht verändern sich dann auch deine Gefühle für mich? Die Therapeutin hat gesagt, dass es Monate dauern könnte, bis ich alles durchgearbeitet habe.«

»Drea, ich liebe den Menschen, der du vorher warst. Ich liebe dich, wie du jetzt bist. Und ich werde dich auch in zehn Jahren lieben. Und ich hoffe, dass du dann nicht mehr dieselbe bist, weil das bedeutet, dass wir innerlich gewachsen sind. Aber ich möchte all das mit dir zusammen erleben.«

»Oh, Brody. Ich liebe dich. Das war wunderschön.«

»Nein, *du* bist wunderschön.«

Drea schaute zu ihm auf. »Wirst du mir jetzt wieder weich?«

Cujo zuckte mit einem schelmischen Lächeln die Schultern. »Vielleicht, Engelchen. Aber ich kann innerhalb von dreißig Sekunden hart werden, wenn du mich weiterhin so auf dein T-Shirt starren lässt.«

*

Cujo stieg aus dem Wagen und öffnete die Beifahrertür. Allein für Dreas erstaunten Gesichtsausdruck hatten sich die Planung in letzter Sekunde und die zweistündige Fahrt hierher gelohnt. Seine einzigen Anweisungen hatten gelautet: leichtes Gepäck, bequeme Kleidung und Wanderschuhe. Sie hatte also eine Yogahose angezogen, was es für ihn wahnsinnig schwer machte, seine Hände von ihrem Hintern zu lassen, und einen weichen grauen Pullover, der mehr wie eine Decke aussah.

Hohe Palmen ließen das grüne Ferienhäuschen klein erscheinen. Eine leichte Brise fuhr durch die kurz gehaltenen Sträucher und Gräser auf dem Grundstück.

Seitdem sie sich auf dem Truck geküsst hatten, waren ein paar Tage vergangen. Sie hatten beide viel gearbeitet, Cujo hielt sich außerdem an Dreas Wunsch, es langsam anzugehen. Er verstand voll und ganz, dass sie das Timing eigentlich immer noch für ungünstig hielt. Als Drea aber erwähnt hatte, dass die Immobilienmaklerin mit ein paar Interessenten vorbeikommen würde und sie dafür aus dem Haus raus musste, hatte er die Idee gehabt, sie mit einem Kurztrip zu überraschen. Er hatte José ohne Dreas Wissen gebeten, ihr freizugeben.

Drea verschlug es die Sprache, ihr Blick flog mehrmals zwischen ihm und der gemütlich aussehenden Veranda der

Hütte hin und her. Dort standen zwei solide aussehende Holzstühle, die sich perfekt eigneten für einen entspannten Abend mit einem oder zwei Glas von dem Wein, den er eingepackt hatte. Das Häuschen war die perfekte Idylle, bis hin zu den Ranken mit den hübschen pinkfarbenen Blüten, die sich um die Pfeiler der Veranda wanden.

Das Wetter machte zum Glück mit, der Himmel war blau, es wehte eine leichte Brise, und die Temperaturen blieben konstant bei um die fünfundzwanzig Grad. Ein perfekter Tag, um eine Bootstour oder eine Wanderung zu machen.

»Bleiben wir hier?«

»Jawohl.« Cujo stellte sich hinter sie, legte seine Arme um sie und zog sie an sich. »Für zwei Nächte. Wir fahren Freitagmorgen vor der Arbeit wieder zurück.«

»Im Ernst, zwei ganze Tage, in denen wir nichts tun müssen?«

Er hatte viel darüber nachgedacht, dass sie, trotz des Wahnsinns, den sie gerade erlebten, ein super Team waren. Und auch darüber, dass er noch nicht bereit war, mit seiner Mutter zu reden.

»Mmmh-hmm«, antwortete er und steckte seine Nase in ihr Haar. Erdbeeren. Verdammt, sie machte ihm schon wieder in jeder Hinsicht Appetit. Seine Hand stahl sich zu ihrer Brust, mit den Fingern streichelte er die Unterseite und mit dem Daumen streifte er ihre Brustwarze. Sie wand sich in seinen Armen und drückte sich gegen seine Erektion.

»Wenn du so weitermachst, Engelchen, werden wir die Umgebung hier nie zu Gesicht bekommen.« *Grundgütiger, er hatte große Lust, jetzt seine Versöhnungssex-Theorie zu überprüfen.* Seitdem sie wieder zusammengekommen waren, hatte es nur ein paar wilde Knutschereien gegeben und ein bisschen aneinander Herumspielen.

»Wäre das denn so schlimm?«

»Nein, aber Vorfreude ist auch was Schönes, Engelchen. Außerdem würden wir dann die Wanderung im Big Cypress National Park verpassen. Und die Ten Thousand Islands genau hier gegenüber.« Er zeigte in südwestliche Richtung. »Wir könnten auch eine kleine Tour nach Fakahatchee machen.« Er hielt sie an den Hüften fest und schob ihren verführerischen Hintern einige Zentimeter von seinem Reißverschluss weg, der sonst hartmetallene Zahnabdrücke auf seinem Schwanz hinterlassen hätte.

Gottverdammt. Sie sah ihn durch ihre langen Wimpern an, die, wenn sie schlief, auf ihren Wangen lagen.

»Heute Abend zieh ich dich ganz aus.« Cujo zwinkerte. »Aber bis dahin ... habe ich was für dich.« Er langte in den Laderaum des Trucks und brachte Taschen, eine Kühlbox und zuletzt eine andere Box voller Utensilien zum Vorschein, die er ihr vor die Füße stellte.

»Was ist das alles?« Sie berührte die extragroße Packung Kondome und schaute sich interessiert die essbaren Bodypaintfarben an.

»Ich habe einiges vor mit dir. Das heißt, natürlich nur, wenn du auch Lust darauf hast.« Er nahm ihr die Farben aus der Hand, stellte sie zurück in die Box und umfasste ihre Handgelenke. »Wir können alles oder nichts machen, während wir hier sind. Ich will nur, dass du dich entspannst und Spaß hast.«

Drea lehnte sich mit der Stirn an seine Brust. »Danke, Brody.«

Er küsste sie auf den Kopf. »Gern geschehen, Engelchen.«

Nachdem sie die Hütte inspiziert hatten, fuhren sie zum Oasis Visitor Center und machten von da aus eine etwa elf Kilometer lange Wanderung. Als Gentleman ließ er Drea das Tempo bestimmen, wobei sie vor ihm ging, während er zwei vergnügliche Stunden damit verbrachte, auf ihren Hintern zu starren.

Zurück in der Hütte, bereitete Cujo das Abendessen vor und ermunterte Drea dazu, ein langes Bad zu nehmen. Eine halbe Stunde später tauchte sie in winzigen weißen Shorts wieder auf, ihr handtuchtrockenes Haar lag locker über den Schultern.

Während die Nudeln kochten und die Soße vor sich hin blubberte, sprang er unter die Dusche und war versucht, den Druck in seinem Schwanz loszuwerden, obwohl er sich fest vorgenommen hatte zu warten, bis er ganz tief in Drea war, auch wenn dieser Gedanke sicherlich nicht dazu beitrug, sein aktuelles Problem zu beheben.

Dann aßen sie in geselligem Schweigen und lauschten den Klängen der Tierwelt ringsherum.

Drea bestand darauf, den Tisch abzuräumen, und Cujo blieb auf der Veranda sitzen.

»Ich werde morgen einen ganz schönen Muskelkater haben«, sagte Drea, als sie sich zu ihm gesellte. Er liebte ihr Haar, wenn sie es an der Luft trocknen ließ und es sich dann in diesen sexy Wellen kringelte. Mit dem Finger fuhr sie über seine neue Tätowierung. »Habe ich dir schon gesagt, wie sehr mir die gefällt?«

»Ungefähr zwanzig Mal.«

»Sie gefällt mir aber auch wirklich.«

»Ich bewundere dich.« Er hob ihr Kinn an, damit sie ihn ansah, und gab ihr einen Kuss. »Wie du alles in den letzten Wochen hinbekommen hast.«

»Ich bin mir nicht sicher, ob ich Bewunderung verdient habe. Ich werde bestimmt ein ganzes Jahr brauchen, um all meine Schulden abzuzahlen, aber es gibt ein Licht am Ende des Tunnels. Es ist auch eine Erleichterung. Ist das nicht furchtbar?«

»Ich glaube, das ist ganz normal für jemanden, der jahrelang einen Angehörigen gepflegt hat.«

Mehr sagte sie nicht. Sie teilten sich sein Glas Wein und lauschten den spätabendlichen Geräuschen einer lauen Florida-Nacht.

»Ich habe eine Idee«, sagte er und streichelte über ihren Rücken.

»Was denn?«

»Ich möchte dich bemalen.«

Sie lächelte an seiner Brust.

»Ich möchte, dass du meine Leinwand bist.« Er näherte sich mit den Lippen ihrem Ohr und knabberte sanft an ihrem Ohrläppchen. Sie erschauerte unter seiner Berührung.

»Bemale ich dich dann auch?« Insgeheim wünschte er sich, dass sie sich mit dem Schokoladensirup an ihm austobte; der Gedanke reichte schon, um seinen Schwanz in Habtachtstellung stehen zu lassen.

Er stand auf und hob sie mit hoch. »Na, das hoffe ich doch.«

*

Das Kerzenlicht flackerte an den Wänden. Die Hütte lag zwar abgeschieden, dennoch hatte Cujo vorsorglich die Vorhänge zugezogen, damit sie auf jeden Fall ungestört blieben. Er breitete ein Laken, das er von zu Hause mitgebracht hatte, über das Bett.

Auf dem Beistelltisch platzierte er eine Reihe von Utensilien: Bodypaint, Töpfe mit essbarem Glitter, Stifte und Pinsel. Verschiedene Braun-, Gold- und Weißtöne hatte er dabei, die meisten waren mit Schokoladen- oder Karamellgeschmack. Der Gedanke, in einen sexy Nachtisch verwandelt zu werden, erregte Drea ungemein.

Cujo strich am Saum ihres T-Shirts entlang, seine Finger berührten ihren Bauch, wo ihre Jeans aufhörte. Er zog ihr das T-Shirt über den Kopf und warf es in eine Ecke.

»Wenn du willst, dass ich aufhöre, dann sag mir Bescheid, ja?« Er küsste sie, und sofort loderte es in ihr. Die anfängliche leichte Aufregung verwandelte sich in einen mitreißenden Rausch. Seine Zunge drang sanft in ihren Mund, ein Versprechen dessen, was noch folgen sollte, und Drea musste ihre Oberschenkel bei dem Gedanken fest zusammenpressen.

Cujo gluckste und hakte ihren BH mühelos auf. Ihre Brüste waren schwer in Erwartung seiner Berührung. Er streichelte über ihre Haut und fachte das Feuer in ihr damit nur noch mehr an. Das Bett knarzte, als er sich draufsetzte, dann drehte er sie zu sich herum, damit er ihr Jeans und Tanga ausziehen konnte.

Er stand auf, hob sie in seine Arme und legte sie auf das kühle Laken. Drea sah ihm dabei zu, wie er sein T-Shirt auszog und wie sich seine Bauchmuskeln anspannten, als er den Hosenknopf seiner verblichenen Jeans und den Reißverschluss öffnete.

»Ich möchte, dass du dabei zusehen kannst«, sagte er und schob ihr ein zusätzliches Kissen unter den Kopf. Er legte ihre Arme neben ihren Oberkörper, ohne diesen jedoch zu berühren. Dann positionierte er ihre Beine, lang ausgestreckt und so, dass sie sich gerade eben nicht berührten. »Mal im Ernst, Drea.« Er schüttelte den Kopf, als er sie ungläubig von Kopf bis Fuß musterte. »Ich weiß wirklich nicht, womit ich so viel Glück verdient habe.«

Drea versuchte, ihre Nervosität zu unterdrücken.

»Nicht bewegen«, sagte er und nahm sich einen der Schokoladenstifte in einem satten Braunton. Die Farbe fühlte sich kühl, aber nicht unangenehm auf ihrer Haut an, als er begann, ihre rechte Hüfte zu bemalen. Sie konnte unmöglich erkennen, was die geschwungenen Linien darstellen sollten.

Mit der anderen Hand hielt er sie an der Hüfte fest. Er schien genau zu wissen, was er tat, und führte die Striche mit ruhiger Entschlossenheit aus. Sie überließ sich seinen Händen und gab sich voll und ganz diesem Kitzel hin. Der Stift war der einzige Berührungspunkt, die Erregung dafür umso größer.

Er griff über sie, um sich einen anderen Stift zu nehmen. Diesmal eine hellere Farbe, um die dunkleren Konturen, die er bereits gemalt hatte, auszufüllen.

»Küss mich«, seufzte sie, als er sich wieder in seine Ausgangsposition begab.

Cujo lächelte sie an. »Mit Vergnügen, Engelchen.«

Drea stöhnte, als seine Lippen die ihren berührten und

sie seine Finger zwischen ihren Brüsten spürte, am Bauch und endlich zwischen ihren Beinen, an ihrer Klit. »Du bist so nass«, murmelte er an ihren Lippen. Drea bäumte sich auf. »Halt still, Engelchen, du möchtest mein Meisterwerk doch nicht ruinieren.«

Er machte weiter und fügte Lage für Lage immer mehr Details hinzu.

Drea schloss ihre Augen, ihr Körper war ein Pulverfass, das jeden Moment explodieren würde.

Cujo arbeitete sich an ihrem Körper hoch, er machte sich jetzt unterhalb ihres Brustansatzes zu schaffen.

»Das ist toll, wie deine Nippel hart werden, wenn ich das tue«, sagte er mit rauer Stimme. Nach der Beule in seiner Jeans zu urteilen, war er genauso erregt wie sie. »Ich möchte daran saugen, aber wenn ich das tue, weiß ich, dass ich nicht mehr damit aufhören werde.«

In seinen strahlend blauen Augen sah sie ein Verlangen nach ihr, das förmlich greifbar war. »Oh ja, bitte«, keuchte sie.

Cujo schüttelte den Kopf. »Nicht, bis ich fertig bin.«

Drea wurde fast wahnsinnig vor Begierde, sehnte sich nach seiner Berührung. Ohne nachzudenken, führte sie ihre linke Hand zwischen die Beine und berührte ihre empfindliche Stelle.

»Oh Mann, Drea, das macht mich so an. Bitte spiel mit dir, solange ich das hier fertig male.«

Er fuhr jetzt mit einem Pinsel über ihre linke Brust und quälte sie mit einem Pinselstrich direkt über dem Nippel. Drea strecke ihre Hand aus und bot Cujo ihren Zeigefinger an. Er wusste genau, was sie wollte, und sog ihren Finger in den Mund, spielte mit seiner Zunge daran herum und stöhnte. »Ich liebe es, wie du schmeckst.«

Drea fuhr mit ihrem Finger wieder über ihre Klit und drang dann zwischen ihren weichen, nassen Schamlippen in sich ein.

Sie hielt den Atem an, ließ den Finger wieder rausgleiten, langsame Bewegungen, um sich etwas Erleichterung zu verschaffen.

Cujo stöhnte und hörte auf zu malen. Mit offenem Mund sah er ihr dabei zu, wie sie sich berührte. Drea zog ihren Finger raus und steckte ihn Cujo wieder in den Mund. Er hielt ihre Hand am Handgelenk fest und leckte ihren Finger ab.

»Ich will dich so sehr, ich könnte kommen, nur weil ich dich schmecke.« Sein gequältes Knurren machte sie noch mehr an. Er ließ ihre Hand wieder los.

»Bitte, beeil dich.« Die Pinselstriche auf ihrer Haut wurden im Rhythmus ihres Fingers immer schneller. »Beeil dich, Brody, ich bin kurz davor. Ich will, dass du es zu Ende bringst.«

Sie zuckte zusammen, als sie auf einmal seinen Finger in sich spürte, und stöhnte, weil er sie noch mehr ausfüllte. Mit dem Daumen kreiste er um ihre Klit. Als er einen zweiten Finger in sie stieß, ballte sie die Fäuste zusammen. Noch nie hatte sie etwas derartig Intensives gespürt.

»Brody.« Drea kam heftig, und sie drückte Cujos Finger zusammen, während eine Welle nach der anderen sie überrollte.

*

Cujo verlor fast den Verstand, als er Dreas Beben um seine Finger spürte. Der Druck in seinem Schwanz wurde beinahe schmerzhaft bei ihrem Orgasmus, und er wollte es ihr gleichtun. Wie sie sich ihm so offen und leidenschaftlich hingab, entsprach perfekt ihrem Wesen.

Er wünschte sich nichts sehnlicher, als sich seine Jeans vom Leib zu reißen und in sie zu gleiten, aber er widerstand dem Verlangen.

Er führte seine nassen Finger an ihre Lippen. Drea schloss die Augen, als er sie küsste und diesen unglaublich erotischen Moment mit ihr teilte. Ihr Körper bebte immer noch vor Lust.

Glitter. Das Kunstwerk musste funkeln, so wie sie funkelte. Er hielt die Verpackung über sie und klopfte leicht darauf, wodurch der goldene Glitter wie Herbstlaub auf ihre gebräunte Haut rieselte.

Drea öffnete ihre Augen, als er aufstand und den Glitter wieder zurückstellte. Sie gab ein unglaubliches Bild ab. Ihr goldenes Haar lag zerzaust auf dem Kissen ausgebreitet, und ihre langen goldglänzenden Gliedmaßen waren mit seinem Kunstwerk versehen.

Er legte das Bettlaken so zurecht, dass es ihre Scham bedeckte, und positionierte ihre eine Hand über ihrer unbemalten Brust. So sehr er sie auch nehmen wollte, zunächst wollte er sehen, ob sie ihn etwas anderes tun ließe. Die Flügel des Phönix reichten bis unter ihre Hand, aber ihm war klar, dass sie sich nicht gern so freizügig würde zeigen wollen. Den Kopf des Phönix hatte er um ihre linke Brustwarze gezeichnet und die Brust vollständig damit bedeckt.

»Du bist wunderschön, Drea.« Er küsste sie, konnte

ihren süßen Lippen nicht widerstehen. »Ich möchte ein Foto für dich machen. Mit deinem Handy. Du musst unbedingt sehen, was ich sehe.«

Drea nickte und sah ihn mit leidenschaftlichem Blick an. »Ich vertraue dir.«

Das bedeutete ihm unbeschreiblich viel. Cujo stand auf und nahm ihr Handy. Er musste erst herumprobieren, bis er die richtige Perspektive gefunden hatte. Das Foto sollte künstlerisch aussehen, nicht unanständig, und dennoch die spürbare Erotik des Moments einfangen.

»Perfekt.« Schnell schoss er das Foto, um ihren Gesichtsausdruck so kurz nach dem Orgasmus festhalten zu können.

Endlich entledigte sich Cujo seiner Jeans. Sein Schwanz schmerzte jetzt wirklich, aber wenn er die Jeans eher ausgezogen hätte, hätte er das Kunstwerk nie zu Ende gebracht.

Er setzte sich neben Drea aufs Bett und zeigte ihr das Foto. Sein Herz machte einen Freudensprung, als sie vor Überraschung nach Luft rang.

»Oh, mein Gott, das ist wunderschön, Brody. Ich hatte ja keine Ahnung, dass du so was kannst.«

Es bedeutete ihm unsäglich viel, dass sie seine Kunst zu schätzen wusste. »Es liegt an der Leinwand, Süße. Du bist diejenige, die wunderschön ist.«

Schüchtern schaute sie weg. *Was zum ... sie glaubt mir nicht.* »Komm her«, sagte er, stand auf und reichte ihr die Hand.

Dann führte er sie zum Spiegel in der Zimmerecke. »Was siehst du, Drea?« Er wusste, dass seine Stimme schroff klang, aber verdammt noch mal, sie war nackt und trug sein Kunstwerk auf der Haut.

»Ich sehe dein unglaubliches Meisterwerk.«

»Ich nicht. Ich sehe dich, Drea. Ich sehe die Liebenswürdikigeit in deinen Augen. Ich sehe Hände, die mehr gearbeitet haben als die vieler anderer. Ich sehe diese perfekten Lippen, die mein Herz gebrochen und an meinem Schwanz gesaugt haben. Ich sehe die Rundungen deiner Brüste und diese Hüften, die mich dermaßen um den Verstand bringen, dass ich sie festhalten und dich hier auf der Stelle von hinten nehmen will ... ungeachtet der Schwierigkeiten, die es mit sich bringt, eine kleine Frau zu daten.« Er ließ seine Hand zwischen ihre Beine gleiten und fand großen Gefallen an ihrer Nässe und der Art, wie sie zischend die Luft einsog.

Als er mit einem Finger tief in sie eindrang, riss sie die Augen auf. Drea drückte sich gegen ihn, und wie sie so Haut an Haut dastanden, das war ein unbeschreibliches Gefühl.

Er zog seinen Finger aus ihr heraus und fuhr mitten über das Bild, das er gemalt hatte.

»Nein«, quietschte Drea, »mach es nicht kaputt!« Sie schlug seine Hand weg.

»Ich habe nicht vor, es kaputtzumachen«, antwortete er und hob sie in die Arme, um sie zum Bett zurückzutragen. »Ich habe vor, es aufzuessen. Zumindest einen Teil davon.«

Er setzte sie sanft auf dem Bett ab und legte sich daneben. Der Anblick ihrer Brustwarze, die bei seiner Berührung hart wurde, hypnotisierte ihn, er sog sie in seinen Mund und leckte die Karamellfarbe ab, zusammen mit Dreas ganz eigenem Geschmack. Sie bog den Rücken durch. Er leckte sich langsam zu ihren Rippen hinunter und beschmierte sich an den Stellen, wo sich ihre Körper berührten, selbst mit Farbe und Glitter.

Dann griff er nach einem Kondom, legte sich auf den Rücken und streifte es über. »Setz dich auf mich, Drea.« Er hob sie über sein Becken und hielt dann seinen Schwanz fest, während Drea langsam auf ihn glitt.

»Oh Gott, Brody«, stöhnte sie. Er liebte den Klang seines Namens, wenn sie ihn so sagte. Heiser. Verzweifelt. Ihr langes welliges Haar fiel ihr über die Schultern und reichte bis über ihre Brüste. Sein Kunstwerk schmückte ihren wunderschönen Körper. Und sie war immer noch ganz nass von ihrem Orgasmus.

Sie war alles auf einmal, wild und sanft. Er bemühte sich sehr, sich zurückzuhalten, aber er konnte sich kaum von ihrem Anblick losreißen. Dann schloss er doch die Augen, bevor er sich völlig vergaß.

»Brody?«

»Ja, mein Engelchen«, sagte er mit rauer Stimme.

»Guck mich an.«

Er tat, was sie verlangte, und sah, wie Drea sich mit den Händen über die Brüste streichelte und dabei Farbe und Glitter verschmierte. Sie hob ihr Becken an, um dann wieder auf ihn herabzugleiten, und er keuchte bei der Reibung, die sie damit verursachte.

Er packte sie an den Hüften, hob sie wieder an und zog sie dann heftiger herunter. Er wollte sie mit einer Dringlichkeit, die er so niemals zuvor verspürt hatte. Wenn er sie jetzt nicht haben konnte, würde er daran kaputtgehen.

Cujo drängte sich ihr entgegen und schob eine Hand zwischen sie, um mit ihrer Klit zu spielen.

»Brody, bitte, ich ...« Drea ließ sich nach vorn fallen und stützte sich mit beiden Händen ab.

Er sog eine Brustwarze in seinen Mund, knabberte daran und neckte sie, bis Drea vor Lust stöhnte.

Ihm wurde furchtbar heiß, der Drang nach Erlösung immer stärker. Sein Schwanz pulsierte schmerzhaft. Er rollte sie beide herum, so dass Drea unter ihm lag. Sie schlang ihre Beine fest um seine Hüften, er drang tief in sie ein, ihre Körper klebten aneinander.

Schweiß tropfte von seiner Stirn. Er konzentrierte sich auf Rechenaufgaben, wollte auf keinen Fall schon kommen, wollte dieses Gefühl der Verbundenheit nicht verlieren. Denn hier, fernab von allem anderen, waren sie besser als gut. Sie war der Grund, warum er lebte.

»Oh Gott, Brody, ich komme gleich. Bitte. Komm mit mir.«

Er ergriff ihre Handgelenke, legte ihre Arme über ihrem Kopf ab und küsste sie leidenschaftlich. Sie keuchte, der Höhepunkt begann sich zu entfalten, alles um sie herum fiel zusammen.

Als er ganz tief in ihr kam, explodierten Sterne vor seinen Augen, ein Gefühl, das er mit solch einer Macht noch nie empfunden hatte.

Ein Gefühl, von dem er wusste, dass er es nur mit ihr haben konnte.

Kapitel 19

»Erinner mich daran, dass ich nicht noch mal mit dir dusche.« Drea trat in die kleine Küche, während sie sich das Haar kämmte.

Cujo grinste und goss ihr ein Glas roten Zinfandel aus der Flasche ein, die er mitgebracht hatte. »Hey, das ist nicht meine Schuld, wenn du mit heißem Wasser und Seife so appetitlich aussiehst.«

Seine Statur ließ die Küche winzig erscheinen, seine Hose hing tief auf den Hüften und offenbarte sein Sixpack, das zum Anknabbern einlud, und diese wunderbaren Linien, die hinunter zu … wie auch immer sie genannt wurden, auf jeden Fall zu mehr Verheißungsvollem führten. Sie gähnte und zog ihr Handy aus der Tasche der Kapuzenjacke. Es war ein Uhr morgens.

Sie schaute sich noch mal das Foto an, das er von ihr gemacht hatte. Sie erkannte sich darauf kaum wieder. So selbstbewusst, mit vor Erregung geröteten Wangen. Sah er sie wirklich so?

»Ich kann es mir nicht anschauen, ohne dass es mich sofort anmacht«, sagte Cujo, der einen Blick über ihre Schulter erhascht hatte.

»Ruhig Blut, Brauner«, sagte sie lachend und hüpfte auf einen der Frühstückshocker.

Der kräftige Wein schmeckte wunderbar. Sie drehte die Flasche, um sich das Etikett anzusehen. Es war einige Monate her, dass sie sich eine Flasche Wein hatte leisten können, und dies war einer ihrer Lieblingsweine.

»Ich möchte dich morgen mit zum Paddelboarden bei Sonnenaufgang nehmen. Ich habe Boards dabei. Ich weiß, die Nacht ist dann zwar kurz, aber ich dachte, du könntest das vielleicht zu den Hobbys hinzufügen, die du ausprobieren möchtest. Ich hab dir das hier mitgebracht.« Er stellte eine pink-weiß gestreifte Tüte vor sie. »Um ehrlich zu sein, hat Harper mir geholfen, es auszusuchen. Sie meinte, auf Männer wäre in der Hinsicht kein Verlass.«

»Na ja, Trent hat ihr mal einen schwarz-weiß gepunkteten Bikini gekauft, der ein Hauch von Nichts war«, sagte sie lachend und fragte sich, ob Harper den Bikini mit nach Tahiti genommen hatte.

»Ich hab mir gedacht, du würdest dich vielleicht in etwas weniger ... also ... weil es dein erstes Mal ist, darin wohler fühlen. Wenn es kalt ist, kannst du immer noch eine Kapuzenjacke tragen. Wir bleiben die ganze Zeit im Flachen, du brauchst dir also keine Sorgen zu machen.«

Der süße smaragdgrüne Zweiteiler war perfekt. »Danke, Brody.« Sie stand auf und küsste ihn auf die Wange. Ein warmes Lächeln breitete sich über sein Gesicht aus.

Sie wollten lieber auf der Veranda sitzen und gingen hinaus, um ihren Wein zu trinken. Es war schon lange dunkle Nacht, und Cujo zündete die Kerzen auf dem Tisch an.

»Danke, dass du das alles zu so etwas Besonderem

machst, Brody. Ich fühle mich, als hätte ich eine Woche Urlaub hinter mir und nicht erst einen Tag.«

Er setzte sich und ergriff ihre Hand über dem Tisch. »Mit größtem Vergnügen. Ich meinte das völlig ernst, was ich letztens gesagt habe, weißt du. Ohne den ganzen Wahnsinn, der uns zurzeit umgibt, sind wir zwei ein gutes Team.«

Drea lehnte sich zurück. »Es tut mir leid, dass ich das immer wieder vergesse.«

»Das passiert schnell, Engelchen. Mir geht's genauso.«

Sie schwiegen eine Weile und genossen den Moment. Er streichelte mit dem Daumen ihre Hand.

»Ich mache mir Sorgen, dass du und ich, dass das meine nächsten Entscheidungen prägen wird«, sagte Drea leise. Als sie am Morgen im Halbschlaf gelegen hatte, waren ihr diese Gedanken gekommen.

»Wie meinst du das?« Sie hörte, wie er unruhig wurde auf seinem Stuhl, und öffnete widerwillig die Augen. Sie hatte Angst vor seiner Reaktion und suchte vorsichtig nach den richtigen Worten.

»Ich arbeite nicht in einem Café, weil ich nicht schlau genug bin, um etwas anderes zu machen. Ich konnte mir kein Studium leisten, weil ich einen Teilzeitjob brauchte, um mich um meine Mutter zu kümmern. Ich habe nicht mal über ein Studium nachgedacht, weil ich ich mich sonst nur geärgert hätte.«

Cujo küsste ihre Finger und hielt dann ihre Hand. »Ich versteh das, Engelchen. Ehrlich gesagt bin ich mächtig beeindruckt, wie du aus den ganzen Unterlagen auf dem USB-Stick schlau wirst. Und wie du die Puzzleteile zusammengefügt und Gilliam gefunden hast, der dich zu Don geführt hat.«

»Ich will mich nicht nach irgendetwas richten müssen, wenn ich entscheide, was ich als Nächstes mache. Aber ich glaube, dass unsere Beziehung mich einschränken wird. Was wäre, wenn ich brennend gern auf die Florida State gehen würde, aber es nicht tue, weil sie fünfhundert Meilen von Miami entfernt ist?«

Drea trank einen Schluck Wein und nutzte den Moment, um ihre Gedanken zu sortieren, die wie Flipperkugeln durch ihren Kopf schossen.

»Ich habe das ernst gemeint, was ich nach der Beerdigung gesagt habe«, sagte er.

»Was genau?«

»Als ich sagte, dass ich mit dir gehen würde. Du musst dir keine Gedanken darum machen, wohin du gehen willst.«

»Aber du hast doch alles hier. Deine Brüder, deine Nichten, Trent, das Studio, die Werkstatt. Warum solltest du nach solch einer kurzen Zeit mit mir weggehen wollen?«

»Solch eine kurze Zeit ist es auch wieder nicht. Wir kennen uns schon fast ein halbes Jahr. Und alle, die du jetzt aufgezählt hast, wären immer noch hier, wenn ich zurückkommen und sie besuchen würde. Und wir könnten skypen. Wir würden schon einen Weg finden.«

Was war sie doch für ein schlechter Mensch. Erst musste ihre Mutter sterben, damit sie aus ihrem bisherigen Leben ausbrechen konnte. Jetzt sprach Cujo davon, alles aufzugeben, was ihm am Herzen lag, um ihr dahin zu folgen, wohin sie gehen wollte. »Das kann ich doch nicht von dir verlangen.«

»Nein, das kannst du nicht. Aber ich kann es dir anbieten. Ich würde dir nicht völlig kopflos folgen. Wir würden als Paar entscheiden, wohin wir ziehen. Ich würde dich finanziell unterstützen, während du dein Ding machst. Wie ich das Geld verdiene, entscheide ich.«

Aber da gab es noch mehr. Sie wäre am Boden zerstört, wenn sie Tante Celine und Milo verlassen müsste, die einzige Familie, die sie noch hatte. Und Harper, ihre Herzensschwester in absolut jeder Hinsicht.

»Mach dir nicht so viele Sorgen, Engelchen. Es muss keine schwierige Entscheidung werden, und wir müssen uns nicht heute entscheiden. Wir werden uns dann wieder darüber unterhalten, wenn es nötig ist, Entscheidungen zu fällen.«

Cujo trank seinen Wein aus. »Steh auf«, wies er sie an.

Drea leerte schnell ihr Glas und stellte es auf den Tisch.

Er nahm ihr Gesicht in die Hände. »Wir können alles schaffen, stimmt's?«

Welche Zweifel sie auch immer gehabt hatte, sie waren wie weggeblasen. Er hatte ihr mit Worten und Taten bewiesen, dass er für sie da sein würde. »Jawohl«, antwortete sie und nickte zustimmend.

»Und dieses Gespräch verpflichtet dich zu rein gar nichts, okay?«

»Okay, aber das gilt auch für dich.«

»Also, das ist zwar mein voller Ernst, dass ich für dich umziehen würde, aber wir haben noch nicht darüber geredet, wie du das im Bett wieder gutmachen kannst, falls du mein Angebot annimmst.«

Drea schüttelte den Kopf und lehnte sich gegen ihn.

»So, Engelchen, ab ins Bett mit dir. Wir haben morgen früh was vor.«

Es dauerte allerdings noch eine Stunde, bevor er sie endlich schlafen ließ.

*

Das Wasser wirkte auf unheimliche Weise dunkel, so ein Dunkel war das, in dem man unweigerlich einen Schwarm Piranhas vermutete, der unsichtbar unter dem Paddelboard seine Kreise zog.

Cujo hatte ihr versichert, dass kein Anlass zur Sorge bestand, aber das nützte ihr momentan herzlich wenig. Soweit sie wusste, gab es in Florida immer noch wilde Alligatoren. Und obwohl ihre Beine kürzer waren, als ihr lieb war, freute sie sich doch ungemein über die Vollständigkeit ihrer Gliedmaßen.

Das Paddelboarden war einfacher, als sie es sich vorgestellt hatte. Ihre Angst davor, ins Wasser zu fallen, war außerdem eine große Motivation.

Auch nach nur drei Stunden Schlaf war der Sonnenaufgang sensationell und tauchte den Himmel in strahlendes Rosa und Orange. Cujo brachte ihre Boards nebeneinander, damit sie sich küssen konnten, ein perfekter Moment.

Sie paddelten weiter, Drea verlagerte leicht ihr Gewicht, wie Cujo es ihr beigebracht hatte, und folgte ihm zu einem schmalen Strandstreifen.

»Das hat viel mehr Spaß gemacht, als ich gedacht hätte.« Ihre Worte waren völlig ernst gemeint.

»Du hast das super gemacht«, sagte er und half ihr vom Board.

Cujo reicht ihr die Paddel, dann klemmte er sich jeweils ein Board unter den Arm. Seine Schultermuskulatur zeichnete sich dabei auf eine Weise ab, die Drea sehr ansprechend fand.

Als sie wieder am Wagen waren, zog sie ihre Trainingshose an und freute sich über das kuschelige Innenfleece. Cujo tat es ihr nach, und schon kurze Zeit später waren sie wieder unterwegs in Richtung ihrer Hütte.

Kurz vorher bog Cujo jedoch ab und fuhr zu einem schäbig aussehenden Restaurant neben einer Tankstelle. Unkraut überwucherte den Vorgarten, und im Schriftzug des Namens fehlten Buchstaben, so dass nur W ST SID GR LL zu lesen war.

»Sag nichts.« Cujo schaltete den Motor ab. »Hier bekommt man die besten Blaubeer-Buttermilch-Pancakes, die es gibt.«

Cujo half ihr aus dem Truck und legte eine Hand auf ihren Rücken. So gingen sie gemeinsam hinein.

»Brody, Schätzchen.« Eine stämmige Frau mit platinblondem, aufgetürmtem Dutt, der sie locker fünfundzwanzig Zentimter größer machte, eilte auf sie zu.

»Hey, Barb. Wie geht's denn so? Und wie geht's Hank?«

»Uns geht's prima, Schätzchen, ganz prima. Hank steht am Grill, wie immer. Ich schicke ihn gleich zu euch raus.«

Barb führte sie zu einer Nische am Fenster. Die Sitzbänke waren zwar leicht abgewetzt und das rot-weiß karierte Plastik auf dem Tisch blätterte an den Ecken ab, aber alles war makellos sauber. Ein Blumenkasten mit Seidenblumen brachte zusätzliche Farbe ins Bild.

Drea bestellte French Toast mit Apfel und Zimt, Cujo die Pancakes. Barb brachte ihnen Becher mit dampfendem Kaffee und Milch sowie ein großes Glas Orangensaft für Cujo.

Cujo hielt Dreas Hand überm Tisch und spielte mit ihren Fingern. Sein vom Wind zerzaustes Haar stand nach allen Seiten ab.

Als das Essen kam, stellte Drea fest, dass allein ihre Portion eine vierköpfige Familie satt gemacht hätte. Sie hatte mehrere große Scheiben frischen weißen Brots bekommen mit einer wunderbar süßen und knusprigen Zimtkruste. Die Äpfel waren zusammen mit dem French Toast gebraten worden und platzten auf, als sie mit der Gabel hineinstach. Sirup tropfte von den Scheiben.

»Oh mein Gott«, stöhnte sie und schloss die Augen, »ist das guuut!«

»Hab ich ja gesagt.«

»Das werde ich niemals alles aufessen können. Der Teller reicht für zwei Tage.«

Cujo konnte nicht antworten. Mit seinen vollen Backen sah er wie Alvin oder einer der anderen Chipmunks aus.

Zwanzig Minuten später schob Drea ihren immer noch halbvollen Teller von sich, nahm den Kaffeebecher in beide Hände und lehnte sich zurück.

»Ich krieg heute den ganzen Tag nichts mehr runter.«

Cujo machte sich über das her, was sie übriggelassen hatte.

»Ernsthaft?«

»Engelchen, ich brauche so viele Energiereserven, wie es nur geht, damit ich dich glücklich machen kann. Dieser Motor läuft nur mit erstklassigem Sprit.« Er zwinkerte ihr zu.

Sie tranken noch entspannt ihren Kaffee aus, bevor sie sich auf den Weg zu ihrer Hütte begaben.

»Ich muss ein Nickerchen machen. Irgendwer hat mich

letzte Nacht vom Schlafen abgehalten.« Drea seufzte. Das Motorengeräusch schläferte sie ein.

Cujos Hand glitt an ihrem Oberschenkel entlang. »Aber nur, weil du mich vom Schlafen abhältst, wenn du so nackt daliegst.« Er lachte, als sie seine Hand wegschlug.

Eine unauffällige, silberfarbene Limousine überholte sie. Der nervige Autoaufkleber darauf prahlte damit, dass eines der Kinder in Harvard studierte.

»Was für ein Arsch«, sagte Cujo.

»Ach du Scheiße, das ist Marty Jacobs«, sagte Drea im selben Moment.

Cujo schaute dem Auto hinterher. »Der Gouverneur? War er allein?«

»Ja.« Drea sah nach hinten. »Keine anderen Autos. Hat ein Gouverneur denn keinen Personenschutz? Ich hab keine Ahnung, du?«

»Ich weiß nicht, aber eigentlich müsste er doch, oder?«, meinte Cujo.

»Was macht er also mitten im Nirgendwo, und das ein paar Wochen vor der Wahl?«

»Na ja, zunächst einmal wählt ja ganz Florida. Nicht nur die großen Städte. Vielleicht muss er noch ein paar Wähler umgarnen und Babys küssen … aber in Anbetracht dessen, was sonst noch so los ist, weiß ich es wirklich nicht.«

»Bleib an ihm dran, Cujo. Lass uns gucken, wohin er fährt.«

»Wirklich?« Er drückte aufs Gaspedal. »Ich wollte eigentlich zurück zur Hütte und gucken, ob deine Vorstellung von einem Nickerchen meiner entspricht.«

»Wenn du dem Gouverneur folgst, garantiere ich dir,

dass wir ganz ähnliche Vorstellungen davon haben werden«, erwiderte Drea, holte ihr Handy raus und machte ein Foto.

»Beinhaltet deine Vorstellung von Nickerchen, dass du auf allen vieren bist, während ich ...«

»Konzentrier dich.« Sie lachte und streichelte über die Beule in seiner Jeans. Sie beugte sich an sein Ohr und flüsterte: »Wenn du an ihm dranbleibst, kannst du mich so nehmen, wie du willst.«

»Verdammt«, Cujo rutschte unruhig auf dem Sitz hin und her, »hoffentlich hält er an, bevor mein Schwanz explodiert.«

Sie fuhren dem Wagen noch eine Meile hinterher, bis er auf den Parkplatz einer ehemaligen Beratungsstelle einbog. Cujo folgte ihm und parkte so, dass sie nicht gesehen wurden, selbst jedoch das Auto des Gouverneurs im Blick behalten konnten.

»Rutsch runter«, forderte Drea ihn auf.

»Warum?«

»Mach schon.« Sie versetzte ihm einen Klaps auf den Arm.

»Ich glaub, ich spinne ... na gut.« Cujo rutschte runter. »Das ist total lächerlich. Das weißt du, ja?«

Drea machte noch ein Foto.

»Was tust du denn da?«, fragte Cujo.

»Beweismaterial sammeln.«

»Wofür? Dafür, wie er sein Auto geparkt hat?« Keine Sicherheitsleute. Ein unauffälliges, älteres Auto. Ein abgelegener Ort. Irgendetwas stimmte hier nicht.

Ein schwarzer Lincoln Navigator bog vor ihnen auf den Parkplatz ein und blieb neben dem Auto des Gouverneurs stehen. Ein stämmiger Mann stieg aus. *Der Hotelflur.* Drea erkannte ihn sofort. »Der hat vor Hendersons Suite Wache gehalten, als ich den Zimmerservice gemacht habe.«

»Warte mal«, flüsterte Cujo, »wann hast du den Zimmerservice für die gemacht?«

Mist. Sie hatte es ihm nicht erzählt.

»Das war in der Nacht, als meine Mutter gestorben ist«, antwortete sie schnell. Als Cujo nicht für sie da gewesen war.

Cujo nahm ihre Hand und zog sie an seine Lippen.

Der Sicherheitsmann überreichte Jacobs einen braunen Umschlag. Der öffnete ihn und blätterte durch den Inhalt. Geld? Unterlagen? Sie waren zu weit weg, um das genau sehen zu können.

Drea schoss weitere Fotos. Der Sicherheitstyp drehte sich in ihre Richtung und schirmte seine Augen trotz Sonnenbrille zusätzlich ab.

Cujo zog ihre Hand herunter. »Die Sonne reflektiert bestimmt auf dem Display«, sagte er.

Dann lief der Typ auf sie zu und bedeutete dem Gouverneur, ins Auto zu steigen.

»Scheiße.« Cujo setzte sich auf. Er ließ den Motor aufheulen und fuhr mit durchdrehenden Reifen vom Parkplatz, wobei er Steine aufwirbelte. Cujo warf einen Blick in den Rückspiegel. »Vielleicht hat er das Nummernschild gesehen.«

»Oh Scheiße.«

»Kannst du laut sagen. In was für Schwierigkeiten hast du uns jetzt gebracht, Velma?«

*

Cujo lud gerade die letzten Sachen auf den Truck. Er sicherte die Paddelboards, überprüfte noch mal die Spannseile. Dann zog er die Abdeckplane darüber und befestigte sie an den Seiten.

Dunkle Wolken zogen am Horizont auf. Schlechtes Wetter war im Anzug, und Cujo wollte unbedingt vor dem Sturm los. Es gab Schöneres, als zwei Stunden im strömenden Regen Auto zu fahren.

Drea war noch in der Hütte und schickte Detective Carter die Fotos, die sie vom Gouverneur gemacht hatte. Sie waren übereingekommen, dass es besser war, zu viel Informationen weiterzugeben, auch auf die Gefahr hin, paranoid zu wirken, als Infos zurückzuhalten, die sich im Nachhinein als wichtig hätten erweisen können. Er hatte es ihr überlassen, die Nachricht zu verfassen, aber der besitzergreifende Anteil in ihm wollte ihr am liebsten das Handy aus der Hand reißen und nachlesen, was sie ihm schrieb. *Dieser Scheißkerl Carter.* Es wurde nicht besser dadurch, dass er ein guter Cop war. Cujo wollte ihn einfach hassen.

In dem Moment, als er sie schon aus der Hütte holen wollte, kam Drea die Stufen heruntergelaufen und strich dabei mit der Hand übers Geländer. Sie hatte ihr Haar zu einem unordentlichen Dutt hochgebunden, trug sein rotes Flanellhemd über einem weißen T-Shirt und winzige Jeans-Shorts. *Unfassbar sexy.* Als sie unten war, drehte sie sich noch mal zur Hütte um.

Er stellte sich hinter sie und legte seine Arme um ihre Taille. »Ich werde die Hütte vermissen«, sagte er und küsste sie auf den Hals. Sie roch so gut, und er musste an den Morgen denken. Sie hätten fast die winzige Dusche zerlegt, aber wer hätte gedacht, dass Dreas Beine so gelenkig waren.

Sie lehnte sich an ihn und legte ihre Hände auf seine. »Ich auch. Das hat uns gutgetan hier.«

Ja, das hatte es. Sie hatten sich ewig über Gott und die Welt unterhalten, zum Beispiel darüber, wie die Chancen der Miami-Heat-Basketballmannschaft standen, den nächsten Sieg ohne LeBron zu schaffen, aber auch über tiefergehende Themen wie Dreas Therapie. Sie hatte ihm sehr persönliche Dinge anvertraut, die sie über sich gelernt hatte. Er hatte ihr von seiner Angst erzählt, nie Vater werden zu können, einer Angst, die er sich selbst erst vor kurzem eingestanden hatte. Vielleicht sollte er sich dieser Angst stellen, sich zusammenreißen und sich testen lassen.

Sie drehte sich in seiner Umarmung herum, stellte sich auf die Zehen und küsste ihn kurz. Sie lächelte ihn so strahlend an, dass es ansteckend war. Die Vorstellung, mit dieser Frau seine Zukunft zu verbringen, elektrisierte ihn.

»Danke, dass du das hier möglich gemacht hast«, sagte sie.

Er küsste sie noch mal, da fielen die ersten Regentropfen auf sie herunter. Sie versuchte, sich von ihm zu befreien, aber er hielt sie fest und küsste sie weiter. Der Regen wurde stärker.

Drea kreischte und riss sich los. Sie warf einen Blick in den Himmel. Cujo lachte, nahm ihre Hand und rannte mit ihr zum Truck. Er half ihr beim Einsteigen, bevor er selbst zur Fahrerseite hastete.

Dreas Kichern erfüllte den Truck, während sie das nasse T-Shirt von sich weghielt. Es war unmöglich, sich eine andere Frau vorzustellen, die sein Leben mit dieser Art von Musik füllte.

»Ich liebe dich, Drea.« Er beugte sich zu ihr hinüber und küsste sie.

»Ich liebe dich auch, Brody«, flüsterte sie.

Ja, Mann, wir sind mehr als nur ein gutes Team. Er ließ den Motor an und fuhr auf die Nebenstraße zur Autobahn.

Der Regen prasselte aufs Autodach, und Cujo fummelte an der Klimaanlage herum, um die Scheiben frei zu machen.

»Die Vorstellung, jetzt wieder in die reale Welt zurückzukehren, macht mir keinen Spaß«, sagte Drea und wandte sich ihm zu.

»Ja. Und ich muss unbedingt zu Mom ins Krankenhaus fahren.« Der Abstand hatte ihm die Gelegenheit gegeben, darüber nachzudenken. Er musste Evelyn einfach als jemanden sehen, dem er noch nie zuvor begegnet war. Das war zwar nicht die Art von Beziehung, die er sich mit seiner Mutter gewünscht hätte, aber besser als gar keine Beziehung zu ihr.

»Ich würde sie auch gern noch mal besuchen, wenn du nichts dagegen hast. Ich meine, ich weiß ja nicht, ob sie mich noch sehen will, aber wenn doch ...«

Ihre Worte verwirrten ihn. »Warum sollte sie dich nicht sehen wollen?«

»Weil ich ihr nicht helfen konnte. Weil es meine Schuld ist, dass sie jetzt dort liegt. Aber ich würde mich gern dafür entschuldigen.«

»Drea, du musst wirklich damit aufhören. Du hättest nichts ausrichten können gegen zwei Männer mit Waffen. Und du hättest selbst getötet werden können.«

Drea seufzte und kaute an ihrem Nagel herum. Er hielt ihre Hand fest. »Ich meine das ernst. Sie ist dir dankbar, dass du dir solche Mühe gegeben hast, um herauszufinden, wer sie ist.«

»Ich hoffe, das stimmt.«

Er drückte ihr Bein. »Ja, das stimmt. Mach dir da mal keine Sorgen, *Carter* hat ihr mehr als deutlich gemacht, wie sehr du darum bemüht warst, diesen Fall zu lösen.«

Drea lachte. »Eifersüchtig, was?«

»Und wie. Ohne Wenn und Aber eifersüchtig, wenn es um meine verdammt scharfe Freundin und einen gutaussehenden Typen in Uniform geht.«

Drea tätschelte seine Hand. »Er ist nicht du, Brody. Das weißt du, ja?«

Er küsste ihren Handrücken. »Das hält ihn nicht davon ab zu versuchen, meine Position einzunehmen, aber ja, ich weiß das.«

Der Himmel klarte auf, als sie sich Miami näherten. Drea schlummerte vor sich hin, und Cujo summte zu den Liedern im Radio.

Kurz hinter Sweetwater hielt Cujo an, um zu tanken. Er füllte den Tank, und als er vom Bezahlen zurückkam, war Drea wach und streckte sich.

»Nette Aussicht.«

Drea lachte, und sie fuhren weiter Richtung Stadt.

Sein Handy klingelte. Devon war dran. »Hey, Mann. Was geht?«

»Du musst ins Krankenhaus kommen.« Er hörte im Hintergrund, wie eine Tür zugeschlagen und ein Auto gestartet wurden.

Cujo trat aufs Gaspedal. »Was ist passiert?«
»Mom«, antwortete Devon, »sie erinnert sich wieder.«

Kapitel 20

»Warum können wir nicht zu ihr reingehen?« Alec sah Dr. Jaffrey an.

»Bitte geben Sie uns noch ein paar Minuten. Ihre Frau hat große Mühe, mit der neuen Situation zurechtzukommen. Das ist nicht ungewöhnlich, aber die familiären Umstände führen in diesem Fall zu zusätzlichem Stress. Wir haben ihr ein Beruhigungsmittel angeboten, aber sie weigert sich, es zu nehmen, solange sie Sie nicht alle gesehen hat.«

Cujo konzentrierte sich auf den Bodenbelag, atmete tief durch und hoffte, dass die Galle, die ihm gerade hochkam, drinbleiben würde. Drea streichelte in Kreisen über seinen Rücken, und er begann, die Kreise zu zählen. Ihre Anwesenheit beruhigte ihn ein wenig.

»Wie lange können wir bei ihr bleiben?«, fragte Devon. Elisa schlang ihre Arme um seine Taille, als seine Stimme wegbrach.

»Nur kurz. Sobald ihr Stresslevel ansteigt, werden wir Sie bitten zu gehen.«

Der Weg vom Warteraum zum Krankenzimmer seiner Mutter fühlte sich endlos an, auch die zehn Minuten, die sie hatten warten müssen, waren ihm wie Tage vorgekommen. Cujo ergriff Dreas Hand.

»Jungs«, sagte Alec, als sie vor Evelyns Zimmer standen, »ich denke, es ist das Beste, wenn nur wir drei reingehen. Connor kann dazukommen, sobald er hier ist. Ich befürchte, das wird eurer Mutter sonst zu viel.«

Cujo wollte widersprechen. Er war sich nicht mal sicher, ob er es durch die Tür schaffen würde ohne Drea und die Kraft, die sie ihm gab. Trotzdem wusste er tief in sich drin, dass sein Vater recht hatte.

Drea lehnte ihre Stirn an seine Brust. Er küsste sie auf den Kopf, ein Hauch ihres Erdbeerdufts drang durch den Kokosgeruch ihrer Sonnencreme.

»Ich warte hier auf dich«, sagte sie, »egal, was passiert. Wenn du die ganze Nacht bleiben willst, werde ich hier warten. Wenn du in fünf Minuten gehen willst, bin ich dabei.«

Er folgte Alec ins Zimmer. *Was, wenn Evelyn sie ein zweites Mal wegstieß?* Er gewöhnte sich doch gerade erst daran, dass sie wieder da war.

Evelyn saß aufrecht im Bett und hielt ein Taschentuch vor ihre Augen. »Ich habe euch nicht verdient. Keinen von euch«, schluchzte sie. Die Drähte waren von ihrem Kiefer entfernt worden, aber das Reden bereitete ihr offensichtlich immer noch Schmerzen.

Alec hastete zum Bett, setzte sich neben sie und zog sie vorsichtig an sich. »Sag so was nicht.«

Cujo hörte Devon schniefen und legte den Arm um seinen kleinen Bruder.

Ihre Mutter löste sich von Alec. »Warum nicht? Es stimmt

doch. Wie konnte ich nur? Wie konnte ich nur …?« Dicke Tränen flossen über ihr Gesicht. »Ich bin weggegangen. Als ich hätte bleiben sollen. Du warst ja noch nicht mal in der Schule, Devon.«

Devon befreite sich aus Cujos Arm, ging zum Bett und legte seinen Kopf auf den Schoß seiner Mutter, wo er lautlos weinte.

»Bitte, Evelyn, nicht. Reg dich nicht so auf. Wir sind doch da.« Alec küsste ihre Hand.

»Es tut mir so leid, Alec. Ich konnte einfach nicht … Ich war so jung. Und ich hatte noch so viel vor. Devon, du bist an dem Abend weinend ins Bett gegangen, weil du deinen Hasen nicht finden konntest, und ich habe euch trotzdem verlassen. Was für eine … für eine Mutter … bin ich … war ich?« Sie wurde von wütenden Schluchzern geschüttelt.

Dr. Jaffrey kam ins Zimmer. »Es tut mir leid, Evelyn, aber Sie müssen sich wirklich beruhigen.« Er reichte ihr einen kleinen Pappbecher und ein Glas Wasser.

Evelyn schüttelte den Kopf. »Sie verstehen nicht. Ich kann mich nicht an alles erinnern. Nur an Bruchstücke. Es ist alles verschwommen.« Seine Mutter schluchzte laut auf und nahm sich ein neues Taschentuch. »Wenn ich die Medikamente nehme, werden die restlichen Erinnerungen nicht wiederkommen.«

»Ich verspreche Ihnen«, sagte Dr. Jaffrey ganz ruhig, »dass die Medikamente darauf keinen Einfluss haben. Vielleicht erinnern Sie sich morgen früh sogar an mehr, *weil* sie sich ausgeruht haben.«

»Evie, bitte nimm das Medikament. Wir gehen nicht weg«, schniefte Alec und wischte sich jetzt ebenfalls die

Augen. »Wir schaffen das gemeinsam. Nicht von heute auf morgen, aber wir finden einen Weg, das verspreche ich dir.«

Alec würde sein Wort halten, das wusste Cujo. Evelyn schluckte die Tabletten, und nachdem sie sich noch einige Male auf herzzerreißende Weise bei ihnen entschuldigt hatte, gewann sie langsam ihre Fassung zurück.

Devon weinte nicht mehr, hielt aber Evelyns Hand. Alle drehten Cujo den Rücken zu. Bis auf Evelyn, die ihm direkt in die Augen sah.

Für eine Weile sagte keiner ein Wort, jeder war damit beschäftigt zu verdauen, was geschehen war. Die Augen seiner Mutter wurden schwer.

»Wir lassen dich jetzt schlafen«, sagte Alec und stand auf. »Aber wir kommen morgen früh wieder. Wir haben alle Zeit der Welt.«

Devon verabschiedete sich und folgte Alec hinaus in den Flur.

Cujo nickte. Er brachte kein Wort über die Lippen. Stattdessen presste er die Kiefer aufeinander.

»Brody«, sagte seine Mutter, »ist Drea hier? Kann ich sie sehen?«

»Ja, sie ist hier, aber lass uns morgen wiederkommen, ja?«

»Bitte, Brody. Ich muss bei euch allen schon so viel wiedergutmachen, aber das Mädchen habe ich in große Gefahr gebracht. Bitte, nur kurz.«

Cujo nickte und ging hinaus, um Drea zu holen, die stoisch ganz allein auf dem Flur die Stellung hielt.

»Mom möchte dich sehen.« Er umarmte Drea, mehr um sich zu trösten als sie. »Sie ist sehr aufgewühlt, Engelchen.«

Hand in Hand traten sie ins Zimmer.

Evelyn klopfte neben sich aufs Bett, und Cujo näherte sich ihr vorsichtig.

»Drea, es tut mir so leid ... Ich hatte ja keine Ahnung.«

»Nein, nein, mir tut es leid«, erwiderte Drea und setzte sich zu ihr, »ich hätte vorne mit Ihnen im Café bleiben sollen. Es war meine Schuld.« Dreas Augen füllten sich mit Tränen.

Evelyn kämpfte sichtlich gegen das Beruhigungsmittel an, aber ihrer nuscheligen Aussprache und den zufallenden Augen nach zu urteilen, würde sie den Kampf bald verlieren.

»Ich habe dich gesehen«, sagte Evelyn leise, als sie schon fast eingeschlafen war. »An dem Abend. Auf den Treppenstufen. Ich konnte dich nicht anschauen. Ich hätte sonst nicht ... weggehen können. Ich wäre sonst ...«

Cujo nahm ihre Hand. »Nicht jetzt, Mom. Wir werden darüber sprechen, aber nicht heute. Bitte schlaf jetzt. Wir reden morgen früh weiter.«

»Sagt Don nichts«, murmelte sie, schon halb eingeschlafen.

»Was sollen wir Don nicht sagen?«, hakte Cujo nach, und Angst stieg in ihm auf.

»Dass ich mich erinnere ...«

*

Drea half Cujo, den Wagen auszuladen. Seitdem sie sich von Evelyn verabschiedet hatten, hatte er kein Wort gesagt. Hin und wieder schüttelte er den Kopf und seufzte. Sie wollte ihn fragen, was ihm durch den Kopf ging, hielt sich aber zurück. Er brauchte Zeit.

Cujo stellte die Taschen in den Flur und ließ sich aufs Sofa fallen.

Drea ging in die Küche und durchsuchte den Kühlschrank nach etwas Essbarem. Es gab etwas Gemüse, das sie verwerten konnte. Im Tiefkühler befanden sich akkurat beschriftete Behälter und Tüten mit Fleisch. Sie konnte problemlos eine Mahlzeit daraus zubereiten.

Auf der Suche nach einer Salatschüssel öffnete sie einen Schrank, der mit einem lebenslangen Vorrat an Eiweißpulver vollgestopft war. Ein anderer Schrank enthielt Packungen mit Nahrungsmitteln, von denen sie noch nie gehört hatte: Baobab-Pulver, Agavensirup, Hanfsamen. Der Typ war ein Ernährungsfreak.

Im dritten Schrank fand sie Tassen und Schalen. Allmählich näherte sie sich dem, was sie suchte.

»Kann ich dir vielleicht helfen, Engelchen?« Cujo stand auf der anderen Seite des Küchentresens, die Arme gestreckt, beide Hände abgestützt. »Oder willst du den ganzen Abend damit verbringen, Schranktüren auf und zu zu knallen?« Sein Lächeln war gezwungen, aber zumindest redete er wieder.

»Ich wollte etwas zu essen machen. Salat und Fleisch.«

»Fleisch?« Er sah sie mit hochgezogenen Augenbrauen an.

»Ja, du weißt schon. Ein tierisches Produkt. Wenn es noch lebt, macht es muh, mäh oder quak-quak.«

Cujo lachte und schüttelte den Kopf. Er ging um den Tresen herum an die Spüle und wusch sich die Hände. »Was hältst du von *Pho*?«

»*Pho?*«

Er durchsuchte den Tiefkühler und holte zwei Behälter und einen Gefrierbeutel mit gekochtem Hühnchenfleisch heraus. »Vietnamesisches Pho. Fleisch, wie du vorschlugst, Brühe und Nudeln. Normalerweise mache ich frisches Rindfleisch rein, aber da wir weg waren und ich nichts im Kühlschrank habe, nehmen wir die gekochte Hühnerbrust.«

Auf keinen Fall würde sie zulassen, dass er heute Abend für sie kochte. Das sah außerdem mehr nach einer wilden Ansammlung von Lebensmitteln als nach Kochen aus. Sie öffnete den Kühlschrank und holte ein Bier heraus, das sie zuvor erspäht hatte. »Nimm das, und setz dich auf einen Hocker. Du kannst mir Anweisungen geben, wie ich was mache.«

Er sah sie aus zusammengekniffenen Augen an, tat aber wie geheißen.

»Im Schrank rechts von dir ist ein großer Topf«, sagte er und zeigte Richtung Fenster. »Es ist eigentlich ein Frevel, vorgekochtes Fleisch zu nehmen, aber auf die Schnelle ist es dann doch das Beste, was wir haben.«

Cujo gab ihr Anweisungen. Sie bereitete die Nudeln vor, rieb frischen Ingwer, hackte Koriander und Frühlingszwiebeln.

Knapp dreißig Minuten später saßen sie nebeneinander am Tresen und schlürften köstliches Pho, wozu sie einen kalten Sauvignon Blanc tranken.

»Manchmal geht einfach nichts über zu Hause, oder?«, bemerkte er, während er die Suppe löffelte.

Die Art und Weise, wie Cujo »zu Hause« sagte, ließ Drea wohlig erschauern. Rosas Haus hatte sich, nun ja, wie ein Haus, nicht wie ein Zuhause angefühlt. Eigentlich hatte sie es gehasst. Bei Cujo entwickelte sie allmählich ein Gefühl dafür, wie es war, sich zu Hause geborgen und willkommen zu fühlen.

»Ich kannte dieses Gefühl vorher nicht, glaube ich. Für mich war zu Hause einfach nur ein Ort, wo ich wohnte.«

»So sollte niemand aufwachsen, Drea. Auch wenn es für uns schwierig war, dass Mom uns verlassen hatte, Dad hat die Familie immer zusammengehalten.«

Drea nahm den letzten Löffel Suppe und schob ihren Teller von sich.

»Ich habe Angst, Drea.«

Die Worte waren so leise, dass sie sie fast nicht gehört hätte. »Oh, Brody«, sagte sie und nahm seine Hand.

»Ich habe gemischte Gefühle in Bezug auf Mom. Ich habe sie so lange gehasst, und es fällt mir schwer, das jetzt abzuschalten. Ich meine, ich kann vielleicht keine Kinder bekommen, und das macht mich echt fertig. Sie hatte drei und hat sie verlassen. Ich habe mir immer vorgestellt, sie eines Tages wiederzusehen und ihr alles zu zeigen. Mein Haus, Second Circle. Ihr zu erzählen, dass Devon und ich eine Kfz-Werkstatt haben und Connor sein Unternehmen. Ich habe den Krebs überlebt. Und ihr dann zu sagen, dass wir das alles auch ohne sie hinbekommen haben.«

Cujo nahm noch einen Schluck Wein. Drea wusste nicht, was sie darauf antworten sollte, deshalb stand sie auf und stellte sich zwischen seine Beine.

»Das ist furchtbar, Brody. Ich wünschte, ich hätte ein paar weise Worte für dich, aber die habe ich nicht.«

Er schlang seine Arme um sie.

»Das Schwierige daran ist, dass ich diese Frau im Krankenhausbett liegen sehe, und ich möchte den Kerl umbringen, der ihr das angetan hat. Ich weiß nicht, ob ich das denke, weil mein Vater mir beigebracht hat, dass es nicht in Ordnung ist, eine Frau zu schlagen, oder ob es etwas anderes ist ... ich weiß nicht ... etwas Tieferliegendes? Weil sie meine Mutter ist.«

Sie legte die Hände auf seine Schultern und massierte sie ein wenig, um die Spannung zu lösen.

»Was soll ich ihr morgen bloß sagen, Engelchen? Sie hat schon genug durchgemacht und braucht nicht noch einen erwachsenen Mann, der wie ein Achtjähriger rumheult.«

»Hey«, unterbrach ihn Drea, »das reicht jetzt aber. Du hast alles Recht der Welt, verletzt zu sein, Cujo. Was Evelyn euch angetan hat, war grausam. Es wird keinem weiterhelfen, wenn du so tust, als wäre alles in Ordnung. Aber vielleicht solltest du ihr noch ein bisschen Zeit zum Heilen geben, bevor ihr dieses Gespräch führt.«

Cujo lehnte sich an ihre Brust. »Ich bin froh, dass du da bist, Drea.«

Sie fuhr ihm mit den Fingern durchs Haar und küsste ihn auf den Kopf. »Ich auch.«

Sie blieben noch eine Weile so stehen, jeder in seine eigenen Gedanken vertieft.

Nach ein paar Minuten sah Cujo sie an. »Hättest du Lust, mir zu erzählen, was du am Anfang herausgefunden hast? Von den ganzen Berichten und Unterlagen, die der Typ aus Alberta dir geschickt hat.«

»Du meinst, über den Fracking-Standort, das Schutzgebiet ... die ganzen Umweltthemen?«

»Weißt du, dass es mich anturnt, wenn du einen auf Geologin machst?«

»Cujo.« Sie boxte ihn gegen den Arm. »Natürlich, aber warum?«

»Ich weiß nicht. Vielleicht komme ich irgendwie weiter ... wenn ich weiß, womit meine Mutter sich beschäftigt.«

Cujo legte seine Hände auf ihre Hüften, und Drea konnte seine Verzweiflung förmlich spüren. Sie konnte nachvollziehen, wie wichtig es war, irgendwie mit jemandem einen gemeinsamen Nenner zu finden, mit dem man nichts gemeinsam hatte. Sie selbst hatte es viele Jahre versucht – ohne Erfolg.

»Okay. Ich räum jetzt auf, und dann können wir loslegen.«

»Wirst du mich morgen zu Mom begleiten?«

»Natürlich. Egal wohin, ich komme mit.«

Er ließ sie los, und Drea räumte den Tisch ab. Sie begann, das Geschirr in die Spülmaschine zu stellen.

»Weißt du, Drea, ich hoffe, dass du dich hier irgendwann wirklich zu Hause fühlen wirst. Es gefällt mir, wenn du hier bist, aber ich verstehe auch, dass du erst einmal für dich sein willst.«

Drea lächelte. »Ich muss schon sagen, ich mag dein Bett. Und du kochst so leckeres Essen, von dem ich noch nie gehört habe.«

»Es geht dir also immer noch um das Bett, ja?«

»Und vielleicht um den Mann, der darin schläft«, räumte sie lächelnd ein.

*

»Brody, Drea.« Evelyn setzte sich auf. »Ich bin so froh, dass ihr wiedergekommen seid.«

Sie sah hoffnungsvoll aus, was Cujo irgendwie ärgerte. Er hatte schlecht geschlafen, und seine Gedanken drehten sich die ganze Zeit darum, wie er das Gespräch mit ihr beginnen sollte, aber nichts schien richtig zu sein. Er erinnerte sich an Dreas Worte. Dass er ein Recht darauf hatte, wütend zu sein.

»Warum hast du uns verlassen?« Er hatte es ausgesprochen. Die Frage, die ihn die letzten vierundzwanzig Jahre gequält hatte, war endlich heraus.

Das achtjährige Kind in ihm bekam Panik. *Bitte lass es nicht wegen mir sein. Bitte nicht.*

Monotones Piepen und die unverständlichen Lautsprecherdurchsagen des Krankenhauses hätten den angemessenen Soundtrack zu einem B-Movie gebildet. Drea führte Cujo zu den Plastikstühlen an der Seite, aber er konnte den Blick nicht von Evelyn abwenden.

Er wartete darauf, dass seine Mutter antwortete. Schließlich beendete sie das zähe Schweigen:

»Ich habe euch nicht verlassen.« Ihre Stimme klang heute kräftiger. »Nicht so, wie du das meinst.«

»Wirklich? Ich hätte nämlich schwören können, dass du die letzten vierundzwanzig Jahre nicht bei uns warst.« *Es war ein Fehler gewesen, jetzt nach Antworten zu fragen.* Er hatte das alles immer noch nicht verarbeitet.

»Ich war so jung. Ich hatte noch so viele Pläne. Ich war am Ersticken.«

Sein Magen verkrampfte sich. »Du wolltest uns also nicht?«

Sie lachte bitter. »Nein, Brody. Das nicht. Ich habe einen schwerwiegenden Fehler gemacht.« Sie seufzte. »Ich wusste, dass dieser Tag kommen würde, aber ich bin nicht darauf vorbereitet. Hat euer Dad euch jemals erzählt, wie wir uns kennengelernt haben?«

Cujo verneinte kopfschüttelnd. »Er hat nie viel darüber gesagt. Nur dass ihr euch nach einer Demo auf dem Weg nach Hause begegnet seid.«

»Ich war am Tag vorher siebzehn geworden. Er war zwanzig. Witzig und charmant.« Sie lächelte, und ihre Augen schweiften bei der Erinnerung in die Ferne ab.

»Ich wollte unbedingt eine politische Aktivistin werden. Ich träumte davon, mich an einen Traktor oder an den Zaun des Weißen Hauses zu ketten. Ich war solch eine Idealistin. Ich hätte alles stehen und liegen lassen, um mich der Plowshare-Gruppe anzuschließen.«

Sie sah Cujo an, der offensichtlich keinen blassen Schimmer hatte, wovon sie gerade redete. »Daniel Berrigan? Philip? King of Prussia? Der Überfall auf das Atomkraftwerk in Pennsylvania?«

Er schüttelte den Kopf. »Tut mir leid, keine Ahnung.«

»Eine faszinierende Geschichte über … ist auch egal. Ich schweife ab. Und dann war ich auf einmal schwanger.«

Seine Mutter zuckte verzweifelt mit den Achseln. Sie schniefte und nahm sich ein Taschentuch.

Cujo stützte sich mit den Ellbogen auf seinen Knien ab. »Wolltest du mich überhaupt haben?«

»Es ist nicht so, dass ich dich nicht haben wollte. Ich fand die Vorstellung aufregend, Mutter zu sein. Ich hätte mir nur gewünscht, mehr erlebt zu haben, bevor ich dich bekam. Dein Vater war ein guter Mann. Als er mir versprach, dass wir es zusammen hinbekommen würden, habe ich ihm geglaubt.«

»Hast du jemals daran gedacht, mich loszuwerden? Eine Abtreibung vornehmen zu lassen?« Wenn sie ihn nicht bekommen hätten, wie wäre das Leben seiner Eltern dann verlaufen?

»Nie. Alec hat alles getan, damit es uns gutging. Und ich habe versucht so zu tun, als wäre ich glücklich damit, eine Familie mit ihm aufzubauen. Du warst so ein süßes Baby mit diesen großen blauen Augen, die mein Herz zum Schmelzen brachten.« Evelyn strich das Laken über ihrem Krankenhausbett glatt. »Aber das reichte mir nicht«, fuhr sie fort. »Und das Bedürfnis nach mehr wurde so stark, dass es mich geblendet hat. Ich nahm es Alec übel, dass ich seinetwegen zu Hause bleiben musste. Ich tat mich so schwer mit dem, was ich als Mutter hätte gern tun sollen. Euch drei zu baden, Pflaster auf eure Wunden zu kleben.« Sie begann, leise zu schluchzen. »Euch zu lieben.«

Tränen brannten in Cujos Augen, und er starrte an die Decke, wo er die silberfarbene Rahmenstruktur musterte, die die schäbig aussehenden Styroporplatten zusammenhielt. Es gelang ihm, die Tränen allmählich zurückzudrängen, aber er hatte immer noch einen Kloß im Hals.

»Ich war immer wieder hin und her gerissen«, fuhr sie fort. »Ich habe dich von ganzem Herzen geliebt, Brody. Ich konnte nur nicht für dich da sein und dabei ich selbst bleiben. Ich hatte wahnsinnige Angst davor, nichts aus meinem Leben machen zu können.«

Er kannte dieses Gefühl. Nach der Operation hatte er ähnlich empfunden. »Warum bist du nicht mit uns in Kontakt geblieben?«

»Am Anfang tat es zu sehr weh. An dem Abend bin ich

nach Charlotte getrampt. Dann schaffte ich es in den Tagen danach irgendwie nach Boston. Ich brauchte die Distanz zwischen uns, sonst wäre es zu einfach gewesen, zu euch zurückzukehren.« Evelyn goss sich ein Glas Wasser ein. Sie trank langsam und war dabei in Gedanken versunken.

»War es das wert? Von uns wegzugehen? Für mich hat sich das bestimmt nicht so angefühlt, als ich in meinem letzten Highschool-Jahr meine erste Chemo machen musste.«

»Brody!«, rief sie aus. »Oh nein.«

Die Farbe wich aus ihrem Gesicht, aber er empfand es nicht als Genugtuung.

»Geht es dir jetzt gut? Was ist geschehen? Bist du …?«

»Nicht jetzt.« Cujo lehnte sich zurück und rieb sich mit der Hand über den Nacken. Er war nicht hergekommen, um über seinen Krebs zu reden. »Wie kam es dazu, dass du tust, was du heute tust? Was auch immer das ist.«

»Ich schrieb mich an der Universität in Boston ein, um Umweltanalytik und -politik zu studieren. Das wissenschaftliche Arbeiten hielt mich davon ab, über euch nachzudenken. Wenn ich es doch tat, fand ich mich im Reisebüro wieder und wollte irgendwie nach Hause zurück. Während ich an der Uni war, geschah das Exxon-Valdez-Unglück – weißt du, das Riesentankschiff, das in Alaska auf Grund lief. Ich konnte einfach nicht verstehen, dass niemand diese Megakonzerne zur Rechenschaft zog. Ich machte mir Gedanken darüber, was für eine Welt ich euch und meinen Enkeln hinterlassen würde. Nachdem ich meinen Abschluss gemacht hatte, wurde mir klar, was meine Aufgabe war.«

So weit ähnelte die Geschichte Dreas Geschichte, nur dass Drea geblieben war. Sie hatte ihre Bedürfnisse den Bedürfnissen ihrer Mutter untergeordnet und das Beste daraus gemacht. Sie hatte ihre Familie nicht einfach verlassen.

»Warum bist du nicht zurückgekommen?«

»Ich habe mich nach Capitol Hill aufgemacht. Ich war bereit, die Welt zu verändern, die Umweltpolitik Schritt für Schritt umzukrempeln, und arbeitete wie eine Wahnsinnige daran, ein Netzwerk aufzubauen. Ich traf mich mit Absolventen der Bostoner Universität, kontaktierte Clay Shaw, ein Mitglied des Repräsentantenhauses, obwohl er Republikaner war.« Evelyn lachte über ihren eigenen Witz.

Sie hatte aufgehört zu weinen. Sie wirkte selbstbewusst, als hätte sie einfach nur ein paar Hindernisse überwinden müssen.

Was war das denn jetzt? Tat es ihr überhaupt leid? Cujo drückte Dreas Hand. »Ich glaube, wir sollten jetzt besser gehen.«

»Was? Aber warum denn? Lass es mich doch erklären«, flehte Evelyn.

»Und wozu? Damit du mir deine Lebensgeschichte erzählen kannst? Ich habe dich gefragt, warum du nicht nach Hause zurückgekommen bist, und du redest über deine Karriere.«

»Ich versuche, dir zu erklären, was ich gemacht habe, Brody, weil ich mir wünsche, dass du stolz auf mich bist. Ich habe unsere Familie für höhere Beweggründe aufgegeben.«

»Das muss wirklich nicht sein, dass du es so einfach klingen lässt.« Cujo stand auf und stieß den Stuhl weg.

*

»*Einfach?* Du glaubst, dass das alles *einfach* war? Du hast ja keine Ahnung. Ich habe meine Kinder verlassen«, schluchzte Evelyn. »Ich habe gespürt, wie viel Schmerz ich euch damit zugefügt habe. Jeden Tag. Aber mir war klar, dass der Weg, den ich einschlagen wollte, euch in Gefahr bringen würde. Willst du hören, dass ich es bereue? Natürlich tue ich das. Aber als ich mir dessen bewusst geworden war, war es zu spät. Da wart ihr schon groß.«

Drea spürte den Schmerz in Evelyns Worten, aber um Cujo machte sie sich mehr Sorgen. Er hielt ihrem Blick stand, obwohl er offensichtlich sehr aufgewühlt war. Drea streckte ihre Hand aus und nickte in Richtung Stuhl. Er rückte ihn wieder gerade, setzte sich und nahm Dreas Hand.

»Dann haben Sie angefangen, in Washington zu arbeiten?«, fragte Drea Evelyn.

Evelyn holte tief Luft und strich ihr Haar glatt. Cujo hatte den gleichen Tick, und trotz des aufwühlenden Gesprächs musste sie lächeln.

»Sozusagen. Ich traf mich mit einem Mann, der für eine Lobbygruppe arbeitete. Eine Umweltschutzgruppe mit großem Budget. Wir redeten darüber, dass die Gesetzgebungsverfahren zum Umweltschutz stagnierten.« Sie sah Cujo an, und ihre Augen funkelten erregt. »Wusstest du, dass alle bedeutsamen Gesetzgebungen und Gesetzesänderungen in den 1970er-Jahren erwirkt wurden? Das Bundesimmissionsschutzgesetz. Das Wasserschutzgesetz. Sogar das Gesetz zu den vom Aussterben bedrohten Arten. Das ist tatsächlich so.« Sie unterstrich ihre Worte mit einem Nicken in seine Richtung. »Oh ja, es wird sogar behauptet, dass die USA in der Hinsicht führend wären, aber tatsächlich feilen wir hin und wieder an den Einzelheiten dieser alten Gesetze. Wir sind nicht so fortschrittlich, wie wir es sein sollten.«

Drea kam sich vor, als würde sie den Film *Titanic* schauen. Obwohl sie die Geschichte kannte, wünschte sie sich ein anderes Ende. Es gefiel ihr überhaupt nicht, worauf das hier hinauslief. Das war eine Nummer zu groß für sie.

»Wie dem auch sei, ich nahm den Job an. Es passierte viel Mist. Clinton und Gore kamen dazu. Sie predigten zwar den Umweltschutz, aber Clinton war dann doch mehr mit der Ratifizierung und Unterzeichnung des Nordamerikanischen Freihandelsabkommens beschäftigt. Die Lobbyarbeit kam nur mühsam voran. Die Republikaner kamen an die Macht. Und es gab große Differenzen darüber, wie Firmen Umweltschutz verstanden. Ich wollte das ändern.«

»Wie bist du wieder hier gelandet?«, fragte Cujo und beugte sich vor. Drea streichelte mit kreisenden Bewegungen über seinen Rücken.

»Tja, wenn man nicht von außen an die nötigen Informationen herankommt, dann muss man es eben von innen versuchen.«

Hatte sie sich wirklich bei Cleffan eingeschlichen?

»Aber was bist du denn? So was wie eine Spionin oder eine Whistleblowerin?«

»So was in der Art. Ich wollte herausfinden, was genau Cleffan für Pläne in den Everglades und auch mit den Schiefergasvorkommen in Alabama hatte.«

So was in der Art. Was hatte das zu bedeuten?

»Wo hast du gearbeitet?«

»Ich bekam einen Job als persönliche Assistentin von Elroy King, dem Sicherheitschef bei Cleffan.«

Elroy King. Der Mann, den Drea vor Hendersons Suite im Hotel gesehen hatte, und der Mann, den sie mit dem Gouverneur hatten sprechen sehen.

»Hat er herausgefunden, wer du wirklich bist?« Cujo stand auf und begann, hin und her zu laufen.

»Ja, das hat er. Don hat mich verraten.« Evelyn sah zu Cujo hoch.

Drea hatte mit einigem gerechnet, aber sicherlich nicht damit. Die Nacht im Krankenhaus fiel ihr ein, als sie und Cujo sich darüber gestritten hatten, ob sie Don anrufen sollten oder nicht. *Hatte Cujo recht gehabt? War Don der Böse?*

»Aber das ergibt doch gar keinen Sinn«, rief Cujo aus. »Er hat sich quasi überschlagen, um dir zu helfen. Er hat die Arztrechnungen bezahlt, mit der Polizei kooperiert, all das.«

Drea zitterte. Sie hatte Evelyn zweimal in Gefahr gebracht. Zuerst im Café und dann indem sie Don mit einbezogen hatte. Sie hatte ihn zu Evelyn geführt.

»Ich bekam einen Hinweis, dass jemand in meiner Organisation Schmiergeld dafür kassierte, die Energiekonzerne zu informieren, in denen wir recherchierten.« Evelyn sah von Cujo zu Drea. »Don war im Urlaub, als entschieden wurde, diese Aktion durchzuführen.«

»Was ist dann passiert?«, fragte Cujo.

»Dons Vorgesetzter, der Chef der Organisation, für die ich gearbeitet habe, bat mich, mich auf die Assistenzstelle zu bewerben, sobald sie ausgeschrieben würde. Ich bekam den Job, und innerhalb einer Woche war ich vor Ort. Ein anderer Kollege bekam gleichzeitig eine Anstellung in der IT-Abteilung.«

Drea konnte nur erahnen, wie viel Mut es zu so etwas

brauchte. Unter normalen Umständen eine neue Arbeitsstelle anzutreten, war ja schon eine Herausforderung. »Wie lange waren Sie dort?«

»Drei Wochen. Da hatte ich allmählich ihr Vertrauen gewonnen. Dann ging ich an einem Samstag ins Büro, unter dem Vorwand, E-Mails beantworten zu müssen. Ich wollte Hendersons Büro unter die Lupe nehmen. Aber ich bekam einen Anruf von unserem IT-Mann. Elroy King hatte ein neues Handy beantragt, und ich sollte es für ihn abholen. Ich benutzte das vorübergehende Passwort, um Kings Daten aufrufen zu können, und da fand ich eine E-Mail von Don, der King darüber informierte, wer ich war.«

Drea hielt den Atem an. Das war ja wie in einem Roman von Tom Clancy. Ein Blick auf Evelyns Blutergüsse, Narben und die kahlen Stellen, wo ihr Haar wegrasiert worden war, machte ihr jedoch deutlich, dass die Geschichte echte, harte Konsequenzen gehabt hatte.

»Ich konnte die E-Mails nicht weiterleiten, weil man das gesehen hätte, aber ich machte Fotos. Ich legte das neue Handy gerade in den Karton, als King in sein Büro trat.«

»Ach du Scheiße«, sagte Cujo.

Drea war so vertieft in Evelyns Geschichte, dass sie vergessen hatte, dass er noch da war. »Wie sind Sie davongekommen?«

Evelyn seufzte. »Der IT-Chef hatte ihn angerufen und ihm gesagt, dass sein Handy bereit sei. Er war gekommen, um es selbst abzuholen. Er fragte mich, was ich da machen würde. Ich redete mich raus. Auf die IT wäre nie Verlass ... ich hätte nur überprüfen wollen, ob alles vollständig installiert wäre ... hätte sichergehen wollen, dass es Montag einsatzfähig wäre ... bla bla bla. Aber wir wussten beide, dass ich log.

Zum Glück waren noch andere Leute auf dem Flur. Ihm war klar, dass er nichts tun konnte. Ich musste schnellstens raus und abtauchen. Es mutet vielleicht seltsam an, dass ich nach Miami ging, aber ich hatte mich mit einem Freund verabredet, einem Anwalt in Sachen Umweltschutz. Ich wollte ihn um Hilfe bitten. Ich muss ihn tatsächlich demnächst mal anrufen.«

Drea rief sich das Gespräch mit Detective Carter vor dem Café in Erinnerung. Er hatte ihr erzählt, dass ein Anwalt getötet worden war.

»Meinen Sie etwa Walter Tobias?«

»Ja, warum? Ist ihm etwas zugestoßen?«

Drea antwortete nicht sofort, und diesmal war es Cujo, der sie besänftigen musste. »Es tut mir leid, Evelyn. Er starb in der Nacht, in der du angegriffen wurdest.«

Evelyn schnappte nach Luft. »Nein, bitte nicht. Wie ist es passiert? War es ein Unfall?«

Drea verneinte kopfschüttelnd. »Die Polizei geht von Fremdeinwirkung aus.«

»Verfluchte Scheiße.« Evelyn sah Cujo mit schmerzerfülltem Blick an. »Verstehst du es jetzt? Darum muss ich tun, was ich tue. Diese großen Konzerne machen vor nichts halt, um zu bekommen, was sie wollen.«

Cujo rückte mit seinem Stuhl ein wenig näher heran und nahm die Hand seiner Mutter. Dreas Herz machte bei diesem Anblick Luftsprünge. »Wir sollten Carter und Lopes anrufen. Wir hatten den Arzt gebeten, damit zu warten.«

»Das Beweismaterial befindet sich auf meinem Laptop«,

sagte Evelyn. »Ich habe mein Handy in der Nacht verloren, aber auf meiner Festplatte ist eine Sicherheitskopie der Daten gespeichert, dabei sind auch die Fotos. Ihr müsst den Laptop für mich holen. Ohne ihn können wir der Polizei keine Beweise liefern.«

»Wo befindet er sich?«, fragte Cujo.

»In einer Wohnung nicht weit vom Café. Sie gehört einem Freund, der sie normalerweise vermietet, aber die Wohnung war gerade frei geworden, als ich ihn anrief. Ich werde ihn bitten, sich dort mit euch zu treffen und einen Schlüssel mitzubringen. Im Flur steht ein Schrank, in dessen Boden ein Tresor versteckt ist. Der Sicherheitscode lautet 290913.«

»Das müssen wir uns aufschreiben. Hast du einen Kuli, Engelchen?«

»Den braucht ihr nicht, die Zahlenkombination besteht aus deinem, Connors und Devons Geburtstagen, in der Reihenfolge eurer Geburten.«

Cujo sah seine Mutter an, so viel Unausgesprochenes stand noch zwischen ihnen. »Gut«, sagte er schroff, »dann gib uns die Adresse.«

Sie besprachen die Einzelheiten und standen auf, um zu gehen. Cujo nahm Dreas Hand, und nach einer flüchtigen Verabschiedung von seiner Mutter ging er mit ihr zur Tür.

»Brody, es tut mir leid«, rief Evelyn ihm aus ihrem Bett hinterher. »Mehr als dir jemals bewusst sein wird. Aber ich hoffe, dass, wenn das alles hier vorbei ist, wir so etwas wie eine Beziehung zueinander aufbauen können.«

»Das hoffe ich auch, Mom.«

Kapitel 21

Neun Stunden und eine Schicht im Café später betrat Drea das Second Circle. Wie immer dröhnte laute Musik aus den Boxen. Eric tätowierte gerade den Finger einer jungen Frau, und ihre Freundinnen dokumentierten es mit einem Foto nach dem anderen.

Trents Kunde bekam einen Löwen aufs Schienbein gestochen. Allein bei dem Gedanken an die Nadeln so nah am Knochen zog sich alles in Drea zusammen. Sie war immer noch weit davon entfernt, Lust auf eine Tätowierung zu haben, obwohl sie sich ungemein stark zu einem sexy Tätowierkünstler hingezogen fühlte.

»Na, Engelchen, traust du dich endlich auf meine Tätowierliege?«, fragte Cujo.

Drea kreischte überrascht auf, als sie seine Stimme direkt an ihrem Ohr hörte. »Himmel. Willst du, dass ich einen Herzinfarkt bekomme?«

Er hob sie einfach hoch und setzte sie auf der schwarzen Tätowierliege neben dem Schaufenster ab.

»Nicht.« Drea kicherte und versuchte aufzustehen, aber er stützte sich mit beiden Händen auf die Armlehnen und versperrte ihr den Weg.

»Ich verspreche, dass ich meine Geräte nicht anfasse und auch nicht anmache«, sagte er wollüstig und zwinkerte ihr zu. »Obwohl ich eine genaue Vorstellung davon habe, was ich hier gern mit dir machen würde, wenn du mich nur ließest.«

»Reden wir immer noch über Tätowierungen?«, fragte sie und lehnte sich im Stuhl zurück.

Cujos Blick wanderte langsam von ihrem Gesicht zu ihren Beinen und wieder zurück. »Weiß nicht mehr.« Er lachte.

»Wir sind hier nicht in Amsterdam«, rief Pixie aus. »Kein Sex im Schaufenster.«

Cujo stand auf und reichte Drea die Hand, um ihr aufzuhelfen. »Du hast gut darin ausgesehen, Baby«, sagte er und zeigte mit dem Kopf auf den Tätowierstuhl.

»Ich bin mir ziemlich sicher, dass ich nie etwas anderes tun werde, als darin zu sitzen«, antwortete sie. »Obwohl es mir sehr gut gefällt, wie viel Bedeutung du in deine Kunstwerke legst. Ich liebe meinen Glücksspielautomaten.«

»Ja, es könnte sein, dass meinen Arm bald noch mehr zieren wird, inspiriert von dir und mir«, antwortete er.

»Warum hast du es genau hier stechen lassen?«, fragte sie und streichelte über seinen Bizeps.

»Ich wollte nie eine Beziehung, und vor meinem Krebs hatte ich mir fest vorgenommen, nur wirklich bedeutsame Dinge auf meinen linken Arm zu tätowieren. Er verbindet meinen Ringfinger mit meinem Herzen, und der einzige Mensch, der es verdient, darauf verewigt zu werden ... nun ja, das bist du.«

»Cujo.« Das war das Schönste, was man ihr jemals gesagt hatte. »Oh, ich liebe dich so.« Drea fuhr ihm mit den Fingern durch die Haare und zog ihn an sich. Seine tastende Zunge in ihrem Mund gab ihr den Rest.

»Sagt mal, macht ihr zwei jetzt auf jeder nur denkbaren Oberfläche rum, oder was?« Trent ging mit einem Haufen Papierkram in den Händen an ihnen vorbei. »Alter, du bist über dreißig, beherrsch dich mal.«

»Sagt der Typ, der seine Verlobte auf dem Sofa im Büro gevögelt hat.« Cujo lachte, als er sich von Drea löste. »Ich liebe dich auch, Engelchen«, hauchte er an ihrem Mund.

Sie verabschiedeten sich von allen und fuhren die kurze Strecke bis zu Evelyns Wohnung.

Drea musterte das unscheinbare, trostlos graue Gebäude. Wahrscheinlich würde sie bald in etwas Ähnlichem leben, eine deprimierende Vorstellung.

Drea griff nach der großen Tasche, die sie für den Laptop mitgebracht hatte. Sie stiegen aus dem Auto und liefen zur Eingangstür.

»Alles in Ordnung, Engelchen?«

Nein, nichts war in Ordnung. Ihre Nackenhaare sträubten sich. Sie sah die Straße hinauf und hinunter, es war aber nichts Auffälliges zu sehen. »Ja, alles okay. Mir setzt das Ganze nur ein bisschen zu.«

Alessandro, der Freund von Evelyn, traf sie im Foyer und gab ihnen den Schlüssel. Sie sollten ihn anschließend mitnehmen und ihn Lynn aushändigen, damit sie in die Wohnung zurückkehren konnte.

Mit dem Fahrstuhl fuhren sie zum entsprechenden Stockwerk und betraten einen langen Flur. Sie hatten die Wohnung schnell gefunden, und Cujo schloss die Tür auf.

Die Zimmer waren spärlich möbliert, jedoch sauber und

aufgeräumt. Es sah nicht danach aus, als wenn in letzter Zeit jemand hier gewohnt hätte. Ein grauer Pullover lag über einer Armlehne, und ein Paar Ballerinas stand neben dem Sofa auf dem Boden, aber das waren auch die einzigen Anzeichen dafür, dass jemand hier gewesen war.

Cujo schloss die Tür hinter ihnen.

Als Drea den Schrank im Flur erblickte, zog sie an Cujos Hand. »Da drüben.«

Sie öffnete die Schranktür und räumte die Stiefel und Schuhe auf dem doppelten Boden zur Seite. Cujo nahm die Platte heraus, und tatsächlich befand sich darunter der Safe, der zum Glück immer noch verschlossen war.

Der Boden im Flur vor der Wohnung knarzte, und beide hielten inne. Durch den Schlitz unter der Wohnungstür sahen sie Schatten, die auf dem Flur vorbeihuschten. Cujo legte einen Finger an die Lippen.

Dreas Herz hämmerte wie wild, ihr Mund war auf einmal ganz trocken. Reglos harrten sie aus, bis die Schritte sich wieder entfernten.

Cujo tippte schnell den Sicherheitscode ein. Drea zuckte bei jedem lauten Piepen des Nummernblocks zusammen. Der Safe öffnete sich und gab den Blick frei auf den Laptop und einige Unterlagen.

Sie verstauten alles in Dreas Tasche. »Los jetzt.« Lautlos formte sie die Worte mit den Lippen.

»Warte noch.« Cujo verschwand und kam kurz darauf mit einer kleinen Tasche wieder, die wohl seiner Mutter gehörte. Er hatte schnell noch ein paar Kosmetikartikel und Kleidung eingepackt. Evelyn würde sich sicherlich über ein paar persönliche Habseligkeiten freuen.

Cujo reichte ihr die Tasche. »Es ist besser, wenn ich die Hände frei habe«, flüsterte er. »Nur für den Fall.« *Für den Fall, dass er kämpfen musste.* Bei der Vorstellung wurde ihr übel.

Wachsam verließen sie die Wohnung. Cujo ging als Erster raus, sah nach rechts und links, bevor er Drea herauswinkte. Sie eilten zum Aufzug und warteten ungeduldig darauf, dass er an ihrem Stockwerk hielt.

Endlich kam er, und sie traten erleichtert ein. Sie hatten es fast geschafft. Als die Türen sich langsam wieder schlossen, erblickten sie noch so gerade eben eine hochgewachsene Silhouette, die aus dem Treppenhaus am Ende des Flurs zum Vorschein kam.

*

Cujo ging ins Badezimmer, um sich die Zähne zu putzen, während Drea sich dort die Haare bürstete. Es war schon spät, und sie mussten dringend schlafen, aber sie waren beide so vollgepumpt mit Adrenalin, dass daran nicht zu denken war.

Sie war nackt und sah einfach perfekt aus, schien sich aber ihrer umwerfenden Wirkung auf ihn nicht bewusst zu sein. Er nahm seine Zahnbürste, tat Zahnpasta drauf und fing an, sich die Zähne zu putzen.

Was hatten sie nur für einen Abend hinter sich. Nachdem sie das Gebäude mit Evelyns Wohnung verlassen hatten, war er eine Stunde durch die Gegend gekurvt, um sicherzugehen, dass sie nicht verfolgt wurden. Es war zu spät, um noch zum Krankenhaus zu fahren. Die Besuchszeiten waren längst vorbei. In einem Anfall von Paranoia hatte er den Laptop und die Unterlagen an verschiedenen Stellen im Haus versteckt.

Er sah Drea noch mal an, dieses Mal kreuzten sich ihre Blicke, und sie lächelte. Es war ein einladendes Lächeln, und wenn man in Betracht zog, wie sein Schwanz reagierte, würde er die Einladung wohl annehmen. Wenn er sich mehr auf sie konzentrierte als auf den Wahnsinn, dem sie zurzeit ausgesetzt waren, würde er sich bestimmt besser fühlen.

Cujo spülte den Mund aus und stellte seine Zahnbürste zurück. Dann trat er hinter Drea und glitt mit seinen Händen an ihrer Taille hoch, bis er mit beiden Händen ihre Brüste umschloss. Drea lehnte sich mit dem Kopf an seine Brust.

»Du stehst mir im Weg«, sagte sie atemlos.

Er strich ihr das Haar aus dem Nacken und küsste ihre Schulter. Drea stöhnte und presste sich an ihn. Sanft massierte er ihre Brüste und streichelte mit den Daumen über ihre Brustwarzen.

»Dann will ich dich nicht aufhalten.« Er drehte sie um, so dass sie sich ansahen, und packte sie am Hintern, weil, nun ja, weil es halt ein richtig geiler Hintern war.

Er küsste sie, als hinge davon ab, ob am nächsten Tag die Sonne aufging. Irgendwie tat es das auch. Sie zu lieben war für ihn genauso notwendig wie Sonnenlicht und eine ebenso strahlende Angelegenheit.

Er spürte ihren Puls unter seinen Lippen und kostete den Geschmack ihrer Haut, als er sein Gesicht an ihrem Hals vergrub und an der Stelle unter ihrem Ohr sog.

Gott sei Dank trug sie keine Unterwäsche. Sie presste ihr Bein gegen ihn, die weiche Haut der Innenseite ihres Oberschenkels auf seiner Hüfte ließ seinen Schwanz noch härter werden. Genau das brauchte er jetzt gegen das unbehagliche Gefühl, das ihn verfolgte.

Er hob sie hoch, und sie schlang die Beine um seine Taille. Eines Tages würde er sie nehmen, während sie sich über das Waschbecken beugte, aber heute Nacht wollte er sie im Bett.

Er legte sie auf dem Laken ab, beugte sich über sie und umkreiste mit der Zunge ihre Brustwarzen. Er achtete darauf, sie nicht mit seinem Gewicht zu erdrücken. Drea stöhnte, und allein dieses Geräusch machte ihn schier wahnsinnig. Als sie sich an ihm rieb, drang ihre Nässe durch seine Boxershorts. Das geilste Gefühl überhaupt.

»Erlaubst du mir, dich zu lieben, Engelchen?«

Anstatt auf eine Antwort zu warten, schob er seine Finger zwischen ihre Körper.

»Brody.« Ihr leiser, wollüstiger Schrei reichte aus, damit er die Kontrolle verlor. Grundgütiger, sie war so wunderbar nass. Stöhnend stieß er einen Finger in sie, dann noch einen, um sie kurz darauf scherenförmig in ihr zu öffnen, denn er wusste, dass sie das wahnsinnig machte.

Gierig küsste sie ihn, und er ließ sie das Tempo bestimmen. Die Art und Weise, wie sie an seinen Haaren zog und sich an seinen Fingern rieb, würde eher zu einem richtigen Fick führen als zum Liebemachen.

Es war einfach himmlisch, wie ihr Körper auf ihn reagierte. Ihr Becken hob sich in Erwartung eines Höhepunkts. Er zog seine Finger wieder heraus.

»Drea, Baby?«

Drea öffnete langsam ihre Augen. »Mmh-hmm.«

Er steckte die Finger in seinen Mund und leckte ihre Säfte ab. »Ich könnte dich den ganzen Tag lang schmecken.«

Er konnte es kaum erwarten, in ihr zu sein, sie beide für einen kurzen Moment aus diesem Wahnsinn zu befreien. Er zog seine Boxershorts aus und streifte ein Kondom über.

Er brauchte sie. Brauchte die Sicherheit, dass zwischen ihnen alles in Ordnung war. Dass sie immer noch stark waren, trotz allem, was um sie herum passierte. Cujo legte sich neben sie.

Das Bett ächzte, und Drea hielt sich die Hand vor den Mund, um ein Kichern zu unterdrücken. »Das Bett knarzt«, flüsterte sie.

»Das ist mir scheißegal«, stöhnte er und drang in sie ein.

Drea keuchte, als er sie ausfüllte und weitete, sein Schwanz kehrte mit einem einzigen Stoß nach Hause zurück. Mit einer Hand hielt Cujo sie am Nacken, um sie zu küssen. Mit der anderen schob er ihren Schenkel auf seiner Hüfte noch höher.

Cujo zog sich langsam zurück, bis nur noch seine Schwanzspitze in ihr war.

»So sehr liebe ich dich, Drea.« Er drang wieder in sie ein und genoss es, wie sie gegen ihn wogte, wie ihr Becken sich vor und zurück bewegte. *Wenn du so weitermachst, ist das alles zu Ende, bevor es richtig angefangen hat.*

»Brody«, seufzte sie.

»Oh Mann, ich liebe dich so, Engelchen«, keuchte Cujo, als er immer schneller in sie stieß. Härter. Das Bett fing an zu quietschen, und es war das einzige Geräusch neben ihren geflüsterten Worten und dem Stöhnen. Zweimal bat sie ihn, leiser zu sein. Die ganze Nachbarschaft konnte sie hören, was ihn jedoch herzlich wenig kümmerte.

Cujo drückte sich höher, veränderte dadurch den Winkel

und rieb auf diese Weise fester über ihre Klit. Ihre Brüste waren unter seinen Brustkorb gequetscht. Er packte mit beiden Händen ihren Hintern, presste sie fest an sich und spreizte ihre Beine noch weiter, während er immer heftiger zustieß.

Es machte ihn so geil, wie sie sich an ihn klammerte und dabei seinen Namen rief, als wäre er ihr Erlöser, dass er gleich kommen würde, und er wollte ganz bestimmt nicht allein kommen. Er stieß immer härter und fester zu, bis aus ihren Zuckungen ein ausgewachsener Orgasmus wurde. Drea biss ihn in die Schulter, als sie um ihn herum explodierte. Sie krallte ihre Fingernägel in seinen Rücken, während sie in genussvollen Wellen erbebte, und er folgte ihr mit dem eigenen Höhepunkt.

Cujo rollte sich auf den Rücken, Drea lag auf ihm, und er schlang seine Arme fest um sie. Dann zog er die Bettdecke über sie und küsste Drea.

»Jedes Mal, es ist jedes Mal phantastisch. Einfach unglaublich.«

Drea lächelte und schmiegte sich an seinen Hals. »Das ist vielleicht das Einzige, worüber wir uns voll und ganz einig sind.«

*

Cujo schnarchte leise, und Drea hielt sich die Bettdecke vor den Mund, um ein Kichern zu unterdrücken. Sie hatte ihn noch nie schnarchen hören, und es beruhigte sie irgendwie, dass er nicht so perfekt war, wie er wirkte. Dieser kleine Makel hatte etwas durchaus Liebenswertes.

Sex, insbesondere großartiger Sex mit Cujo, machte

sie sonst sehr müde. Aber zu viel schwirrte ihr im Kopf herum. Jeder Versuch, zu verarbeiten, was sie erlebt hatte, missglückte. Am Morgen würde sie mit Cujo reden und ihn zu überzeugen versuchen, den Laptop direkt Carter oder Lopes auszuhändigen.

Sie fühlte sich schuldig. Sie hatte Evelyn in Gefahr gebracht. Zweimal. Das erste Mal, als sie nicht da gewesen war während des Überfalls, das zweite Mal, als sie Don über Evelyns Aufenthaltsort informiert hatte.

Wie hatte sie nur so dumm sein können?

Trotz allem faszinierte sie diese Geschichte. Evelyn, Gilliam, Mike und Walter waren ganz normale Menschen wie sie, dennoch riskierten sie ihr Leben, um etwas zum Positiven zu verändern. Auch wenn Undercover-Recherchen vielleicht nicht so ihr Ding wären, so hatte sie doch den Spuren folgen können, hatte Zusammenhänge und Kontakte hergestellt ... und es hatte ihr Spaß gemacht.

Cujo schnarchte wieder und drehte sich auf die Seite, so dass sie jetzt im Halbdunkeln sein Gesicht sah. Im Schlaf tastete er nach ihr, und sie ließ es zu, dass er sie an sich zog.

Er hatte sich seinen Schlaf verdient. Es hatte ihr das Herz zerrissen, als sie dem Gespräch zwischen Cujo und seiner Mutter gelauscht hatte. Beide hatten so schmerzerfüllt gewirkt, dass Drea sie beide in die Arme hatte nehmen wollen. Sie hoffte, dass sowohl Cujo als auch seiner Mutter daran gelegen war, ihre Beziehung zu retten.

Sie hatten zumindest eine Chance, noch mal von vorn zu beginnen, eine Chance, die ihr mit ihrer eigenen Mutter verwehrt blieb, und die sie sich sehnlichst gewünscht hätte.

Die Krankheit ihrer Mutter hatte ihnen einen Strich durch die Rechnung gemacht.

Drea warf einen Blick auf den Wecker. 3.30 Uhr. Sie überlegte, aufzustehen und sich eine warme Milch zu machen.

Da hörte sie ein dumpfes Poltern aus dem Wohnzimmer. Drea drehte sich in die Richtung, aus der das Geräusch gekommen war. Draußen fuhr ein Auto vorbei, sonst war nichts mehr zu hören. Cujos Haus war immer noch neu für sie. Wahrscheinlich war alles in Ordnung, aber in Anbetracht der Umstände wollte sie sich lieber selbst davon überzeugen.

Sie schlüpfte aus Cujos Umarmung und stand auf. Der Holzboden fühlte sich kühl unter ihren Füßen an. Leise schlich sie zur Tür, um zu lauschen.

Drea hielt den Atem an. Ihr Herz pochte wie wild.

Rumms. Es hörte sich an wie ... Scheiße, es hörte sich an wie eine Schublade, die zugemacht wurde.

Leise eilte sie zurück zum Bett und weckte Cujo.

»Was ...?«

Drea hielt ihm den Mund zu und beugte sich über sein Ohr. »Es ist jemand im Haus.«

Cujo riss die Augen auf und fuhr hoch. Er langte nach seinen Shorts auf dem Stuhl. Drea schnappte sich ihr Handy und wählte 911. Leise gab sie Cujos Adresse durch und dass der Eindringling möglicherweise bewaffnet war.

»Bitte bleiben Sie am Telefon, es ist jemand zu Ihnen unterwegs«, antwortete der Telefonist.

Auf einmal wurde ihr bewusst, dass sie nackt war, und sie schaute sich nach etwas um, was sie anziehen konnte. Die Vorstellung, sich dieser Situation nackt zu stellen, machte alles noch viel schlimmer. Cujo griff einen Kapuzenpulli vom Stuhl und half ihr, ihn überzuziehen, ohne dass sie das Handy aus der Hand legen musste.

Eine Holzdiele knarzte. »Küche«, formte Cujo lautlos mit den Lippen. Er beugte sich über den Bettrand und brachte seine Sneakers zum Vorschein. Ihre Schuhe standen auf der anderen Seite des Zimmers. *Verdammt.*

Das Handy zeigte an, dass seit ihrem Anruf bei der Polizei drei Minuten vergangen waren. Jede einzelne Minute hatte sich wie eine Stunde angefühlt. Sie hatte Angst, schreckliche Angst, und ihre Hände zitterten unkontrollierbar.

Der Telefonist fragte sie hin und wieder, ob sie noch dran sei, ob es ihr gutgehe, und Drea antwortete so knapp wie möglich.

»Bleib hier«, bedeutete Cujo ihr lautlos. Er stand auf und bewegte sich auf die Tür zu.

Oh mein Gott, wollte er denen etwa gegenübertreten? Sie wedelte mit dem Arm, um seine Aufmerksamkeit auf sich zu ziehen, und schüttelte den Kopf, gleichzeitig deutete sie mit den Fingern eine Pistole an.

Jetzt knarzte eine Treppenstufe, und sie sahen beide zur Tür. Jemand kam zu ihnen herauf. Cujo drückte sich gegen die Wand. Drea saß am Kopfende des Betts und zog die Knie an die Brust.

Die Schlafzimmertür flog auf, und Drea schrie. Sie ließ ihr Handy fallen, das über den Boden rutschte. Der Mann, den sie als Mike MacArthurs Mörder wiedererkannte und den sie Rondo nannte, platzte herein. Cujo warf sich von hinten auf ihn und versuchte, ihn zu würgen. Die Waffe, die Rondo bei sich trug, gab einen Schuss ab, die Kugel schoss knapp an Drea vorbei und durchschlug das Kopfende des Betts.

Cujo sah sich hektisch nach ihr um, und Rondo nutzte die Gelegenheit, ihm einen Fausthieb zu verpassen, der auf seinem Kiefer landete.

In der Zeit, die Cujo brauchte, um wieder zur Besinnung zu kommen, spürte Drea, wie eine kalte, harte Waffe gegen ihre Schläfe gedrückt wurde.

Eine zweite Person eilte mit gezogener Waffe ins Zimmer. *Snake.*

»Andrea?«, sagte Snake und sah von ihr zu Rondo.

Es war hoffnungslos. Mike MacArthurs Mörder hielt ihr eine Pistole an den Kopf, im Schatten sahen seine hervorstehende Stirn, die übergroße Nase und Lippen noch verstörender aus.

»Nimm die Knarre von ihrem Kopf, du Arschloch«, sagte Cujo barsch.

»Wo ist der Laptop?«, knurrte Rondo mit tiefer, sirupartiger Stimme.

»Nimm die Knarre weg, und ich sage es dir.« Cujo hatte die Fäuste geballt und atmete schwer.

»Als wenn du eine Wahl hättest. Wir können euch beide umbringen und finden ihn sowieso.« Rondo hatte eine widerliche Lache.

»Im Schrank hinter dir. Oberstes Regal unter den Pullovern«, wies Cujo ihn mit vor Wut bebender Stimme an. Blut tropfte aus seinem Mundwinkel.

Bitte, lieber Gott. Wo blieben die Sirenen? Nach Dreas Schätzung war ihr Anruf sechs Minuten her. Wie lange brauchte die Polizei denn?

Mit gezogener Waffe öffnete Snake den Schrank und holte den Laptop heraus.

»Bitte, lasst uns gehen«, flehte Drea. »Wir haben nichts damit zu tun. Das wisst ihr doch, oder?«

»Halt die Schnauze«, bellte Rondo. »Lass uns den Dreck hier wegmachen, und dann nichts wie weg.«

Drea dachte an ihre Mom und sah Cujo an. Sie biss sich auf ihre zitternde Unterlippe. Ihr kamen die Tränen. Ihr Leben sollte so nicht enden, das war nicht der Plan gewesen. Es hatte doch gerade erst richtig angefangen. Das konnte nicht sein.

Snakes Waffe klickte, und sie schloss die Augen.

*

»Verdammt, was soll das?«, schrie Rondo.

»Leg die Waffe auf den Boden«, hörte sie Snake sagen. Sie öffnete die Augen und sah, dass Snake seine Pistole an Rondos Schläfe hielt. Cujo sah Snake wütend an und ließ seinen Nacken auf einer Seite knacken. Ihr würde gleich schlecht werden, aber so richtig.

Wollte er den Laptop für sich allein? Warum sollte er ihnen auf einmal helfen?

»Du bist so gut wie tot, Mann«, geiferte Rondo, als er die Waffe auf den Boden legte. »Ich werde dich finden, ganz egal, wo du dich versteckst.«

»Viel Glück dabei«, sagte Snake und kickte Rondos Waffe unters Bett. »Andrea, nimm den Laptop, und mach, dass du wegkommst.« Er legte ihn aufs Bett, und sie nahm ihn an sich.

Warum gab er ihr den Laptop? Sollte das irgendein makabres Spiel werden, das sie mit ihnen trieben? Wollten sie ihnen erst vorgaukeln, dass sie sie gehen ließen, um sie dann doch umzubringen?

Drea sprang vom Bett, weg von Rondo, der seinen Blick immer noch auf sie gerichtet hatte. Sofort fühlte sie sich sicherer.

»Sie werden dich holen kommen, Andrea Caron«, drohte Rondo.

Das ist nichts als eine leere Drohung, redete sie sich immer wieder ein. Mit Hilfe der Beweismittel auf dem Laptop und dank Evelyns, Cujos und auch ihrer Zeugenaussage würde das Ganze hoffentlich noch in dieser Nacht ein Ende finden.

Drea schnappte sich ihre Jeans und die Sandalen. Zu gern hätte sie auch einen BH angezogen, aber sie würde sich ganz bestimmt nicht vor ihnen ausziehen. Nie wieder würde sie nackt schlafen. Im Vorbeigehen griff sie schnell nach Cujos Handy vom Nachttisch.

Da holte Rondo mit dem Ellbogen aus und überrumpelte Snake. Es gab ein heftiges Gerangel. Wieder war ein Schuss zu hören. Erst war nicht klar, ob einer von den beiden verletzt war, bis Rondo losbrüllte. Er stolperte gegen die Schranktür, dann gegen den Nachttisch und stieß dabei die Lampe um, die zu Boden fiel.

Snake stand auf, und Drea sah Blut, das auf der Höhe seiner Wade durch die Jeans sickerte.

Cujo ergriff ihre Hand und zog sie zur Tür, aber sie blieb stehen. »Warum hilfst du uns?«

»Das ist doch egal«, rief Cujo und zog sie am Arm. »Weg hier.«

»Weil du mich an jemanden erinnerst«, antwortete

Snake, ohne sie anzusehen, seine Waffe immer noch auf Rondo gerichtet.

»An wen?«

»Verdammt, Andrea, ist das so wichtig? Ich hatte eine Tochter, die am gleichen Tag geboren ist wie du. Das ist mir aufgefallen, als ich mir deinen Führerschein angeguckt habe.«

»Wo ist sie?«

Snake schüttelte frustriert den Kopf. »Keine Ahnung. Ich hab sie aus den Augen verloren, als sie zwölf war.«

Aarrgghh. War es möglich, Mitleid mit einem Mörder zu haben?

Rondo streckte seine Hand auf einmal nach etwas unterm Bett aus, und Drea wusste sofort, wonach er suchte. *Die andere Waffe.*

»Renn, Andrea!«, schrie Snake.

Cujo zog sie aus dem Zimmer. Sie rannten die Treppe hinunter zur Haustür. »Alles okay, Drea?«, rief er über seine Schulter, als er sich die Schlüssel von der Kommode schnappte.

»Lauf einfach weiter«, antwortete sie atemlos.

Er stürmte durch die Eingangstür, und in der Ferne konnte Drea Sirenen hören. Sie mussten in ihre Richtung unterwegs sein, aber sie würde jetzt sicherlich nicht auf der Straße herumstehen und warten, ob zuerst Rondo oder die Polizei bei ihnen war.

Ein weiterer Schuss aus dem Haus hallte durch die Stille der Nacht und unterbrach ihre Gedanken. *Rondo oder Snake? Machte es überhaupt einen Unterschied?*

Cujo hatte die Autotür schon geöffnet. »Drea, verdammt, rein mit dir«, sagte er und packte sie an den Hüften. Mit fast unmenschlichen Kräften warf er sie in den Truck. Sie rutschte auf die andere Seite der Bank, um ihm Platz zu machen, und er sprang hinterher.

Der Motor heulte auf, als Cujo den Rückwärtsgang einlegte. Mit durchdrehenden Reifen fuhr er in großem Bogen rückwärts aus der Einfahrt auf die Straße.

So früh am Morgen waren nur wenige Autos unterwegs, was Cujo ausnutzte. Er raste durch die Straßen, überholte die Autos, die vor ihnen herfuhren, und nahm die eine oder andere rote Ampel mit.

Mit Cujos Handy wählte Drea wieder 911. Sie erklärte, dass sich wahrscheinlich zwei bewaffnete Männer, einer davon verletzt, in Brodys Haus befanden. Drea war sich nicht sicher, was die genaue Definition von Flucht vom Tatort war, aber sie erklärte dem Telefonisten, dass sie um ihr Leben gerannt und jetzt unterwegs zur Polizeiwache seien und den Gegenstand, nach dem die zwei Männer gesucht hätten, bei sich hätten.

Als Nächstes rief Drea Detective Carter an.

»Hallo? Drea«, sagte er kurz angebunden. »Alles in Ordnung mit Ihnen?«

»Nicht ganz«, antwortete sie. Der Adrenalinschub ließ nach, und die Ereignisse der Nacht holten sie langsam ein.

»Wo sind Sie?«, fragte Carter mit besorgter Stimme. Sie sah Cujo an. Mit zusammengebissenen Zähnen saß er da und sah sie nicht an. Sie strich ihm über die stoppelige Wange und war erleichtert, als sie den Ansatz eines Lächelns entdeckte.

»Unterwegs zu Ihrem Büro. Können Sie und Lopes dorthin kommen?«

»Bin schon unterwegs. Muss ich Kollegen zu Ihnen rausschicken, Drea?«

»Wir haben schon 911 angerufen. Ich werde alles erklären, wenn wir da sind. In etwa …« Sie sah Cujo an.

»Fünf Minuten«, sagte er.

»Kommen Sie mit Mr Matthews?« Der veränderte Ton in seiner Stimme raubte ihr die letzte Energie.

»Ja. Bis gleich, Detective.« Dass sie seinen Titel benutzte, klang schroff, aber es war notwendig, für beide Männer.

Sie setzte auch Detective Lopes kurz in Kenntnis, damit er sich mit ihnen in Detective Carters Büro treffen konnte.

Als sie schließlich auflegte, waren sie schon kurz vor der Polizeiwache, und Cujo fuhr jetzt langsamer.

»Was für eine furchtbare Nacht, Engelchen.« Er nahm ihre Hand und küsste sie wie immer auf den Handrücken, bevor er sie auf seinen Oberschenkel legte. Dadurch dass sie ihn berührte und mit ihm verbunden war, nach allem, was sie gemeinsam erlebt hatten, fühlte sich dieser Moment ganz besonders intim an.

»Was meinst du, wer hat den Schuss abgefeuert, den wir gehört haben?«

»Ich weiß es nicht, und es ist mir auch egal. Das sind beides Arschlöcher.«

Natürlich hatte er recht. Sie hatten Mike MacArthur auf dem Gewissen und wahrscheinlich auch Walter Tobias, sie hatten versucht, Evelyn umzubringen, und dann heute Nacht. Scheiße. Aber Snake hatte sie erstaunlicherweise verschont.

»Hör mal, Drea«, sagte Cujo schroff, aber mit gefühlsgeladener Stimme. »Mir ist vorhin etwas bewusst geworden, und ich möchte das loswerden, bevor wir in die Polizeiwache gehen.« Er holte tief Luft und küsste wieder ihre Hand.

Angesichts seiner Nervosität musste sie lächeln. »Was denn, Brody?«

»Ich weiß, dass es 'ne Menge gibt, was du noch machen willst. Aber mach es nicht ohne mich. Lass uns zusammen leben. Zusammen wachsen. Lass es uns zusammen herausfinden. Ich schwöre bei Gott, als diese Kugel an deinem Kopf vorbeigesaust ist, konnte ich dich nicht anschauen vor lauter Angst, du könntest tot sein.« Seine Stimme brach, und er räusperte sich, um weiterreden zu können. »Bleib ... bei mir. Bitte.«

Nach allem, was sie gemeinsam durchgemacht hatten, schien es nichts zu geben, was sie nicht hätten meistern können. Gemeinsam waren sie stärker als allein. Er hatte gekämpft, für Drea, für sie beide, und der Anblick hatte sie schier zerrissen. Er war verletzt worden, als er ihrer beider Leben verteidigt hatte.

»Das möchte ich auch, Brody. Du kannst die Leere in mir zwar nicht füllen, aber ich glaube, ich erkenne jetzt den Unterschied. Wenn ich mit dir zusammen bin, kann ich irgendwie spüren, dass ich sie auch allein füllen kann. Du gibst mir das Selbstvertrauen dazu. Wenn es darauf ankommt. Stimmt's?«, fragte sie mit Tränen in den Augen.

Cujo parkte vor der Polizeiwache. Er drehte sich zu ihr um und zog sie am Nacken zu sich. Dann küsste er sie, ein Kuss, der so viel ausdrückte, dass sie erschauerte.

»Das stimmt, Engelchen.«

Epilog

»Fröhliche Weihnachten«, sagte Cujo grinsend, seine Hände immer noch unter ihrem Hintern. »Das war dein erstes Geschenk«, fügte er nach Luft ringend hinzu.

Drea lachte und küsste ihn noch einmal, immer noch mit hämmerndem Herzen. Alles in ihr war wie elektrisiert, als Cujo sich aus ihr rauszog und ins Bad lief, um das Kondom zu entsorgen.

Sie zog ihren Weihnachtspyjama an und tappte ins Wohnzimmer. Ihr *gemeinsames* Wohnzimmer bestand jetzt aus einem bunten Mix ihrer und seiner Sachen. Aber Drea hatte sowieso nicht viel mitgebracht.

Die Lichter am Weihnachtsbaum blinkten und strahlten. Unter dem Baum lag der Umschlag, den Drea dort hingelegt hatte, nachdem Cujo eingeschlafen war.

Kaffee. Auch wenn sie sich auf die Zehen stellte, kam sie nicht an die Kaffeedose. Entweder mussten sie die Küche umräumen oder in einen Tritthocker investieren. Kräftige Hände packten sie von hinten an der Taille und hoben sie ein paar Zentimeter in die Luft.

»Lass mich runter«, kicherte sie und schlug ihm auf die Hände. Er stellte sie wieder auf den Boden und schmiegte sich an ihren Nacken, während sie Kaffee in den Filter häufte.

Sie lehnte sich an ihn und sah die Spiegelung von ihnen beiden im Küchenfenster. Er war ihr Fels. Sie passte vollständig in seine Silhouette. Der Anblick seines nackten Brustkorbs hinter ihr bewirkte, dass ihr innerlich aber so was von anders wurde – sie konnte ihn problemlos den ganzen Tag so anstarren.

Aber sie hatten heute noch einige Besuche zu erledigen. Devons Haus war der Treffpunkt für alle. Sogar Evelyn war dabei, sie war aus dem Krankenhaus raus und hatte jetzt ein Zimmer in Alecs Haus bezogen. Es war eine Übergangslösung, bis ihre Wunden völlig verheilt sein würden. Sie waren auf dem besten Weg, sich zu versöhnen, und jetzt, wo sie mit ihren Söhnen wiedervereint war, konnte sie es kaum ertragen, sie nicht zu sehen.

Zum Glück hatte sich die Nachrichtenberichterstattung zu diesem Fall beruhigt. Der Gouverneur hatte sich den Konsequenzen von Evelyns Enthüllungen stellen müssen und hatte die Wahl verloren. Das FBI hatte Trip Henderson und Cleffan Energy jetzt offiziell im Visier. Es hatte noch keine Verhaftungen gegeben, aber die Detectives Carter und Lopes hatten ihr versichert, dass es nur eine Frage der Zeit sei.

Der Kaffee war fertig durchgelaufen und machte gurgelnde Geräusche, die ihre Gedanken unterbrachen. »Erst Kaffee. Dann Geschenke«, ordnete sie an.

»Ich habe eine bessere Idee. Lass uns noch mal für ein Stündchen zurück ins Bett gehen.« Cujo drehte sie in seinen Armen herum und küsste sie innig.

»Nein.« Drea lachte und schubste ihn weg.

Cujo schmollte zuerst, aber nur kurze Zeit später saßen sie mit einer Tasse Kaffee neben dem Weihnachtsbaum auf dem Boden.

»Ich möchte, dass du das hier zuerst aufmachst.« Cujo reichte ihr eine lange, schmale Schachtel.

Drea nahm sie vorsichtig in die Hände. Sie fühlte sich federleicht an, und als sie daran rüttelte, gab es kein Geräusch. Der braune Deckel ließ sich einfach öffnen, in der Schachtel befand sich ein zusammengefaltetes Blatt. Sie zog es heraus und faltete es vorsichtig auseinander. Drea erkannte sofort, dass es sich um ein ärztliches Dokument handelte. Sie hatte wegen der Krankheit ihrer Mutter genug davon gesehen.

Der Test. Er hatte das Ergebnis für sie. Sie sah ihn an, aber sein Gesichtsausdruck verriet ihr nichts.

Sie las sich alles durch. Manche Worte und Zahlen traten besonders hervor, aber sie wusste nicht, was sie bedeuteten.

»Möchtest du alle Details?«, fragte Cujo nach.

»Ja, bitte.«

»22 Millionen Spermien pro Mililiter, 68 Prozent davon schwimmen, 48 Prozent schwimmen auch noch nach einer Stunde. 13 Prozent davon erfüllen die Kriterien nach Kruger.« Er wusste die Ergebnisse auswendig, das war klar, aber sein Gesichtsausdruck blieb immer noch undurchsichtig. Dreas Herz rutschte bis in die Kniekehlen.

»Und das bedeutet?«

Cujo nahm einen Schluck Kaffe und musterte sie. Er stellte die Kaffeetasse wieder auf den Boden. »Das bedeutet, Engelchen, dass, wenn du bereit bist, ich mehr als fähig bin, Kinder mit dir zu haben.«

»Hör auf!«, kreischte Drea und schmiss sich auf ihn. Sie landeten mit einem lauten Aufprall auf dem Boden.

Sie schlang die Arme um seinen Nacken, und sie küssten sich leidenschaftlich. Er zog sie enger an sich.

»Im Ernst?« Sie löste sich von ihm und sah ihm direkt in die stahlblauen Augen, die sie anfunkelten.

»Im Ernst.« Er nickte. »Aber ich habe das genau so gemeint, wie ich es gesagt habe, das mit dem ›wenn du bereit bist‹.«

»Aber was ist mit dir? Möchtest du denn Kinder?«

»Seitdem ich das Testergebnis habe. Aber ich weiß, dass du noch einiges vorhast. Dass du das unbedingt machen musst. Und wir sind gerade zusammengezogen. Du fängst im Herbst also erst mal mit dem Studium an. Das machen wir zuerst.«

Das war ein gutes Stichwort. Drea kletterte wieder von ihm herunter.

»Wohin gehst du, Engelchen? Es wurde doch gerade erst richtig interessant.« Cujo rieb seine Erektion durch die Pyjamahose und grinste sie wollüstig an.

»Frohe Weihnachten.« Sie legte ihm den weißen Umschlag in die Hand und kniete sich hin.

Cujo riss den Umschlag auf und zog ein Blatt hervor. Durch die Rückseite des Blatts schimmerte das Logo der Universität von Miami.

»Du bleibst hier bei mir?« Cujo sah sie mit großen Augen und breit grinsend an.

»Ich bin angenommen worden und kann im Herbst anfangen, Journalismus zu studieren. Normalerweise wäre das nicht gegangen, aber Gilliam hat seine Beziehungen spielen lassen, und außerdem hat deine Mutter eine tolle Empfehlung für mich geschrieben. Ich muss ein paar Kurse nachholen, bevor die Uni losgeht, aber ich arbeite so lang wie es geht im José's weiter.«

»Wir bleiben also in Miami?« Cujo zog sie wieder an sich und auf seinen Schoß. Mit zitternden Lippen küsste er sie, und sie hatte Tränen in den Augen.

»Ich werde nicht mehr so viel arbeiten können, wenn es mit der Uni losgeht. Ich werde ein Darlehen oder so bekommen, aber ich kann nicht mehr …«

»Das ist doch völlig egal. Das habe ich dir gesagt. Wir meistern das gemeinsam. Wir fällen wichtige Entscheidungen gemeinsam. Wenn du studieren möchtest, dann bekommen wir das gemeinsam hin. Wenn wir Kinder haben wollen, dann bekommen wir das auch gemeinsam hin.«

Er sah sie mit ernsten Augen an. Jedes Wort war ehrlich gemeint. Endlich gab es jemanden, der sie genauso umsorgen wollte wie sie ihn.

»Ich liebe dich, Brody.«

»Ich liebe dich auch, Engelchen.« Er küsste sie schnell. »Kann ich dir jetzt den Gedanken schmackhaft machen, wieder zurück ins Bett zu gehen? Ich würde gern üben, wie wir keine Kinder bekommen, bis du dazu bereit bist.«

Danksagung

Ich habe viel dazugelernt, als ich den zweiten Teil der Second-Circle-Reihe geschrieben habe, und auch dieses Mal gab es so viele Menschen, die mir halfen, die Geschichte zu Papier zu bringen.

Als Erstes möchte ich wieder den unglaublichen Ladys danken, die mir zur Seite standen. Ein Riesendankeschön an Lizzie Poteet bei St. Martin's Press, die mich dazu ermuntert hat, keine Scheu vor radikalen Überarbeitungen zu haben – die Handlung ist dadurch wesentlich klarer geworden. Ein weiteres großes Dankeschön geht an Beth Phelan von The Bent Agency, die nach wie vor die beste Literaturagentin ist, die man sich vorstellen kann. Erin Cox und Amy Goppert vervollständigen das großartige Team bei St. Martin's Press.

Den wunderbaren Menschen bei Heroes & Heartbreakers und @SMPRomance möchte ich einen ganz besonderen Dank für all ihre wohlgesonnenen Tweets aussprechen – ihr seid die Besten!

Außerdem kann ich mich gar nicht genug bei den Bloggerinnen und Leserinnen bedanken, die sich die Zeit genommen haben, die Second-Circle-Reihe mit positiven

Kritiken zu überhäufen. Mein besonderer Dank geht an Pat Egan Fordyce für ihre Rezension, die einiges ins Rollen gebracht hat. Und an Aestas von Aestas Book Blog – dank deiner Rezension bin ich in den Amazon-Rankings weit oben gelandet; du hast einen großen Anteil an dieser Wahnsinnsreise.

Ich danke euch von ganzem Herzen, Ladys.

Meiner tollen Schreibgefährtin, Violetta Rand, kann ich gar nicht genug danken, denn sie ist ein Fan meiner Geschichten und hält sich nicht zurück, mich auf eher unglücklich formulierte Sätze hinzuweisen.

Ich danke allen, die sich die Zeit genommen haben, meine Geschichte zu lesen und zu rezensieren: Sidney Halston, Laura Steven, Whitney Rakich und Alison McCarthy.

Ohne fachkundige Unterstützung wäre es unmöglich gewesen, diese Geschichte zu schreiben, deswegen danke ich Dr. Vanessa Clay (Assistenzärztin der Onkologie) und Gail Halliwell (Advanced Scrub Practioner), die mir ihr medizinisches Fachwissen zur Verfügung gestellt haben, sowie Jennifer Shearn (langjährige Spezialistin in Umweltfragen), die mir geholfen hat zu verstehen, wozu strategische Umweltprüfungen an Fracking-Standorten notwendig sind.

Ein weiteres besonderes Dankeschön geht an Liz MacArthur und Mike Rinaldi, zwei der nettesten Menschen, die ich kenne. Als ich euch in mein Vorhaben einweihte, mein altes Leben aufzugeben, um einen Liebesroman zu schreiben, wart ihr begeistert. Also habe ich die Figur Mike MacArthur erschaffen, die … tja, das müsst ihr dann wohl selbst lesen, um mehr über sie zu erfahren. Ihr wisst, wie viel ihr mir bedeutet!

Mein Dank geht auch an die Manchester Central Library – danke, dass ihr Autoren weiterhin die Möglichkeit gebt, dort zu schreiben!

Danke an Amanda, Michelle und Gina – danke, dass ihr auf meine geistige Gesundheit achtet und mir im Nacken sitzt!

Ich danke meinen Freunden und meiner Familie, die mich nach wie vor begeistert unterstützen.

Kathleen und David (meinen Eltern) und Alison und Tony (meiner Schwester und meinem Schwager) danke ich dafür, dass sie sich während der Ferien um die Kinder kümmern, damit ich auch dann Worte zu Papier bringen kann.

Lieber Tim, in deinen Worten, es waren die letzten zwei Meilen. Danke, dass du mir über die Ziellinie geholfen hast. Ich hoffe, dass 2016 unser bestes Jahr wird.

Lieber Fin und liebe Lola, oder liebe Lola und lieber Fin (Seht ihr? Ich habe euch beide als Erstes genannt), danke, dass ihr so geduldig seid, wenn die Abgabefrist immer näher rückt. Eure morgendlichen Kuschelsessions, abendlichen Umarmungen und der Tee, den ihr mir zubereitet, helfen mir durch die Tage. Ich liebe euch!

Samantha Young

Scotland Street

Sinnliches Versprechen

Roman.
Aus dem Englischen von
Nina Bader.
Taschenbuch.
Auch als E-Book erhältlich.
www.ullstein-taschenbuch.de

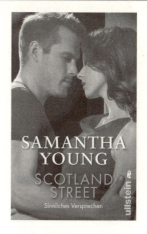

Sie hat mit der Liebe abgeschlossen. Er hat sie gerade erst entdeckt.

»Nicht schon wieder ein Bad Boy!« Als Shannon MacLeod zum ersten Mal Cole Walker sieht, weiß sie, dass Ärger in der Luft liegt. Cole ist an beiden Armen tätowiert, extrem selbstbewusst und heiß wie die Hölle. Und was noch schlimmer ist: Er ist ihr neuer Boss. Dabei sollte der Job als Assistentin der Anfang eines neuen Lebens werden. Ein Leben ohne Bad Boys, ohne Schmerz, ohne bittere Enttäuschungen. Shannon zeigt ihm die kalte Schulter. Womit sie nicht gerechnet hat, ist ein Mann, der es ernst mir ihr meint. Und der es hasst, wenn man ihm mit falschen Vorurteilen begegnet. Wird Cole ihr trotzdem eine Chance geben?

Samantha Young

Hero

Ein Mann zum Verlieben

Roman.
Aus dem Englischen von
Sybille Uplegger.
Taschenbuch.
Auch als E-Book erhältlich.
www.ullstein-buchverlage.de

»*Ich brauche keinen Helden. Ich will lieber einen Mann.*«

Für Alexa Holland war ihr Vater ein Held. Bis zu dem Tag, als sie hinter sein bitteres Geheimnis kam. Seitdem glaubt sie nicht mehr an Helden. Doch dann trifft sie den Mann, dessen Familie er zerstört hat. Caine Carraway ist gutaussehend, erfolgreich und will von Alexas Entschuldigungen nichts wissen. Nur aus Pflichtgefühl lässt er sich überreden, sie als seine Assistentin einzustellen. Er macht ihr den Job zur Hölle und hofft, dass sie schnell wieder kündigt. Doch da hat er sich geirrt, denn Alexa ist nicht nur smart und witzig, sie lässt sich auch nicht von ihm einschüchtern. Caine ist tief beeindruckt und will nur noch eins: in Alexas Nähe sein. Auch wenn er tief in seinem Herzen weiß, dass er niemals der Mann sein kann, nach dem Alexa sucht. Denn auch er hat ein Geheimnis ...